KB179752

현대문학과 인간의 자리

– 쥘리앙 그라크와 휴머니즘

송진석 지음

지성공간

이 저서는 2017년 대한민국 교육부와 한국연구재단의 지원을 받아 수행된 연구임
(NRF−2017S1A6A4A01021849)

CONTENTS

일러두기

* 약호와 줄임말

AB – 『앙드레 브르통』(*André Breton*, 1948)

BF – 『숲속의 발코니』(*Un balcon en forêt*, 1958)

BT – 『어두운 미남』(*Un beau ténébreux*, 1945)

CA – 『아르골 성에서』(*Au château d'Argol*, 1938)

EE – 『좁은 강』(*Les Eaux étroites*, 1976)

FV – 『도시의 형태』(*La Forme d'une ville*, 1985)

GC – 『여행 수첩』(*Carnets du grand chemin*, 1992)

LI – 『장식문자』(*Lettrines*, 1967)

LII – 『장식문자 2』(*Lettrines 2*, 1974)

LE – 『읽으며 쓰며』(*En lisant en écrivant*, 1980)

LG – 『커다란 자유』(*Liberté grande*, 1946)

LT – 『뱃심의 문학』(*La littérature à l'estomac*, 1950)

PI – 「곶」(«*La Presqu'île*», 1970)

PR – 『선호』(*Préférences*, 1961)

R – 「이야기」(«*Récit*», 2011)

RC – 「코프튀아 왕」(«*Le Roi Cophetua*»)

RP – 「어부 왕」(*Le Roi pêcheur*, 1948)

RS – 『시르트의 바닷가』(*Le Rivage des Syrtes*, 1951)

SC – 『일곱 언덕 둘레에서』(*Autour des sept collines*, 1988)

SG – 「전쟁의 기억」(«*Souvenirs de guerre*», 2011)

TC – 『석양의 땅』(*Les Terres du couchant*, 2014)

Gracq 1 – *Œuvres complètes*, Tome 1, édition établie par Bernhild Boie, Paris, Gallimard, coll. «La Bibliothèque de la Pléiade», 1989.

Gracq 2 – *Œuvres complètes*, Tome 2, édition établie par Bernhild Boie et Claude Dourguin, Paris, Gallimard, coll. «La Bibliothèque de la Pléiade», 1995.

Entretiens – *Entretiens*, Paris, José Corti, 2002.

* 작품 수록

Gracq 1 – 『아르골 성에서』, 『어두운 미남』, 『커다란 자유』, 『어부 왕』, 『앙드레 브르통』, 『뱃심의 문학』, 『시르트의 바닷가』, 『선호』

Gracq 2 – 『숲속의 발코니』, 『장식문자』, 『장식문자 2』, 『곳』, 『코프튀아 왕』, 『좁은 강』, 『읽으며 쓰며』, 『도시의 형태』, 『일곱 언덕 둘레에서』, 『여행 수첩』

Manuscrits de guerre, Paris, José Corti, 2011 – 『전쟁의 기억』, 『이야기』

Les Terres du couchant, Paris, José Corti, 2014 – 『석양의 땅』

머리말

　20세기는 정신적, 반성적 성격이 강한 세기로 평가할 수 있을 것이다. 정치와 경제의 영역에서는 이데올로기 대립이 첨예한 가운데 다양한 시도들이 행해졌고, 철학은 깊이와 난해함을 더해가며 세계 속, 상황 속 인간에 대한 질문들에 천착했으며, 미술은 인상주의에서 시작된 커다란 변화의 연장선 위에서 추상미술의 형태 탐구와 갖가지 다채로운 실험들을 통해 정신적 탐색을 이어나갔다. 이 모든 움직임의 중심에는 15~16세기 르네상스 이후 전개된 서양 근대문명에서 핵심적 요소로 작용한 두 요소, 곧 인간과 이성에 대한 문제 제기가 있다고 할 텐데, 실제로 휴머니즘 또는 인간중심주의에 대한 비판적, 반성적 성찰은 20세기의 다양한 지적 노력들, 그 가운데에서도 특히 문학의 갖가지 모색을 특징짓는 측면이 있다.

　"언뜻 보아 이토록 즐겁게 자기 시대의 흐름을 거스르며 그것이 호흡하는 공기에 무감한 작가는 별로 없다." 20세기 프랑스 작가 쥘리앙 그라크(Julien Gracq, 1910~2007)에 대해 베른힐트 보이으가 시도한 초상의 첫 문장이다.[1] 잘 알려진 것처럼, 그라크는 살아

1　Bernhild Boie, «Tout ce qui fait le timbre d'une voix», in *Julien Gracq*, *Europe*, N° 1007, 2013, p.3.

생전에 '은둔의 작가'로 불렸을 정도로 세상에 대해 줄곧 일정한 거리를 유지했던 작가이다. 그러나 그가 자기 시대의 흐름과 변화에 철저히 눈을 감았던 것은 아니다. 그는 젊은 시절 이후 정치 활동이라고는 일체 삼갔지만 그에 대한 관심만큼은 변함없이 유지했고, 왕성한 독서를 통해 세상과 과거를 탐색하고 살필 뿐 아니라 현대의 새로운 발견과 제안을 왕성한 호기심과 함께 지켜보길 멈추지 않았다. 작가인 그가 문단으로부터 한 걸음 물러선 자리를 고집했다는 사실은, 그가 실상은 문학의 세계에서 일어나는 모든 것을 정확하게 파악하고 있었던 만큼, 그리고 특히 그와 그의 작품이 마침내 종료되어 역사 속으로 들어가고 난 만큼, 이제 더 이상 중요하지 않을 수 있다. 그가 세상과 맺은 관계에서 보다 중요하게 고려되어야 할 것은 보이으의 말이 간결하되 구체적으로 지적하고 있는 것처럼, 그가 "자기 시대의 흐름을 거슬"렀다는 사실이리라. 실제로 그라크는 인간에 대한 비판이 주류를 형성하며 그야말로 반(反)인간이 상투어가 되어버린 20세기의 문학적 현실 속에서 인간에 대해 성찰하고 질문하길 그치지 않았던 작가이다. "인간, 물론이지요. 그가 없다면 다른 무엇이 있겠습니까?"[2] 한 대담에서 그라크가 던진 이 말은 인간과 관련한 그의 문학적 태도를 간단히 웅변한다.

이 책의 제목은 '현대문학과 인간의 자리 – 쥘리앙 그라크와 휴머니즘'이다. 보기에 따라 다소 거창하게 여겨질 수 있는 이 제목은, 반인간의 시대에 인간을 중심에 두고 성찰하길 그치지 않았던

---

2 «Entretien avec Jean Carrière», in *Gracq 2*, p.1255.

그라크의 작품을 살피는 우리의 시선을, 그 방향과 기조를 드러낸다. 현대문학의 맥락 속에서 인간의 자리를 찾으려는 구체적 모색과 성찰의 한 사례로서, 그것도 뛰어난 시로 찬란하게 빛나는 한 경우로서, 우리는 그라크의 문학을 바라보고자 하는 것이다.

모름지기 문학은 세상이 주는 자극에 대한 대응이자 성찰이거니와, 그라크는 자기를 둘러싼 시대와 장소가 제안하는 여러 특별한 자극에 자기 고유의 목소리로, 그만의 목소리로 응답한 작품을 남겼다. 거기서는 삶과 죽음, 자아와 타자, 인간과 신성, 문명과 야만, 매혹과 기다림 등, 인간의 근본적인 문제들이 주제화되어 구체를 얻으며 글쓰기의 지형에 굴곡과 깊이를 더한다. 우선 과거와 현대의 건축물들이 병존하며 인간의 시선에 모습을 드러내는 주거지가, 그리고 자연적 풍경과 장소가 그라크 작품의 중요한 테마로 부각되며 공간의 시학을 구축한다. 또한 다른 사람들이 쓴 책들을 비롯하여 신화와 예술 작품 등, 문화를 구성하는 다양한 요소들이 호기심을 일깨우며 상상력에 중요한 연료를 공급한다. 그라크는 탁월한 관찰력과 감수성을 보여주는 공간의 시인이지만, 동시에 그의 작품의 풍경을 구성하는 또 다른 핵심적이고도 특징적인 요소는 역사의 경험이다. 20세기 전반기에 일어난 두 차례의 세계대전은 인간을 근본적인 불안에 빠뜨렸고, 그 밖의 다양한 사건과 변화는 감당하기 버거운 도전으로, 나아가 시련으로 다가왔으니, 우리가 사는 세계의 풍경이 형성되는 데서 이런 역사가 가졌던 몫은 결정적인 것이었다. 그라크는 세상과의 관계에서 그가 취한 거리에 의해, 이른바 '은둔'에 의해 특징지어지지만, 그에 앞서 역사적 사건들을 직접 몸으로 겪고 그에 대한 성찰을 멈추지 않았다는 사실을 기억해야만 한다. 제2차 세계대전의 참전은 그중 가장 중요한 경험이라고 할 텐데, 주목할 것은 이 역사의 경험이 첫 소설 발표 이후에 위치한다는 사실이다. 그는 전쟁을 특히 작가로서 겪었다고 말할 수 있는바, 전쟁 이전에 작품을 발표하여 스스로를 이미 작가로 간주하고 있었다는 사실에 더해 1941년 봄 질병 때문에 포로수용소에서 일찍 석방되어 고향의 본가로 돌아가자마자 자신의 전쟁 경험을 일기 형식을 빌려 사실주의적으로 적고, 또 그 경험의 핵심이 되는 대목을 중편소설로 정리했다는 사실은 특기할 만한 것이다. 그라크의 작품에서 역사 또는 전쟁이 차지하는 비중은 매우 크다. 제2차 세계대전에 대한 문학적 성찰은 필경 그의 가장 중요한 문학적 성과 가운데 하나로 남을 것이다.

그라크는 소설, 시, 희곡, 비평 등, 거의 모든 문학 장르를 섭렵한 작가이지만, 여행, 산책, 독서, 성찰 등을 주제로 한 길고 짧은 에세이들, 특히 단편 에세이들을 통해 예리한 관찰과 깊은 생각, 그리고 감탄을 자아내는 훌륭한 글쓰기를, 그의 대표 장르인 소설과는 또 다른 음역에서 보여준 작가이기도 하다. 문학과 글쓰기의 차원을 넘어 그라크의 세계관을 그의 진술을 통해 직접 확인할 수 있는 이 단편 에세이들을 통해 우리는 글쓰기를 하나의 모험으로 접근하며 작품을 일종의 유기체로 파악하는 그의 문학적 태도와 그에 수반되는 다양한 견해들, 그 정확함과 예리함이 읽는 사람으로 하여금 즐거움을 느끼게 만드는 관찰들을 발견할 수 있다. 또한 소설을 비롯한 여타의 작품들과 조응하며 그 양태를 드러내고 부각하는 그 글들을 통해 열정적 드라마의 구조와 어조를 선택한 그라크 문학 고유의 음색을 분별해낼 수 있고, 1950년에 발표한 팸플릿 『뱃심의 문학』을 통해서는 공격적인 언어로 거침없이 피력된 그의 문학론을 읽을 수 있다. 그라크는 스스로를 세상으로부터 일정한 거리 바깥에 떼어놓았던 게 사실이다. 하지만 그의 글쓰기는 그렇듯 세상에 대해 거리를 취한 자리에서 인간과 세상을 성찰하고 문학을 실천하는 스스로의 모습을 기꺼이, 그리고 총체적으로 담아낸다. 그의 문학 공간에는 그가 허구의 세계에 구축한 작품들과 함께, 그 작품들을 모색하고 준비하고 창조하는 그 자신과 주변이 공존한다. 쥘리앙 그라크란 이름은 작가가 문학을 위해 채택한 필명이거니와, 문학에 관련되는 한 그는 정말로 많은 것을 보여주었다. 그는 나름의 방식으로 앙드레 브르통이 『나자』에서 말하는 "유리 집",[3] 자신의 문학적 삶 전체를 환히 드러내는 "유리 집"에 살았던 셈이다.

휴머니즘의 바탕 위에서 인간의 문제를 정면으로 질문하고 성찰하는 그라크의 작품들은 아직 국내에 충분히 소개되지 못했다. 현재까지 대표작인 『시르트의 바닷가』와 또 다른 걸작 『숲속의 발코니』, 그리고 대단히 매혹적인 중편소설 「코프튀아 왕」, 이렇게 모두 세 편의 소설이 번역되었고, 학위논문과 학술논문들이 다수

---

3 André Breton, *Nadja*, in *Œuvres complètes*, Tome 1, Paris, Gallimard, coll. «La Bibliothèque de la Pléiade», 1988, p.651.

발표되었다. 그라크의 문학 세계를 어느 정도 가늠하기 위해서는 좀 더 많은 번역과, 일반 독자의 접근이 상대적으로 용이한 단행본의 출현이 시급한 실정이다. 이 책이 얼마간의 의미를 지닐 수 있다면 그것은 무엇보다도 국내에서 간행된 그라크에 대한 첫 번째 책이라는 사실 덕분일 것이다. 부족하나마 우리 독자들이 그라크의 문학 세계로 진입하는 데 길잡이 역할을 해줄 것으로 기대하는바, 그라크의 문학을 총체적으로 살피는 게 마땅하겠다는 생각을 했다. 현대 문학 속 인간의 자리를 질문하면서 그라크 문학의 여러 핵심적 주제들을 골고루 취급한 것은 바로 그 같은 요청에 부응하기 위함이다. 또한 애초의 계획과 달리, 그라크 작품에 대한 직접적 인용의 비중이 커진 것도 편린들이나마 그라크의 텍스트를 되도록 많이 접해보도록 하려는 의도에 연유한 것이다. 충분치는 않겠지만 텍스트를 직접적으로 가능한 한 많이 접해보도록 하는 것이 그라크 작품의 수용과 향유를 촉진하는 효과적인 길이라고 생각한 이유는 그라크의 텍스트들이 그만큼 뛰어나기 때문이다. 작가의 훌륭한 글쓰기, 드높은 명성으로 빛나는 글쓰기가 졸역으로 빛이 바래지 않기를 그저 바랄 따름이다. 필자의 오랜 노력과 즐거움이 축적되고 배어 있는 이 책이 통찰과 섬세함과 씩씩함을 갖춘 쥘리앙 그라크의 문학에 보다 많은 이들이 접근하는 데 작으나마 도움이 될 수 있길 바란다. 그라크에 대한 나의 공부를 격려하고 도와주신 오생근 선생님과 장루이 바케스 선생님께 이 자리를 빌려 깊은 감사의 말씀을 전한다.

제1장 비평적 프로필

1.1. 생플로랑의 은자

한 작가의 실루엣, 한 작품의 얼굴은 독자들의 읽기를 통해 구체를 얻는다. 이 과정에 작가가 개입할 수 있지만, 그것은 어디까지나 작가가 생존할 당시에 국한된다. 작가의 사후에 그의 목소리와 몸짓에 의해 영향 받았던 부분들은 마치 축제의 소음과 열기처럼 시간과 함께 점차 사라지고, 작품이 정말로 오랫동안 생명력을 유지하는 그랑 크뤼의 힘을 갖고 있다면, 이제 바야흐로 정착되기 시작하는 그것의 얼굴은 계속 새로워지는 독서와 해석의 다양한 흐름을 따라 오래오래 변화에 변화를 거듭할 것이다.

쥘리앙 그라크는 '마지막 대가', '생플로랑의 은자', '생플로랑의 괴테'로 불리며 고향 본가에서 평온한 노년을 보내다가 2007년 타계했다. 이 죽음은 그의 문학에 대해 다양하고 풍성한 조명이 시도되는 계기로 작용했다. 그 대표적인 예로 주목할 수 있는 것이, 2010년 파리4대학과 프랑스국립도서관이 공동으로 주최하고 그라크 전문가인 미셸 뮈라가 조직한 그라크 탄생 백 주년 기념 학술대회이다.[4]

---

4 이 학술대회는 2010년 6월 10일부터 11일까지 이틀 동안 열렸고, 발표된 논

이런 학술적, 비평적 접근보다 더 큰 중요성을 갖는 것은 작가의 사후에 이루어진 새로운 작품의 간행으로 2011년의 『전쟁 수기』와 2014년의 『석양의 땅』의 간행이 바로 그것이다. 이 두 권의 책은 그라크의 다른 책들과 더불어 특히 역사에 대한 그의 문학적 입장을 보다 구체적으로, 그리고 변화된 모습으로 보여주거니와, 이는 종전의 비평 담론에 커다란 수정 또는 조정을 유발할 수밖에 없을 것이다. 벌써 오래전에, 다시 말해 작가 경력 초기와 중기에 집필된 원고를 그라크의 플레야드 총서 편집자인 베른힐트 보이으 교수가 편집하여 출간한 이 새로운 책들이 그라크 문학 세계에 근본적인 변화를 야기하거나 새로운 영역을 도입하는 것은 아니다. 하지만 그럼에도 불구하고 둘 다 역사, 특히 전쟁에 관련되는 이 책들이 그라크의 작품에서 역사적 성찰과 형상화의 몫을 키우면서 작품의 얼굴에 상당한 변화를 가져올 것은 분명해 보인다.

1951년 『시르트의 바닷가』가 공쿠르상 수상작으로 결정되면서 세상에 널리 알려진 그라크는 문단과 늘 일정한 거리를 두었고 대중매체 출연을 즐기지 않았던 까닭에, 그리고 특히 난해하다고까지 말할 수는 없으나 접근이 결코 수월하지 않은 작품의 성격 때문에 폭넓은 대중적 인기와는 거리가 멀었다. 그러나 은둔하는 작가의 이미지는 과장된 측면이 없지 않은 게 사실이다. 대중매체의 경우 텔레비전 출연은 멀리했지만 라디오의 경우에는 출연한 적이 전혀 없지 않고, 기자 또는 연구자들과의 인터뷰는 외면하지

문은 2년 뒤 단행본으로 묶여 출간되었다.(*Gracq dans son siècle*, Études réunies par Michel Murat, Paris, Classiques Garnier, 2012)

않았다. 프랑수아 미테랑 대통령의 엘리제궁 초청을 무려 세 번이나 거절하고, 로랑 파비우스와 도미니크 드 빌팽 등의 미디어를 동원한 만남에는 응하지 않았지만, 익히 친분이 있는 이들과 순수한 문학적 관심에서 찾아오는 학생들은 늦은 나이에 이르기까지 기꺼이 맞아들여 담소를 나누곤 했다.[5]

그라크의 작품은 언제나 대중적 관심으로부터 일정한 거리 바깥에 머물러 있었지만 비교적 일찍부터 진지한 비평적 성찰의 대상으로 확고하게 자리 잡았다고 말할 수 있다. 1960년대부터 중요한 연구들이 발표되기 시작했고, 이런 노력은 1972년 장루이 뢰트라 교수가 엮은 『카이에 드 레른』으로 이어진다. 대학에서 연구가 시작된 것은 1980년대 초이다. 이런 국면의 본격적인 확장을 알린 사건이 바로 1981년 5월 21일부터 24일까지, 작가의 고향에서 가까운 곳에 위치한 앙제대학에서 열린 대규모 국제학술대회 '쥘리앙 그라크. 작품의 얼굴'이다. 전 세계의 그라크 연구자들이 모여든 이 기념비적인 자리에서는 그라크의 작품에 대한 다각적인 논의가 이루어졌고, 이를 정리한 자료집은 이후 그라크 연구에서 하나의 기반으로 기능하게 된다. 또 하나 주목해야 할 기념비적 사건은 1989년에 첫 번째 권이, 그리고 이어서 1995년에 두 번째 권이 나온 저 유명한 플레야드 총서의 간행이다. 그라크의 작품에

---

5 그라크와 나눈 40년 동안의 교류를 기록한 장 드 말레스트루아의 책 『쥘리앙 그라크. 40년 동안의 우정. 1967~2007』(Jean de Malestroit, *Julien Gracq. Quarante ans d'amitié. 1967~2007*, Saint-Malo, Pascal Galodé, 2008)은 지금까지 잘 알려지지 않았던 일상 속 작가의 인간적인 모습을 실감 나게 보여준다.

대한 공식적 축성의 의미를 갖는 이 사건은 언론의 집중적인 조명을 수반하며 그라크에 대한 관심을 폭넓게 확장했고 그것에 새로운 차원을 부여했다고 말할 수 있다. 그는 프랑스 문학의 '마지막 대가'가 되었던 것이다.

1992년에 나온 『여행 수첩』과 함께 반세기가 넘는 시간에 걸친 그라크의 문학적 글쓰기는 마침내 종료되었다. 2002년에 나온 『대담들』은 1970년에서 2001년에 이르는 기간 동안에 이루어진 대담들 가운데 추려 뽑아 모은 책으로 그 문학적 가치는 결코 가벼이 볼 것이 아니긴 하나 획기적으로 새로운 요소를 담고 있지는 않다. 이와 달리 그라크 사후에 유작으로 간행된 두 책 『전쟁 수기』와 『석양의 땅』은 그라크의 문학 세계를 확장하며 그에 대한 접근에 새롭고 중요한 요소를 추가한다.

사실 이 책들이 아니어도 그라크 문학의 얼굴을 그리는 작업이 끝난 적은 없다. 시대의 변화와 계속되는 독서 가운데 그것은 부단히 변해왔고 지금도 변하고 있는 중이다. 다만 어느 정도 일정한 궤도에 올라 있었다고 말하는 것은 가능하다. 한데 두 책의 간행은 그라크 문학의 풍경에 적잖은 수정이 불가피하게 만들었다. 오래 통용되어 익숙해진 해석들 가운데 일부를 재고해보아야만 하는 것이다. 우리가 20세기 프랑스 작가 그라크의 문학적 프로필을 그려보고자 하는 것은 바로 이런 상황 속에서이다. 우리의 작업 끝에 윤곽을 드러낼 프로필은 따라서 여전히 진행 중인 변화의 한중간에 제안되는 잠정적인 프로필일 수밖에 없다.

1.2. 작가의 탄생

쥘리앙 그라크는 1910년 7월 27일 프랑스 서쪽, 낭트Nantes와 앙
제Angers 사이에 위치한 소도시 생플로랑르비에이Saint-Florent-le-
Vieil에서 태어났다.[6] 그의 본명은 루이 푸아리에Louis Poirier이다. 그
는 첫 번째 소설을 발표하면서 스탕달의 『적과 흑』의 주인공 쥘리
앙 소렐에게서 쥘리앙을, 로마의 오민관 그라쿠스 형제에게서 그
라크를 취하여 쥘리앙 그라크란 필명을 지었다. 그의 부모는 잡화
도매상을 경영했으니, 그는 지방 소도시의 프티부르주아인 셈이
다. 그가 이렇다 할 굴곡 없는 행복한 어린 시절을 보낸 생플로랑
은 이후 중등교육을 위해 낭트로, 고등교육을 위해 파리로, 다시
고등학교 교사로서 가르치기 위해, 또는 대학의 조교로 일하기 위
해 낭트, 캥페르Quimper, 캉Caen, 파리 등으로 삶의 무대를 옮겨 다
닐 때도 그의 변함없는 준거점으로 남는다. 그는 1947년 평생직장

---

6   그라크의 생애와 관련해서는 특별한 언급이 있지 않은 경우 베른힐트 보이
    으가 작성하여 플레야드 총서 1권에 수록한 「연보」를 따랐다.

이 될 파리의 클로드베르나르고등학교에 부임했고, 이후 연로한 손윗누이를 돌보기 위해 본가로 돌아갈 때까지 파리와 생플로랑 사이의 왕복을 반복한다. "예절, 감정 표현의 절제, 금전 사용을 비롯한 생활 방식, 일종의 공화주의적 미덕, 학교와의 관계를 감안할 때 1914년 이전 사람"인[7] 그는 소설 쓰기를 생플로랑의 그르니에아셀Grenier-à-sel가의 본가에 머무는 여름휴가 기간에 국한시켰다.

생플로랑은 그라크의 부계 쪽으로 대혁명, 심지어 그 이전부터 변함없는 생활의 터전이었던 곳이다. 모계 쪽으로는 몽장Montjean, 라포므레La Pommeraye, 샹토세Champtocé 등지에 삶의 뿌리를 내려왔다. 이 모든 장소들은 "반경 8킬로미터의 원"에 담기는데, 이 공간에서 여섯 세대 이상의 역사가 이루어진 것이다. 그라크의 조상들은 "삼실 잣는 사람, 빵집 주인, 대장장이, 뱃사공"으로 살면서 "검소하고, 한 푼 두 푼 헤아리고, 벌이에 억척스럽고, 가족관계에 결연하고, 취득하고 상속하고 유지하기에 악착같은" 태도를 견지해왔다. 스스로를 "서쪽 사람"이라고 부르게 만든 이와 같은 내력은 그라크를 그 같은 터전에 깊이 뿌리내리게 했고, 그는 자신의 연고를 "결코 끊지도 않았을뿐더러 정말로 끊으려고 한 적도 없다." 그는 자신의 뿌리를 스스로의 성격과 연결시키면서 말한다. "나는 집안에 틀어박혀 있기 좋아하는 성격, 모르는 얼굴에 대한 불신, 습관에 대한 고착된 보수주의, 좁은 관계, 특히 가족

---

7   Michel Murat, «Avant-propos. Un centenaire déconcertant», in *Gracq dans son siècle*, Paris, Classiques Garnier, 2012, pp.7-8.

관계의 원 안에 갇히는 경향, '아니요'라고 말하는 취미, 한마디로 '나는 내 구석에 조용히 내버려두고 그만 가'라고 말하는 버릇이 이 방데의 조상들에게서 온다고 생각한다." 그라크는 또한 "나는 바깥바람 같은 것들과는 별 관계가 없다"고 말하는데(GC1014-1015), 이 고백은 그의 작품을 생각할 때 의외가 아닐 수 없다. 닫힘에 맞서 열림을 표상하는 "바깥바람"은 거기서 가장 긍정적인 모티프 가운데 하나로 작용하며 정신적 유목주의의 주제를 구축하고 있기 때문이다.

낭트에 있는 클레망소고등학교를 졸업한 그라크는 1928년 파리의 앙리IV고등학교의 파리고등사범학교 수험준비반에 들어가고, 2년 뒤 6등의 우수한 성적으로 합격한다. 파리고등사범학교에 들어가면서 그가 선택한 전공은 지리학이다. 이런 선택의 이유로서, 가장 중요하지는 않아도 그가 우선 언급하는 이유는 쥘 베른에 대한 독서이다.[8] 쥘 베른은 낭트가 고향인 작가인바, 낭트는 클레망소고등학교에서 기숙생으로 유년기를 보낸 그라크가 담장 너머로 꿈꾸고, 또 이따금 외출을 통해 그 편린을 엿보았던 특별한 도시이다. 주목해야 할 것은 그라크를 일깨운 "진정한 중개자들", 곧 "열두 살 때의 포, 열다섯 살 때의 스탕달, 열여덟 살 때의 바그너, 스물두 살 때의 브르통"에 앞서 그라크의 감수성을 자극했던 작가가 바로 쥘 베른이라는(LI156) 사실이다. 지리학을 선택한 두 번째 이유는 아주 어려서부터 풍경 바라보는 것을 좋아했기 때문

---

8 «Entretien avec Jean-Louis Tissier», in *Gracq 2*, p.1193.

이다. 여행을 할 때면 "열차 유리창에서 떨어지기가 꽤나 힘들었"을 정도이다. 세 번째 이유는 고등학교 2학년 때 훌륭한 선생님으로부터 배우면서 지질도를 알게 되고, 특히 프랑스에서 지리학을 창시한 비달 드 라 블라슈의 『프랑스의 지리적 그림』을 읽게 되었다는 사실에 있다.[9] 그라크의 스승으로 파리 지리학연구소의 수장인 에마뉘엘 드 마르톤은 비달 드 라 블라슈의 사위이자 후계자이다.(GC1020-1021)

파리고등사범학교에 들어갈 당시 그라크는 이미 지리학 전공을 작정하고 있었다. 이 무렵 소르본에는 문학, 역사, 철학 분야만 있었는데, 문학의 경우 귀스타브 랑송으로 대변되는 실증주의 비평이 지배하는 까닭에 그의 흥미를 끌지 못했고, 추상적 관념에 아주 무관심하지는 않았지만 그것을 다루고픈 마음까지는 없었던 연유로 철학을 선택하지 않았다. 역사에 대한 관심이 생겨난 것은 훨씬 나중의 일이다. 반면에 지리학은 "구체적인 측면"으로써 일찌감치 그라크를 매료했다.[10] 당시 막 태어나고 있던 까닭에 인접한 여러 학문 분야와 자유롭게 소통하는 신생 학문을 공부하게 된 그에게 "살아 있는 복합성의 전체를 눈 아래 온전히 갖고 있다는, 그리고 무수한 유기적 상호작용이 수치들의 그물에 사로잡혀 고사되는 대신 거기서 여전히 작용하고 있음을 느낀다는 감정은 열광하게 만드는 무엇인가가 있었다." 그는 노년에 지리학 전공 선택을 돌이켜 생각하며 그것을 하나의 행운으로 기뻐한

---

9   *Ibid.*

10   *Ibid*, pp.1193-1194.

다.(GC1020-1021)

　1934년 그라크는 역사지리 교수 자격시험에 합격하고, 모든 파리고등사범학교 출신이 그리하듯 생멕스학교Saint-Maixent에서 사관후보생으로 군복무를 한다. 동료 가운데에는 파리고등사범학교와 파리정치학교(시앙스포)의 동기생으로 나중에 대통령이 되는 조르주 퐁피두도 포함되어 있다. 1935년 봄 그라크는 라플레슈La Flèche에 있는 육군유년학교에[11] 교수로 급파되었다가 학기가 끝나면서 낭트의 제65보병연대에 소위로 배치된다. 같은 해 9월 말 동원이 해제된 그는 낭트고등학교 역사 교사로 임명되어 이듬해인 1936년 7월까지 가르친다. 이 시기와 관련하여 특기할 점 가운데 하나는 열띤 정치 활동이다. 그는 수줍은 성격임에도 불구하고 낭트에서 공산당 계열 노동조합인 CGT의 조합원들과 함께 붉은 깃발을 들고 거리를 행진했다는 증언이 있을 정도이다.[12] 그는 또한 낭트와 생나제르Saint-Nazaire에서 인민전선을 위한 선거운동에 참여하고 프랑스공산당에 가입한다. 다른 한편 그는 크리미아 반도에 대한 지리학 박사논문을 준비하기 위해 일 년 동안의 휴직을 신청한 뒤 파리의 동양어학교에 등록하여 러시아어를 공부한다. 그러나 신청한 러시아 입국 비자가 나오지 않는다. 그는 여행을 포기하고 1937년 여름휴가를 보내기 위해 생플로랑으로 돌아간다.

　브르타뉴 지방에 끌린 그라크는 캥페르르고등학교에 자리를 요

11　군인 자제들이 다니는 무상교육기관.

12　Jean de Malestroit, *Julien Gracq. Quarante ans d'amitié. 1967~2007*, p.45.

청하고, 1937년 가을부터 1939년까지 가르친다. 이 시기에 그는 캥페르르의 체스 모임을 이끌며 정치활동에도 적극적으로 참여한다. 그는 학교에서 유일하게 파업에 참여하며 급여정지 처분을 받기도 하지만 스스로의 정치적 상황에 대해 점차 불편함을 느끼기 시작한다. 1939년 8월 말 그는 독소불가침조약 체결 소식을 듣고 프랑스공산당을 탈당하며, 137연대 중위로 소집된다. 캥페르의 후방부대에서 한 달 동안 근무한 그는 9월 말 사르Sarre에 주둔하고 있던 자신의 부대와 합류한다. 이동을 위해 파리에 들렀을 때 그는 역시 소집되어 군의관 유니폼을 입은 앙드레 브르통을 만난다. 모젤 지방에서 한 달 동안 숙영하고, 이어서 북해 가까운 곳으로 이동하여 숙영한다.

1940년 5월 10일 제2차 세계대전 전투가 시작될 때 그는 벨기에 국경을 코앞에 둔 윈젤Winnezeele에 있다. 이후 그는 소대장으로서 브르타뉴 출신 병사들을 이끌고 때로는 기차를 타고 때로는 걸어서 덩케르크Dunkerque를 둘러싼 플랑드르 지방을 비몽사몽 중에 고단하게 편력한다. 그는 소대원들과 함께 적진 한가운데 고립되었다가 야음을 이용한 돌파로써 프랑스군 지역으로 합류하는가 하면, 프랑스군이 장악한 도시에 사이드카를 타고 잘못 들어온 독일군 병사 두 명을 포로로 잡기도 한다. 연대는 다시 이동하고 그라크는 소대원들을 데리고 우아밀Hoymille이란 작은 도시에서 운하를 방어하며, 공격해오는 독일군 앞에서 속수무책으로 그저 잠잠하기만 한 다른 소대들과 달리, 제일 먼저 발포를 명령하고 자신이 직접 총을 쏘기도 한다. 그러나 다시 한 번 적진에 고립되어 농가 지하실에 숨어 있던 그는 6월 2일 저녁 하사관 한 명과 함께 독일군에게 포로로 잡힌다. 그는 슐레지엔의 호이에르스베르다Hoy-erswerda 근처에 위치한 엘스테르호르스트Elsterhorst 수용소에서 포로 생활을 한다. 1940년 가을 그는 호흡기 질환을 앓고, 폐병으로 의심되어 석방자 명단에 오른다. 그는 1941년 2월 말 스위스 열차를 통해 마르세유로 송환되고, 3월 초 소집이 해제되어 생플로랑으로 간다.

집에 돌아온 그라크는 전쟁의 체험을 일기 형식의 기록으로 정리하고 그 일부를 허구로 전치하여 중편소설을 쓰는데, 이 두 편의 글을 묶어 2011년 유작으로 간행한 책이 바로 『전쟁 수기』이다. 그는 또한 산문시를 쓰기 시작한다. 4월부터 그는 파리의 앙리IV고등학교에서 근무하고 이후 아미앵, 앙제, 그리고 파리 근교의 생모르Saint-Maur로 자리를 옮겨가며 가르친다. 그러던 중 1942년 10월 날 지노교수 에마뉘엘 드 마르톤이 캉대학의 지리학 임시 조교 자리를 제안하고, 노르망디 지방을 대상으로 한 형태지리학적 고찰로 박사논문을 쓸 생각에 제안을 받아들인다. 그는 캉대학에서 1946년까지 4년 동안 머무른다. 1944년 노르망디 상륙작전을 앞둔 캉은 잦은 폭격 때문에 대단히 어려운 상황에 처한다. 학기말 시험은 5월로 앞당겨져 인근 시골의 초등학교에서 시행되고, 학기가 일찍 종료되자 그라크는 자전거를 타고 생플로랑 본가로 돌아간다. 거대한 전투 직전에 위치하는 이 여행은 나중에 산문시 「고모라」로 정리될 것이다.

1947년 1월 그라크는 마침내 평생직장이 될 파리의 클로드베르나르고등학교에 부임한다. 이제 그는 정치활동을 접고 대학교수의 길을 포기한다. 파리의 교사 생활과 생플로랑에서 보내는 여름휴가 동안의 집필이 반복되며 이제 항구적인 삶의 리듬으로 자리 잡는다. 이후 그의 삶에서 특기할 만한 순간은 거의 없다고 해도 과언이 아니다. 문학적 삶, 오로지 문학에만 전념하는 하나의 삶이 시작된 것이다. 물론 그렇다고 해서 어찌 삶에 굴곡과 높낮이가 없었겠는가? 평생 결혼을 하지는 않았지만, 그 역시 한 여인과 애틋한 사랑을 했고 때 이른 죽음 때문에 그 사랑을 아프게 떠나보내야만 했다. 그라크와 팔 년 동안 삶을 같이하기도 했던 그 여인은 불가리아 출신의 초현실주의 작가이자 사회학자로서 화가 한스 벨메르의 모델인 동시에 동반자이기도 했던 노라 미트라니이다. 하지만 문학을 벗어나는 그 모든 개인적 삶은 그라크가 두터운 괄호로 묶고자 했던 몫이다. 다시 1937년으로 돌아가도록 하자.

생플로랑에서 보낸 1937년 여름은 그라크의 인생에서 일대 전환점을 이룬다. 그는 "별다른 숙고 없이" 『아르골 성에서』를 쓰기 시작했고 가을에 캥페르에서 탈고했던 것이다. 이 작품 이전에 그는 "모든 고등학생들이 그러하듯 열세 살 또는 열네 살 무렵에 매우 형편없는 열두 음절 시구들을 썼고, 대학 시절 몇 차례의 글쓰기를 시도했었다. 하지만 그것은 부수적인 것에 그쳤고", 어디까지나 문학 소비자로서의 관심이었을 뿐 작가가 되겠다고 생각한 적은 없었다. 그러나 이 첫 번째 작품과 함께 "나머지는 죄다 뒷자리로 물러나기 시작한다."[13]

1938년 초 그라크는 NRF출판사에 원고를 보내지만 거절당한다. 책은 같은 해 10월 출판 비용의 일부를 부담하는 조건으로 초현실주의 작품을 주로 간행하는 조제코르티출판사에서 나온다. 언론의 반응은 좋은 편이었다. 하지만 책은 그다지 잘 팔리지 않았다. 이 첫 작품과 관련하여 무엇보다도 중요한 것은 이듬해인 1939년 5월 13일 초현실주의 그룹의 수장인 앙드레 브르통으로부터 열렬한 찬사가 담긴 편지를 받았다는 사실이다. 그 편지에서 브르통은 말한다. "나는 단 한 순간도 눈을 떼지 못한 채 『아르골성에서』를 읽었고, 당신의 책은 절대적으로 본질적인 영역에서 이루어지는 소통의 느낌을 내게 주었습니다."[14] 그라크는 편지를 읽던 순간을 이렇게 회상한다.

어느 날 아침 '파르크호텔'에서 나는 극도의 흥분 가운데 브르통의 편지 ─ 청회색 편지지와 끌로 다듬은 듯 명료한 초록색 글씨는 아직도 나를 감동케 한다 ─ 를 열었고, 마치 자격증이라도 되는 양 그것을 서랍 속에 꼭꼭 간직했다.(GC1025)

그를 그토록 감동케 한 것은 다른 사람도 아닌 브르통이, 다시 말해 그가 나중에 러시아 시인 미하일 레르몬토프의 소설 제목을 인용하여 "우리 시대의 영웅"(AB515)이라고 부를 그 브르통이 그

---

13 «Entretien avec Jean Carrière», in *Gracq 2*, p.1233.

14 Bernhild Boie, «Chronologie», in *Gracq 1*, pp.LXIX-LXX.

를 작가로서 인정했다는 사실이다.

중요한 두 가지 변화가 이 사건에 수반되며 바야흐로 그라크의 세상에 대한 관계를 규정한다. "정치는 나로부터 멀어져갔다. 열네 살 때 라마르틴 풍의 시 쓰기를 멈추었던 것같이, 열여덟 살 때 미사에 가기를 그쳤던 것같이, 아니 차츰차츰 잊었던 것같이, 그것은 마른 나뭇가지처럼 내게서 떨어져 내렸다. 그리고 대학은 내게 손쉽고 편한 밥벌이에 불과할 것이라는 생각이 들었다."(GC1025) 그라크는 작가이되 고등학교 교사 노릇을 하며 봉급을 받을 것이고, 시앙스포를 우수한 성적으로 졸업했지만 정치에 대해서는 일정한 관심을 갖고 투표를 할지언정 직접적인 정치 참여는 삼갈 것이다. 그는 1939년 8월의 독소불가침조약 체결 직후 공산당에서 탈당했다. 하지만 보다 근본적인 탈당 이유는 정치 활동에 대한 확신의 감소, 그것과 문학 활동 병행의 어려움(GC1023), 그리고 자신의 문학 세계와 사회주의 리얼리즘 미학의 불일치에서 오는 뿌리 깊은 불편함에 있었다. 1986년에 있었던 장 카리에르와의 대담에서 그라크는 그때 이후의 정치에 대한 스스로의 태도를 이렇게 정리한다.

1933년에서 1936년에 이르는 시기에 내전의 위협(나중에 1968년 5월에 느꼈던 것보다 훨씬 더 직접적인)은 외부의 전쟁과 복잡하게 얽혔고, 무관심한 채로 있기가 힘들었다. 이 관심은 그러나 1939년의 독소불가침조약 체결과 함께 별안간 끝났다. 이후 나는 어떤 식으로건 정치를 결코 신뢰할 수 없었고, 정신의 진지한 활동으로 간주할 수도 없었다. 나는 신문을 읽고 때마다 투표를 하며, 이따금 공적인 문제가 야기하는 폐해를 되도록 피하고자 애쓴다. 하지만 내 태도는 근본적으로 스탕달의 태도이다. "기억해. 조심해야 한다는 사실을." 그런 만큼 전후에, 내가 겪어 그 결말을 잘 아는 길을 사르트르를 포함한 수많은 지식인들이 15년의 시차를 두고 다시 걷는 광경을 보는 것은 재미있는 일이었다.[15]

세상에 내놓은 책은 그렇게 많지 않아도 소설, 시, 희곡, 비평, 에세이, 팸플릿, 그리고 심지어 번역까지 거의 모든 장르를 섭렵했으나 무엇보다 소설가로 불리어 마땅한 작가 쥘리앙 그라크는 이렇게 세상에 나왔다.

---

15 «Entretien avec Jean Carrière», in *Gracq 2*, pp. 1235–1236.

1.3. 초현실주의의 가장자리에서

1939년 8월 브르통과 그라크가 낭트에서 처음으로 만났을 때, 브르통은 어려운 형편에 처해 있었다. 브르통 자신은 그것을 받아들이지 않았지만 초현실주의 운동의 황금시대라 할 1920년대는 벌써 먼 과거였고, 그룹은 눈에 띄게 위축되고 있었다. 루이 아라공, 필리프 수포, 앙토냉 아르토, 로베르 데스노스, 자크 프레베르 등이 이미 1930년대 초반에 그룹을 떠난 데다가, 바로 전해인 1938년 말에는 폴 엘뤼아르마저도 그룹과 결별한 참이었다. 이런 마당에 재능이 엿보이는 젊은 소설가가 초현실주의를 천명하며 등장했다는 사실은 브르통에게 오랜 가뭄 끝의 단비와도 같았을 것이다. 브르통은 그라크에게 초현실주의 그룹 가입을 권유했다. 그라크는 분명 초현실주의가 표명하는 가치들을 공유했다. 하지만 초현실주의자가 된다는 것은 그룹 차원의 선언, 행동, 숙청 등에 참여하고 서명하는 것을 의미했고, 그라크로서는 그룹의 구성원이 지켜야 하는 엄격한 규칙에 스스로의 자유를 종속시키는 것은 생각할 수 없는 일이었다. 그는 초현실주의 그룹 가입을 거절했고, 이것으로 그룹 가입 문제는 일단락되었다. 브르통은 두 번 다시 같은 이야기를 꺼내지 않았고, 두 사람은 서로를 이해하고 존중하는 사이로 남았다. 그라크는 이렇게 초현실주의자가 되지는 않았지만, 브르통의 요청에 따라 초현실주의 그룹의 활동에 참여하기도 하고 초현실주의에 대한 지지와 공감을 표명하는 글을 쓰기도 했다.

예컨대 1946년 봄 브르통이 미국에서 돌아왔을 때, 초현실주의, 실존주의, 공산주의 진영들 간에 일대 논쟁이 일어난다. 벵자맹 페레가 1945년 멕시코에서 발표한 도발적인 팸플릿 『시인들의 불명예』에 맞서 1947년 그것을 논박하는 로제 바양의 『혁명에 반대하는 초현실주의』, 트리스탕 차라의 강연 「초현실주의와 전후(戰後)」, 그리고 사르트르의 유명한 『문학이란 무엇인가』가 줄지어 발표된다. 초현실주의에 대한 재평가가 핵심 쟁점인 이 논쟁에서 그라크는 브르통의 편을 들었고, 그의 이런 입장을 정리한 책이 바로 1946년 가을에 써서 1948년 초에 출간한 『앙드레 브르통』이다. 모리스 블랑쇼, 조르주 바타유, 그리고 그라크의 친구이기도 한 쥘 몬로가 당시 그라크와 같은 입장을 취했던 사람들이다.[16] 이듬해 브르통이 '1947년의 초현실주의'란 제목으로 전시회를 개최했을 때, 그라크는 브르통, 바타유와 나란히 전시회 카탈로그에 글을 실었다. 브르통은 「막 앞에서」, 바타유는 「신화의 부재」, 그라크

16 Michel Murat, *Julien Gracq*, Paris, Pierre Belfond, 1991, p.139.

는 「악몽」을 썼다. [17]

사실 그라크가 초현실주의와 맺은 관계는 그룹에 가입하고 안 하고의 문제, 또는 그룹의 입장에 동의하고 안 하고의 문제를 넘어서는 훨씬 더 본질적인 차원의 문제였다. "그라크의 경력 내내 초현실주의는 그의 근본적인 지적 참조대상으로" 기능했을뿐더러, 그는 초현실주의를 "예술의 인식론으로", "자기 시대의 사유 가운데 스스로를 위치시키는 방식으로" 채택했기 때문이다. [18]

1942년 12월 미국 예일대에서 행한 강연에서 브르통이 명시하는 것처럼, 1919년 『리테라튀르』지에[19] 『자장(磁場)』의 첫 장들이 발표되면서 출발한 초현실주의는[20] 무의식의 세계로 향하는 문을 연 프로이트의 정신분석에 자극받아 문학의 테두리를 넘어서는 예술 전반, 나아가 일상적 삶의 차원에서 꿈과 현실, 이성과 비이성, 의식과 무의식을 종합하고자 했다. 합리주의와 실증주의의 전통에 반항하며 현실이 부과하는 경제적, 사회적 예속에서 벗어나고자 했던 이 운동은 그러나 무엇보다도 의식과 언어를 바꿈으로써 인간과 삶을 변화시키려 했고, 이 점에서 사회경제적 차원에 역점을 두는 공산주의와는 근본적인 차이를 갖는다. 꿈과 현실의 종합을 추구하는 초현실주의의 실천은 글쓰기의 차원에서는 자동기술

---

17 Michel Murat, *Julien Gracq*, p.142.

18 Dominique Perrin, «Les engagements intellectuels de Julien Gracq», in *Gracq dans son siècle*, Paris, Classiques Garnier, 2012, p.170.

19 초현실주의 잡지로 '리테라튀르littérature'는 '문학'을 뜻한다.

20 André Breton, «Situation du Surréalisme entre les deux guerres», in *La Clé des champs*, Paris, Jean-Jacques Pauvert, 1967, p.72.

로, 삶의 차원에서는 객관적 우연으로 구체화된다. 객관적 우연이란 주관성이 객관성으로 이행하는 것,[21] 다시 말해 꿈 혹은 욕망이현실 속에서 구체화되는 것을 가리키거니와 브르통의 『열애』 같은 작품은 갖가지 꿈, 바람, 욕망, 그리고 겉으로 보기에 하찮은사물, 말, 사건들이 교향악적으로 상응하며 열정적인 사랑을 향해 경이롭게 수렴되는 과정을 보여준다. 말하자면 우연이 구체적필연으로 이행하고 있는 것이다. 이런 점을 감안할 때 『제2차 초현실주의 선언문』이 규정한 "숭고한 지점", 곧 "삶과 죽음, 현실과상상세계, 과거와 미래, 소통과 불소통, 높은 곳과 낮은 곳이 모순적으로 지각되기를 그치는 정신의 지점"을[22] 『열애』가 다시 한 번이야기하는 것은[23] 자연스러운 일이다. 초현실주의가 궁극적으로추구하는 것은 바로 그 같은 숭고한 지점이다. "초현실주의의 활동에서 이 지점을 규정하려는 희망 이외에 다른 어떤 동기를 찾는것은 헛수고이다"[24]라고 브르통은 단언한다. 이 숭고한 지점은 인간과 세상의 온갖 모순이 해소되는 절대적인 자리라는 의미에서일종의 신성이며, 이 같은 신성을 현실의 삶 속에서 규정하고자하는 초현실주의의 탐색은 인류 역사에 신기원을 열기 위한, 새로운 신화를 창출하기 위한 하나의 거대한 노력이 된다.

---

21 André Breton, *L'Amour fou*, in *Œuvres complètes*, Tome 2, Paris, Gallimard, coll. «La Bibliothèque de la Pléiade», 1992, p.753.

22 André Breton, *Second manifeste du Surréalisme*, in *Œuvres complètes*, Tome 1, Paris, Gallimard, coll. «La Bibliothèque de la Pléiade», 1988, p.781.

23 André Breton, *L'Amour fou*, p.780.

24 André Breton, *Second manifeste du Surréalisme*, p.781.

초현실주의와 그라크의 차이는 우선 글쓰기에서 확인된다. 그라크는 1940년대 초반에 쓴 산문시들을 주로 모은 시집 『커다란 자유』에서 초현실주의적인 이미지들을 풍부하게 활용하는 한편 몇몇 시들에서는 자동기술을 채택하기도 한다. 하지만 그 밖의 작품, 특히 소설에서는 자동기술을 전혀 사용하지 않는다. 자동기술이야말로 초현실주의를 특징짓는 가장 뚜렷한 표지인 만큼 그 같은 사실은 그라크를 초현실주의로부터 구별하는 첫 번째 이유가 된다. 또 다른 중요한 차이는 신성의 문제에 관련된다.

아라공과 엘뤼아르를 비롯한 주요 멤버들이 그룹을 떠나간 뒤 거의 혼자서 초현실주의 운동을 떠짊어지고 나아갔던 브르통은 숱한 어려움과 절망 가운데서도 일찍이 『초현실주의 선언문』을 통해 표명했던 신념과 희망을 버리지 않았다. 그는 숭고한 지점, 다시 말해 우리가 사는 세계에 내재하며 종래의 초월적 신성과 엄연히 구별되는 신성을 땅 위에서 탐색하고 구현하려 했으며 그것을 보여주는 안내자가 되고자 했다. 그와 달리 그라크는 애초부터 신성의 문제를 현실의 삶으로부터 완전히 독립된 문학에, 허구에 국한한다. 잘 알려진 것처럼, 브르통은 허구를 단죄한다. 『나자』에서 그는 자신의 일상과 실재가 환히 드러나는 "유리 집" 같은 글을 쓰겠다는 의지를 표명한다.[25] 반면에 그라크는 허구를 유일한 문학적 발언의 자리로 채택한다. 이런 점에서 그가 문학을 하기 위해 쥘리앙 그라크란 필명을 마련했다는 사실은 의미심장하

25 André Breton, *Nadja*, in *Œuvres complètes*, Tome 1, Paris, Gallimard, coll. «La Bibliothèque de la Pléiade», 1988, p.651.

다. 그는 작가 쥘리앙 그라크와 고등학교 교사 루이 푸아리에를 철저히 구분한다. 쥘리앙 그라크는 오로지 문학을 통해서만 존재하는 것이다.

그라크에게서 문학 속으로, 책 속으로 들어간 신성은 일종의 소실점으로 기능한다. 그의 소설, 그리고 희곡은 종국적 진리를 담은 공간 혹은 사건을 중심으로 구성되고 또 그것을 향해 강력하게 수렴되지만 이 공간 혹은 사건은 결코 그 모습을 드러내는 법이 없다. 중세의 성배 신화를 변용한 희곡 『어부 왕』이 그것을 단적으로 보여준다. 장엄한 성배 의식으로 끝나는 바그너의 오페라 『파르지팔』과 달리 그라크의 희곡에서는 대단원을 구성하는 성배 의식이 칸막이 뒤에서 진행된다. 극의 중심에 위치하되 모습을 드러내지 않은 채 모든 요소들을 벡터로 수렴하던 성배가 마지막 순간에 이르러 그 모습을 드러내는 대신 차폐막 뒤로 숨어버리는 것이다. 대표작 『시르트의 바닷가』 또한 동일한 이야기 구조를 갖는다. 소설은 오르세나Orsenna와 파르게스탄Farghestan이라는, 치유할 수 없는 마비 상태에 빠진 두 가상 국가를 설정하며 시작되고, 이야기는 둘 사이의 전쟁을 향해 나아가지만 전쟁이 발발하기 직전에 책은 끝난다. 전쟁은 하나의 소실점으로 기능하고 있는 셈인데, 두 국가 간의 결정적 만남을 구현할 그 전쟁은, 살아남아 글을 쓰는 주인공 알도에 의해 아주 짧게{"붉게 타오르는 파괴된 조국"(RS729)}, 그러나 너무 짧은 나머지 불완전하고 모호한 형태로 그려질 뿐이다. 부재하는 현존으로서의 신성을 일종의 소실점으로 삼아 스스로를 구축해나가되 결정적인 순간에 그것을 에두른다는 점은 『시르트의 바닷가』와 『어부 왕』에 국한되지 않는다. 그라크의 모든 작품이 그 같은 구조 위에 축조되어 있다. 하지만 신성은 실현되지 않았어도 빈 중심 둘레로 작품이 완성된다. 『시르트의 바닷가』에 전쟁은 없지만, 부재하는 그것은 화자 알도의 이야기를 낳고 있는 것이다. 그라크에게 신성의 역할은 이렇듯 오로지 이야기를 산출하는 데 그친다. 그것은 허구를 낳는 일종의 핑계로 기능할 따름이다. 역설적인 것은 이런 신성이 함부로 범접할 수 없음으로 특징지어지는 신성의 현상학적 위상을 고스란히 유지한다는 점이다. 뒤에 가서 살펴보겠지만, 시는 전혀 다른 양상을 보인다.

초현실주의와 분명하게 구별되는 그라크의 문학은 그러나 그것과 더불어 근본적인 가치를 공유한다. 인간과 세계에 대한 깊은 신뢰가 바로 그것이다. 1960년 5월, 그러니까 사르트르의 실존주의와 누보로망이 프랑스 문학계를 지배하던 무렵 파리고등사범학교에서 행한 강연에서 그라크는 초현실주의에 대해 이렇게 말한다.

　　이제 나는 결론을 대신하여 나에게 있어 언제나처럼 모범적 가치를 지니고 있는 운동, 초현실주의라는 이름으로 불렸던 운동에 대해 간단히 말하고자 합니다. 결국은 삶의 것에 다름 아닌 수많은 모순들을 통해 이 운동은 인간의 총체성의 표현을 줄기차게 요구하는 본질적인 미덕을 견지했으니, 이 온전함이란 거부인 동시에 승낙이고, 항구적인 결별인 동시에 재통합입니다. 이 운동은 이런 모순의 한가운데서 스스로를 보존할 줄 알았습니다. 그것은 카뮈의 경우처럼 절제된 예지에서 오는 약간 맥 빠진 화해의 길을 통해서가 아니라, 우리가 살고 있는 이 세계, 매혹적이지만 살기 힘든 이 세계가 끊임없이 요구하는 동시적인 두 가지 태도, 곧 경탄과 분노를 극단적 긴장 안에 유지하면서였습니다."(PR880)

그라크가 초현실주의를 통해 보는 것, 그리고 그의 문학을 기저에서 떠받치는 것은 "인간과 그를 품은 세계 사이의 계쟁(係爭)"이거니와, "이 계쟁은 세계가 객관적으로 느껴지는 한 계속될 수밖에 없는 계쟁이며, 시가 근본적으로 뿌리내리는 계쟁"(EE543)이다. 그것은 종국적으로 인간과 세계의 결혼, "필요한 만큼, 아니 그 이상의 애정에 의한 결혼, 매일 매 순간 인간과 그를 품은 세상 사이에 맺어지는 어쨌거나 신뢰에 바탕을 둔 끊을 수 없는 결혼"(PR879)을 지향한다. 그라크의 마지막 소설 가운데 하나인 「곶」의 화자는 말한다.

세상은 말하지 않는다. 그러나 가끔 어떤 한 물결이 그 안으로부터 밀려 올라와 어쩔 줄 모르는 모습으로, 사랑에 빠진 모습으로, 아주 가까이에서 자신의 투명함 위로 부서진다. 마치 영혼이 이따금 입술 언저리를 향해 오르듯.(PI467)

앙드레 브르통 탄생 백 주년에 즈음하여 〈르몽드〉에 기고한 글에서 그라크는 초현실주의를 1968년의 5월혁명과 결부시킨다. 정치적 차원에서는 혁명의 이름에 값할 만한 변화를 가져오지 못했으나 일상과 문화의 차원에서 커다란 변화를 몰고 온 이 혁명이 "적어도 막연한 방식으로나마 초현실주의가 언젠가 '돌아올' 수 있다는 점을 증언한 듯 여겨진다"는 것이다. 역사의 지원을 받지 못했던 초현실주의가, 그것을 이끌어온 브르통의 죽음과 함께 사실상 종료된 마당에, 뜻밖의 역사적 메아리를 얻고 있다는 시각은 21세기에도 초현실주의적 "전망이 닫혀 있지 않다"는 기대로 이어진다. 그라크는 평가한다.

> 초현실주의는 새로운 세기의 문 앞에 빈손으로 나서지 않는다. 그것은 삶을 바꾸지는 못했다. 하지만 그것은 어쨌거나 삶에 상당한 양의 맑은 공기를 불어넣어 주었다. 그것은 결정적으로 시를 넓은 자리로 끌어냈다. […] 그것은 '영원한 낭만주의'에 새로운 숨결을 불어넣어 주었다.[26]

초현실주의에 대한 공감을 이보다 더 잘 표현하기는 어려울 것이다. 브르통이 살아 있었더라면 커다란 위로가 되었을 이 말은 그러나, 브르통과 그라크 사이의 공감을 넘어, 20세기 문학과 예술에 대한 초현실주의의 기여를 제대로 평가하는 측면이 있다고 말할 수 있다.

---

26 Julien Gracq, «Revenir à Breton», in 〈Le Monde〉(1996년 2월 16일).

1.4. 현대적 낭만주의

세상에 대해, 그리고 초현실주의에 대해 그라크가 표명하는 태도는 실존주의에 대한 그의 입장을 단숨에 결정한다. 우선 "독자에게 팜파탈들의 목록이 아닌 문학은 상관할 필요가 없다"(LE681)고 말하는 작가가 철학을 전면에 내세우는 실존주의 유파를 고운 눈으로 볼 리 만무하다. 그러나 그라크에게 정말로 불만스러운 것은 실존주의가 인간을 스스로에게서(카뮈의 『이방인』), 그리고 세계로부터(사르트르의 『구토』) 분리하면서 통합의 가치 대신 유형의 가치를 부각시킨다는 점이다.(PR874) 타자와 세계에 대해 적대적이거나 낯선 태도를 취하며 인간을 잉여로 간주하는 사르트르의 문학은 그라크의 눈에 "아니요의 감정"을 대표한다. 그라크 자신은 물론 "예의 감정" 쪽에 스스로를 위치시킨다.(PR872–873)

알랭 로브그리예에 의해 대변되는 누보로망 역시 동일한 이유에서 비판받는다. 그라크에 따르면 로브그리예는 인간을 방기하고 세상 쪽으로 넘어가 사물들 그 자체만을 그리되 보들레르가 말하는 것 같은 상응과 의미에 대한 인간의 영원한 요구들을 도외시한다.(PR877) 구조주의 비평 또한 누보로망과 동일한 취급을 받는다. "열쇠를 갖고 있다고 믿으며 당신의 작품을 자물쇠 모양으로 만들어대는 이 사람들에게 무슨 말을 할 것인가?"(LI161) 그라크의 이 물음이 겨냥하는 것은 말할 것도 없이 롤랑 바르트를 필두로 한 구조주의 비평가들이다. 그는 또 다른 자리에서 누보로망과 신비평을 한꺼번에 비판하며 이렇게 말한다. "일종의 에너지 보존 법칙이 등장했다. 비평의 광도(光度)가 점점 높아짐에 따라 작품의 질량은 감소한다. 그리하여 스스로의 무저항성을 의식한 작품은(누보로망이 그 경우이다) 자진해서 비평의 해부에 알맞은 형태로, 다시 말해 미리 소화된 형태로 얼굴을 내민다."(LI227) 그라크가 이토록 혹독하게 20세기 중반의 문학적 흐름을 비판한다면, 그것은 이 흐름이 문학으로부터, 그리고 언어로부터 인간을 배제하려고 애쓰는 듯 보이기 때문이다. 그라크에게 인간의 죽음, 예술의 죽음은 난센스에 불과하다. 그는 언어를 일종의 소여로서 수긍한다. 그리고 이렇게 받아들인 언어의 가능성을 적극적으로 탐색하며 그 과실을 추수한다. 그는 풍부하고 오랜 프랑스 문학 전통에서 글을 가장 잘 쓰는 작가 가운데 한 사람으로 통한다.

인간이 세계와 맺는 계쟁적 관계가 작품의 바탕을 이룰뿐더러 이 관계가 종국적으로 행복한 결혼을 지향한다는 점에서, 그리고 꿈과 상상력이 작품의 전면에 자리 잡는다는 점에서 그라크는 넓은 의미의 낭만주의, 곧 영원한 낭만주의에 속한다고 말할 수 있다. 사실 그라크가 일정한 거리를 두고 초현실주의와 공유하는 가치는 낭만주의의 흐름에 속하는 것인데, 그는 초현실주의에서 현대적 형태의 낭만주의를 보기도 한다. 초현실주의에 앞서 꿈과 현실을 종합하고자 했고, 초현실주의에 지대한 영향을 미친 독일낭만주의, 특히 노발리스의 독일낭만주의는 초현실주의와 동일한 자격으로 그라크에 의해 수용된다. 그러나 초현실주의이건 독일낭만주의이건, 그라크가 낭만주의의 유구한 흐름 속에서 보고자 하는 것은 소외와 욕구불만으로부터 자유로우며 죄의식에서 해방된 완전한 삶, 곧 하나의 황금시대를 향한 뜨거운 열망이다. 한데 그라크에게는 이 황금시대의 전범이 있으니, 그것은 바로 독일낭만주의의 중개가 그 형성에서 결정적인 역할을 한 중세이다. 강조해야 할 것은 이때의 중세는 흔히 암흑기라고 불리기도 하는 역사 속의 다소 음침한 중세가 아니라 찬란한 새출발의 르네상스와 혼동되는 상상의 중세, 이를테면 노발리스가 『하인리히 폰 오프터딩엔』에서 그리는 것처럼 진정한 삶 가운데 기쁨과 가능성이 넘쳐흐르는 중세이다. 이 중세는 따라서 시공간에 의해 한정된 인간조건으로부터 해방된 세계로, "포근하고 부드러운 초시간적 세계"로 나타난다.(PR993) 그라크가 보기에 독일낭만주의가 지닌 본질적인 미덕은 전범을 과거에 설정하되 지향하는 황금시대는 미래에 위치시킨다는 점에 있다. 노발리스는 이런 황금시대에 대해 놀라운 믿음을 표명하거니와, 그 믿음은 그라크의 찬탄을 자아낸다. 프랑스 낭만주의가 그라크에게 큰 관심을 유발하지 못하는 것은 그것이 유형과 상실의 문학이고 회한의 문학이기 때문이다. 그라크에게 진정한 프랑스 낭만주의는 초현실주의이다.

그라크와 초현실주의는 이렇듯 영원한 낭만주의, 현대적 낭만주의, 진정한 낭만주의의 흐름 속에서 공감의 몫을 발견한다고 말할 수 있다. 이와 같은 맥락에 위치하는 그라크는 문학적, 문화적 유산을 적극적으로 활용하는 작가이다. 하지만 그의 가장 큰 관심이 향하는 것은 노발리스, 횔덜린, 네르발, 톨스토이(그에 따르면 도스토옙스키는 사람들이 말하는 것만큼 톨스토이를 죽이지 못했다), 에른스트 윙어, 그리고 특히 브르통 등, "계절 및 지구의 리듬에 깊이 조율된 인간의 수액, 우리 속을 흐르며 생명력을 재충전하는 수액에 대한 잃어버린 감정을 우리에게 되돌려주는"(PR879) 작가들이라는 사실은 의미심장하다. 그라크의 관심은 언제나 세계 속에 깃들어 호흡하고 삼삭하는 인간에게로 수렴된다는 점을 볼 수 있고, 바로 그 같은 방향으로 그의 글쓰기가 전개되고 발전하며 깊이를 얻는다는 사실을 우리는 확인할 수 있는 까닭이다. 한 대담에서 그라크는 말한다. "물론 언제나 인간이 있다. 인간이 있지 않고 무엇이 있겠는가?"[27] 그의 문학의 중심에는 "지구의 신경섬유 가운데 가장 예민하고 가장 민감한 갓털"(PR844) 같은 존재인 인간이 있고, 그런 인간이 세상과의 대화를 위해, 소통을 위해 투사하는 상상과 꿈이, 질문이 있다.

그러나 그라크는 낭만주의가 내포하는 위험을 냉철하게 의식한다. 그는 자신의 뿌리를 소중하게 생각하는 사람이다. 공간과 인간 사이의 긴밀한 관계는 그의 작품의 중요한 토대를 이룬다. 인

---

27 «Entretien avec Jean Carrière», in *Gracq 2*, p.1256.

간중심주의에 뿌리를 둔 의인법과 유기적 글쓰기는 그 같은 관계에 구체와 깊이를 더해준다. 그라크가 지향하는 세상과 인간의 행복한 결혼 역시 이 공간과 인간의 관계의 긍정적인 한 형태로 이해될 수 있다. 한데 문제는 공간과 인간 사이의 유기적 긴밀함으로 나타나는 관계가 자칫 타자의 배제로 이어질 수 있다는 점이다. 지방색이니 국수주의니 인종주의니 하는 것들도 결국은 공간과 인간 사이의 유기적 관계가 정치적 이데올로기로 비화된 경우들이라고 할 수 있다. 20세기 초반의 나치즘이 단적인 예이다. 이런 위험에 대한 예방책이 될 수 있는 것이 바로 그라크가 스스로의 환경 및 성격과 상반된 방향으로 발전시키는, 뿌리를 거부하며 공간과 인간 사이의 지나치게 긴밀한 끈을 부정하는 정신적 유목주의이다.[28] 그라크의 세계에서는 유목주의와 농경주의가 대립하며, 유목민이 농경민보다 더 자유롭고 우월한 존재로 나타난다. 정신적 유목주의는 정신적 자유 혹은 정신적 귀족주의의 동의어라고 해도 과언이 아닐 정도이다. 중요한 것은 정신적 유목주의가 작품에 균형을 부여하면서 이데올로기적 위험을 예방한다는 점이고, 여기서 우리가 확인하는 것은 그라크의 냉철한 반성적 정신이다.

---

28 Michel Murat, *Julien Gracq*, p.29.

1.5. 21세기, 그리고 펜과 종이

2000년 2월 5일 자 〈르몽드〉에 기고한 글을 마치며 그라크는 말한다.

문학에서 이제 나는 더 이상 동료가 없다. 반세기 만에 동업자집단의 풍습들은 세월과 함께 하나씩 하나씩 나를 뒤에 남기고 갔다. 나는 컴퓨터, CD, 워드 프로그램뿐만 아니라 심지어는 타자기, 포켓북, 그리고 일반적으로 문학 작품들을 번창하게 해주는 현대의 홍보 방법들까지 알지 못한다. 나는 직업적 차원에서, 푸알란 빵, 그리고 지역민들이 직접 훈제한 햄과 함께 외국인들에게 보여주는 널리 애호되는 민속 유산에 속한다.[29]

이 발언은 많은 사람들에게 오만으로 받아들여지며 부정적인 반응을 불러일으켰다. 나중에 이에 대해 질문을 받았을 때, 그라

---

29 «En littérature, je n'ai plus de confrères».

크는 그것이 유머에 불과했다고 대답한다.[30] 그러나 "문학에서 이제 나는 더 이상 동료가 없다"는 말에 대한 보다 진지한 설명은 "자기 시대의 문학 전반을 조망하고 또 평가할 수 있는 작가들을 우리는 더 이상 갖고 있지 않다"는, 같은 날짜 〈르몽드〉에 수록된 대담에 나오는 발언에서 찾아야 할 것이다.[31] 그라크가 동료로 인정할 수 있는 이 작가들은, 다시 그라크 자신의 설명에 따르면 "그들의 말에 이따금 진영과는 상관없이 모두가 귀를 기울일 수 있는 일종의 중재자들", "예컨대 지드(그는 강조한다), 모리아크, 카뮈, 사르트르⋯⋯" 같은 작가들을 가리킨다.[32] 이 발언에서 주목할 것은 컴퓨터가 일반화되기 시작하고 미디어의 역할은 계속 증대되기만 하며 문학의 상업화 현상이 많은 사람들에 의해 시대적 대세로 받아들여진 지 벌써 오래인 때, 그라크가 여전히 견지하고 있는 문학에 대한 그야말로 인간적인 태도이다. '펜과 종이'로 표상될 수 있는 문학에 대한 이런 접근 방식은 그라크가 힘주어 강조하는 작가와 독자 사이의 내밀한 접촉에 기반을 둔 문학의 독립성을 마지막까지 지키려는 의지로 읽힐 수 있다.

 '생플로랑의 은자'라는 호칭, 그리고 작품을 통해 뚜렷이 표명된 정신적 귀족주의의 주제에 걸맞게 그라크는 대중에게 친근한 작가이기보다 일정한 거리 너머에 신중하게 머무는, 그리하여 다소 멀게 느껴지는 작가였던 게 사실이다. 방금 인용한 대담 기사

---

30 «Entretien avec Jean-Paul Dekiss», in *Entretiens*, p.285.

31 Joseph Raguin, «Julien Gracq, un homme à distance».

32 Jean de Malestroit, *Julien Gracq. Quarante ans d'amitié. 1967~2007*, p.155.

의 제목이 "쥘리앙 그라크, 가까이하기 어려운 사람"이라는 사실은 의미심장하다. 하지만 떠들썩하고 무람없는 가까움이 없다고 하여 그라크에게 언제나 거리만 있었던 것은 아니다. 그와 각별한 친분을 유지했던 레지스 드브레는 작가가 가깝거나 먼 사람들에게, 심지어 "스타니슬라스 로단스키, 아르튀르 크라방 또는 자크 바셰 같은 위반자와 모험가들에게까지" 문을 열어두었다고, 그에게는 몽상가뿐 아니라 "조사원enquêteur"의 측면 또한 있었다고 증언한다.[33] 중요한 것은 목소리와 그 음색이 전달되는 대화로서의 문학, 시가 발현하는 문학이 그라크가 추구하는 지향점이라는 점을 감안하고 정말로 문학의 차원에 집중할 때, 그라크야말로 가까움과 직접석 섭촉의 작가로 다가올 수 있다는 사실이다.

---

33 Régis Debray, «De la difficulté d'être(contemporain)», in *Julien Gracq*, *Europe*, N° 1007, 2013, p.199.

1.6. 냉철한 휴머니즘

   영원한 낭만주의의 유구한 흐름 가운데 위치시킬 수 있으며 깊고 냉철한 휴머니즘으로 특징지어지는 그라크의 문학은 실존주의, 누보로망, 구조주의, 후기구조주의, 포스트모더니즘으로 이어지는 일련의 흐름에 의해 지배된 20세기 문학 또는 문화의 주변부에 위치한다. 데카르트적 코기토 위에 구축된 근대석 주체에 대해 근본적인 차원의 문제를 제기하고, 탈인간, 탈중심을 꾀하며 다원주의를 지향하는 20세기의 문화적 맥락 속에서 그의 목소리는 다소 주변적인 것일 수밖에 없었다. 하지만 그는 언제나 인간을 문학의 중심에 놓으며 인간과 세계의 정다운 재회를, "결혼"을 지향했다. 물론 그는 "지적 사기"와 함께 "휴머니즘의 객설"에 질색했다.[34] 균형과 냉철함의 바탕 위에서, 현대적인 시각에서 인간을 성찰하고자 했던 것이다. 어쩌면 그는 일종의 내기를 걸었는지도 모르겠다. 이런 내기는 그러나 근대를 조직하고 지배한 인간중심주

---

34 Régis Debray, *Ibid*, p.196.

의로부터의 탈피를 외치는 당장의 현실에서는 다소 낯설어 보일 수도 있을 것이다. 하지만 인간에게 가장 중요한 것은 결국 인간이라는 당연한 사실을 생각하면, 그라크의 이런 문학적 태도는 쉽게 도외시해버릴 수 있는 것이 아님은 분명할 텐데, 그의 책이 소란스러운 유행과 인기의 다른 한편에서 지금껏 불러일으켰고, 또 지금도 여전히 힘차게 불러일으키고 있는 깊고 폭넓은 공감은 마땅히 주목할 필요가 있다고 하겠다.

제2장 문학의 풍경

2.1. 공간의 시학

문학에서 자리, 장소, 거주지, 집 등으로 구체화될 수 있는 공간은 대단히 중요하다. 그것은 인물의 행위와 사건의 장소가 되고, 또 그것을 두르는 배경을 이루기 때문이다. 다소 극단적으로 말해서 문학작품 속 인물이 먹지 않거나 옷을 입지 않을 수는 있어도, 다시 말해 그의 의복에 대해 아무 언급도 없을 수는 있어도, 그것이 자연공간이건 아니면 인간에 의해 건설된 공간이건, 아무 장소에도 머무르지 않는 것은 가능하지 않다. 공간은 그 생성에서, 그리고 사용에서 하나의 잠재적인 시나리오를 내포하고,[35] 이 시나리오는 무궁무진하게 활용되고 변주될 가능성을 갖는다. 먼저 집을 지을 때, 또는 공간을 조성할 때는 건축 주체의 의도와 계획, 욕망과 이상이 투영되고, 그것이 구체적인 구획의 획정과 분할, 조성과 할당을 결정하기 마련이고, 이는 벌써 하나의 잠재적

---

35 Philippe Hamon, *Expositions: Littérature et Architecture au XIXe siècle*, Paris, José Corti, 1989, pp. 32-33.

인 시나리오이다. 건축공간은 이렇듯 그것을 짓는 이의 염원을 반영하지만, 동시에 당시의 사회적, 문화적 여건과 성취를 적용할 수밖에 없고, 그 결과 다양한 건축물이 역사와 문명의 표상 또는 기록물로 기능하는 것은 조금도 놀라운 일이 아니다. 한편 건축물 또는 그 밖의 인위적으로 조성된 공간은 사용에 의해 완성되는 바, 이 완성 또한 무한한 변주와 변형, 나아가 용도 변경의 가능성을 갖는다. 언제, 누가 그것을 점유하느냐에 따라 공간의 개인적, 사회적, 역사적 의미는 달라지고(궁전이 감옥이 되고, 종교 건축물이 마구간이 되는 등, 상상을 뛰어넘는 용도 변경의 예가 역사 속에는 헤아릴 수 없이 많다), 이 변용의 폭은 그야말로 무진장한 것으로 나타난다. 같은 건축공간도 그 사용자에 따라 그 의미 사용이 얼마든지 달라질 수 있는 것이다. 이 모든 가능성은 고스란히 문학에 의해 활용될 가능성을 지니고, 그만큼 모든 종류의 공간은 문학에서 근본적인 중요성을 갖는다.

쥘리앙 그라크는 공간이 매우 중요한 작가이다. 인물들이 거주하고 생활하는 건축공간과 도시는 물론 산, 숲, 강, 평원, 바다가 이루는 파노라마, 그라크가 에두아르트 쥐스의 표현을 빌려 "대지의 얼굴"이라고 즐겨 부르는[36] 것이 작품에서 커다란 자리를 차지하며 중요한 역할을 수행한다. 그라크의 인물들은 대개 번잡한 도시를 벗어난 곳에 위치한 처소에 거주하며, 이곳을 중심으로 이야기가 진행된다. 숲과 바다 등 자연공간은 자주 인물들이 바라보는

---

36 «Entretien avec Jean-Louis Tissier», *Gracq 2*, p.1205.

대상이지만, 첫 작품 『아르골 성에서』가 그런 것처럼 인물들이 드나들며 의미 깊은 행위들을 벌이는 장소로 기능하기도 한다. 그라크에게 집을 비롯한 다양한 공간은 그의 문학적 감수성이 구체를 얻으면서 전개하고 발전하고 도약하는 자리이거니와, 바슐라르의 공간의 시학으로부터 멀지 않은 곳에 터를 잡는다.

공간의 문제와 관련하여 많은 사람들은 그라크가 지리학을 전공했다는 사실을 주목했다. 형태지리학 박사논문을 준비하던 무렵의 학술 작업들이 남아 있고, 그의 문학 작품을 지리학의 시각에서 접근하는 지리학계의 연구들도 존재한다. 무엇보다 평생의 직업으로 고등학교에서 지리학을 가르쳤다는 사실 때문에 많은 연구자들이 그의 묘사가 보여주는 지리학적 측면을 주목했는데, 특히 지표면의 큰 움직임을 읽어내는 부분에서 지리학자다운 면모를 확인하는 경향이 두드러졌다.

그러나 그라크의 작품에서 지리학적 시선은 의당 공간을 파악하는 데 기여할 뿐 전문적 식견 그 자체로서는 큰 의미를 갖지 않는다고 말할 수 있다. 그것은 시에 봉사하는 데서 그 역할을 찾는다. "하나의 암호 해독 카드, 알파벳, 이미지, 그리고 상투어들"을 제안하는 지리학적 교양이 풍경과 접촉할 때 "발견과 정서적 충격을 감소"시키지 않는지에 대한 질문에 그라크는 이렇게 대답한다. "이 학문이 시를 없앨 위험은 있습니다. 하지만 저는 그런 적이 없습니다. 제 경우에는 오히려 풍경이 줄 수 있는 기쁨이 종종 [지리학] 독서에서 오는 정밀한 기대에 의해 커지곤 합니다. 지리학적 설명은 산문적 성격을 전혀 갖고 있지 않습니다. 잘 정돈된 구조를 드러내는 것은 되려 무엇인가를 추가합니다. 그것은 풍경의 아름다움에서 어쨌거나 아무것도 제거하지 않는 하나의 골간입니다. 제게 지리학은 대지와, 거기서 행할 수 있는 여행들의 그 어떤 것도 망치지 않았습니다."[37] 그라크에게 지리학은 시를 감소시키기는커녕 그것에 구체와 정밀함을 더하며 효과를 증대시킨다. 그것은 고유의 특성을 통해 공간의 시에 봉사하고 있는 것이다.

그라크에 따르면, 묘사와 관련하여 조가비의 진주층이나 천의 결 같은 작은 사물조차 "기적적인 선명함"을 갖고 그리지만 원경이 부재하는 근시 작가가 한편에 있고, 풍경의 거대한 움직임만을 포착할 줄 아는 원시 작가가 있는바, 전자에 해당하는 경우가 위스망스, 브르통, 프루스트, 콜레트이고, 후자에 해당하는 경우가 샤토브리앙, 톨스토이, 클로델이되, 완전히 정상적인 시력을 보여주는 작가들은 드물다.(LI160-161) 그라크 자신은 어느 쪽에 해당할까? 우리가 보기에 그는 정상적인 시력, 그것도 매우 뛰어난 정상적인 시력을 보여주는 드문 경우에 속한다. 그는 지리학을 전공한 사람답게 대지와 풍경의 윤곽과 움직임을 읽어내는 데도 뛰어나지만, 미소한 사물과 동식물의 지극히 섬세한 표정과 동작을 그리는 데도 놀랄 만한 능숙함을 보여준다. 인상적인 것은 온갖 초목과 꽃의 이름을 정확히 파악하고 있으며 그것의 모양과 색깔을

---

37 «Entretien avec Jean-Louis Tissier», in *Gracq 2*, p.1209.

감탄할 만한 필치로 그려낸다는 사실로, 전문적인 어휘들을 체계적으로 나열하는 메마른 묘사가 아니라 말 그대로 자연의 시를 펼치는 글쓰기이다 보니 읽는 사람은 커다란 즐거움을 만끽하게 된다. 산천초목과 사람들의 활동 및 이동을 수반하는 확장된 의미의 공간은 그라크 작품의 뛰어난 부분 가운데 하나를 이룬다는 사실은 분명한 것일뿐더러 많은 사람들이 매혹과 찬탄 가운데 인정하는 점이다.

그라크에게 공간의 문제는 큰 주제이고, 그것을 철저히 다루기 위해서는 방대한 연구가 필요하다. 우리 작업은 그라크의 작품 세계에 대한 총체적인 연구로서 공간에 대해 그만한 고찰의 자리를 할애할 수가 없다. 우리는 어쩔 수 없이 세부 주제를 취사선택해야만 하는바, 특히 소설에서 핵심적 역할을 수행하는 성(城), 그리고 상상력이 중요한 넋으로 기능하는 도시가 우선 자연스러운 고찰 대상으로 떠오른다. 여기에 더해 우리가 다룰 주제는 자연공간으로, 그라크에게 각별한 의미를 지니는 생플로랑 근처의 작은 강 에브르l'Èvre이다. 작가의 문학 창조와 긴밀히 연관되는 이 강은 미셸 뮈라에 따르면 그라크의 콩브레에 해당하는 공간이니,[38] 그것

---

38 Michel Murat, *Julien Gracq*, Paris, Pierre Belfond, p.232. 콩브레Combray는 프루스트의 소설 『잃어버린 시간을 찾아서』의 첫 번째 권 『스완의 집 쪽으로』의 첫 번째 장의 제목인데, 유명한 고딕성당이 있는 샤르트르 인근의 마을 이름으로, 프루스트가 그곳의 친척집에서 바캉스를 보내기도 했다. 마을의 실제 이름은 '일리에Illiers'인데, 프루스트의 걸작을 기념하여 '일리에 콩브레'로 이름을 바꾸어 오늘에 이르고 있다.

은 만년의 산문 걸작 『좁은 강』의 원천이 되기도 했다. 성과 도시는 허구의 세계에 속하고, 에브르는 현실 속에 실제로 존재한다. 그러나 셋 모두 문학적 대상으로 상상력의 소산이거나 상상력을 자극한다는 점에서 동일한 차원에 위치한다고 말할 수 있다.

2.1.1. 성

2.1.1.1. 성의 변주

그라크의 작품을 특징짓는 건축 유형이 있다면 그것은 단연 성 château이다. 이 사실은 우선 성, 그리고 궁전, 요새, 성채, 탑, 주루, 포곽, 순시로, 방벽, 쏘안, 도개교 등, 넓은 의미로 파악할 때 성의 범주에 들어갈 수 있는 어휘들이 얼마나 자주 그라크의 작품에 등장하는가에 의해서 입증된다. 비교, 은유, 환유, 제유 등, 그라크의 작품에 포함된 건축 관련 문채 가운데 가장 자주 등장하는 것이 바로 성의 범주에 속하는 문채이다. 둘째 자리에 오른 것은 극장 관련 문채이다. 다양한 장르로 구성된 그라크의 작품에서 핵심을 점하고 있는 소설로 관찰 대상을 국한하더라도 사정은 비슷하다. 다만 성은 극장에 첫 번째 자리를 내줄 뿐이다.[39] 극장 문채의 이렇듯 높은 빈도는 그라크의 소설이 얼마나 연극적인지를 단

---

39 『전쟁 수기』와 『석양의 땅』을 제외한 그라크의 전 작품에 나타난 건축 관련 수사학적 문채에 대한 좀 더 자세한 통계와 분석을 필자의 박사논문 (SONG Jin-Seok, «Forme et signification du lieu architectural chez Julien Gracq», Thèse de doctorat, Université de Tours, 2000, pp.25-30)에서 읽을 수 있다.

적으로 보여준다.

수사학적 담론의 영역을 떠나 허구의 세계 속으로 들어가면 성의 위상은 더욱 중요해진다. 그라크 소설들의 중심 공간은 성이거나, 넓은 의미의 성의 범주에 속하거나, 아니면 성의 구조를 지니고 있다. 주목할 것은, 행위가 자주 하나 또는 몇 개의 건축공간으로 집중된다는 사실이다. 예컨대 『아르골 성에서』와 「코프튀아 왕」은 방청 금지 상태에서 이야기가 진행된다고 해도 과언이 아닐 정도로 행위가 중심 건축공간에 집중되어 있고, 그만큼 그것의 역할이 크다고 하겠다.

행위가 성 또는 성의 범주에 속하는 건축공간에 주로 위치하는 『아르골 성에서』(고딕 양식과 이탈리아 르네상스 양식이 혼합된 고성)와 『시르트의 바닷가』와 『석양의 땅』, 그리고 행위가 주로 길에서 이루어지는 「곶」은 별다른 문제를 제기하지 않는다. 다만 「곶」에도 다소 부수적이기는 하나 성이 등장한다. 시몽이 짐심을 먹는 레스토랑 건물로서 루이13세 양식을 흉내 내어 지은 성(PI423)과 그가 방문하는 성관의 폐허(PI440)가 그것이다. 「코프튀아 왕」의 경우 이야기의 대부분이 파리 북쪽 교외에 위치한 현대식 빌라인 푸주레la Fougeraie에서 진행되는데, 이 고급 빌라는 "시골에 위치한 크고 아름다운 별장"으로서,[40] 나아가 성의 현대적 변형으로서 성의 범주에 포함될 수 있다. 문제가 있다면 그것은 『어두운 미남』

---

40 이 유형의 건물은 19세기에 피에르 라루스와 리트레가 만든 사전에서 성으로 분류되었다.

의 중심 건축공간인 오텔 데 바그와[41] 『숲속의 발코니』의 중심 공간인 토치카maison forte에서 발견된다. 이 두 건물은 일단 중세에 모델을 둔 성과는 거리가 멀어 보인다. 그러나 구조와 기능에 의해 성과 가까워진다. 오텔 데 바그는 규모가 꽤 크며 가구와 장식이 제법 호화롭다. 게다가 중세의 성처럼 고지에 위치하고 있지는 않지만 건물 스스로 고지를 구성함으로써 주위를 내려다본다. 이 호텔에는 주인공 알랑 주위에 형성된 "스트레이트 패거리" 말고 다른 손님들도 있다. 그러나 소설에서 아무런 의미도 지니지 못한, 거의 투명하다고 할 이들은 사실상 풍경의 일부로 전락한다. 어찌 보면 스트레이트 패거리와 이들 사이에는, 중세 장원의 성주와 농노들 사이에서 관찰되는 것 같은 관계가 성립된다고 말할 수 있다. 특히 놀라운 것은 이 호텔 객실들의 가구와 장식이다. 알랑의 방과 이렌의 방이 잘 보여주듯이, 그곳의 방들은 인물들의 성격에 맞추어 서로 다르게 꾸며져 있다. 이런 호텔이 과연 가능할까? 이 특이한 호텔은 푸주레와 거의 같은 자격으로 "시골에 위치한 크고 아름다운 별장"으로서의 성을 생각하게 한다.

이번에는 『숲속의 발코니』에 나오는 토치카를 살펴보자.

그것은 약간 낮은 시멘트 덩어리로서, 배추밭처럼 토치카에 붙어 있는 작은 철조망 더미 사이로 구불대는 샛길을 가로지른 뒤, 뒤쪽에 난 방탄 문을 통해 들어갈 수 있게 되어 있었다. […] 토치카 앞쪽에는 구멍이 두 개 뚫려 있었다. 좁은 하나는 기관총

---

41 '파도 호텔'이란 뜻이다.

을 위한 것이고, 그보다 좀 더 넓은 다른 것은 대전차포를 위한 것이었다. 이 납작한 덩어리 위로 마치 너무나 좁은 받침돌 위에서처럼 더 큰 집 하나가 얹혀 있었고, 거기에 들어가기 위해서는 측면에 붙은, 미국 집들의 비상계단과도 흡사한 구멍 뚫린 쇠 계단을 이용해야 했다. 이것이 바로 작은 주둔 병력의 숙소였다.(BF9)

벨기에 쪽에서 뫼즈강 방어선으로 향하는 독일 전차들을 격파하기 위해 울창한 아르덴Ardennes 숲의 오트팔리즈Hautes-Falizes에 설치된 이 작은 토치카는 "형편없는 교외의 낡은 선술집"(BF10)에 비유될 만큼 부정적인 양상 아래 나타나지만, 그것의 엄연한 군사적 방어 기능에 의해, 그리고 무엇보다도 건축 구조에 의해 성의 현대적 변형으로 간주될 수 있다. 사실 이 토치카는 중세 성의 핵심적 요소들을 거의 모두 지니고 있다. 해자를 비롯한 방어시설을 대신하는 철조망, 두 개의 포안, 유사시 은밀하게 성 밖으로 탈출하게 해주는 비밀 통로에 해당하는 "퇴각 통로"(BF11), 그리고 망루 구실을 해주는 "가(假)다락"(BF106)이 그것들이다. 소설에서 폭설이 내려 바깥세상으로부터 완전히 고립되었을 때, 이 토치카는 "도개교를 들어올린"(BF58) 중세 성에 간접적으로 비유되기도 한다. 다만 잠과 식사 등 일상생활은 건물 아래쪽에, 전투는 위쪽에 위치하는 중세의 성과 달리, 이 현대적 성에서는 일상생활이 위쪽에 전투는 아래쪽에 위치한다. 이 전도된 수직구조는 토치카를 바슐라르가 말하는 "몽상의 집"의 수직구조와 가깝게[42] 만드는 한편, 장 벨맹노엘이 정신분석적 입장에서 잘 살폈듯이[43] 『숲속의 발코니』에서 구축되는 전쟁의 주제에서 "대지-어머니", 곧 대지모신의 얼굴을 읽게 한다.

『석양의 땅』에는 전형적인 중세 성의 모습을 지닌 아르마그Armagh 성이 나온다. 하지만 요새로 건설된 도시 로샤르타Roscharta 역시 성에 가까운 양상을 지니고 있다. 그것은, 정상이 눈으로 덮였으며 군대가 넘기 어려운 드높은 산에 의해 삼면이 둘러싸였고, 그 사이로 벌집처럼 들어선 고원 안쪽에 솟아 있는데, 산이 없는 쪽으로는 곳에 따라 넓이가 2킬로미터에 달하는 에른뵈l'Ernvö 호수와 초원에 면하고 있고, 성벽이 적의 공격을 막아준다. 이렇듯 성벽과 호수, 그리고 산으로 둘러싸인 천연의 요새인 만큼 로샤르타는 벌써 성에 충분히 가까워진다. 그러나 수직으로 가파르게 솟아오르며 초원과 호수 쪽 허공을 향해 열린 형태가 특히나 도시를 일종의 거대한 성으로 바꾸어놓는 경향이 있다.(TC121-128) 만약 로샤르타에서 성의 변형을 본다면 『시르트의 바닷가』에 나오는 화산 탱그리Tängri 역시 성의 범주에 놓아야 할 것이다.

---

42 바슐라르는 지하실과 다락을 대립시키며 말한다. "양쪽의 세계는 그토록 다르다. 한편에는 어둠이 있고, 다른 한편에는 빛이 있다. 한편에는 잘 들리지 않는 소리가 있고, 다른 한편에는 명료한 소리가 있다. 위의 유령과 아래의 유령은 목소리도 다르고 그림자도 다르다."(*La terre et les rêveries du repos*, Paris, José Corti, 1948, p.106)

43 Jean Bellemin-Noël, *Une balade en galère avec Julien Gracq*, Toulouse, PU du Mirail, 1995.

우리 앞에서는 침몰하기 직전 고물을 돛대처럼 들어 올리는, 모든 불을 환하게 밝힌 대형 여객선 같은 세상의 한 조각이 마치 뚜껑처럼 들어 올려진 채 바다 위 아득한 꿈의 높이에 매달려 있었다. 그것은 불의 덤불과 빛의 송이들이 마치 흩어져 고정된 별처럼 체질되고 겹쳐지고 점점이 뿌려진, 수직으로 치솟은 라게스 교외였다. 비에 젖어 빛나는 도로 위로 고요하게, 그러나 구름의 높이까지 반사되는 건물 전면의 불빛들처럼, 아주 가깝고, 또 깨끗하게 씻긴 공기 속에 아주 또렷이 구분되는 만큼 밤 정원의 냄새와 젖은 길의 반짝이는 신선함이 금방이라도 느껴질 것만 같은 대로, 빌라, 궁전, 교차로의 찬란한 빛, 그리고 용암 비탈에 매달린 현기증 나는 촌락의 듬성듬성한 불빛들은 주근깨가 박힌 듯한 어둠 속에서 층계와 낭떠러지와 발코니들을 거쳐 부드럽게 발광(發光)하는 바다 위로 솟아오르며 수평으로 떠도는 안개에 이르고 있었다. (RS743)

로샤르타도 탱그리도 수직구조에 의해 성의 양상을 띤다. 탱그리가 외부에서 바라보는, 화산의 불을 머리에 인 성이라면, 로샤르타는 허공을 가로질러 세상을 내려다보는 시선을 제공해주는 성이다. 탱그리가 성의 외관이라면, 로샤르타는 안과 밖, 그리고 깊이를 갖춘 하나의 구조로서의 성이다. 요컨대 로샤르타는 하나의 실현된 장소, 다시 말해 사람이 사는 공간으로 발전된 탱그리라고 할 수 있다. 그것은 탱그리에 비해 덜 공격적이고 과장되며, 더 구체적이고 문명적이고 인간적이다.

성과 성의 변이형들을 살피면서 주목해야 할 것은 그라크의 건축공간에서는 수직구조가 두드러지게 나타난다는 사실이다. 건축공간은 자주 수직의 축을 따라 발전하는 편향과 선호를 보인다. 이런 수직구조 또는 높이에 대한 향성(向性)은 물론 자연공간과의 관계에서도 관찰되는 것이다. 인위적 건축공간이건 자연공간이건 그라크에게서는 수직구조가 우세함을 보이는바, 그의 상상력은 수직적이라고 말할 수 있겠다.

그라크의 소설에서 주된 역할을 수행하는 건축공간들은 다채로운 형태를 보여준다. 고성이 있는가 하면 요새가 있고, 궁전이 있는가 하면 현대적 빌라가 있고, 휴양지 호텔이 있는가 하면 초라하기 이를 데 없는 토치카가 있다. 그러나 이렇듯 다양한 형태의 공간들은 넓은 의미의 성에 속하거나, 아니면 성의 구조를 갖고 있다. 그라크에게서 건축공간의 형태가 다양하다면, 그 구조는 단일한 것이다. 성은 그야말로 그라크 건축공간의 원형이라고 하겠는데, 외따로 떨어진 곳에서 세상을 향해 문을 닫고(그라크의 건축은 열림에 의해 지배되는 만큼, 이 닫힘은 순전히 상징적인 것이다) 극장과 미궁의 구조를 아울러 지닌 채 깊이의 내부를 향해 열리는, 닫힘과 열림이 길항하는 성에서 우리는 작품의 핵심적인 요소를 본다. 그라크가 성을 자기 문학을 위한 공간으로 채택했다면, 그것은 인물들로 하여금 사회적, 경제적 일상과 의무로부터 벗어나 정말로 근본적인 삶의 문제에 모든 정력을 집중할 수 있도록 하기 위해서이다. 『장식문자』에 나오는, 그라크가 유머를 섞어 작성한 자기 "소설 인물들의 인상 기록 카드"는 "귀족주의적" 성향을 보여주는 인물들의 성격을, 나아가 작품의 성격을 의미심장하게 드러낸다.

내 소설 인물들의 인상 기록 카드

시대: 제4기 최근

출생지: 불명

생년월일: 미상

국적: 국경 지대 주민

부모: 멀리 떨어져 지냄

가족관계: 독신

부양 아동: 없음

직업: 없음

활동: 바캉스 중

병역: 열외

생계수단: 불확실

주소: 절대 자기 집에 살지 않음

2차 주거지: 바다와 숲

자동차: 비밀스런 동력 모델

요트: 곤돌라 또는 포함(砲艦)

즐기는 스포츠: 백일몽 – 몽유병(LI153)

2.1.1.2. 문화적 배경

　형태의 차원에서 다양성과 통일성 사이에 조성되는 긴장은 건축공간의 문화적 배경과 관련해서도 관찰될 수 있다. 그라크 연구자들은 종종 그의 작품이 지나치게 문학적이라고, 다시 말해 문학적 지시대상들이 과도하게 많다고 이야기한다. 건축공간 또한 동일한 양상을 보이는바, 그것은 수많은 문화적 배경을 갖고 있다. 대표적인 예로 세밀화, 기도서, 그리고 독일 르네상스 화가 알브레히트 뒤러의 그림과 판화 등을 아우르는 중세의 문화와 예술, 브르통을 위시한 초현실주의자들이 '검은 소설roman noir'이라고 부르면서 각별한 관심을 표했던 영국의 고딕소설, 에드거 포의 작품, 동양 문화, 초현실주의 문학과 예술, 현대 건축 등을 들 수 있는데, 이 문화적 배경들은 그라크의 건축공간을 다채롭게 만들면서 다양한 지평과 시간에 연결한다. 중요한 사실은 그라크의 글쓰기가 이 다양하고 이질적인 요소들을 취하여 자기 고유의 세계에 통합한다는 점이다. 그라크 작품의 회화석 지시대상들에 대한 연구에서 베르나르 부이유가 말하듯이, 문화적 지시대상은 그것이 원래 속한 텍스트나 문화적 맥락의 이데올로기와 함께 현재의 텍스트에 들어온다. 하지만 그것이 제대로 기능하기 위해서는 새로운 이데올로기적 환경에 적응해야만 한다.[44] 우리가 그라크의 작품에서 발견하는 문화적 지시대상들 역시 이 원론적 규약을 따른다. 다양한 문화적 지시대상들의 수용과 통합은 그라크의 작품이 지나치게 문학적인 만큼, 덕분에 문화적 지시대상들을 다루는 데 익숙한 만큼 더욱더 강력하게 수행되는 듯싶다. 말하자면 그라크 작품에 등장하는 문화적 지시대상들은 다양한 만큼이나 철저하게 그라크적이다. 먼저 유럽의 중세, 이를테면 독일낭만주의의 중

---

44 Bernard Vouilloux, *De la peinture au texte: l'image dans l'œuvre de Julien Gracq*, Genève, Droz, 1989, pp.154-155.

개가 결정적 영향을 끼치고, 그런 까닭에 찬란한 르네상스와 혼동되거나 동일시되는 유럽의 중세는 고대 그리스의 비극적 세계와 대립하며 "위치가 규정되고 때맞춰진 인간조건"으로부터 해방된, "포근하고 부드러운 초시간적 세계"를(PR993), 그리고 동양은 절대적인 다른 곳, 다시 말해 경이로운 전설적 세계를(PR973) 조성하는 데 기여한다. 또한 검은 소설과 에드거 포의 작품에 대한 참조는 바슐라르적 수직구조와 함께, 인간과 건축물 사이에 형성되는 유기적 관계를 구축하는 데 일조한다.[45]

2.1.1.3. 건축공간과 인간

형태의 차원에서, 좀 더 구체적으로 말하자면 다양성(표면적 형태)과 통일성(구조), 이질성(문화적 배경)과 자기동일성(텍스트에 의한 이질적 문화 요소들의 통합) 사이에서 모호함을 보이는 그라크의 성은 의미의 차원에서 한층 더 근본적인 모호함을 보인다. 건축공간은 무엇보다도 형태를 통해 의미한다. 그러나 이 의미가 온전한 것이 되기 위해서는 인간의 거주가 필요하다. 빈 잔은 완전한 잔이 아니고 그저 빈 잔에 불과하듯, 인간의 존재를 모르는 집은 사

---

45 문화적 지시대상들은 그라크 특유의 "선호"와 관련되면서 그라크 건축공간을 더 명확히 규정할 수 있게 해주기도 한다. 예컨대 현대 건축 양식들 가운데, 1925년경에 유행한 양식으로 엘리트 계층을 겨냥하여 전통과 현대성을 결합하고자 했던 아르데코는 그라크에 의해 적극적으로 수용되는 반면, 르코르뷔지에에 의해 대표되는 유럽의 기능주의는 철저히 외면되며, 같은 기능주의라도 그로피우스에 의해 대변되는, 뉴욕 맨하탄의 고급스런 고층 빌딩들에 이론적 근거를 제공한 바우하우스에는 우호적이라는 사실에서 우리는 그라크 건축공간의 중요한 측면을 확인할 수 있다.

실 완전한 집이 아니다. 집과 인간 사이에는 근접성에 근거한 일종의 환유적 관계가 성립된다. 『시르트의 바닷가』에 나오는 문장을 살펴보자. 현재 주인공 알도는 폐허가 된 도시 사그라Sagra를 돌아보고 있는 중이다.

> 그러나 어렴풋한 빛과 닫힌 부동성이 마술 수정 안에 이 보잘것없는 잔해들을 가두었고, 몽상이 샘물 소리를 따라 실을 잣기 시작했는데, 이 샘물 소리는 사라진 주민들을 여전히 그들의 초라한 일들을 향해 부르면서 우물과 빨래터 둘레로, 가슴에 생명의 영원성의 소름 끼치는 감정 같은 것이 솟구치게 하는 깊은 몸짓들을 말 없는 꽃줄처럼 둘러치는 것 같았다.(RS613)

환유는 근접성에 의거하여 하나 또는 전부의 결핍된 부분을 복원한다. 건축물은 사람이 살 때 비로소 온전한 하나가 된다. 그런데 위에 인용한 문장이 묘사하는 건축물들엔 사람이 없다. 따라서 그것은 온전한 하나가 아니다. 그러나 비록 상상 속에서나마 "샘물 소리"가 폐허에 근거하여 결핍된 부분, 곧 "주민들"을 복원함으로써 사람과 건축이 어우러진 온전한 풍경을 완성한다. 이런 의미에서 이 문장은 환유의 알레고리로 읽힐 수 있다. 이 알레고리에서 "샘물 소리"가 환유라면, 폐허는 '그릇', "주민들"은 '내용물', 복원된 온전한 풍경은 하나 또는 전부의 역할을 맡고 있는 셈이다. 여기서 주목해야 할 것은 건축과 관련한 환유의 자연스러움, 다시 말해 건축과 인간이 맺는 관계의 긴밀함이니, 이 긴밀함은 낯선 사람의 상상 속에서조차 어김없이 그 힘을 발휘하고 있다. 사실 폐허를 보면서 누가 폐허가 되기 전 거기 살았던 인간의 삶을 생각하지 않을까? 그것이 현재에 위치하건, 과거에 위치하건, 아니면 미래에 위치하건, 건축은 항상 인간을, 인간의 일상생활을 부르기 마련이다. 건축과 인간 사이의 이 관계, 그라크의 작품에서 그것은 유기적인 성격을 띠고 나타난다.

이 유기적 관계는 그라크가 즐겨 사용하는 "조개"의 이미지에 의해 잘 표현된다. 그는 건축과 인간의 관계를 조개껍질과 조개에 비유한다. 이 이미지는 순진하고 또 진부해 보일 수 있다. 그러나 바슐라르가 말하듯 "그것은 여전히 본원적 이미지이며 파괴 불가능한 이미지이다."[46] 그라크의 작품에서 조개의 이미지는 "진정한 은둔, 감싸인 삶, 스스로에게 침잠한 삶, 모든 휴식의 가치들을 살고자" 하는[47] 욕망을 표현하는가 하면, 인간과 건축 사이의 완벽한 부합을 나타내기도 한다. 『어두운 미남』에 나오는 구절을 읽어보자.

그것들이 정말로 돌로 된 옷일 때, 그것들이 습관에 의해 형성되고 뒤틀린 매일매일의 삶의 조개껍질일 때, 주인이 금방 떠난 벗은 외투처럼 여전히 따뜻한 이 방들, 종이와 속옷들의 빈약한 무질서가, 얼빠진 기다림의, 정지된 몸짓의 알지 못할 어떤 분위기가 모든 다른 증언을 넘어서서, 얼굴의 진정성보다 훨씬 더 흥

---

46 Gaston Bachelard, *La poétique de l'espace*, Paris, Quadrige/PUF, 1957, p.118.

47 Gaston Bachelard, *La terre et les rêveries du repos*, Paris, José Corti, 1948, p.18. 『어두운 미남』에서 알랑은 자크에게 편지를 보내어서 "나는 거기서 우리가 마치 조개 속의 굴같이 있기를 원한다"고 말한다.(BT123)

내 내기 어려운 어떤 진정성을 부여하는 이 방들은 버려진 집들
에 비해 얼마나 더 강하게 나의 호기심을 불러일으키고, 또 나를
현혹하는가.(BT191)

인간을 담으면서, 그의 습관에 적응하면서, 그와 역동적인 상
호관계를 맺으면서 집은 유기적 성격을 띠게 된다. 그것은 "습관
에 의해 형성되고 뒤틀린 조개껍질"인 것이다. 그것은 인간을 담
는 또 다른 집, 위고가 『라인강』에서 집과 상동관계에 놓는 의복
에[48] 자연스럽게 비유된다. 인용문은 분명한 어조로 인간habitant,
건축habitat, 의복habit, 습관habitude 사이에 상동관계를 상정하고 있
다. 건축은, 빈 방은 주인과 관련하여 얼굴보다 더 근본적인 진정
성을 담을 수 있다. 다시 말해 그 무엇보다 더 웅변적으로 방 주인
에 대해 말할 수 있다.

인간과 건축 사이에 형성되는 이런 유기적 성격의 환유적 관계
는 그라크의 글쓰기를 지배하는, 건축공간의 묘사에 자주 사용되
는 의인법에서 중요한 틀을 발견한다.

거대한 성의 내부를 마치 혈관처럼 도는, 끊임없이 구불대는
낮은 복도들이 이 방에 와 열리고 있었다.(CA13)

하루하루 성채는 벗어던진 누더기 위로 완벽한 근육의 분명함

---

48 위고에 따르면 "옷은 인간의 첫 번째 의복이고, 집은 두 번째 의복이
다." 필리프 아몽은 "건축은 피부와 옷의 증식이다"라고 말한다.(Philippe
Hamon, *Expositions: Littérature et architecture au XIXe siècle*, p.24.) 위고의 문장은
아몽의 책에서 재인용했다.

속에서, 부동자세의 단순함 속에서 솟아오르고 있었다.(RS663)

이제 갈색 두건을 눈에까지 덮어쓴 진짜 초가집들. 우유 같은 석회를 바른 하얗고 선명한 벽이 마치 머리털을 한 줌 깊숙이 잘라낸 목덜미처럼 보였다.(PI433)

공간의 구분 및 구획의 근원에 위치하는, 의식의 차원에서 우주를 구축하는 데 결정적인 역할을 하는,[49] 그러나 누보로망을 대표하는 알랭 로브그리예 같은 작가들에 의해 언어에서 몰아내야 할 대상으로 단죄된[50] 의인법은 건축에 적용되었을 때 건축을 주체의 자리에 올려놓는 경향이 있다. 건축은 이제 무기력한 사물이기를 그치고, 그것이 자기 집일 때는 일종의 또 다른 자아로서, 남의 집일 때는 자주 위협적인 타자로서 나타나며 텍스트는 환상성 쪽으로 경도한다. 『어두운 미남』의 한 구절을 통해 건축과 인간 사이의 유기적인 환유적 관계, 그리고 그 관계 속에서 의인법이 수음하는 역할을 살펴보자. 이 구절은 주인공 알랑이 자살하는 날 밤 그의 방을 묘사한다.

그는 어둠이 엄습한 방을 향해 돌아섰다. 달빛 한 줄기가 반들거리는 나무 바닥 위로 비단 자락처럼 미끄러지고 있었다. 어둠 뒤에서 시계추가 일 초 일 초 한결같은 움직임을 계속했다. 마

---

49 Ernst Cassirer, *La philosophie des formes symboliques*, Tome 1: Le langage, Paris, Minuit, *1972*, p.161. Paul Guillaume, *Introduction à la psychologie*, Paris, Vrin, 1968, pp.78, 82-83.

50 Alain Robbe-Grillet, «Nature, humanisme, tragédie», in *Pour un Nouveau Roman*, Paris, Minuit, 1961, p.49.

치 시체 방부처리를 하는 사람이 코를 통해 두개골을 비워 생명의 뜨거운 숨결을 차갑고 순결한 에테르로 바꾸듯, 달의 기적적인 고요가 창문을 통해 이 어두운 방의 생명을 빨아들이면서 별 노력 없이 이 휑한 방을 마술 걸린 정원의 어두운 동굴들과 비슷하게 만들고 있었다. 젊은 시절에 쓴, 까맣게 잊었던 시의 한 구절이 그의 기억에 되살아왔다. "내 일어나 혀를 길게 빼고 나를 드러내는 몽유병자 같은 몸짓으로 이 잠든 여인 곁을 걸으면, 나도 모르게 나는 내 옆구리에서, 나를 이토록 창백하게 한, 그리로 흘러나온 피가 죽도록 슬픈 이 방을 차갑게 식힌 커다란 상처를 찾으리라."(BT256-257)

강렬하게 의인화된 이 방은 몸의 차원에서 알랑의 죽음을 환유적으로 형상화하고 있다. 서구인들에게 죽음을 상징하는 달은 방을 통한 알랑의 상징적 죽음에서 결정적인 역할을 하는바, 텍스트는 그것을 "시체 방부처리를 하는 사람"에 비유하고 있다. 알랑-죽음과 방-달 사이에는 일종의 평행관계가 성립된다. 방을 수식하기 위해 알랑을 수식하는 "어두운"이란 형용사가 사용된 것은 결코 우연이 아니다. 알랑이 쓴 시로 구성된 둘째 단락은 첫째 단락과 거울상을 이루는데, 여기에서는 방의 상징적 죽음이 시적 자아의 창백함을 유발한, 앞 단락의 "창문"에 대응하는 "커다란 상처"에 근거를 둔다. 이렇게 해서 알랑과 그의 방 사이엔 거의 신비적인 환유적 관계가, 신비적인 일치가 이루어지고 있으며, 이 관계에서 의인법이 핵심적 역할을 수행하는 것을 관찰할 수 있다.
이 구절은 건축과 인간 사이의 환유적 관계의 극단적인 경우를 이룬다. 환유적 관계는 사실 다양한 양상을 띠는바, 인물의 과거를 말하고 미래를 예시하는가 하면, 많거나 적은 단서들을 통해 인물의 성격을 드러내기도 한다. 따라서 환유는 잉여를 통해 텍스트의 이해를 높이는 데 기여한다고 말할 수 있다. 분명히 짚고 넘어가야 할 것은, 많은 연구자들이 그라크의 작품을 현대적 시각에서 파악하려는 나머지, 다시 말해 전통소설의 전범인 발자크의 소설로부터 멀리 떼어 놓으려는 나머지, 그라크에게서, 인물을 반영하고 심지어 그와 일체가 되는 건축의 환유적 기능을 보지 않으려고 한다는 사실이다. 그러나 그라크 건축공간의 인물과 관련한 환유적 기능은 분명해 보인다. 오히려 그라크는 발자크보다 훨씬 더 철저하게, 훨씬 더 극단적으로 환유를 활용하는 듯 여겨진다. 사실 문학작품 속에 재현된 건축에서 환유는 거의 숙명적이라고 말할 수도 있다. 그라크는 『여행수첩』에서 "어디에 드나드는지 내게 말해줘. 그러면 네가 누군지 알 수 있을 거야."(GC1097)가 자신의 소설 창작 원리라고 밝히기도 한다.

바슐라르가 말하는 것처럼, 인간은 "집을 그것의 현실성 속에서 그리고 잠재성 속에서, 사유에 의해 그리고 꿈을 통해 산다."[51] 산문시편 「트뤼로Truro」를 맺으며 그라크는 "나는 이제부터 트뤼로에 거주하는 것을 만류하고자 한다. 왜냐하면 그런 방들에서는, 시인이 말하듯, 자신의 육체뿐 아니라 상상력까지 거주시키기 때문이다."(LG300)라고 진술한다. 인간의 행복에 중요한 "인간과 집의 공

---

51 Gaston Bachelard, *La poétique de l'espace*, p.25.

동체"는[52] 자기 스스로 지은 집에서 가장 잘 실현될 수 있다. 로마 기행을 담은『일곱 언덕 둘레에서』에서 그라크는 말한다. "사람은 자기가 직접 지은 집에서만 정말로 산다. 우리는 우리의 형태에 맞추어 생성된 것에서만 항구적으로 살 수 있기 때문이다."(SC934) 건축과 주거에 대한 그라크의 이런 생각은, 획일적인 기성 건축물 prêt-à-habiter이 범람하는 20세기 후반의 건축 문화에 대한 부정적 진단으로 이어진다. "소외는 세계 도처에서 인간 가축을 미리 만들어진 외양간의 칸칸에 강제로 집어넣으면서 시작된다. 온갖 종류의 기형, 종양, 원인 불명의 기이한 질병들, 그리고 가정 붕괴에서부터 청소년 폭력조직에 이르는 모든 것들이, 스스로 분비하지 않은 거친 조개껍질과 인간의 띠끔따끔하고 쓰린 마찰로부터 생겨난다."(SC935) 그라크에 의하면 남의 집에 들어가 사는 "소라게 문명은 미래가 없다."(SC934)

2.1.1.4. 정신적 유목주의

그러나 몸에 꼭 맞는 옷 같은, 조개껍질 같은 집은 얼마든지 부정적일 수 있다. 알프레드 드 뮈세의『로렌자치오』에 나오는 인물 로렌조의 살갗에 달라붙은 악의 옷처럼,[53] 인간에게 유기적으로 연결된 집은 그것이 동반하는 소유, 기억, 일상, 가치 등과 더불어 그를 구속할 수 있다.『시르트의 바닷가』에서 카를로 노인이 알도

---

52 Gaston Bachelard, *Ibid*, p.58.

53 Alfred de Musset, *Lorenzaccio*, Paris, Gallimard, coll. «folio», 1978, p.239.

x

에게 주는 교훈이 바로 그것이다. "나의 모든 것이 완결되었어, 알겠나, 알도. 내 기업은 사람들이 말하듯 축복을 받았지. […] 그러나 그것이 나를 질곡한다는 사실을 자네가 안다면! - 나는 도처에 내 거미줄을 드리웠고, 그 결과 고치 속에 갇힌 나를 보게. […] 얽매이고 결박되고 포장되고, 이제 나는 팔도 다리도 움직일 수 없는 지경에 이르렀다네."(RS720)

인간과 건축의 환유적 관계가 내포한 이런 위험을 냉철하게 의식하는 그라크는 미셸 뮈라가 "정신적 유목주의"라고 부르는[54] 것을 발전시킨다. 인간과 건축을 긴밀히 연결하는 환유적 관계와 달리, 인간과 건축 사이의 유기적인 끈을 부정하는 이 유목주의는 우선 담론의 차원에서 "한데에 천막을 치다"와 같은 은유(RS619, BF45)는 물론 작품 도처에서 부단히 마주치는, 열림을 형상화하는 문의 은유와, 여기에 덧붙일 수 있는 문지방의 은유에 의해 잘 표현되고 있다. 그러나 유복수의는 비유에 국한되시 않는다. 그라크의 건축공간은 닫힌 공간의 전형으로 통할 수 있는 성이 모델로 작용하고 있음에도 불구하고 거의 항상 활짝 열려 있다. 또한 거의 모든 그라크의 인물들은 토착민이 아니다. 그들이 머무르는 처소는 거쳐 가는 곳에 불과하다. 그들은 정신적 측면에서 "자물쇠 소리에 불편함을 느끼는 사막의 유목민들"(BF45)에 가깝다. 정신적 유목주의를 표상하는 인물로는 『시르트의 바닷가』의 바네사와 다니엘로, 『숲속의 발코니』의 모나를 들 수 있다. 하지만 그것을

---

54 Michel Murat, *Julien Gracq*, p.29.

가장 뚜렷하게 보여주는 인물은 『석양의 땅』에서 숲에 머물며 우애로 결속된 전사 공동체를 이끄는 알이라고 할 수 있다. 그는 "분리되지 않은 육체적 충만"(TC144)을 구현한다.

2.1.1.5. 환유적 관계와 정신적 유목주의의 변증법

이렇게 그라크의 작품에서는 유기적 환유관계와 정신적 유목주의가 공존하며 서로 대립하고 있는데, 이 대립을 극화한 소설이 바로 『시르트의 바닷가』이다. 이 소설에서는 알도가 국경을 넘어 항해함으로써 파르게스탄과의 전쟁을 유발하도록 유혹하는 바네사 알도브란디와, 알도를 파르게스탄에 대한 관심으로부터 떼어 놓으려는, 그리하여 현재의 균형을 유지하려고 애쓰는 시르트 해군기지 사령관 마리노가 대립하고 있다. 과도하게 큰 퇴락한 궁전에 기거하며 유목주의적 정신과 태도를 현시하는 바네사(그녀는 추위에 떨면서도 방문을 열어놓고 산다)가 초월적 자세로 사물을 지배하며(RS595) 끝없는 변화를 추구한다면, 사무실이 "조개껍질처럼 마침내 그의 몸에 맞추어 변형된"(거기 앉아 있는 마리노를 보면서 알도는 "그가 기적적으로 움직이는 것을 보지나 않을까 거의 기대하게 되는 것이었다"라고 반어적으로 말한다)(RS587-588), 나아가 시르트에 완전히 동화되고 예속된 마리노는(RS784) 온갖 변화로부터 현재의 균형을 지켜내고자 한다. 정신적 유목주의와 고착된 환유적 관계의 이 대립 앞에서 작품이 취하는 태도는 분명하다. 그것은 바네사의 편을 든다.

그러나 이 정신적 유목주의가 유기적인 환유적 관계를 무화하는 것은 결코 아니다. 사실 정신적 유목주의가 중요한 의미를 지닐 수 있는 것은 환유적 관계와의 대립 속에서이다. 환유적 관계는 인간과 건축적 환경의 조화로운 일치를 찾는 그라크의 세계관과 긴밀하게 맞물려 있다. 도처에서 변함없이 그가 말하는 것처럼, 그의 문학이 지향하는 것은 인간과 세상의 "결혼"이다(PR879). 『커다란 자유』에 포함된 한 작은 시집의 제목 「살만한 땅」이 말하듯 그라크에게 세상은 살 만한 것이다. 세상이 그런 만큼 자기에게 꼭 맞는 집을 갖는 것은 더욱더 중요하다.

다만 세상과 나의 조화로운 일치 관계마저도 지닐 수 있는 위험을 인식해야 한다. 그것은 자칫 바레스에게서 보듯, 나아가 인종주의자들에게서 보듯 타인의 배제로 연결될 소지를 안고 있다. 이 위험을 정신적 유목주의가 예방할 수 있다. 이 문제와 관련하여 미셸 뮈라는 말한다. "'집에 틀어박혀 있기를 좋아한다'고 말하는 작가가 현실에서 갖고 있는 모든 연고들과 결코 양립 불가능하지 않은 이 정신적 유목주의는 공간의 형이상학이 내포한 위험에 대해 일종의 맞불 역할을 해주는데, 이 형이상학은 바레스에게서 발견되는, 뿌리에 대한 과도한 집착과 타자의 배제로 이어지는 형이상학으로 나타나는가 하면, 횔덜린으로부터 하이데거에 이르기까지 상실과 방황의 낭만주의적 감정을 낳는 뿌리 뽑힘의 형이상학으로 나타날 수 있다."[55] 환유적 관계와 정신적 유목주의의 대립은 건강한 것이다. 이 변증법은 그라크의 작품을, 그것이 발전시키고

---

55 Michel Murat, *Julien Gracq*, p. 29.

심화하는, 인간과 환경의 환유적 관계가 내포하는 잠재적 위험으로부터 구한다.

2.1.1.6. 현대적 작품

지금까지 살펴본 것처럼, 그라크의 건축공간은 긴장의 표지 아래 나타난다. 이 긴장은 다양한 차원에 위치하는바, 그것은 건축의 표면적 형태(성, 호텔, 빌라, 토치카 등)와 심층구조(성) 사이에서, 다양한 문화적 배경과 그것을 전유하는 글쓰기 사이에서, 그리고 유기적인 환유적 관계와 정신적 유목주의 사이에서 관찰된다. 우리는 세 가지 긴장을 그라크 작품의 현대성과 관련지어 이야기하면서 이 대목의 논의를 마무리하고자 한다.

먼저 표면적 형태와 심층구조 사이의 긴장은 그라크의 상상력이 수락한 시차에 기인한다. 그라크는 유럽 중세의 성에서 자기 문학의 공간을 발견했다. 성이야말로 자기 문학을 효과적으로 담을 수 있는 공간이라고 생각했던 것이다. 문제는 그의 소설들이 현대에 위치한다는 데 있다. 따라서 언제까지고 『아르골 성에서』처럼 오래된 성에 인물들을 거주시킬 수는 없었다. 그들은 현대인인 만큼 현대의 건축공간을 마련하는 게 필요했다. 여기서 온 해결책이 현대의 건축공간에 성의 구조를 부여하는 것이었으리라. 형태와 구조 사이의 이런 긴장은 상상력과 서술의 긴장에서 비롯되거니와, 먼 과거에 상상력의 뿌리를 드리운 현대 작가의 입장을 반영한다고 하겠다.

길고 방대한 서양 문학사에서 그라크는 "늦게 온 사람"(PI439)

이다. 이는 그가 단순히 20세기 초에 태어난 사람이기 때문이기보다는, 그가 자기 앞의 문학을 잘 안다는 사실에, 그리고 자기가 얼마나 늦게 왔는지를 냉철하게 의식하고 있다는 사실에 근거한다. 그는 앞의 작가들이 남긴 작품들의 간섭 없이 절대로 글을 쓸 수 없다는 사실을 날카롭게 의식한다. 이런 인식으로부터 오는 것이, 그의 작품에서 잘 관찰되는 복잡하고 섬세한 문학적 유희이다. 우리는 예루살렘 성전을 짓기 위해 솔로몬이 이집트로부터 기술을 도입했고, 건축가들의 신화적 조상이라고 할 다이달로스가 축조한 크레타섬의 미궁조차 이집트에 모델을 두고 있다는 사실을 잘 안다. 사정이 이럴진대 하물며 현대 건축에서 과거 문화의 간섭은 거의 숙명적인 것이라고 할 수 있다. 그라크의 건축공간에서 관찰되는, 한편의 다양한 문화적 지시대상들의 이질성과 다른 한편의 통합적 글쓰기의 자기동일성 사이의 긴장은 이렇듯 깊이를 헤아릴 수 없는 문화의 두께에 대한 인식에서부터 온다고 하겠다. 덧붙여야 할 것은, 그라크에게 다양한 문화적 지시대상들은 자주 문학 텍스트에 의해 중개된다는 점이다. 그의 인식은 매우 문학적인 것이다.

끝으로 유기적인 환유적 관계와 정신적 유목주의의 긴장은 20세기 초반에 있었던 역사적 비극과의 관련 속에서 의미를 찾는다. 나치즘을 통해 우리는, 타자의 배제로 연결되는, 냉철함을 잃은 세상과 자아의 유대가 얼마나 위험할 수 있는지 알게 되었다. 하지만 점점 더 획일화되기만 하는 세상에서 각자의 문화적 정체성은 더욱 소중해지는 게 현실이다. 환유적 관계와 정신적 유목주의의 긴장은 역사적 경험의 토대 위에서 현대 세계를 성찰하는 한 작가의 명철한 예지를 반영하는 듯 보인다.

2.1.2. 도시

이번에는 그라크의 작품에 나타난 도시를 타자성의 시각에서 고찰해보고자 한다. 특히 자주 여인으로 비유되는 그라크의 도시가 어떻게 타자로 나타나며 매혹을 행사하는지, 그리고 이런 타자성은 그라크 문학의 전개와 함께 어떤 변화의 추이를 보이는지, 또 도시는 어떻게 자기 안에 유폐되는 대신 바깥을 향해 열리는지 살필 것이다. 더불어 도시와 자주 결부되는 여인의 이미지는 어떤 의미작용을 수행하는지도 검토할 것이다. 그리하여 도시를 통해 관찰되는 그라크의 타자성이 오랜 휴머니즘과 어떤 관계를 맺는지, 그리고 이는 그의 현대성에 어떤 성격을 부여하는지 검토해볼 것이다.

2.1.2.1. 도시와 시선

그라크에게서 도시는 다소 모호한 양상을 띠고 나타난다. 앞서 살펴보았지만, "내 소설 인물들의 인상 기록 카드"에 "주소: 결코 집에 살지 않음. 2차 주거지: 바다와 숲"(LI153)이라고 명시되어 있는 것처럼, 그라크 소설의 인물들은 도시에서 살기보다 도시 바깥 지역에 거주한다. 대표적인 예로 그들은 한적한 곳에 자리 잡은 고성, 해변의 호텔, 도시에서 멀리 떨어진 해군기지, 울창한 아르덴 숲속의 토치카, 파리 교외의 고급 빌라, 그리고 「곶」에서 보듯 자동차를 주된 거주 공간으로 삼는다. 요컨대 도시가 주된 배경으로 나타나는 소설은 단 한 편도 없다.

그러나 이런 사실이 그라크의 작품에서 도시의 중요성을 감소시키지는 않는다. 도시를 배경으로 하지는 않지만 도시에 대한 하나의 방대한 성찰로 읽힐 수 있는 『시르트의 바닷가』와, 작가로서의 자신을 키워낸 도시 낭트를 이야기하는 일종의 자서전 『도시의 형태』 이외에도, 도시는 작품 도처에서 의미 깊은 요소로 떠오른다. 요컨대 그라크에게서 도시는 생활공간이기보다 응시와 성찰의 대상으로 나타나고 있거니와 이는 특히 작품의 핵심을 이루는 소설에서 두드러지게 관찰되는 현상이다. 도시와 시골 어느 한 곳에 삶을 고정시키기보다 둘 사이를 부단히 오가며 살았던 작가 자신의 삶의 반영일까? 부단한 대상화는 그라크 도시의 근본적인 특징 가운데 하나로 나타난다.

그라크의 작품에서 도시를 포착하는 시선에는 두 종류가 있다. 하나는 일정한 거리 너머에서 바라보는 시선이다. 이 경우 시선에는 체험적 앎이 결여되어 있고, 따라서 도시는 미지의 대상으로 다가온다. 다른 하나는 도시 안에 위치한다. 앎이 결핍된 앞의 시선과 달리 도시의 형태와 구조를 직접 확인하고 성찰하는 이 시선은 도시와 바깥 세계의 관계에 초점을 맞추는 듯 보인다. 전자는 도시의 타자성에 관심을 갖는다. 반면에 후자는 바깥에 대한, 타자에 대한 그것의 열림을 주목한다. 타자성과 열림은 그라크 도시의 근본적인 두 요소로 나타난다.

2.1.2.2. 모르는 도시

일정한 거리 너머로 응시된 도시에는 두 가지 경우가 있다. 하나는『어두운 미남』에 나오는 호이에르스베르다Hoyerswerda이고, 다른 하나는『숲속의 발코니』에 등장하는 벨기에 아르덴의 이름 모를 도시이다. 이 두 경우 사이에는 중요한 차이가 있거니와 먼저『어두운 미남』의 화자인 제라르에 의해 회상된 호이에르스베르다는 다음과 같이 묘사된다.

나는 이제 호이에르스베르다 평원을 떠올린다. 포로수용소의 이중 철조망 울타리 너머로 슬픈 라우지츠 평원이 하염없이 멀어지고 있었다. 그토록 인적이 느물고, 그토록 버려진. […] 초원-삼림, 결코 감동 없이 듣지 못하는 영어 단어 'woodland'가 왠지 모르게 성대함을 더하는 초원-삼림의 다채로운 대양 위에, 구리처럼 빛나는 종탑 주위로 밀착한 신비로운 도시, 금단의 도시 호이에르스베르다가 작은 숲의 뿔에 반쯤 가려진 채 동쪽 지평선 위에 펼쳐져 있었다. […] 이따금 수용소의 다른 각도에서 보면 도시가 자작나무 총림의 가볍게 떨리는 공기 위로 마치 신기루처럼 떠오르는 것이 불현듯 눈에 들어오곤 했다. 언제나 여왕처럼 평온하게 지평선 위에 앉아 정말이지 욕망을 무더기로 부르는 그것은 이유(離乳)된 상상력에게 정원, 아름다운 수조(水槽), 그늘진 건물 입구, 잠든 유복한 시골집들로 풍요로운 모습을 띠었다. 그리고 왠지 모르게 폭풍우가 몰아치는 저녁 황혼 무렵이면 북구 도시의 마법이 동요된 하늘 뒤편에서 도시 위로 떠올랐다.(BT180-181)

이 구절에서 도시는 제라르에게 처음부터 끝까지 미지의 것으로 남는다. 포로수용소에 억류되어 있는 까닭에 극히 제한된 조건 아래서 그것을 바라볼 수밖에 없고, 또 나중에 도시를 가로지를 기회를 갖긴 하지만 새벽 네 시에 음침한 안개비가 내리는 가운데 기차를 타고 있는 까닭에 도시를 제대로 볼 수 없었기 때문이다.(BT181) 그것은 제라르에게 철저히 앎의 영역 바깥에 위치한다. 더구나 이 도시는 『어두운 미남』의 문맥 속에서 살아 있는 인간으로서는 결코 알 수 없는 죽음을 표상한다. 이런 점을 고려할 때 도시의 타자성은 근본적인 동시에 극단적인 것이라 할 수 있을 것이다. 그것은 인간이 체험과 앎을 통해 자신의 영역 안에 끌어들일 수 있는 대상이 아니다. 그것은 먼 곳에서 타인처럼 빛난다.

여왕에 비유된 도시는 아름답고 오만한 여인이 자기 앞에 두는 것 같은 거리 너머에서 자신의 모습을 신비의 베일 뒤로 감춘다. 하지만 이런 금단의 거리는 오히려 주체의 욕망을 유발하는 듯 보인다. 금기가 오히려 더욱 강렬한 욕망과 매혹을 부르는 메커니즘은 일찍이 프로이트에 의해 성찰된 바 있지만, 이 주제는 『시르트의 바닷가』와 『숲속의 발코니』에서 볼 수 있는 것처럼 그라크 문학에서 지속적인 관심의 대상을 이루기도 한다. 도시는 구체적인 앎을 벗어나지만, 욕망이 만들어내는 혹은 더욱 예리하게 느껴지도록 하는 앎의 공백을 주체는 문화적 지식과 상상력을 활용하여 메우려 한다. 제라르는 북구 도시들에서 발견되는 풍경과 요소들을 호이에르스베르다의 빈자리에 놓음으로써 불완전하나마, 다시 말해 한낱 허구에 불과하나마 도시를 자신의 영역 속에 환원시킨다.

자신이 활용하는 것, 곧 자신의 문화, 기준, 언어로 다른 것을 설명하려는 태도는 타자성을 동일성으로 환원하는 전형적인 방식이다. 여기서 호이에르스베르다는 일단 모르는 도시처럼 제시되지만 결국에는 주체에 의해 동일성의 영역으로 환원되고 마는 것이다. 제라르는 도시의 실제 모습이 자기가 상상하는 것에 전혀 못 미치리라는 사실을 잘 안다. 그러면서도 "향기처럼 끈질기고 함락되지 않은 성채처럼 신경을 자극하는" 도시가 "그 이름의 목이 쉰 듯한 음절들 뒤로 가져보지 못한, 그리고 결코 갖지 못할 여인의 맛"(BT182)을 남긴다고 말한다. 그러나 이런 여인의 "맛"조차 맛의 일종인 것이 사실이며, 그것은 당연히 동일성의 세계에 귀속된다. 여기서만큼은 여인의 비유가, 로브_ㄱ리예가 말하는 것처럼, 저기 그것 자체로 있는 세계와 대상을 인간에게 종속시키려는 시도로서 간주될 수 있을 것이다.[56]

이번에는 『숲속의 발코니』에 나오는 또 다른 금단의 도시, 모나가 스파Spa라고 부르는 도시를 살펴보자.

팔리즈에서 조금 멀어지자 사방이 트였다. 오솔길은 벨기에 쪽으로 달려가는 나무가 많은 계곡의 돌출한 낭떠러지 가장자리를 따라갔다. 집도 연기도 없이 지평선까지 펼쳐져 있는, 눈 위로 검은 깜부기불처럼 보이는 숲 끝에 작은 도시가 계곡 위 봉우리에 매달려 있는 게 보였다. 그것은 태양 아래 하얀 집들로 반

---

56 Alain Robbe-Grillet, «Nature, humanisme, tragédie», in *Pour un Nouveau Roman*, Paris, Minuit, 1961.

짝이며 해빙의 연보랏빛 안개 위에 부유했다. 설광은 그것에 금지된 도시와 약속된 땅의 인광(燐光)을 던지고 있었다. 태양은 솟아오르면서 나뭇가지에서 물방울들이 비처럼 떨어지게 했다. 하지만 그들이 프레튀르를 향해 걷는 동안에도 지평선에 홈처럼 팬 계곡 가장자리의 작은 도시는 흰 빛과 푸른 빛 사이에서 찬란히 빛나고 있었다. 모나는 그것이 스파라고 단언했다. 그녀를 매혹하는 그 이름을 대합실 포스터에서 읽은 이후로 그녀는 벨기에 아르덴 지방에 그것 말고 다른 도시가 있으리라는 생각은 꿈에도 하지 않았다.

"어째서 나를 데려가주지 않는 거야?" 하고 그녀는 매번 세상을 그것의 새로움 속에 돌려놓는 듯 보이는 욕망의 급작스러움과 함께 그의 팔을 흔들며 말하곤 했다. 그녀는 사려 깊고 알뜰한 조숙함으로 머리를 끄덕이며 덧붙였다.

"…… 쥘리아도 우리와 함께 갈 거야. 벨기에는, 알다시피, 많은 돈이 들지 않아."(BF62-63)

여기서 공간이 보여주는 상징적 구조는 거의 고전적인 것이라고 할 수 있다. 나무들이 있는 움푹 팬 계곡이 그랑주와 모나가 있는 이쪽과, 멀리 봉우리에 이름 모를 도시가 매달려 있는 저쪽을 가른다. 계곡은 양쪽에 비해 낮을 뿐만 아니라(이 대목에서 우리는 빛과 이성이 자리 잡는 위와, 어둠과 무의식과 꿈 등이 자리 잡는 아래의 원형적 대립을 생각해야 한다) 때마침 내린 눈으로 인해, 그리고 겨울의 이른 아침이라는 시간 때문에 그것을 덮은 나무숲이 검은 깜부기불의 무더기처럼 보이거니와 이것의 신화적, 상징적 암시는 분명해 보인다. 그것은 연옥, 또는 이승에서 저승으로 가는, 혹은 최소한 이곳에서 저곳으로 가는 중간 지대인 것이다.

이쪽은 물론 삶이 펼쳐지는 공간이다. 반면에 저쪽은 일체의 설명과 규정이 불가능하다. 도시의 이름을 모른다거나 그것이 연보랏빛 안개 위에 부유한다는 사실은 그것이 기지의 영역이 아닌 미지의 영역 속에 위치하고 있음을 말한다. 특히 "흰 빛과 푸른 빛 사이에서" 빛난다는 사실은 그것의 규정 불가능성을 단적으로 표현한다. 모나가 스파라고 단언하는 도시는 실상 전혀 모르는 타자성의 세계인 것이다.

그러나 도시의 타자성은 그에 대한 묘사 자체보다 서술에 의해 더 잘 지시되어 있다. 호이에르스베르다에 대한 재리르의 회상에서 잘 관찰할 수 있었지만, 전혀 새로운 대상이 나타났을 때, 우리는 항상 우리가 이미 활용하고 있는 언어와 의미 체계를 참조함으로써 그것을 규정하려 한다. 말하자면 새로운 요소를 기존의 영역 속에 끌어들여 기존의 영역 자체를 확장함으로써 우리의 우주를 넓히려 한다. 일견 유치해 보이는 모나의 태도가 바로 그것이다. 그녀는 모르는 도시에 자신의 도시 목록에 들어 있는, 게다가 그 속에서 특권적 위치를 점하고 있는 이름을 부여한다. 그리고 가장 현실적인 방식으로 그것을 정복하려 한다. 즉 "사려 깊고 알뜰한" 방식으로 도시를 방문하고자 한다. 여기서 그녀는 다시 한 번 기지의 의미 체계를 참조한다. 다시 말해 모든 사람들에 의해 공유되는("알다시피") 백과사전적 지식과 정보를 동원하면서 "벨기에는 많은 돈이 들지 않아"라고 말한다. 이는 분명 "조숙함"이다. 성숙하고 공식적인 세계가 전혀 새로운 타자성을 동일성으로 환원하는 전형적인 방식인 것이다. 이를테면 타자성을 그것 자체로서 인정하고 수긍하기보다 주체의 언어와 방식을 동원하여 동일성으로 환원하고 있는 것이다.

모나가 어른들을 흉내 내며 보여주는 이런 일방적 환원은 그러나 소설의 서술 자체에 의해 부인되어 있다. "그녀를 매혹하는 그 이름을 대합실 포스터에서 읽은 이후로 그녀는 벨기에 아르덴 지방에 그것 말고 다른 도시가 있으리라는 생각은 꿈에도 하지 않았다"는 지적은 모나의 단언이 얼마나 부조리한 것인지를 단적으로 드러낸다. "조숙함"이라는 말 자체가 "성숙하지 못함"을 의식적으로 부각시키거니와 그것을 가장하며 표출하는 "욕망의 급작스러움"은 타자성을 동일성으로 환원하려는 모나의 작업을 일시에 순진한 어린아이의 욕망 같은 것으로 만들어 버린다. 이렇게 소설의 서술은 이름 모르는 도시가 지평선 끝에서 "흰 빛과 푸른 빛 사이에서" 빛나며 온전한 타자성을 표상하게 해준다. 그랑주와 모나는 그곳에 가지 않을 것이다. 그리고 소설의 마지막 문장에서 그랑주가 "이불을 머리 위로 끌어 올리고 잠드는"(BF137) 순간에도 도시는 이름 없는 타자로서 남아 있을 것이다.

그라크에게서 일정한 거리 너머로 대상화된 도시가 표상하는 타자성은 이렇듯 『어두운 미남』으로부터 『숲속의 발코니』에 이르면서 중대한 변화를 보여준다. 『어두운 미남』의 호이에르스베르다가 타자로 제시된 후 동일자로 환원되는 운명을 겪는다면, 『숲속의 발코니』의 도시는 동일성으로의 환원 자체를 무화하는 미묘한 서술 덕분에 타자성을 견지한다. 이렇게 타자성을 온전함 가운데 형상화하는 서술은 문학사에서 대단히 새롭고 현대적인 것이 아닐 수 없는바, 연구자들이 입을 모아 강조하는 그라크 문학에서의 『숲속의 발코니』의 새로움은 정당한 것임이 다시 한 번 입증되는 셈이다. 쉽게 확인할 수 있는 것이지만 호이에르스베르다에 대한 묘사와 달리 벨기에 아르덴의 도시 묘사에는 의인법이 거의 사용되지 않았다. 이런 문체의 투명함은 사실상 소설 전반에서 확인되는 사실이기도 하다. 그러나 분명히 짚고 넘어가야 할 것은 그라크의 작품에서 의인법이 사라지는 것은 결코 아니며(그라크는 의인법 자체를 경계해야 한다고 생각하지 않는다), 휴머니즘의 기조를 포기하는 것은 더더욱 아니라는 사실이다.

2.1.2.3. 열린 도시

그라크의 작품에서 일정한 거리 너머로 대상화된 도시가 타자성에 관련된다면, 안으로부터 관찰되고 사유되는 도시의 경우에는 바깥과의 관계가 중요하게 부각되는 경향이 있다. 1941년에 쓰고 그로부터 2년 뒤인 1943년에 처음 간행한 산문시 「도시 계획에 갈바니 전기를 작용시키기 위하여」는 도시에 대한 그라크의 근본적인 생각을 피력한 작품으로서 선언문에 가까운 어조를 지니고 있다. 그것은 첫 문장에서부터 다음과 같이 진술한다.

　　나는 얼마 전부터 하나의 도시를 꿈꾼다. 그것은 마치 연장에 의한 듯 깨끗이 절단되어 모든 잘린 동맥이 강렬한 검은 피 같은

아스팔트를 흘리면서 가장 기름지고, 가장 방치되고, 가장 비밀스러운 보카주 평원으로 열린다.(LG267)

피를 흘리는 잘린 동맥의 이미지에서 보듯 다소 극단적인 열림을 표상하는 이 도시는 '그라크의 도시'인 낭트에 그 원형을 둔다. 『도시의 형태』라는 제목으로 자서전을 쓴 작가가 보기에 "인근 전원과의 진정한 상호작용이 일체 없는, 지역 시장에의 긴밀한 경제적 예속에서 벗어난(낭트는)(…) 어떤 순수한 도시, 즉 그 어떤 도시보다 자연적 바탕으로부터 유리된 채 지방 한가운데 이방인처럼 들어앉아 그것과의 소통을 조금도 신경 쓰지 않는 도시가 되었다."(FV868) 이렇게 그것이 속한 토양으로부터 해방된 도시는 세계를 향해 직접적으로 열린다.(FV869) 아무런 매개 없이 바깥과 곧장 소통하는 도시, 그것이 고양하는 가치는 자유이다. 그리고 그것에 기빈올 둔, 미지의 세계와 새로운 시간을 향한 약진이다.

나는 약간 긴 이 서두를 통해 내가 그 도시의 길들에서 본능적으로 호흡했던, 그리고 지금도 호흡하는 돛에 부는 것 같은 자유의 공기를 설명하려고 했다. 내가 거기에 살던 나이에 아마도 나는 자연스럽게 출발선상에 있으며 그 어떤 것에도 스스로를 얽어매고 싶은 마음이 없는 나 자신을 느꼈으리라. 하지만 일찍부터 젊은 삶의 닻을 올리고 앞장서서 미리 세계의 장벽을 허물기에 그만큼 잘 만들어진 도시도 없었다. 상상할 수 있는 모든 항해들은 ― 쥘 베른의 항해들을 훨씬 넘어 ― 이 모험적인 도시에서 기꺼이 그 출발점을 발견했다.(FV868)

특히 "젊은 삶의 닻을 올린다"는 표현에서 우리는 앙드레 브르통의 숨결을 감지할 수 있다. 낭트는 초현실주의에 지대한 영향을 미친 인물인 자크 바셰가 살았던 도시이며 브르통은 그곳에서 군의관으로 복무하기도 했다. 또 그라크가 브르통을 처음 만났던 곳도 낭트이다. 이렇게 낭트는 브르통 및 초현실주의와 깊은 인연을 맺고 있거니와, "쥘 베른의 항해들을 훨씬 넘어"의 '훨씬 넘어'는 낭만주의적 모험의 열망을 넘어 초현실주의적 도약으로 가는 지향으로 읽는 것이 가능할 것이다. 낭트의 열림은 인용문이 충분히 말하고 있는 것이지만 지형적, 지리적 관계, 나아가 경제적, 행정적, 사회적 관계에 국한되지 않는다. 그리고 반드시 젊은 삶의 열망에만 배타적으로 관련되는 것도 아니다. 그것은 도시의 총체적 차원, 즉 도시를 구성하는 수많은 다양한 삶의 정신적인, 그리고 물질적인 차원에 관련된다.

그런데 과연 현실 속의 낭트가 이토록 열린 도시일까? 이 질문에 답하기는 쉽지 않아 보인다. 주관적인 대답을 제시할 수밖에 없기 때문이다. 결국 낭트의 열림은 그라크의 투사라고 보는 것이 가장 정확한 접근일 것이다. 사실 그라크의 문학에서 열림은 하나의 긍정적인 가치로서 나타나고, 이런 사실은 작품 전반에 걸쳐 부단히 확인되는 것이다. 예컨대 과거에 융성했으나 이제는 돌이킬 수 없는 쇠락에 접어든 도시 오르세나를 성찰하며 외부로 향해 "문을 닫은 종족"(RS710)과, 완고한 벽의 틈을 열고 변화를 추구하는 사람들을 대립시키는 『시르트의 바닷가』에서 여주인공 바네사는 말한다. "어떤 사람들의 눈에는 저주받은 것으로밖에는 보이지 않는 도시들이 있는데, 그것은 그들이 살 수 있게 해주는 먼 곳을 차단하기 위해 그 도시들이 탄생하고 건설된 것처럼 여겨진다는 이유 때문이지. 이런 도시들은 편안한 도시들이야. 하지만 어디에서도 세계는 보이지 않고 오로지 쳇바퀴 속의 다람쥐처럼 자신의 바퀴만을 돌리고 있을 뿐이지. 나는 거리에서 사막의 바람이 느껴지는 도시만을 좋아해."(RS773) 여기서 사막은 삶의 공간인 도시와 달리 삶이 뿌리내리는 것이 불가능하다는 점에서 도시의 '먼 곳'이 되고 또 '다른 곳'이 된다. 인근에 둘러싸이는 대신에, 다시 말해 가장 두껍고 끈질긴 벽에 둘러싸이는 대신에 먼 곳 또는 다른 곳을 향해 직접적으로 열리는 바네사의 도시는 낭트를, 그리고 나아가 「도시 계획에 갈바니 전기를 작용시키기 위하여」가 그리는 도시를 연상시킨다. 이들 열린 도시들은 현대적 삶의 근본적 토대를 이루는 물질적인 공간에만 관련되는 것이 아니라 인간의 총체적 삶의 이미지가 된다. 간단히 말해 인간의 은유가 되고 있는 것이다.

2.1.2.4. 도시와 여인

그라크의 작품에서 도시는 자주 여인에 비유된다. 그는 어떻게 낭트가 '자신의' 도시가 되었는가를 이야기하는 대목에서 얼마든지 낭트를 대신할 수 있었으나 그렇게 되지 못한 앙제를[57] "당신의

---

57 앙제는 그라크가 태어난 생플로랑이 위치한 멘에루아르 도(道)의 수도이다. 따라서 행정적인 면에서 본다면, 그리고 가족 가운데 몇 사람이 앙제에서 공부한 점을 생각한다면 그라크는 원래 낭트보다 앙제에 더 가깝다고 말할 수 있다.

시선 아래에서 결코 아무것도 피어나지 못하리라는 사실을 단숨에 확신하는 여인"(FV779)에 비유한다. 낭트 역시 여성의 이미지를 띰은 물론이다. 그것은 서두부터 "우리 몽상의 실을 자기 둘레로 단단하게 휘감은 여인"(FV771)의 모습을 하고 나타난 뒤 작가를 길러낸 "모태"(FV869)에 비유된다. 『커다란 자유』에 수록된 산문시 「새벽의 파리」는 "수백만 욕망의 드레스"(LG307)를 입고 나타나는 수도를 그리고 있으며, "내 기억 한구석에는 내가 아직 향유하길 원하지 않은 예민한 도시가 하나 있네"로 시작되는 또 다른 산문시 「피타고라스의 바실리카」는 우물처럼 생긴 정원에서 행해지는 사랑의 행위를 은유적으로 표현하고 있거니와 거기서 사랑의 대상은 다름 아닌 도시이다.(LG293-294) 소설에서 발견되는 대표적인 예를 살피자면, 『시르트의 바닷가』에서 알도는 오르세나를 "너무나도 성숙하고 너무나도 부드러운 아름다움으로 우리를 포로로 만드는 여인"(RS563)으로 느끼고 있으며, 앞서 살핀 『어두운 미남』에 나오는 도시 호이에르스베르다는 감히 다가갈 수 없는 "여왕"으로 나타난다. 도시가 여인에 비유되는 경우는 이 밖에도 헤아릴 수 없이 많거니와 그것은 그라크에게서 거의 상투어가 되고 있다고 해도 과언이 아닐 정도이다.

중요한 것은 이런 상투어가 다른 주제와의 관련 속에서 각별한 의미를 갖게 된다는 사실이다. 먼저 그것은 일정한 거리 너머로 대상화되어 나타나는 도시의 타자성을 복합적인 것으로 만드는 듯 보인다. 그라크의 작품에서 주체와 도시 사이에서는 언제나 앎 또는 모름이 문제 되고, 일단 이렇게 대상화된 도시는 주체를 향해 매혹을 행사한다. 인격을 전제로 하는 앎, 그리고 관계의 복합성을 촉발하는 매혹, 이 두 가지 요소를 담보하는 것이 바로 여인의 은유이다. 도시는 이렇듯 매혹하는 타자로 의인화되어 나타나거니와, 방금 전에 언급한, 상상 속에서 행해지는 주체와 도시의 육체적 관계는 매혹하는 타자의 극한을 보여준다고 하겠다.

　도시가 여인에 비유된다는 사실은 또 하나의 중요한 의미론적 연관을 상정한다. 그라크에게서 여성은 근본적으로 열림을 표상한다. 남성과 달리 당장 눈앞에 펼쳐지는 현실과 외양에 머무르지 않고 그 너머의 다른 곳 또는 다른 것을 지향하며 그것을 부르고 또 받아들일 준비가 되어 있는 존재이다. 예를 들어 『석양의 땅』에 등장하는 여인들에 대해 화자는 이렇게 말한다. "그들이 찾던 것, 그들이 서투르게 합류하고자 하던 것, 밤에 그들을 긴 인내 속에 깨어 있게 하던 것, 그것은 길 위로 지나가던 사람들이 아니었다. 그것은 아마도 이들 위에 열정적으로 응집된 더 먼 것들의 — 아마도 길이 이르는 곳의 — 반영이었다."(TC91) 여기서 의미심장한 것은 길이 이르는 곳은 전혀 모르는 곳으로, 세계의 바깥 어딘가에 위치하는 공간이라는 점이다. 『시르트의 바닷가』의 알도는 오르세나에 시작된 변화의 기운을 여성들의 눈동자에서 가장 분명하게 읽는다. "나는 여자에게 더 큰 감동과 열광의 저장고가 있음을 알 수 있었다. 평범한 삶은 이 저장고에 출구를 제공하지 못한다. 오로지 가슴을 변화시키는 심오한 혁명만이, 다시 말해 세상에 도래하기 위해서는 산모의 맹목적인 열기에 스스로를 오랫동안 적실 필요가 있는 혁명만이 그것을 해방한다. 지고한 역사적 탄생을 둘러싸는 아우라가 제일 먼저 여자들의 선택된 눈동 자에서 읽히는 것도 바로 이런 이유에 근거한다."(RS807) 새로운 생명을 잉태하여 세상에 내보낸다는 사실이 여성으로 하여금 근 본적인 새로움을 먼저 예감하고 보고 또 받아들이게 한다는 것이 다. 이 점을 그라크는 바네사의 입을 빌려 다시 한 번 지적한다. 여기서 그녀는 근본적인 변화의 도래를 새로운 생명의 탄생에 비 유하고 있다.

"자기가 여자라면 덜 오만할 텐데." 하고 그녀는 설복하는 부 드러움이 깃든 목소리로 덧붙였는데, 마치 다른 누군가가 ─ 명 징과 흑암의 영(靈)이 ─ 그녀의 입을 통해 말하고 있는 것 같았 다. "그리고 더 잘 이해할 수 있을 텐데. 아이를 낳아본 여자는 이걸 알아. 누군가 ─ 누구인지는 몰라, 정말 몰라 ─ 자기를 통 해 무엇인가를 원하는 일이 일어날 수 있다는 사실을 말이야. 앞 으로 존재할 것이 자기의 몸을 지나가는 것을 느끼는 건…… 자 기가 이걸 알 수 있으면 얼마나 좋을까, 무시무시하기도 하지만 더없이 편안한 일이기도 해.(…) 무엇인가가 정말로 세상에 나타 날 때 그것은 '생겨나지' 않아. 문득 다른 눈이 아닌 그의 눈만으 로 볼 수 있을 따름이고, 그가 존재하지 않는 것은 더 이상 가능 하지 않지. 모든 게 좋을 뿐이야."(RS778-779)

어쩌면 새로운 생명의 탄생이야말로 타자의 문제, 그리고 그와 의 공존 문제를 살피기에 더없이 적합한 테마인지도 모르겠다. 태 어나기 이전의 존재는 동일자로의 환원이 불가능한 절대적인 타자에 가깝다. 한편 바야흐로 세상에 나오는 존재는 있는 그대로 존중하고 받아들일 수밖에 없는 존재이다. 우리가 주목해야 하는 것은 "누군가 ― 누구인지는 몰라, 정말 몰라 ― 자기를 통해 무엇인가를 원하는 일"이라는 말에 의해 잘 표현된 절대적 타자성을 정확히 보고 인정하고 받아들이는 여자들의 능력이다. 인용문에 따르면 이런 인정과 수용은 창조로 이어지거니와 존재와 비존재를 가르는 시간을 구약성서 『창세기』의 천지창조 부분을 참조하며 ("명징과 흑암의 영", "모든 게 좋을 뿐이야") 창조의 비약적 순간으로 설정하고 있다.

여성은 이렇듯 아이를 낳는다는 근본적인 역할 덕분에 주체의 세계를 벗어나는 타자성을 보다 잘 볼 수 있으며 그것을 있는 그대로 존중하고 또 받아들여 공존할 줄 아는 존재로 나타난다. 포스트모더니즘과 페미니즘에서 말하듯 역사를 통해 배제되고 억압받아온 타자인 여성은 동시에 타자성을 향해 열려 있는 존재이기도 한 것이다.

여인의 이미지는 그러므로 두 가지 의미론적 연관을 갖는다. 그 하나는 인격의 도입을 통한 타자성의 복합화이며, 다른 하나는 출산이라는 여성의 근본적 역할 덕분에 가능해진 열림과 공존의 표상이다. 다만 여기서 분명히 따지고 넘어가야 할 문제는 대상화된 도시에 결부된 여인의 이미지가 타자성을 예민하고 복잡한 것으로 만든다는 사실은 쉽게 인정할 수 있다고 하더라도, 여성의 열림과 도시의 열림을 어떻게 관련짓는가 하는 점이다. 이에 대해서만큼은 우리는 불완전한 대답밖에는 제공할 수가 없다. 그것은 도시가 여인에 비유된다고 해서 도시의 폐쇄적인 성격이 강화되는 것은 결코 아니라는 사실이다. 그라크가 낭트를 떠나면서 체험했던 바이지만, 도시—여인은 스스로 길러낸 존재를 "더 넓은 지평을 향해 풀어줄"(FV869) 줄도 안다. 그러나 시각을 전환하면 이런 불완전한 대답이 긍정적인 확인을 품고 있음을 발견하게 된다. 그것은 그라크 도시의 열림이 휴머니즘의 바탕 위에서 전개되고 있다는 사실이다.

2.1.2.5. 도시와 타자성

그라크의 소설 가운데 도시를 주된 배경으로 하고 있는 것은 단한 편도 없다. 그러나 이런 사실은 다양한 방식으로 도시를 묘사하고, 또 그것에 대해 깊이 있는 성찰을 수행하는 것을 막지 않는다. 오히려 도시는 날카로운 시선과 깊은 사유의 대상이 되면서 매우 풍부한 문학적 형상화의 계기를 제공하는 듯 보인다.

일정한 거리 너머로 대상화되어 나타나는 그라크의 도시는 주체의 인식을 벗어나는 타자를 표상한다. 그러나 『어두운 미남』과 『숲속의 발코니』에 나오는 두 도시의 예를 통해 살펴본 것처럼, 타자성은 그라크 문학의 전개와 함께 변화한다. 『어두운 미남』에 나오는 호이에르스베르다가 알 기회를 갖지 못한 타자이되 나의 언어와 지식을 통해 상상되고 이해된다면, 즉 불완전하나마 동일자로 환원된다면, 『숲속의 발코니』에 나오는 도시는 특히 서술에 의해 동일성의 바깥에 놓이며 온전한 타자성을 제시하는 데 성공한다.

안으로부터 접근될 때, 그라크의 도시는 열림을 지향한다. 「도시 계획에 갈바니 전기를 작용시키기 위하여」가 진술하고 있는 것처럼, 이 열림은 미지의 것에 대한 낭만주의적 호기심을 넘어 발견과 만남을 향한 초현실주의적 기도로 발전된다. 그것은 모험과 출발로 대변되는 자유의 가치에 연결되는 한편 바깥으로부터 오는 미지의 경향들을 받아들이려는 개방적 태도로 이어진다. 그리고 더 나아가 타자의 인정과 평화적 공존을 말하는 최근의 경향들과 연관될 수 있는 가능성을 보여준다. 그라크의 도시는 다른 한편 여인에 자주 비유되거니와 이런 여인의 이미지는 도시의 타자성을 복합적인 것으로 만드는 동시에, 출산 등에 근거한 여성 고유의 열림을 도시에 추가하는 것으로 보인다.

　이렇듯 도시를 통해 본 그라크의 타자성은 열림과 공존의 다원주의적 전망을 모색하는 최근의 탈근대 논쟁에 연동될 수 있는 것처럼 여겨진다. 그라크는 실존주의, 누보로망, 구조주의, 후기구조주의 등으로 이어지는 20세기의 주된 흐름에서 벗어나 있었던 작가이고, 바로 이런 이유로 사람들은 그에게서 현대성을 보기를 주저한다. 그러나 도시에 대한 우리의 검토는 그에게서 현대성의 중요한 측면들을 발견하게 한다. 더 나아가 여인의 이미지에서 확인할 수 있는 것이지만, 서양 근대의 바탕이 되었던 인간중심주의의 대표적 언어 장치라는 이유로 알랭 로브그리예가 단죄하는 의인법을 적극적으로 활용하고 있다는 점에서, 그리고 휴머니즘의 기조를 포기하지 않고 있다는 점에서 그의 문학을 통해 어떤 개성 강한 새로운 현대성을 보는 것도 가능하다는 생각이다.

2.1.3. 좁은 강

2.1.3.1. 『좁은 강』이라는 책

『좁은 강』은 어린 시절 이래 그라크의 직접적 체험이 축적된 장소에 대한 책이다. 자기 이름으로 스스로의 내밀한 삶을 회상한다는 점에서 마땅히 자서전으로 분류되어야 하는 이 책은 그러나 장소의 선택 또는 주제의 설정과 내용의 구성에서 여타의 자서전들과 구별되는 독특한 측면들을 보여준다. 먼저 이 책은 바슐라르가 말하는 생가(生家)를[58] 중심으로 둘레의 마을 혹은 도시와, 그 주변의 자연 환경을 아우르는 고향을 총체적으로 다루는 대신에 고향으로부터, 즉 "생플로랑으로부터 천오백 미터 떨어진 곳에서 대하로 흘러드는 루아르강의 알려지지 않은 작은 지류 에브르l'Èvre의 잠자는 골짜기"(EE528)를 그리고 있다. 이런 공간의 선택은 글쓰기에 시간적, 공간적 틀을 제공하며 그것의 진행과 형태를 간섭한다. 에브르 골짜기를 구성하는, "대지로부터 절연된 고장은 오로지 배만이 열쇠를 내주"는데(EE530), 마리예Marillais의 카페 여주인이 "둑 근처에 자물쇠로 채워두었다가 가게의 손님들에게 빌려주는, 휘고 낡고 벌레 먹고 타르의 기포들이 있고 이따금 키가 떨어져 나간, 백 년은 되었을 작은 배"(EE528)를 타고 행하는 "오륙 킬로미터"가량의 산책은 그 시작과 끝, 그리고 돌아옴에 의해, 또

---

58 바슐라르가 『공간의 시학』에서 이야기하는 생가는 "우리 안에 육체적으로 새겨져 있으며" "유기적 습관들의 집합"인 집을 가리킨다.(Gaston Bachelard, *La poétique de l'espace*, p.32)

"어린 시절의 선택된 물길에 늘어선 제단들"(EE536)에[59] 의해 글쓰기에 극적 구조와 리듬을 제공하며 그것을 하나의 수미일관한 이야기로 구성한다. 이렇게 고향을 구성하는 장소와 인간 존재들을 총체적으로 다루지 않고 그로부터 얼마 떨어진 곳에 독립적으로 존재하는 공간을 그리고 있다는 사실은 의당 글쓰기의 주제와 목적에 결정적인 영향을 미칠 것인바, 이런 사실은 우리 논의에서 중요한 요소로 고려될 것이다.

『좁은 강』이 나온 1976년은 결과적으로 그라크의 문학에서 하나의 전기가 된 해로 볼 수 있다. 먼저 그것은 마지막 소설 모음집인 『곶』이 나온 이후, 다시 말해 허구의 창작이 종료된 시점에 위치한다. 그것은 또한, 초현실주의의 수장에 대해 논한 『앙드레 브르통』을 논외로 할 때, 비평적 서문을 모은 『선호』와 단편 모음집인 두 권의 『장식문자』 이후에, 그리고 또 다른 단편 모음집인 『읽으며 쓰며』와 『여행 수첩』, 그리고 로마 여행기인 『일곱 언덕 둘레에서』 앞에, 그러니까 독서와 여행 등, 자서전적 요소를 많게 혹은 적게 담고 있는 단편적 글쓰기의 한중간에 자리 잡는다. 『좁은 강』은 또한 낭트에서의 기숙생 시절을 그린 또 다른 자서전적 작품 『도시의 형태』 앞에 위치한다. 브뤼노 베르시에가 관찰하는 것처럼, 그것은 『선호』에서 비롯되어 두 『장식문자』의 단편적 글쓰기를 통해 발달되어온 자서전적 글쓰기가 마침내 본격적인 국면에 접어들며,[60] 뒤

---

59 '제단'은 행진하다가 기도하기 위해 멈춰 서는 자리를 가리키는바, 여기서는 물론 은유로 읽어야 한다.

60 Bruno Vercier, «Les cheminements autobiographiques dans l'œuvre de Julien

이어 나올 『도시의 형태』를 예고하는 시점에 집필된 셈이다.

따라서 『좁은 강』은 소설의 맞은편에서 그라크 문학의 또 다른 날개를 구성하는 자서전적, 비평적 글쓰기의 일부를 이룬다고 말할 수 있다. 하지만 작되 깊고 날카로운 울림을 지닌 이 책은 같은 날개에 위치한 다른 책들과 확연히 구별되는 그 나름의 특별한 성격과 목적을 갖는 듯 보인다. 이어지는 논의를 통해 그라크 문학이 구축하는 풍경의 중요한 부분에 관련되는[61] 그 목적과, 그것을 떠받치는 내용을 구체적으로 살펴보고자 한다.

2.1.3.2. 에브르 골짜기

"루아르강의 알려지시 않은 지류"(EE528)인 에브르강은 제목이 정확하게 말해주는 것처럼 "좁은 물"이다. 그것은 "이십여 미터의 폭을 갖고 있을 따름이며 이따금 그보다도 더 좁다"(EE531). 한편 그것은 전체 길이가 "오륙 킬로미터"를 조금 넘는다. 이 작은 강의 특이한 점은 "옛 아프리카의 전설적인 강처럼, 수원과 하구가 없다"는 사실이다. "루아르강 쪽으로는 뒤죽박죽 쌓인 거친 석재

Gracq», in *Julien Gracq*, Actes du Colloque international d'Angers(21, 22, 23 mai 1981), PU d'Angers, 1982, p.142. 한편 장피에르 조쉬아에 따르면 『장식문자 2』부터 기억의 비중이 두드러지게 높아진다.(Jean-Pierre Jossua, «Charme du souvenir et pouvoir de l'enfance chez Julien Gracq», in *Études*, 1986, p.649)

61 미셸 뮈라에 따르면, 『좁은 강』은 그라크의 "작품 전체에 대한 특권적 관점을 제공한다."(Michel Murat, *Julien Gracq*, pp.232-233) 클로드 두르갱은 『좁은 강』에서 "작품의 문학적이고 내밀한 중심"을 본다(«Notice», in *Gracq 2*, p.1459)

들로 이루어진, 물에 잠긴 둑이 […] 본류에서 지류로 거슬러 올라가는 것을 방해하고", "상류 쪽에서는 쿨렌Coulènes의 물레방아 둑이 배들이 더 이상 앞으로 나아가는 것을 막는다."(EE528) 이렇게 강의 규모가 작다는 사실과, 상류와 하류 양쪽으로 둑에 의해 전체적인 물의 흐름에서 고립되어 있다는 사실은 에브르를 외따로 떨어진 별도의 공간으로 만드는 두 가지 주된 여건을 이룬다. 작품에서 에브르의 본질적인 특징으로 떠오르는 것은 그것이 인간의 온갖 활동으로부터 떨어져 있다는 사실이다. 여기에는 필경 강이 소규모라는 사실이, 다시 말해 그것의 낮은 경제적 활용 가능성이 중요하게 작용했을 것이다. 여기에 더해 나머지 세상과의 소통 가능성을 제한하는 상류와 하류의 둑은 보잘것없으나마, 강이 운송과 여가 등의 차원에서 활용될 수 있는 가능성을 무산시키는 듯 보인다. 두 개의 둑은 게다가 상징적인 분리의 효과 또한 지닌다. 그것은 에브르의 양쪽 끝에 장벽을 세우면서 더 큰 물과의 소통을 방해하지만, 그와 동시에 독립성과 자율성을 부여해준다.

그러나 이 "잠자는 골짜기"(EE528)를 별도의 공간으로 만드는 것은 물리적 현실 이상으로 그것을 바라보고 그리는 화자의 목소리이다. 먼저 서술은 에브르를 통과제의의 공간으로 구조화한다. 작품에서 통과제의란 단어가 명시적으로 언급된 것은 산책이 상당히 진척되었을 때, 곧 배가 라게리니에르La Guérinière 영지의 권역에 진입하기에 앞서 화자가 "어두운 통로"와도 같은 "불모의 시간"을 통과하며 단절을 체험할 때이다. (EE532) 그러나 통과제의의 의례는 프롤로그에 이어 나오는 에브르에 대한 간단한 소개 바로 뒤에서부터, 다소 아이러니컬하게, 하지만 진지함의 끈은 고스란히 유지한 채 제시되고 있다. 주목할 것은 "에브르에 가는 것은 이렇게 하루 이틀 전에 미리 준비하는 게 좋은, 꽤나 까다로운 의례에 연결되어 있다."는 확인에 이어진 구체적인 준비의 내용이다. "백년은 되었을 작은 배"의 노후하고 보잘것없는 불구의 양상은 잠시 "까다로운 의례"를 지리멸렬한 차원으로 전락시키는 듯하지만{"짝이 맞지 않는 노는 놋좆 대신 버들가지 매듭에 끼워져 있었다."(EE528)}, 바로 뒤이어 나오는, 마리예 카페의 여주인에게 배를 빌리면서 마시는 "미지근한 레모네이드의 갈증을 돋우는 톡 쏘는 뜨거움"은 어떤 오래된 이야기나 전설에 나올 법한 음료를 연상시킨다.

> 미지근한 레모네이드의 갈증을 돋우는 톡 쏘는 뜨거움은 그리하여 내 기억 속에서 출항의 준비와 뗄 수 없는 관계로 남아 있다. 나는 『위대한 몬느』의 셰르 강가 피크닉 이야기를 읽을 때면 그것을 내 혀 위에서 고스란히 되찾는다. 마치 마리예에서처럼, 그것은 거기에서 성대한 목요일과 초라한 축제의 어떤 알 수 없는 잃어버린 이국적인 맛이 아직도 여전히 입천장 위로 폭발하게 한다.(EE528)

그런데 인용문에서 확인할 수 있는 것처럼, 의례와 출항은 모험이나 탐색으로 이어지는 대신에 알랭푸르니에의 『위대한 몬느』가 보여주는 것 같은 초라하면서도 성대한, 혹은 성대하면서도 초라한 피크닉의 세계로 향한다. 여기서 알랭푸르니에의 인용은 대단히 중요해 보인다.[62] 주지하는 바와 같이, 알랭푸르니에의 작품에 나오는, 주인공 몬느가 숲속을 방황하다가 우연히 도달하게 되는 사블로니에르Sablonières 성은 일상적 현실과 유리된, 이제는 잃어버린 유년의 세계, 또는 꿈의 세계를 표상하며, 이런 성격과 가치는 프란츠 드 갈레의 결혼식을 기해 열리는 "이상한 축제"를 통해 폭발한다. 『위대한 몬느』가 보여주는 세계는 현실의 맞은편에 열리는 꿈의 세계인바, 이성과 노동의 법칙에서 벗어난 그 세계는 위태롭고 향수 어린 "초라한" 세계이지만 "종악(鐘樂, carillon)"이 울려퍼지는 "축제"의 세계이고 "피크닉"의 세계이다. 『좁은 강』에서 '마법의 음료'를 마신 화자는 배에 오르고, 나뭇가지들이 서로 엇갈리며 궁륭을 이룬 "검은 물의 좁은 수로"를 지나 "더욱 미묘하고 경고를 받은 것 같은 침묵의 구역으로 즉시 들어간" 뒤 동굴 속처럼 메아리가 울리는 "돌로 된 다리의 궁륭" 아래를 시나간다. 나뭇가지와 돌로 된 다리의 궁륭은 일종의 "어두운 통로"를 만들면서 단절의 공간을 마련하고, 에브르는 바야흐로 통과제의의 공간으로 변모한다. 화자가 진입하는 공간은 "침묵의 공간"인데, 이 침묵은 단절의 구체적인 모습을 보여준다고 하겠다.

　원시사회의 성년식에서 볼 수 있는 것처럼, 통과제의는 그것에 참여하는 존재의 근본적인 변화를 이끈다. 그러나 에브르의 "통과

---

62 여러 차례 표현된, 알랭푸르니에에 대한 그라크의 견해는 공감에서부터 불평에 이르기까지 다양한 양상을 보이는데, 필리프 베르티에가 그것을 자세하게 설명해놓고 있다.(Philippe Berthier, *Julien Gracq critique: d'un certain usage de la littérature*, PU de Lyon, 1990, p.81, Note 13)

제의적 구조는 […] 그 어떤 도덕적, 정신적 격변에도 이르지 않는다. 그것은 '순전한 연극적 전개'처럼 미학적 목적을 갖는 실행이다."[63] 시간적, 공간적 단절을 상정하는 공간의 구조는 몇 차례에 걸쳐 확인되는데, 그것은 매번 중요한 지점 바로 앞의 공간에 관련되면서 극적 효과를 산출한다. 하지만 『좁은 강』에서 가장 근본적인 중요성을 갖는 통과제의적 구조는 어떤 구체적인 미학적 효과를 산출하기보다 에브르를 일상의 공간으로부터 분리하는 자리에, 곧 방금 전에 살펴본바, 처음 배에 올라 나뭇가지와 돌로 된 다리의 궁륭 아래를 미끄러져 나가는 대목에 위치한다고 볼 수 있다.

에브르에 진입하면서, 대지로부터 절연된 고장으로 들어갔다. 그것의 열쇠를 내어줄 수 있는 것은 오로지 배뿐이었다. 잡초 무성한 오솔길인 슈맹 베르가 마리예 다리로부터 몇 백 미터 동안 한쪽 강안을 따라가다가 기복이 심한 초원 입구에서 끝난다. 그 너머에서는 초원의 생울타리가 비탈까지 펼쳐져 있고, 이 비탈로 이어지는 길이라고는 하나도 없다. […] 농장의 가축 떼가 흘러내리는 진흙 경사면을 내려와 적나라한 모습으로 물을 마시는 걸 볼 때면, 마치 그들이 신비의 경계를 침범하기라도 한 것처럼, 나는 눈살을 찌푸리곤 했다. 하지만 그것은 전체 도정을 통틀어 경작된 대지의 마법을 깨는 증인이 잠시 시야에 들어오는 유일한 지점이었다. 작은 강은 한쪽 끝에서 다른 쪽 끝까지, 그

---

63 Michel Murat, *Julien Gracq*, pp.234-235.

어떤 곳에서도 노동의 상처가 보이지 않는, 야생 상태로 되돌아
간 자연 공원을, 여가와 일요일의 보호된 구역을 지그재그로 구
불대는 것 같았다.(EE530-531)

이 구절에서는 분명한 "경계"에 의해 구별되는 두 영역이 대립
하고 있다. 첫 번째 대립은 대지와 물 사이에서 확인되고, 여기에
육상 운송 수단 및 길과 배의 대립이 겹쳐진다. 두 영역 사이의 대
립은 거기서 그치지 않고 더욱 풍부하게 발전하면서 작품의 윤리
를 수립하기에 이른다. 한편에는 화자가 막 떠나온 "경작된 대지"
의 세계가 있고, "농장의 가축 떼"가 하나의 스캔들로서 그 세계
의 마지막 증언을 한다. 이런 노동과 경제의 반대편에는 "야생 상
태로 되돌아간 자연"이 있다. 경작된 대지와 야생 자연의 이 대립
에서 화자가 어떤 입장을 취하는지를 판단하기는 어렵지 않다. 그
라크의 작품 전반에서 "야생으로 되돌아가는 자연"의 주제는 시종
일관 견지되는 주요 문제의식 가운데 하나이다. 그것은 인간을 무
기력하고 가난하게 만드는 문명의 굴레를 벗고 태초의 원기를 되
찾는 인간의 모습을 표상한다. 그것은 특히『숲속의 발코니』가 집
중적으로 발전시키고 있는 주제이지만, 초기 작품 가운데 하나인
『어두운 미남』에서도 역시 확인할 수 있는 주제이다. 위에 인용한
구절에서는 "노동의 상처"라는 표현이 작품의 입장을 더없이 선
명한 어조로 단언하고 있다. 이런 대립을 고려할 때, 공간의 통과
제의적 구조가 구체화하는 것은 현실, 노동, 일상에서 바깥 세계
로의 이행이라고 말할 수 있을 텐데,『좁은 강』이 그렇게 열어놓는

세계는 곧 "여가와 일요일"의 세계로 나타난다.

한편 서술적 차원의 다양한 노력이 이런 공간의 구조화 작업과 결부되며 작품이 주제화하는 대립을 더욱 공고한 것으로 만든다. 이미 살펴본 "경작된 대지의 마법을 깨는 증인" 이외에도 『좁은 강』이 그리는 에브르강변에는 현실 세계와 인간의 존재를 알리는 모티프들이 아주 없지 않다. "지나가면서 돌로 된 다리의 궁륭을 울리는 말발굽 소리"와 "마리예 종루"의 종소리는 배를 젓는 화자를 멀리까지 따라올뿐더러, 종루는 갈대 위로 계속해서 그 실루엣을 드리우고 있다.(EE531) 이런 일상과 인간의 존재 앞에서 화자가 취하는 태도는 그것을 최소화하는 것이다. 즉 그것을 무의미한 것으로 만들거나{"그러나 침묵은 벌써 힘들게만 교란된다. 그것은 이제, 포플러의 장막이 가리기 시작하는 느슨한 삶의 드문 메아리들만을 받아들일 뿐이다."(EE531-532)}, 아니면 현재진행형의 즉각적 현실이 아니라는 이유로 부인한다. 예컨대 강가에 설치되어 있는 상설 낚싯대들이 그 경우이다. 그것들은 엄연히 주인이 있는 경제적 목적의 장치임에도 불구하고, "그러나 경계하는 인간의 존재를 알리는 이 표지들은 허상이다"(EE532)라고 화자는 말하는 것이다. 이 밖에도 인간의 존재를 나타내는 모티프들로 라게리니에르 영지와 그에 부속된 세탁선이 있고, 항해의 반환점 역할을 하는 쿨렌의 물레방아가 있다. 하지만 이런 인간의 자취들은 모두 서술의 확고한 입장에 의해 일상과 대립하는 "여가와 일요일"의 영역에 통합되어 있다. 혹은 그것을 교란하지 않은 채 조용히 있다.

에브르의 모든 것을 이렇게 일상으로부터 분리하려는 노력은 사실 에브르가 처음 제시되는 부분에서부터 시작되고 있음을 볼 수 있다. 에브르를 『좁은 강』에 국한하여 접근하는 독자는 길이 오 륙 미터 정도에서, 다시 말해 쿨렌 물레방아의 둑에서 강의 본격 적인 흐름이 끝나고, 그 너머는 수원을 향해 조촐하게 구불대는 시냇물 정도를 생각하게 된다. 하지만 현실의 에브르는 수많은 지 류를 거느리고 변덕스럽게 구불대는 모주Mauges 지방의 강으로서 길이가 무려 93킬로미터를 헤아린다.[64] 게다가 인구가 1,300명가 량인 몽트르보Montrevault(멘에루아르)는[65] 학교와 거리 이름 등을 통 해 강의 이름을 전유하고 있고, 강을 따라 캠핑장 등 위락 시설이 조성되어 있으며, 수량이 풍부한 덕분에 다양한 여가 활동이 이루 어지고 있다. 물론 그라크가 『좁은 강』을 쓴 1973년과 현재 사이에 는 커다란 차이가 있을 수 있겠지만, 어쨌거나 현실 속에서 발견 하는 에브르와 그라크의 "좁은 강" 사이의 차이는 놀랄 만한 것인 바, 이 차이는 글쓰기의 목적을 실감하게 한다. 요컨대 공간의 제 시, 구조화, 서술 등은 이렇게 에브르를 현실과 일상으로부터 절 연된 별도의 자리에 놓고, 그것을 따라 진행되는 물 위의 산책은 순전한 유희의 장으로 펼쳐진다.

동일한 맥락에서 고려해야 할 것은, 앞에서 이미 언급했지만, 어린 시절의 고장을 이야기하는 『좁은 강』이 생플로랑과 그 주변, 그리고 그와 관련된 다양한 인물들을 다루는 대신에, 그로부터 다

---

64 www.fr.wikipedia.org/wiki

65 www.horaires-mairie.fr

소 유리되어 있으며 예외적 활동으로서의 물 위 산책이 이따금 이루어졌던 한 작은 강을 그리고 있다는 사실이다. 근본적인 중요성을 갖는 이 사실은 자서전적 기조의 이 작품을 작가의 현실적인 삶 전반으로부터 떼어내어 독립된 유희의 영역에 국한시킨다. 그런데 여기서 유희는 구체적으로 무엇을 가리키는가? 그것은 『좁은 강』을 가득 채우고 있는 문학적 몽상을 가리킨다. 결국 공간과 관련한 여러 가지 선택은 책을 루이 푸아리에에게서 쥘리앙 그라크에게로 옮겨놓고 있는 셈이다.[66] 이 모든 것은 두 가지 중요한 사실로 정리될 수 있을 것이다. 하나는 『좁은 강』이 그리는 에브르가 철저히 문학적 공간이라는 점이고, 다른 하나는 그라크는 본질적으로 문화을 유희로 본다는 점이다.

그렇다면 이런 그라크의 "좁은 강"은 어떻게 구축되고 또 어떻게 작용하는가? 이어지는 논의를 통해 이 문제를 살펴보고자 한다.

2.1.3.3. 시공간의 재구성

그라크가 스스로에게 할당하는 아주 작은 부분의 에브르

---

66 『좁은 강』에 대해 많은 연구자들은 앙드레 브르통보다 네르발과 프루스트와의 가까움을 강조했다. 책에서 기억이 중요한 역할을 수행한다는 점을 고려할 때, 그것은 정확한 관찰이라고 할 수 있다. 그러나 네르발의 발루아 지방과 프루스트의 콩브레가 세상을 축소된 모습으로 보여준다면 (Claire-Liliane Warin, Alain Henry, «La Réversibilité du temps dans Les Eaux étroites», in *Julien Gracq*, Actes du Colloque international d'Angers, p.151), 혹은 총체적 양상 아래 보여준다면, 『좁은 강』은 유년의 공간을 일상적 현실로부터 독립된 제한적인 장소로서 제시하고 있다. 그 밖에 네르발, 프루스트와 『좁은 강』의 관계에 대해서는 클로드 두르갱이 「작품 해제」를 쓰면서 정리해놓은 것을 읽을 수 있다.(«Notice», in *Gracq 2*, p.1461)

(5~6/93킬로미터)는 현실의 영역에 충실하게 머무르는 대신에, 상상력의 몫이 큰 그라크의 시선 아래에서 하나의 특별한 풍경으로 재구성된다. 오로지 『좁은 강』의 화자의 의식 속에서만, 혹은 그것을 통해서만 존재하는, 아니 그것에 의해 조성되는 이 풍경은 일상적 현실과는 크게 다른 양태로 제시된다. 여기에는 우선 풍경을 바라보는 화자가 배를 타고 있다는 사실이 중요하게 작용한다. 일찌감치 인용된 에드거 포의 「아른하임의 영지」는 텍스트의 근본적인 참조대상으로 기능하고,[67] 화자는 포의 단편소설에서처럼 "물의 완벽한 부동성과 동시에, 물결에 끌리기보다 차라리 보이지 않는 자석에 의해 앞으로 견인되는 듯한 쪽배의 조정된 속도"를 느끼면서 앞으로 나아간다. 이런 접근 아래 에브르 골짜기의 풍경은 "변형 무대 장치들의 부드러운 속도로, 혹은 바닥에 고정된 배 안에 앉아 있는 루나파크 관람객 앞에서 감기고 풀리며 펼쳐지는 디오라마 배경포의 부드러운 속도로 서로 이어지고 대체되는 듯 보인다."(EE529) 이렇듯 부드러운 전개의 다른 한편에는 "에브르의 급격한 굴곡"에 기인한 "급격하고 불규칙한 변화"의 움직임이 있는데, 화자는 "환등기 속에서 연속되며 대체되는 슬라이드들"이라는 표현으로 그 같은 전개 양상을 설명한다. 서로 모순되는 이 두 움직임은 우선 그것이 적용되는 지점을 달리하며 화자의 지각에 관련된다. 부드러운 움직임은 화자가 처한 물리적 환경에 관련되

---

67 필리프 베르티에는 포의 단편이 "그라크의 몽상에서, 곧 물 위에서의 몽상뿐 아니라 소설에 대한 몽상에서도 모태와 같은 의미를 지닌 텍스트 가운데 하나"라고 말한다. (Philippe Berthier, *Julien Gracq critique: d'un certain usage de la littérature*, p. 198)

며 지각의 바탕을 이룬다고 할 수 있다. 반면에 급격한 움직임은 일차적으로 변덕스러운 강의 흐름에 관련되지만, 의식을 거치기 이전에는 무의미한 연속체에 불과할 따름인 에브르 골짜기의 현실을 다양한 의미 단위들로 분절하는 지각의 적극적인 활동에 연관되는 측면이 강해 보인다. 이런 점은 "급격한 굴곡"이 본격적으로 시작되는 라게리니에르 영지 이전부터, 골짜기가 그때그때 일정한 풍경으로, 이를테면 "슬라이드"처럼 구성되는 경향을 나타낸다는 사실에서 쉽게 짐작할 수 있는 것이다. 따라서 『좁은 강』이 제시하는 에브르는 부드러운 진행 가운데 여러 장의 그림이 대체되며 연속되는 양상을 띤다고 말할 수 있다. 한마디로 그것은 "이미지들의 연속"(EE550)을 이룬다.

여러 차례 반복된 까닭에 "현재와 반과거가 풀 수 없이 뒤섞이는"(EE550) 에브르 산책은 공간적 차원에서뿐 아니라 시간적 차원에서도 재구성되는 양상을 띤다. 그것은 현실의 시간으로부터 독립된 독자적인 시간을 보여준다. 먼저 "걸어갈 수 없고, 차가 다닐 수 없는" 에브르 골짜기는 "길일들, 다시 말해 아침부터 태양이 축성하고, 오로지 물만이 길을 여는, 축제와 열기의 구름 없는 날들"(EE532)에 국한되어 있다. 비가 오는 궂은 날씨에는 에브르 골짜기를 찾을 일이 없고, 그런 만큼 『좁은 강』은 언제나 화창한 날씨인 것이다. 이와 함께 유사하거나 동일한 산책의 반복은 어떤 특정 지점에 하루의 일정한 시각을 결부시키는 경향이 있다. 예컨대 산책의 중요한 지점을 구성하는 라게리니에르 영지는 오후 네 시경에 연결된다.(EE533) 그런가 하면 "시월 풀밭 위의 낙엽 냄새"는 에브르 골짜기의 범위를 넘어 일반적인 가을의 표상이 된다.

에브르는 이렇듯 특정한 시간에 배타적으로 국한되고 결부되는 양상을 띠지만, 다시 말해 시간의 차원에서 구별되고 축소되는 경향을 갖는 게 사실이지만, 이와 동시에 확장되고 융합되는 양상을 띠거나, 아예 시간의 한계를 벗어나는 모습을 취한다.[68] 그리고 오히려 이런 측면이 에브르의 주된 특징을 이룬다고 말할 수 있다. 동일한 형태의 반복에 말미암은 "현재와 반과거의 뒤섞임"에 대해서는 앞에서 이미 언급했지만, 텍스트는 첫 구절에서부터 과거와 미래의 만남을 이야기한다.

여행 — 귀환의 관념이 없는 여행 — 만이 우리에게 문을 열어주며 우리의 삶을 정말로 변화시킬 수 있다면, 어째서 수맥 찾는 사람이 막대기를 다루는 것과도 흡사한 한층 은밀한 요술은 개중 우리가 가장 좋아하는 산책에 연결되는가? 모험도 뜻밖의 사건도 없는 이 소풍은 불과 몇 시간 만에 우리의 준거점에, 울타리 쳐진 친숙한 집에 우리를 되돌려놓는다. 지구가 우리들 각각에 대해 기이한 방식으로 긴장 아래 유지하는 힘의 장 한가운데를 위험을 무릅쓰고 나아가는 사람에게는 손상 없는 귀환의 안전이 보장되지 않거니와, 괴테에게 소중한 "항성들의 입맞춤"에 의해서가 아니라 그러한 산책들에 의해 우리 인생의 행로가 희미하게 밝혀질 수 있다고 생각할 여지는 충분하다. 때로 우리보

---

68 클로드 두르갱에 따르면, 그라크의 여행에 대한 글쓰기는 "시간의 지표들을 지우고 빛과 계절들", 또는 "순간, 감각, 광경들"만을 간직하는바, 이는 『좁은 강』에도 적용될 수 있는 것이다.(Claude Dourguin, «Partir de Saint-Florent. Julien Gracq», in *Nouvelle revue française*, N° 512, 1995, p.80)

다 더 오래된, 그러나 누락되고 구멍이 있는 것 같은 우리 안의 암호 해독 카드가 영감에 찬 이 산책들의 우연 속에서 아직 살아야 할 우리 인생의 일화들의 것이 될 역선(力線)들을 해독해낸다고나 할까.(EE527)

이 프롤로그는 "귀환의 관념이 없는 여행"과 "개중 우리가 가장 좋아하는 산책"의 대립 위에서 전개되고 있다. 앞의 "여행"은 말 그대로 공간의 이동 또는 영역의 이행을 야기함으로써 전혀 새로운 세계의 발견을 이끌고, 이는 자연히 진정한 삶의 변화로 이어질 것이다. 반면에 "손상 없는 귀환의 안전"이 보장되는 "산책"은 그 자체로서 반복의 가능성을 갖고, "좋아함"은 반복의 실현을 용이하게 만들어줄 것이다. 앞에서 우리는 『좁은 강』의 에브르 골짜기가 그라크의 고향인 생플로랑으로부터 얼마간 떨어진 지점에서 하나의 독립적인 공간으로 존재한다는 사실을 강조한 바 있다. 하지만 에브르를 일상과 노동의 세계에서 떼어내는 이런 사실의 중요성은 고스란히 존중한 채, 에브르는 그럼에도 불구하고 생플로랑의 권역에 속한다는 점을 말해야 한다. "친숙한 집", "우리보다 더 오래된", 그리고 위의 인용문에 바로 이어진 문장에 포함되어 있는 "가족 사진 앨범"과 "시조(始祖)"(EE527)처럼, 프롤로그 도처에 산재되어 있는 여러 표현들은 에브르를 생플로랑의 맥락에 위치시키며 그것을 대대손손 전승되는 향토의 일부로 만든다. 즉 프롤로그를 끝맺는 "앞으로 올 가족의 얼굴들"(EE528)이 암시하는 것처럼, 과거와 현재, 그리고 미래가 뒤섞이고 혼동되며 공존하는 시간에 에브르를 위치시킨다. 『좁은 강』의 화자의 개별적인 영역에 국한되는 "개중 우리가 가장 좋아하는 산책"은 이미 에브르를 "현재와 반과거가 뒤섞이는", 그리고 거기에 "아직 살아야 할 우리 인생의 일화들"이 지시하는 미래가 추가되는 시간에 놓는다. 하지만 이 시간은 화자에게 국한되는 개별적인 시간이다. 그러나 에브르가 생플로랑의 연장선상에 놓이는 순간, 시간은 과거와 미래 양방향으로 확장된다. 그것은 화자의 인생에 앞뒤로 넘쳐나며, 화자가 알지 못하는 먼 과거("우리보다 더 오래된")와 미래("앞으로 올 가족의 얼굴들")를 통합하는 것이다.

『좁은 강』은 따라서 두 개의 상반된 움직임이 낳는 긴장 위에 놓인다고 할 수 있다. 먼저 화자는 다양한 방식을 동원하여 에브르 골짜기를 생플로랑의 맥락으로부터, 그리고 일상과 노동의 세계로부터 떼어놓음으로써 그것을 순수한 유희의 세계로 만든다. 그러나 에브르 산책을 반복의 양상 아래 제시하며 그것에 과거, 현재, 미래가 혼동되고 공존하는 특수한 시간의 차원을 부여하는 프롤로그는 그것을 생플로랑이 보장하는 영원한 반복의 원형적 차원에 위치시킨다.[69] 에브르 산책은 결국 유희에 전념하는 일상 바깥의 세계와, 삶이 있는 오래된, 그리고 앞으로도 굳게 지속될 익

---

69 여기서 우리가 사용하고 있는 '반복'과 '원형'의 개념은 미르체아 엘리아데가 『영원회귀의 신화. 원형과 반복』에서 개진하는 것과 같은 개념인바, 엘리아데에 따르면 원형은 시작을 알 수 없는 반복에 연결되어 있고, 이런 원형의 반복은 언제나 새로운 시작의 계기를 마련한다. 우리는 뒤에 가서 반복을 문학적 창조와 관련시킬 터인데, 이 또한 엘리아데의 이론에 바탕을 둔 것이다. (Mircea Eliade, *Le Mythe de l'éternel retour. Archétypes et répétition*, Paris, Gallimard, coll. «folio/essais», 1969)

숙한 세계 사이의 긴장 속에 자리 잡는다고 말할 수 있다. 그런데 여기서 중요하게 지적해야 할 점은 익숙한 세계는 작가의 내밀한 삶의 총체에 관련되지 않고, 오로지 문학의 차원에만 국한된다는 사실이다. 이런 사실의 근거는 더없이 간단하다. 그것은 작가가 쥘리앙 그라크라는 문학을 위한 별도의 이름을 지으면서, 그리고 문학을 삶으로부터 독립된 자리에 놓으면서 자기 문학의 근본적인 조건으로 규정한 사항이기 때문이다.

『좁은 강』에서, 협곡을 지나고 가려졌던 해가 다시 찬란하게 나타나는 대목에서 떠오르는 "늦은 갬"의 이미지는 "원천으로의 회귀, 오후 태양의 회춘"에 의해 "쇠락 속 가능한 정지의, 그리고 심지어 시간의 흐름의 역행의 닉천적인 암시"(EE544-545)를 제공한다. 또 "서쪽 지방이 멘Maine강 하류와 피니스테르Finistère 사이에서 강박에 가깝게 되풀이하는 풍경"으로서, "도처에서 창백한 부식토를 뚫고 나온 바위가 모습을 드러내는, 숲이 들러붙을 자리라고는 찾지 못하는 가파른 경사면으로 깎아지른 좁은 계곡"(EE545)을 지나갈 때, 화자는 "돌아오지 않는 계곡"(EE546)을 회상하는데, "요술 막대기가 시간의 흐름을 정지시키고, 삶을 응고시키고, 식물을 시들게 하고, 일시 정지된 몸짓을 그대로 고착시킨"(EE547) 것 같은 그 공간이 말해주는 것은 "일상적 삶의 진행으로부터 완전히 이탈한 느낌", 혹은 더욱 근본적인 차원에서 "시간의 가역성"(EE548)이다. 이 두 대목은 시간의 주제가 집중적으로, 그리고 가장 풍부하게 발전된 부분으로, 에브르 골짜기의 시간을 상징의 차원으로 끌어올리는 역할을 한다고 볼 수 있다. 하지만 본질적인 문제는 일상의 시간을 벗어나 과거, 현재, 미래가 자유로이 뒤섞이고 혼동되며 공존하는 유희의 시간으로 이행하는 것이라고 할 때, 이런 움직임은, 이미 프롤로그에서 확인할 수 있었던 것처럼, 에브르 산책을 시작하는 몸짓 자체에 내재되어 있다고 볼 수 있다. 다만 "늦은 갬"과 돌아오지 않는 계곡은 에브르의 시간을 보다 선명하게 보여준다고 하겠다. 그런데 여기서 다시 한 번 기억해야 할 중요한 사실은 그라크의 에브르가 철저히 문학의 공간이라는 점이다. 에브르가 "시간의 가역성"의 이미지와 상징적으로 결부되는 것은 곧 문학의 자유 선언인 셈이다. 요컨대 그것은 문학에, 인간 조건을 벗어나는 "커다란 자유", 무한한 자유를 부여해준다고 하겠다. 에브르 골짜기는 이렇게 현실과 크게 다른 시공의 차원에 재구성되어 있는바, 그것은 절대적 자유를 기본 원칙으로 요청하는 그라크 문학와 본질적인 특징을 보여준다.

2.1.3.4. 문학적 장치

앞에서 인용한 프롤로그로 다시 돌아가 보자. "개중 우리가 가장 좋아하는 산책", 혹은 "불과 몇 시간 만에 우리의 준거점에, 울타리 쳐진 친숙한 집에 우리를 되돌려놓는" "모험도 뜻밖의 사건도 없는 이 소풍"을 특징짓는 것은 그것의 작은 규모(왕복 오륙 킬로미터)와, 이미 강조한 반복이다. 먼저 규모의 작음은 주체의 대상 파악을 용이하게 해준다. 즉 그것을 남김없이 파악하고, 보다 가까이에서 바라보는 것을 원활하게 해준다. 소설가의 시선에 대한 그라크의 분류법에 따르면 근시로 풍경을 대하게 한다.(LI160)

실제로 『좁은 강』의 화자는 "이 몇 킬로미터 동안 강의 구불대는 흐름이 따라가는 풍경의 세밀화적인 다채로움만큼 내 기억에 놀라운 것은 없다"(EE529)라는 말로 에브르 산책의 본격적인 국면을 열고 있다. 여기에 반복은 규모의 작음이 도입하는 측면들을 더욱 강조하거나 풍경의 인지를 보완하고 완성하게 해줄 것이다. 그런데 이렇게 한정된 요소들이 반복되는 양상은 카드나 체스 같은 게임을 연상시키고, 여기서 우리가 생각하게 되는 것은 그라크가 벵자맹 콩스탕의 『일기』에 대해 말하면서 하나의 이미지로 동원하는 카드놀이이다.

레카미에 부인에 대한 열정이 시작될 때, 벵자맹 콩스탕의 『일기』는 문득 경이롭도록 표현적이다. 계산되고, 모든 것이 전략인 사랑 ― 신경질적인 차가운 고양 ― 불안의 필요 ― 막연하게 마법적인, 게임을 지배할 것이라고 믿을 또 다른 필요. 내가 보기에 이 구절은 그것의 가치와 불길한 조명을, 콩스탕에게는 두 도박장 사이의 또 다른 종류의 지옥의 한 철에 불과한 것, 그러나 그 성격이 결코 다르지 않은 것으로부터 끌어내고 있다. 카드들은 카펫에서 하나씩 하나씩 점점 더 빨리 뒤집힌다. 절교 ― 떠남 ― 애원 ― 멀어짐 ― 용서 ― 비난 ― 기다림. 그것은 언제나 똑같은 오래된 낡은 카드들이고, 모두 유효하지만, 그 어떤 것도 승리를 가져다주지 않는다. 테이블 위에 실제적인 목표가 있었던 적은 결코 없었고, 그는 그것을 안다. 그렇지만 어쨌거나 각각의 카드마다 가슴은 뛴다. 그 지리멸렬한 성공들이 마치 마법처럼 판돈을 휩쓸 수 있을 것처럼.(LI212)

벵자맹 콩스탕의 카드놀이에 새로움의 획득은 없는가? 그렇지 않을 것이다. 우선 "언제나 똑같은 오래된 낡은 카드들"은 반복을 더없이 분명하게 표현한다. 이 카드들은 반복에 힘입어 "하나씩 하나씩 점점 더 빨리 뒤집힌다." 여기서 속도는 중요하다. 속도는 『좁은 강』에서 에브르가 중개하는 몽상의 "배타적 풍토"를 구성하며(EE540) 그것을 "프루스트적 계시의 정적주의"와 구별해주는 요소로 작용하기 때문이다.(EE541) 카드놀이의 은유와 함께 우리는 대번에 유희의 차원에 들어와 있다. 그러나 유희의 차원은 다시 순수한 유희의 차원과 현실적 유희의 차원이 나뉜다. 콩스탕의 카드놀이에서는 '순수한 유희'가 주로 강구된다고 그라크는 보는 것 같다. "그 어떤 것도 승리를 가져다주지 않는다."는 "그 어떤 카드를 통해서도 승리를 구하지 않는다."로부터 그다지 멀지 않은 지점에 위치하는 듯 여겨지는 것이, "테이블 위에 실제적인 목표가 있었던 적은 결코 없었고, 그는 그것을 알기" 때문이다. 결국 중요한 것은 "각각의 카드마다 가슴은 뛴다."는 사실, 그것도 "마법처럼 판돈을 휩쓸 수 있을 것처럼" 뛴다는 사실이고, 매번 새로울 이 가슴 뜀은 유희에서, 혹은 열정에서 체험되는 발견 또는 창조의 이미지로 읽는 것이 가능할 것이다.

그라크에게 에브르는 되풀이하여 펼치는 한 벌의 카드와도 같다. 그것은 한정된 요소가 일정한 순서에 따라 배열되어 기능하는 일종의 장치로서 "에브르에 가는 것"(EE528)은 곧 그러한 장치를 작동시키는 것에 다름 아니라고 할 수 있다. 『좁은 강』은 프롤로그에서 이 같은 문학적 장치의 작동을 하나의 아름다운 이미지로 제시하고 있다.

이를테면 우리에게 약속된 이 땅과의 접촉에서 우리의 모
든 주름들은, 마치 일본 꽃이 물속에서 피어나듯 펼쳐진
다.(EE527-528)

프루스트를 인용하고 있는[70] 이 구절에서 "우리에게 약속된 이
땅"은 『좁은 강』의 에브르 골짜기에, "주름들"은 화자의 감수성
과 상상력에, 그리고 "일본 꽃"은 착상되고 구상되는 각각의 작품
에 대응한다고 읽어도 무리가 없을 것이다. 여기서 분명히 지적해
야 할 점은, 우리가 비록 '장치'라는 말을 사용하고 있지만, 이 장
치는 동일한 것들을 반복해서 생산하는 단순한 기계와는 다르다
는 사실이다. 두 권의 『장식문자』와 『읽으며 쓰며』의 많은 구절들
이 자세하게 이야기해주듯이, 주제가 책의 구체적인 모습을 결정
하는 게 아니라 해당 작품의 글쓰기가, 다시 말해 "재공품(在工品,
work in progress)"(LE654)이란 말이 표현해주는 진행과정 속의 작업
이 그것을 결정한다. 그것이 실제로 가능한지는 모르겠으나, 일정
한 주제와 구상에 따라 자동적으로 작품을 만들어내는 어떤 기계
는 그라크의 문학과 애초에 아무런 관계가 없음은 길게 강조할 필
요가 없는 것이다. 따라서 『좁은 강』과 그라크의 다른 작품들, 특
히 소설들과의 관계에서 어떤 직접적인 인과관계나 대응관계를
본다면 그것은 그릇되거나 과장된 해석이라고 할 수 있다. 우리가
보기에 『좁은 강』은 그라크의 문학적 창조의 한 연원을, 그리고 그

---

70 Marcel Proust, *À la recherche du temps perdu*, Tome 1, Paris, Gallimard, coll. «La
Bibliothèque de la Pléiade», 1954, p.47.

것의 작용의 한 측면을 일종의 꿈처럼 "어렴풋이"(EE550) 엿보게 해줄 따름이다.

카드놀이가 그렇고 체스가 그렇듯이, 모든 게임은 그것을 구성하는 요소들이 매번 다르게 조합되면서 그때마다 새로운 국면을 산출하고, 바로 여기에 창조적 차원이 자리 잡을 것이다. 뱅자맹 콩스탕의 카드놀이에서는 창조의 몫이 크지 않아 보인다. 하지만 "가슴 뜀"에서 새로움의 이미지를 읽는 것에는 무리가 없을 것이다. 그것은 필시 많은 생각과 상상을 유발할 터이기 때문이다. 에브르의 경우도 마찬가지이다. 그것을 구성하는 요소들은 한정되어 있고, 세탁선을 비롯한 몇 가지 작은 변화를 제외하면, 크게 눈에 띄는 변화 없이 언제나 그대로인(EE550) 듯 보인다. 하지만 세상과 계절이 끝없이 바뀌고 세월과 함께 주체가 바뀐다. 언제나 저기 있는 에브르, 언제나 가능한 에브르 산책은, 마치 한정된 수효의 카드나 말을 갖고 벌이는 놀이가 매번 새로운 양상 아래 나타나듯이, 매번 다르게 가동되어 새로운 생각과 이미지를 산출하고 앞으로 올 만남을 계시하면서 미래에 관련된다.

움직임 없는 좁은 강에서 또다시 배에 오르려고 하는 순간 나를 붙잡는 금지는 추억의 매혹을 깨뜨리지나 않을까 하는 두려움에서 오는 게 아니다. 그것은 꿈을 되살리지 못한다는 무력감이 아니면 적어도, 쉼 없이 변하는, 그렇지만 속도나 느림과는 아무런 관계도 없는, 구심점 없는 빛과 리듬 모두를 각성 상태 가운데 되찾을 수 없다는 무력감에 기인한다. 아른하임 영지는 존재한다. 우리 각자는 삶에서 적어도 한 번 그것을 만났다. 하지만 초승달처럼 구부러진 편주를 붙잡아 물 위로 이끄는 설명할 수 없는 흐름, 그것은 젊은 피의 박동이고, 미래의 지속적인 설렘 같은 것이다. 모든 통과제의적 여행이 펼치는 이미지들 각각은 미리 예시된 만남과 수수께끼처럼 연결되는데, 이미지들은 이 만남을 예감케 하고, 이 만남은 그 이미지들을 완성할 것이다. 내게는 에브르 소풍이 그러했지만, 마법적 소풍들의 매혹하는 능력은, 그것들 모두가 나름대로 "삶의 길들"이라는 사실, 그것들은 그 길들의 풍토와 여정을 어렴풋이 미리 나타낸다는 사실에서 그 힘을 끌어낸다. 내가 에브르에 부여하는 물질적 매력은 모두 다 상상된 게 아니고, 아마도 나는 그것을 내가 이따금 마음먹는 회고적 산책을 따라 여전히 온전한 모습으로 발견할 수 있을 것이다. 그러나 꿈의 색깔을 지닌 모든 것은 본래 예언적인 것이며 미래를 향해 있고, 예전에 내게 길을 열어주던 매혹은 더 이상 힘도 기력도 없을 것이다. 그 이미지들 가운데 그 어떤 것도 오늘날 나를 어딘가에 지정해주지 않을 것이고, 에브르가 아직도 내게 줄 수 있는 모든 약속을 지킬 시간이 내게는 이제 더 이상 없다.(EE550-551)

『좁은 강』을 끝맺는 이 구절이 말하고자 하는 것은 분명하다. 그것은, 여러 차례 반복된 에브르 산책은 "꿈의 색깔"을 지닌 산책으로서 그 방향은 미래를 향하고 있으며, 더 이상 "젊은 피의 박동"을 말할 수 없는 노년에 이른 화자는 "에브르가 아직도 […] 줄 수 있을 약속을 지킬 시간이" 더 이상 없기 때문에 이제는 에브르에 가지 않는다는 것으로 요약될 수 있다. 그라크가 보기에 "마법적 소풍" 혹은 "꿈의 색깔을 지닌 모든 것"이 "삶의 길들"의 "풍토와 여정을 어렴풋이 미리 나타낸다"면, 그것은 그것들이 나를 비추는 거울이기 때문이다. 즉 계속해서 변화하는 내가 내 욕망과 이상을, 내 미래를 투영하며 질문하는 하나의 거울이고,[71] 텍스트가 "이미지들"이라고 지칭하는 것은 바로 그처럼 언제나 새로운 탐색의 결과물이기 때문일 것이다. 그런데 에브르의 거울이 반사하는 자아는 루이 푸아리에가 아니라 쥘리앙 그라크의 자아이고, 산책이 산출해내는 이미지가 삶 전반에 관련되는 대신에 그토록 배타적으로 문학적인 것은 현실의 자아와 문학적 자아를 철저히 구별하는 작가의 태도 때문이다. 에브르에 감도는 "꿈의 색깔"은 문학의 것이고, 그것이 미리 그리는 앞으로 올 "삶의 길들"의 "풍토와 여정"은 미래의 글쓰기에 관련된다. 에브르가 주는 "약속"이라는 깃도 새로운 책의 영김에 다름 아니다. 그라크의 에브르는 어디까지나 하나의 문학적 장치인 것이다.

그렇다면 이 문학은 어떤 가치를 지향하는가? 에브르라는 이름의 문학적 장치는 이 점에 대해서도 말한다.

스탕달, 바그너, 브르통과 함께 그라크의 "중개자이자 일깨우는 사람"인 에드거 포는(LI156) 굳이 헤아려보지 않아도 쉽게 짐작할

---

71 『좁은 강』 속에 "지워져 있는 동시에 드러나 있는" 포의 단편소설 「아른하임의 영지」에 대해 고찰한 캐롤 머피는 에브르 골짜기를 그린 이 책에서 "암시적인 나르시스적 텍스트"를 본다.(Carol Murphy, «Au bord de l'Èvre. Reflets d'Arnheim dans *Les Eaux étroites*», in *Julien Gracq 2*, Paris, Lettres modernes, 1994, p.85)

수 있을 정도로 『좁은 강』에서 가장 여러 번, 그리고 가장 풍부하게 인용된 작가이다. 인용된 그의 작품만도 「아른하임 영지」 외에 「요정의 섬」, 「어셔가의 몰락」, 「병 속에서 발견된 원고」, 「모르그가의 살인 사건」, 「도둑맞은 편지」 등, 모두 여섯 편을 헤아린다. 그러나 "에브르가 되살린 느낌들이 요동치게 한 정신적 필름의 의미를, 그리고 그보다 더 그것의 자유로운 '몽타주'를 생각하면서" 떠올린 「모르그가의 살인 사건」은(EE541) 에브르가 표상하는 그라크의 문학적 유희의 결정적인 열쇠를 파악하게 해준다. 『좁은 강』의 화자가 떠올리는 대목은 포의 단편소설의 화자가 오귀스트 뒤팽과 함께 침묵 가운데 파리의 거리를 산책하던 도중, 뒤팽이 화자에게 말을 걸어 자기가 화자의 생각을 한 치의 오차도 없이 따라가고 있음을, 다시 말해 그의 "내적 필름의 전개"를 정확히 파악하고 있음을 확인하게 하는 대목이다. 분량이 상당하지만, 그라크 문학의 본질을 접할 수 있는 중요한 텍스트인 만큼 그것을 인용해보면 이렇다.

그 발견은 화자에게서 공황의 시초로, 그리고 그에게는 거의 신성모독으로 보이는(1975년에 사는 우리는 그보다 더 많은 것을 안다) 침입 능력에 대한 항의로 이어진다. 내 경우, 그에 대해 갖는 반응은 덜 분명하다. 가장 미묘한 상상적 연관, 예컨대 시에서 산출될 수 있는 것 같은 연관에 대한 그 같은 읽기(나는 즉시 생각하거니와, 현대 비평이 조정해놓은 모든 기술이 지향하는 읽기)는, 마치 그것이 거의 종교적인 금기의 영역에 속하기라도 하는 양, 이따금 나를 불안하게 한다. 하지만 이런 적대감에는 반대 급부가 없지 않다. 체스에서 특히 나를 사로잡은 것, 그것은 그것의 역사를 통해, 그 기원에서 상대방의 실수로 얼룩질 수밖에 없는 '승리'가 실제로 중요한 적은 결코 없고, 단지 절대의 잔돈 푼만이, 단지 정신적 활동의 닫히고 제한된 영역에서 마지막 베일들의 제거만이, 최후의 비밀의 돌파만이 중요하게 여겨지는 선수와 이론가들 ― 슈타이니츠, 루빈슈타인이 거기 속한다 ― 이 이따금 나타난다는 사실이다. 모두가 이해하지 못하는 광신에 사로잡혀 최악의 고독을 감수하며, 한편의 굶주림과, 주변부적 관심의 대상밖에 되지 못할뿐더러 순전히 유희적 파급효과만을 갖는 다른 한편의 절대의 추구 사이의 가차 없는 속도전에 일찍부터 사로잡힌 특이한 추상적 영웅들. 이 영역에서 그렇듯 멀리가는 모험가들에 대해 갖는 편파적 관심 [⋯], 이 본능적 선호와, 오늘날 시를 향해서가 아니라, 오로지 수수께끼 같은 시의 열쇠를 향해 뻗쳐진 그토록 많은 손의 광경(시에 대해서는 아랑곳하지 않는다)이 내게 유발하는 불편함 사이에는, 내가 견뎌내기는 하되 잘 풀지 못하는 모순이 있다. [⋯] 내 비판이 오늘 잠을 깬 것은 완전한 해명의 의지에 대해서이기보다는, 언어라는, 대체가 불가능하지 않은 매체에만 탐구를 한정하는, 결국에는 퇴행적인 시야의 제한에 대해서이다. 시적 현상을 설명하려는 모든 시도에서 인간과, 그를 담는 세계의 계쟁(係爭), 근본적으로 시가 뿌리를 내리는 계쟁은 ― 이 세계가 객관적으로 느껴지는 한 ― 그 어떤 순간에도 배제된 제삼자가 될 수는 없을 것이다.(EE542–543)

다시 한 번 상기해야 할 중요한 사실은 우리가 전적으로 유희에 바쳐진 공간에 있다는 사실이다. 화자는 그 같은 사실을 분명히 하고 싶어 하는 듯, 자신이 좋아하는 체스의 이미지를 동원한다. 그런데 포의 소설에서 문제가 되는, 타인의 의식의 영역에 대한 "신성모독"적 "침입" 행위를 생각하게 만드는 "가장 미묘한 상상적 연관"의 읽기는 『좁은 강』의 화자에게 양면성을 띠고 나타난다. 먼저 그것은 언어학 모델에 의거해서 작품의 열쇠를 찾아내겠다고 자신하는, 하지만 정작 "시에 대해서는 아랑곳하지 않으며" 그것을 향한 시야를 축소하는 20세기 비평들에 대한 우려에 관련된다.[72] 다른 한편 그것은 어떤 승리나 성공보다, 설사 그것이 많은 사람들의 관심을 끌지 못하는 "잔돈푼" 같은 것이라고 하더라도 오로지 절대를 추구하는 드높은 탐색과 모험, 그리고 굶주림과 고독을 대가로 치러야 하는 험난한 도전에 대한 "편파적 관심" 또는 "본능적인 선호"를 새삼 깨닫게 만든다. 이 두 가지 반응은 그러나 그라크 문학이 지향하는 가치를 확인시켜준다는 공통점을 갖는다. 앞의 것은 부정을 통해 문학이 반드시 견지해야만 하는 바를 더없이 분명하게 제시하고 있거니와, 문학은 언제나 그 중심에 "인간과, 그를 담는 세계의 계쟁"을 놓아야 할뿐더러 이 계쟁에는 "근본적으로 시가 뿌리를 내려야" 한다는 것이다. 이런 요청은 그라크

---

72 그라크는 "열쇠를 갖고 있다고 믿으며 당신의 작품을 자물쇠 모양으로 만들어대는 이 사람들에게 무슨 말을 할 것인가?"라고 말하면서 20세기 문학비평에 대한 반감을 표출한 바 있다.(LI161) 그라크와 20세기 비평과의 관계에 대해서는 필리프 베르티에가 정리해놓은 것을 읽을 수 있다.(Philippe Berthier, *Julien Gracq critique: d'un certain usage de la littérature*, pp.28-36)

문학의 본질에 관련되는 것인데, 인간중심주의에 대한 반성적 성찰이 중요한 문제의식으로 제기된 20세기의 맥락에서 그 같은 입장은 주류가 아닌 주변부에 위치할 수밖에 없는 것이기도 하다. 뒤의 반응, 곧 "정신적 활동의 닫히고 제한된 영역에서 마지막 베일들의 제거만"을, 혹은 "최후의 비밀의 돌파만"을 중요하게 생각하는 태도는, 결코 포기할 수 없는 인간중심주의의 연장선상에서, 그리고 그로부터 비판적 거리를 유지하기는 하되 알기는 게을리하지 않는 현대의 다양한 이론과 사유들에 맞서 구축하는, 굳이 종래의 분류법을 빌려 말하자면, 낭만주의에서 초현실주의로 이어지는 흐름에 위치시킬 수 있는 어떤 문학적 태도를 생각하게 한다.

『좁은 강』은 그라크가 쓴 여러 권의 책 가운데 하나이다. 하지만 그것은 그라크 문학의 작동 방식을 보여주는 동시에 그것이 지향하는 바를 드러낸다는 점에서 스스로를 반영하고 성찰하는 일종의 메타 문학이라고 할 수 있다. 그것은 분명 자서전적인 요소들에 토대를 둔 책이다. 하지만 자아의 내밀한 측면들을 살피는 데 열중하기보다 오로지 문학을 고려하고 질문한다는 점에서 종래의 자서전과 구별되는 독특한 자서전적 글쓰기의 한 경우를 이룬다고 하겠다.

2.1.3.5. 자기만의 아른하임 영지

"『좁은 강』은 그라크의 「콩브레」이다."[73] 그러나 실상 에브르는

---

73 Michel Murat, *Julien Gracq*, p. 232.

콩브레와 크게 다르다. 그것은 고향의 주변부에 독립적으로 존재하는 공간이며, 노동뿐만 아니라 일상에서도 벗어나서 오로지 유희에만 할당된 공간인 까닭이다. 작가에 의해 현실로부터 분리되어 그 시공간이 재구성된, 그리하여 현실의 에브르강과 동일시하기가 어려워 보이는 그 강은 유희의 차원에서 작동하는 하나의 장치로 나타난다. 그런데 이때 중요한 것은 "현재와 반과거가 복잡하게 뒤섞이는", 어린 시절부터 되풀이해온 에브르 산책이 시간을 거슬러 올라가는 기계로 나타나기보다는 미래를 읽는 수정 거울로 나타난다는 사실이다. 에브르에 화자는 스스로를 비춰보고, 그 투영된 모습에서 앞으로 올 만남들을, 자기 "삶의 길"을 읽기 때문이다. 또 하나 중요한 것은, 이 장치, 이 수정 거울이 루이 푸아리에의 것이 아니라 쥘리앙 그라크의 것이라는 사실이다. 그렇게, 미래를 예감하고 읽는 이 장치는 어디까지나 하나의 문학적 장치로 나타난다. 마지막으로 강조해야 할 것은 그것이 문학적 창조에 구체적으로 관련될 뿐만 아니라, 인간과 세계 사이의 계쟁을 언제나 그 중심에 놓는 그라크 문학의 본질적인 정신 또한 말한다는 사실이다.

모든 문학 작품의 기원에는 시인 또는 소설가가 세상으로부터 받은 자극이 있게 마련이다. 에브르는 한정된 공간에 산책자의 상상을 자극하는 요소들을 모아놓고 있고, 위신도 화려함도 없는 이 요소들은 반복을 통해 자극에 깊이와 새로움을 부여한다. 과연 "세상은 한 권의 책에 이르기 위해 있"는지도 모르겠다. 그라크는 에른스트 윙어의 『대리석 절벽 위에서』에 대해 쓰면서 말라르메의 유명한 말에 "그 반대는 아니고."를 덧붙인다. (PR980) 일종의 메타 문학이라고 할 수 있을, 그러나 시적 긴장과 아름다움이 '메타'의 기술적 관념을 잊게 만드는 『좁은 강』의 독서를 마무리하면서 우리는 그라크의 말을 고스란히 인정할 수 있겠다는 생각을 한다. 다만 작가 자신이 그라크와 푸아리에 사이에 놓은 거의 절대적인 울타리 때문에 이 말은 작가의 삶 전부에 적용할 수 없다는 점을 말해야겠고, 여기서 우리는 다시 한 번 팸플릿 『뱃심의 문학』의 저자의 독특한 실루엣을 확인하게 된다.

그러나 이 순간 무엇보다도 인상 깊게 다가오는 사실은, 『좁은 강』에서 우리는 공감의 걸작을 만난다는 사실이다. "아른하임 영지는 존재한다. 우리 각자는 삶에서 적어도 한 번은 그것을 만났다."(EE550)고 하는 화자의 말처럼, 어쩌면 우리 각자에게도 반과거와 현재가 경쾌하게 뒤섞이는, 오로지 유희에만 바쳐진 어떤 작은 곳이 있을지도 모른다. 그렇다면 우리도 그것을 일종의 상치로 작동시켜 우리의 상상을 펼치거나 삶을 읽고 성찰할 수 있지 않을까? 특별히 내세울 것도 아름다울 것도 없어 보이는, 그리고 그런 까닭에 '좁은 강'인[74] 에브르의 모습은, 우리의 생각과 상상력에 불을 붙여줄 어떤 장소가 의외로 우리 가까운 곳에 소박한 모습으로 존재하고 있을지도 모르겠다는 생각을 하게 만든다.

---

74 책의 제목을 직역하면 '좁은 물'이다. 중요한 것은 '좁은'이라는 형용사일 텐데, 여기서 생각하게 되는 것은 『누가복음』 13장 24절 "좁은 문으로 들어가기를 힘쓰라. 내가 너희에게 이르노니 들어가기를 구하여도 못하는 자가 많으리라."이다. '좁은 강'은 필경 상상력이 비롯되고 발전하는 경로가 의외로 좁고 초라함을 말하는 듯 여겨진다.

2.2 역사의 경험

2.2.1. 제2차 세계대전

2.2.1.1. 전쟁 문학

언행과 복장이 꼼꼼하기 이를 데 없었던 '생플로랑의 은자'도 흘러가는 세월과 나이는 어쩔 수 없었던지 말년에는 눈에 띄게 말수가 많아지고 심지어 혼잣말을 하기도 했다. 하지만 그럼에도 불구하고 기억과 이치는 한결같았다는 게 마지막까지 교류했던 이들의 증언이다. 대가의 인간적 면모를 드러내는 이러한 말들에서 우리의 주목을 끄는 중요한 것 가운데 하나는 제2차 세계대전의 기억이 가장 자주 입에 오르는 주제였다는 점이다. 마치 레몽 루셀의 소설 『로쿠스 솔루스』에 나오는 유리 집 속의 냉동 처리된 인물들이 일정한 화학적 조치에 힘입어 살아생전에 겪은 가장 강렬한 순간을 하염없이 반복하는 것처럼, 정신에 가장 깊은 흔적을 남긴 경험이 바로 전쟁의 체험인 까닭에 그토록 자주 기억의 표면에 강박적으로 떠오르곤 했던 것일까?

　그라크가 직접 전투에 참여하여 총을 쏜 제2차 세계대전은 그의 문학 세계에 크고도 깊은 영향을 끼친 것으로 보인다. 전쟁이 그라크의 작품에서 차지하는 비중은 2011년『전쟁 수기』, 2014년『석양의 땅』이 베른힐트 보이으에 의해 유작으로 간행되면서[75] 더욱 분명하고 확고한 것이 되었다. 플레야드 총서에 수록된 종래의 '전집', 곧『전쟁 수기』와『석양의 땅』을 제외한 작품에서 전쟁에 관련되는 것은,『장식문자』두 권과『여행 수첩』에 실린 단편 에세이들을 제외하면『시르트의 바닷가』와『숲속의 발코니』, 그리고「길」, 이렇게 모두 세 편으로,『시르트의 바닷가』와「길」은 초시간적 배경에 위치한 전쟁을,『숲속의 발코니』는 제2차 세계대전을 다룬다. 여기서 분명히 짚고 넘어가야 할 점은 그라크의 소설을 초시간적 전쟁과 제2차 세계대전에 따라 분류하는 것은 그라크 문학의 현실을 깊이 있게 반영한 게 아니라는 사실이다. 그라크 스스로 "『시르트의 바닷가』에서 내가 특히 하려고 했던 것은 초시간적 역사를 이야기하는 것보다 증류에 의해 하나의 기화하기 쉬운 요소, 곧 '역사의 정수'를 추출해내는 것이었다"(LE707)고 말하고 있는데, 이 작업이 "모든 지역과 모든 정확한 연대에서 벗어난 역

---

75 베른힐트 보이으 교수는 쥘리앙 그라크에 대한 박사학위 논문을 독일에서 발표했고, 이후 프랑스에서 활동하며 투르대학에서 프랑스문학과 독일문학을 가르쳤다. 그녀는 그라크의 작품 전집을 수록한 '플레야드 총서'의 편집자였고(갈리마르 출판사가 간행하는 이 총서는 1989년과 1995년에 각각 1, 2권이 간행되었다), 그라크로부터 원고의 관리와 처분을 위임받은바,『전쟁 수기』와『석양의 땅』은 그녀의 판단과 주관 아래 그라크의 작품 목록에 합류하게 되었다.

사"를 그리는 것은 사실이지만 그렇다고 해서 초시간적 역사를 성
찰하는 것은 아니고 사실은 '역사의 정수'를, 구체적으로 말하자면
그라크가 직접 살았던 제2차 세계대전 이전 역사의 핵심적 요소를
추출해내는 데 목적을 두고 있기 때문이다. 그는 또한 『숲속의 발
코니』에 대해 "어떤 식으로도 하나의 자료나 증언을 겨냥하지 않
았다"고 밝히면서[76] 사실주의와 거리를 취하고 있다. 하지만 그럼
에도 불구하고 우리가 그라크의 전쟁 관련 소설을 초시간적 역사
와 제2차 세계대전의 기준으로 분류한다면 그것은 단지 논의의 편
의를 위함이다.

『시르트의 바닷가』의 경우 전쟁의 기운이 "발열"하고[77] 긴장이
고조되며 바야흐로 파국을 향해 나아가다가 전쟁 빌발 직전에 서
술이 끝난다. 「길」은, 그라크가 『시르트의 바닷가』에 이어 시도했다
가 스스로 실패라고 생각하여 미완의 상태로 둔 채 간행하지 않았
던 『석양의 땅』의 일부를 발췌하여 발표한 것인데, 전투가 먼 메아
리로 소설의 후경을 이루는 가운데 그리로 향해 나아가는 인물들
의 시선과 풍경을 담고 있다. 『숲속의 발코니』는 처음부터 끝까지
전쟁에 집중하고 있는 소설이다. 하지만 이 소설에서도 전쟁의 기
다림이 작품의 가장 큰 부분을 차지하고 있으며, 실제 전투가 발
발한 이후의 서술조차도 집단적, 개인적 차원의 긴박하고도 복합
적인 몸짓과 충돌, 격변과 반전을 박진감 넘치게 그리는 대신 현재
진행되고 있는 역사적 변화로부터 끝없이 탈주하며 상상에 빠지는

---

76 «Entretien avec Jean Roudaut», in *Gracq 2*, p.1215.

77 "발열"은 『시르트의 바닷가』의 여섯 번째 장의 제목이다.

정신의 활동을 보여주거나 전쟁의 초라한 구석에 고립되어 거대한 역사의 물결에 속절없이 추월당하고, 심지어 무시당하는[78] 개인의 무기력한 의식을 부각시킨다. 이런 사정은 오랫동안 그라크의 작품에서 전쟁을 역사의 한 양상으로 규정하며 여러 주제 가운데 하나로, 다시 말해 특별할 것 없는 주제로 만든 측면이 있다.

뒤늦게 세상에 나온 『전쟁 수기』와 『석양의 땅』은 제2차 세계대전과 초시간적 전쟁을 다시 한번 작품에 대규모로 도입했다. 이 책들은 그것도 생사가 오가는 급박하고 긴장된 실제 전투를 보여주며, 그리고 단편 에세이 모음집들에 흩어져 있던 전쟁에 대한 다양한 글들을 결집하며, 또한 역사보다 전쟁에 확실한 방점을 찍으며 전쟁을 그라크 문학의 중심에 옮겨놓았다. 『전쟁 수기』가 제2차 세계대전 당시의 전투 체험을 서술한 책인 만큼 넓은 의미의 소설로 분류할 때, 그라크가 남긴 전체 일곱 권의 소설 가운데 네 권이 전쟁을 주제로 삼고 있는 셈이다. 생각해야 할 것은 『어두운 미남』과 「코프튀아 왕」 같은 작품조차 전쟁에 관련된 부분을 포함하고 있다는 사실이다. 그라크에게서 문학 창조와 역사의 관계를 살핀 도미니크 페랭은 자살, 죽음, 전쟁을 같은 종류의 테마로 분류하면서, 이들 테마를 통해 소설은 작가로서의 글쓰기, 직접 겪은 역사적 트라우마, 집단적으로 실현된 생각할 수 없음l'impensable

---

78 최전방 방어선에서 극도의 긴장 가운데 전투 태세를 갖추고 기다리는데, 그리고 마침내 방어선을 넘어 공격하며 전진하는 적군을 향해 맹렬히 총을 쏘아대는데, 적군은 조금도 아랑곳하지 않고 앞만 보고 나아간다. 이 장면은 그라크의 개인적 체험에서 오는 것으로 『전쟁 수기』에 잘 서술되어 있다 (SG144).

을 말한다고 분석한다. 『시르트의 바닷가』, 『숲속의 발코니』, 『석양의 땅』뿐만 아니라 『아르골 성에서』, 『어두운 미남』에서까지도 그라크가 직접 살았던 역사의 영향을 읽을 수 있다는 것이다.[79]

이렇듯 소설 작품의 절반이 넘는 부분이 전쟁을 직접적으로 다루고 있다면, 그리고 전쟁의 주제를 은유의 차원으로 확장할 때 거의 모든 소설이 전쟁을 다루고 있다면, 이제는 그라크를 아름다운 시적 산문을 쓰며 진지하고도 견고한 상상세계를 구축한 은둔의 작가가 아니라 20세기의 가장 크고 중요한 역사적 사건이라고 할 제2차 세계대전에 대해 뛰어난 문학적 성찰을 수행한 작가로 불러 지나침이 없을 것이다.

역사 또는 전쟁이 작품의 중요한 주제로 기능하고 있다는 점은 일찍부터 폭넓게 인정되어 왔고, 이와 관련하여 그라크가 역사지리 교사였다는[80] 점이 자주 지적되었다. 하지만 우리가 보기에 『전쟁 수기』와 『석양의 땅』이 작품에 추가된 지금은 역사지리 교사보다 제2차 세계대전 당시 소대장으로서 병사들을 이끌고 전투에 참여한 보병 중위의 몫이 더 크게 다가온다. 그라크 문학의 한편에는 『숲속의 발코니』와 『전쟁 수기』가 있고, 다른 한편에는 『시르트의 바닷가』와 『석양의 땅』이 있다. 『시르트의 바닷가』의 경우 소설은 구체적인 역사보다 오래 축적된 독서의 자산과 추상적이고 사

---

79 Dominique Perrin, *De Louis Poirier à Julien Gracq*, Classiques Garnier, 2009, pp.692-693.

80 프랑스의 중등교육에서 역사와 지리는 서로 긴밀히 연결되어 있다.

변적인 성찰에 원천을 두고 있고, 중세와 근현대의 양상이 뒤섞이며 베네치아, 지중해 연안, 근동 등 다양한 지역이 혼합되는 배경은 그러한 분위기와 어조를 더욱 강조하는 측면이 있다. 『석양의 땅』은 말, 대포, 성이 중요한 역할을 수행하는 만큼 시간적 배경을 중세에 위치시킬 수 있지만 중요한 주제들의 상당수가 그라크 자신의 전쟁 체험으로부터 온다. 『석양의 땅』이 "역사를 다루는 방식은 『시르트의 바닷가』와 가깝지만, 분위기는 『숲속의 발코니』와 더 가깝다"는[81] 베른힐트 보이으의 말은 정확한 것이다. 따라서 초시간적 역사와 제2차 세계대전이라는 구체적인 역사가 형성하는 대립에서, 또는 역사에 대해 전문적 식견을 소유하고 직업적으로 사용하는 지식인과, 줄을 잘 서려 하지 않고 술에 취하며 공격하는 적 앞에서 도망치기까지 하는, 한마디로 통솔하기가 여간 어렵지 않은 병사들을 지휘하는 보병 중위가 벌이는 경쟁에서 그라크 문학의 원천에 더 가까우며 반대편을 향해 영향력을 행사하는 쪽은 작가의 실존 체험을 직접적 동기와 질료로 동원하는 후자인 듯 보인다. 그라크의 삶에서 제2차 세계대전으로 구체화된 전쟁은 역사에 대한 문학적 성찰의 출발점을 이루는 동시에 그가 부단히 바라보고 질문하는 하나의 근본적 지표로 나타난다.

2.2.1.2. 전쟁의 경험

그라크의 전쟁은 1939년 8월 말에 시작되어 1941년 3월 초 그가

---

81 Bernhild Boie, «Postface», *Les Terres du Couchant*, Paris, José Corti, 2014, p.248.

독일의 포로수용소에서 돌아오며 끝난다. 하지만 진정한 참전, 곧 직접적 전투 참여는 독일군의 공격이 개시되는 1940년 5월 10일부터 포로로 잡히는 같은 해 6월 2일까지라고 할 수 있다. 모두 23일에 이르는 이 기간 동안 그라크는 적진에 고립되고, 야음을 틈타 적진을 가로질러 아군 진영에 합류하며, 독일군이 운하를 건너 공격해올 때 제일 먼저 발포하는가 하면, 프랑스군이 점령한 도시에 사이드카를 타고 잘못 들어온 두 명의 독일 병사를 동료 장교와 함께 포로로 잡기도 하고, 마지막에는 결국 자신이 포로로 잡히는 극적인 순간들을 겪는다.

이 전쟁 체험은 그라크에게 아주 깊은 흔적을 남긴 듯하다. 다양한 문학적 성찰과 글쓰기로 이어졌기 때문이다. 강렬한 체험일수록 오래 남아 때때로 정신의 표면에 솟아오르듯, 그것은 소설에서 그리고 단편 에세이에서, 직접적으로 그리고 간접적으로 부단히 되살아났다. 그라크의 삶과 문학에서 근본적 중요성을 갖는 그 체험을 그의 움직임을 따라가면서 구체적으로 짚어보는 것은 충분히 의미 있는 일로 여겨진다. 『전쟁 수기』의 앞부분을 이루는, 추후에 일기 형식으로 정리한 「전쟁의 기억」을 중심으로 그것을 재구성해보자.

보병 중위 루이 푸아리에는 1939년 8월 말 137보병연대의 중위로 소집된다. 먼저 캥페르Quimper의 후방부대에 한 달간 머문 뒤 로렌Lorraine에 있던 소속부대와 합류하여 북해 인근 플랑드르Flandres 지방의 벨기에 국경으로 옮겨간다. 독일군이 벨기에와 네덜란드를 침입하고 룩셈부르크를 통해 프랑스를 공격하면서 제2차 세계대전의 전투가 시작되는 것은 1940년 5월 10일이다. 이날 아침 윈젤Winnezeele에 숙영하던 그라크는 독일군 비행기의 공습을 목도한다. 이틀 뒤인 5월 12일 해 질 무렵 그라크의 대대는 윈젤을 떠나 그로부터 18킬로미터 떨어진 바뱅코브Bavinkhove 역으로 걸어서 이동한다. 하필이면 이때 그라크는 치아의 봉이 빠지는 바람에 혀가 닿을 때마다 꺼끌꺼끌함을 느끼며 곤혹스러워한다. 역 근처에서 추운 밤을 지새며 탑승을 고대하고, 칼레Calais 아니면 덩케르크 Dunkerque로부터 들려오는 포성을 듣는다. 마침내 기차에 몸을 싣는 것은 이튿날 아침이다. 기차는 노동자 사택에서 깃발과 수건을 흔들며 환호하는 릴Lille과 벨기에 도시 헨트Gent를 거쳐 밤중에 안트베르펜Antwerpen 근처에 도착하고, 그라크 일행은 군복과 담요를 몸에 감은 채 길가의 풀 위에서 눈을 붙인다.

5월 14일 부유하고 깨끗한 플랑드르 마을에서 숙영을 하는데 그라크에게 배당된 숙소는 "물로 씻어 찬란하게 빛나는 타일들이 깔리고 커다란 붉은색 이불이 있는 시원하고 조용한 방"(SG44)이다. 하지만 대대 본부에서 명령들이 하달되고 포성이 들려와서 좀처럼 눈을 붙일 수가 없다. 오후 네 시 중대를 지휘하는 G 중위가 독일군이 안트베르펜으로 오고 있기 때문에 급히 떠나야 한다고 알린다. 급작스럽게 결정된 출발은 그야말로 패주에 가까운 것이다. 차량이라고는 말이 끄는 형편없는 수레 한 대뿐이므로 식량을 포함한 짐의 3분의 2를 상사 한 명에게 맡기고는 죄다 길가에 던진다. 플랑드르 농부들이 "마치 교통사고라도 난 양 빙 둘러서서 바라보며 재난의 냄새를 맡고", 이는 그라크와 병사들을 더욱 격분하게 만든다. 때마침 예기치 못한 재미있는 광경이 벌어진다. "일종의 물푸레나무 색깔 '제비'들처럼 보이는 네덜란드군 분대가 우스꽝스러운 모습으로 지나간다. 높은 핸들에 철모를 등에 얌전하게 매달고 안장 위로 몸을 곧추세운 채 페달을 밟는 그들은 모범생처럼 보인다. 그들은 우정의 신호를 보낸다. 그 재미있는 친구들이 남쪽을 향해 가는 것을 보는 우리 모두는 그저 어안이 벙벙할 뿐이다."(SG46)

　여덟 시 반에 출발하는데 벌써 어둠이 짙다. 대대는 안트베르펜을 동쪽에 버리고 북쪽으로 걷는다. 그라크는 커다란 기쁨을 느낀다. "북쪽, 그것은 바다. 그게 아니어도 최소한 에스코강,[82] 네덜란드."(SG47) 바다를 지척에 둔 광활한 평원이 극심한 피로와 불면 때문에 더욱 몽환적으로 여겨진다. "다른 행성에 온 것 같은 느낌이다. 정말이지 고귀한 잠에 빠진 이 몽환적인 들판에 우리가 무얼 하러 왔는지 자문하게 된다. 잠시 여백에, 고요의 지대에 잠긴 듯 느껴진다. 확고한 지표라고는 없는 가운데, 취한 사람의 엉뚱한 방향전환에 의해서인 양, 싸움의 진짜 중심으로부터 점점 멀어지고 있음을 매우 또렷하게 예감한다. 심지어 더 이상 비행기도 없다. 이것은 마법적 침묵의 밤이다. 우리는 파도가 굳어버린 바다 위를 걷는다."(SG48) 낮에 출발하고 낮에 도착하다 보니 그라크는 "꿈같은 밤에 알지 못할 신비의 강을 건넌 듯한 느낌"(SG49)

---

82 네덜란드어로는 스헬더Schelde강이라고 부른다.

이 든다. 일행은 아침에 키엘드레흐트Kieldrecht를 거쳐 오세니스Oss-enisse 곳의 폴더에 도착한다. 그라크 소대의 임무는 드넓은 에스코 강을 건너는 독일군 전차를 막는 것이다. 그러나 긴장 속에 기다리는 전투는 벌어지지 않고 대신에 "평온한 낮"(SG55), "감미로운 밤", "멋진 별"(SG56)이 이어지며 "평온의 작은 섬"(SG58)에 머무는 것 같은 느낌에 사로잡힌다. 하지만 폴더를 떠나야만 한다.

독일군이 어떻게 움직이고 있는지 전혀 파악하지 못한 채 대대는 5월 17일에서 18일로 넘어가는 밤 내내 행군하여 새벽에 훌스트Hulst를 지나 오전 늦게 악셀Axel에 도착한다. 많은 사람이 밖에 나와 있으나 "따분하고 약간 역겨운 표정"(SG60)으로 바라보며 패자 취급을 하는 것 같다. 어둠이 내릴 무렵 대대는 다시 서쪽으로 출발하여 밤에 사스판헨트Sas van Gent에 이르고, 19일인 다음날 오전 늦게 바스펠드Bassevelde에 도착한다. 대대장은 어디선가 근사한 메르세데스 벤츠를 징발하고, 그라크는 대대를 위해 나중에 환불받기로 하고 갖고 있던 돈으로 1,200개의 계란을 산다. 오후에 배를 채울 수 있는 카페를 찾아 거리를 헤매어도 얻은 것은 샴페인 한 병뿐이다. 독일군이 추격해 오고 비행기가 계속 날아다니지만 다행히 이날 저녁은 이동 계획이 없다. "우리는 선 채로 잠을 자며 다가올 밤을 생각한다. 우리는 밤을 헛간의 짚방석 위에서 보낸다. 아! 얼마나 감미로운지 ─ 때때로 비행기 소리가 정말이지 너무나도 가까이에서 들려옴에도 불구하고."(SG62)

대대는 20일 저녁 다시 행군을 시작하여 이튿날 아침 틸트Tielt 근처에 도착하고 과수원의 사과나무 아래서 잠을 잔다. 공습의 두려움 때문에 나무 아래를 벗어나는 것은 절대 금지이고, 소대별로 1킬로미터의 간격을 두고 틸트로 들어간다. 도중에 자전거를 타고 상냥한 미소를 띤 벨기에 병사들과 마주치는데, 총을 자전거에 걸고 방울 달린 챙 없는 작은 모자를 쓴 그들은 "지역 회합을 마치고 돌아가는 마을 소방대원들"과도 흡사하다. 민간인과 군인들이 들끓는 부유한 틸트의 제법 사치스러운 상점과 카페 테라스는 사람들로 가득하다. 이 "소심한 에덴"(SG64)에서 보도를 나아가는 병사들은 민간인들에 의해 공공연히 무시당한다. 그들은 병사들과 부딪치는가 하면 행렬을 끊고 지나가기도 한다. 역에 도착했을 때 병사들은 근처 카페에서 몰래 캔맥주를 사오고, 그라크와 병사들은 끔찍한 더위와 갈증을 식힌다.

저녁으로 예정된 열차 탑승은 22일 새벽 2시에야 이루어지고 대대는 마침내 아침에 프랑스로 들어온다. 독일군의 공세가 시작되고 이틀이 지나 그때까지 숙영하던 윈젤을 떠난 이래 독일군에게 쫓기거나 그들을 에두르며 도보로 그리고 기차로 벨기에와 네덜란드를 떠돌아다닌 열흘 동안의 희한한 여정을 그라크는 이렇게 정리한다. "저지대 나라들에서의 열흘 동안의 의아한 편력이 이렇게 종료되었다. 침략당한 네덜란드와 벨기에를 열흘 동안 지그재그로 돌아다니는 묘기를 우리는 총 한 방 쏘지 않고 해냈다."(SG65)

이동 중인 기차에서 일행은 아미앵Amiens이 함락되었다는 소식을 듣는다. 기차가 므냉Menin에 정차했을 때 건널목에 모여 선 사람들이 병사들을 향해 말한다. "당신들은 아무것도 할 수 없어. 그들은 너무 강해."(SG66) 그라크는 중대의 급식 담당 상사에게 식료품 구입을 위해 천 프랑을 꾸어준다. 기차가 들판 한가운데 정차했을 때, 병사들은 작은 무리를 지어 300미터 떨어진 증류공장에 가서 수통에 공업용 알코올을 가득 채워오고, 대대 전체가 대취한다. "그토록 호감을 주지만 술 앞에서는 야만인이 되는 이 브르통들."(SG68)[83] 기차는 가다 서다를 반복하며 밤은 끝날 줄을 모르고 정차했다가 떠날 때마다 장교들은 철길에 병사들이 없는지 확인해야만 한다.

5월 23일 오전 대대가 덩케르크 역에 도착했을 때 상황은 대단히 난감한 것이다. 공습의 위험이 엄존한데 바로 옆 선로에는 폭발물을 실은 열차가 서 있기 때문이다. 공업용 알코올로 만취한 병사들은 보초병의 만류를 뿌리치고 화물열차를 거의 약탈하다시피 한다. 하지만 그들이 손에 넣은 상자에는 빈 등록표만 가득할 뿐이다. 무능한 내내장은 무기력하게 졸기만 하고, 빵을 구하기 위해 애쓰지만 실패한다. 빵을 구하는 문제는 이후로도 내내 해결하지 못하는 난제로 남는다. 오후 한 시에 다시 출발한 기차는 그라블린Gravelines 근교의 위트Huttes에 도착하고, 그라블린에서 덩케르크로 가는 간선도로를 방어한다는 생각에 자부심을 느끼며 즐겁고 경쾌한 저녁을 보낸다.

이튿날 새벽 바다 쪽에서 격렬한 총격이 시작된다. 중대는 부르

---

83 프랑스 서쪽에 위치한 브르타뉴 지방 사람들을 '브르통'이라고 부르는데, 그라크가 속한 연대의 병사들이 바로 이 브르통들이었다. 예전에는 고집스럽고 술을 좋아한다는 평판을 갖고 있었다.

부르Bourbourg 운하를 따라 남동쪽으로 5킬로미터 떨어진 생조르주Saint Georges로 급히 이동해야 한다. 대대 본부로 갈 때 머리 위 꽤 높은 곳으로 첫 번째 탄환들이 날아온다. 이동 중에 사단장이 포로가 되고 여단장은 탈출하다가 사망했다는 소식을 듣는다. 이윽고 전투가 시작되고 몸을 스치는 것 같은 총탄을 피하기 위해 얼굴과 몸을 지면에 최대한 밀착해야 한다. 오후가 시작될 무렵 또다시 운하를 따라 왼쪽으로 1,500미터 떨어진 다리 옆으로 이동하라는 명령이 떨어진다. 하지만 다리는 보이지 않고, 20미터 앞에서 독일군 전차가 오가는 가운데 그라크는 대대 본부로 연락병을 보낸다. 얼마 뒤 그라크는 문득 자기 둘레가 텅 비었다는 막연한 느낌을 갖는다. 더 이상 폭음은 들리지 않고, 운하 건너편 나무 뒤에서는 독일군 모터사이클들이 줄지어 달려간다. 갑자기 뒤쪽에서 "퇴각해. 독일군이야!" 하는 소리와 함께 모르는 병사 하나가 줄행랑치고, 그라크 소대의 절반에 해당하는 병사들이 아무 손쓸 틈도 없이 그 뒤를 따른다. 그라크는 남은 병사들을 집합시킨다. "갑작스런 고요, 사람이 사라진 풍경"(SG80)은 분명 지체 없이 퇴각해야 함을 말하고, 병사들 또한 그것을 원하지만, 그라크는 규정이 명시한 "문서로 된 명령"을 받지 않았으므로 방어를 고수하기로 한다. 하지만 왼쪽 먼 곳에서 독일군으로 보이는 작은 실루엣들이 조심스레 생조르주 쪽으로 나아가는 게 보이고, 문서로 된 명령을 받기 위해 대대 본부에 보냈던 상사는 뒤쪽 삼사백 미터 떨어진 지점에 와서 퇴각하라는 듯 격렬한 몸짓을 하고는 그냥 달아나버린다. 그라크 중위는 고집스레 퇴각을 거부한다. 대신에 독일군이 방어선을 넘은 쪽 반대편에 있는 운하 옆 작은 숲으로 병사들을 데리고 들어간다. 이 숲은 폭이 채 이백 미터를 넘지 않지만 울창하며 웅덩이가 있고 그 옆으로 두 개의 작은 성토가 있다. 그라크는 소대원들과 함께 이 성토 사이에 자리 잡는다. "사냥이 끝났을 때와 같은" 저녁의 고요가 찾아온다. 바깥에서 들려오는 독일군의 목소리는 "화해"를 생각하게도 하지만, 프랑스군 포로들을 차에 태우면서 프랑스어로 내지르는 아이러니컬한 "앙 부아튀르!"[84]는 일종의 따귀로 느껴진다. 방어하던 "운하가 돌파당하자 대대는 대포 한 방 쏘지 않고, 아무런 전투의 외양도 없이 증발해 버린 것이다. 믿을 수 없는 일이다."(SG83)

그라크는 어둠을 이용하여 적진을 돌파하기로 작정한다. 마침 자리를 비웠던 두 병사가 돌아오는데 가까운 농가의 지하실을 방문한 덕분에 취한 상태이다. 이들을 본 소대원들은 용기를 되찾는다. 모험을 감행한다는 사실에 그들은 흥분하며 두려움을 잊는다. 일렬종대로 숲을 나서는 소대를 위해 첨병 역할을 자처하는 것은 취한 두 병사이다. 그들은 마치 "서부Far West"로 가듯 생조르주를 향해 길을 나선다. 잠든 들판에 사람이라고는 보이지 않고 열 채 가량의 농가가 불타는데 "마치 성 요한 축일의 불놀이처럼"(SG87) 즐거운 탄성이 먼 곳까지 들려온다.

그렇게 들판을 가로지르다 보니 어느덧 적막한 흰 길과 함께 생조르주가 눈앞에 나타난다. 대대 본부 역할을 하던 카페의 닫힌

---

84 프랑스어 'En voiture'는 '승차'를 뜻하는바, 프랑스식 발음은 '앙 부아튀르'이다.

문을 두드리자 벌거벗은 한 남자가 문을 열고 나와 마치 총살당하는 사람처럼 두 손을 들고 문에 등을 기댄다. 대대의 요리사이다. 그라크 일행이 독일군인 줄 알았던 것이다. 병사들은 지하실로[85] 내려가 수통에 포도주를 채우고, 그라크는 반 리터를 단숨에 들이킨다. 이후 대대의 행방을 알기 위해 이 집 저 집 문을 두드릴 때 이 층의 한 창문이 열리고 손수건에 눌린 목소리가 부르부르를 가리키는데, 목소리의 주인은 상대가 독일군이라고 생각하고 그라크 일행을 프랑스군의 수중에 떨어뜨리고자 하는 애국자이다.

부르부르로 가기 위해서는 들판을 가로지르는 대신 도로를 이용하면 되지만, 문제는 오후에 본 독일군의 실루엣들이 이 길로 향했다는 사실이다. 나무 그늘에 몸을 숨기면서, 그리고 길가의 농가마다 자동소총으로 창문을 겨누고 벽에 몸을 붙인 채 노크를 하면서 소대는 앞으로 나아간다. 언제 적이 가슴에 총구를 들이댈지 모르는 위험한 길, 하지만 놀라운 고요가 지배하는 그 길을 걸어가는 것은 그라크에게 가히 경이로운 체험으로 다가온다. "이 얼마나 의아한 모험인가. 나는 얼마나 젊고 텅 비고 가볍고 무심한지. 싸늘한 공감의 밤에 예측 불가능의 공동(空洞)에서 나는 얼마나 잘 호흡하는지. 얼마나 물에 실려 가는 것만 같은지. 평범하고 진부하고 시간도 짧지만 이도 어쨌거나 모험으로서 내 인생의 가장 큰 도취의 감동 가운데 하나를 느낀다. 온통 모험으로 가득 찬 밤." 그라크는 "밤이, 길이 끝나지 않길"(SG89) 바란다. 그러나 어느덧 소대

---

85 프랑스어 'cave'는 원래 '지하실'을 뜻하지만 프랑스인들이 거기에 포도주를 보관하는 까닭에 '포도주 저장고'를 뜻하기도 한다.

는 부르부르에 가 닿고 순찰을 돌던 무장한 노동자들과 만나면서 경이로운 모험은 마침내 끝이 난다. 그라크와 병사들은 노동자들이 점유하고 있는 차고로 들어가고 그곳의 밀짚 매트 위에서 "마치 바닥없는 우물에 잠기듯 감미로운 잠"(SG90)에 빠져든다.

5월 25일, 날이 밝자 그라크는 S 소위와 함께 도시를 장악하고 있는 3대대 본부로 향한다. 그들이 운하를 따라 걸어갈 때, 독일군 사이드카 한 대가 갑자기 골목에서 튀어나오고, "빵! 빵! 빵! 빵!", S소위가 권총을 쏜다. 전날 기관총 소대를 잃고 그라크 소대에 따라붙었다가 숲에서 절망을 느낀 나머지 오열을 터뜨렸던 그가 이 순간에는 놀랍도록 침착하게 행동한다. 독일군 한 명은 가슴에, 다른 한 명은 손목에 총을 맞는다. 프랑스군이 장악한 도시로 잘못 들어와 졸지에 포로가 된 것이다. 3대대 본부에 도착한 두 장교는 소속 대대가 크라이위크Craywick까지 패주에 가까운 모양으로 퇴각했고, 이제 생조르주에 주둔하게 되었다는 사실을 알게 된다. 그리로의 이동을 위해 차고로 돌아가던 그라크는 충격적인 사실을 발견한다. 3대대 본부에 가기 전에 독일군 포로를 치료해줄 의사를 불러달라고 한 민간인에게 부탁했는데, 독일군 비행기의 폭격에 격분한 그 민간인이 부상당한 포로의 얼굴을 발뒤꿈치로 짓이긴 것이다. 이 잔인한 행태에 분노한 그라크는 "인간은 대낮에 어둠을 만들어내는 능력을 생각보다 더 많이 갖고 있다"(R246)는 생각을 한다. 생조르주에서 대대와 합류했을 때 그라크는 독일군의 공격으로 전력이 감소했음을, 그리고 자신과 S 소위의 무훈이 과장되고 미화되어 이야기되고 있음을 발견한다. 또한 간밤에 독일군이 생조르주에 왔지만 그라크 소대와 맞닥뜨리지 않았고, 대대장이 퇴각 명령을 전달하기 위해 사람을 보냈으나 그라크 소대를 찾을 수 없었다는 사실을 알게 된다. 그라크는 이제 포탄이 휘파람 소리를 낼 때마다 등을 구부리지 않을 수 없는 자신을 발견한다. 다음 날로 배치가 유보된 소대원들과 곡물 창고에서 깊은 잠에 빠지며 "적어도 전쟁에서는 그날의 수고는 그날로 족함"(SG101)에 감사한다.

5월 26일 오전 열 시, 마을 앞으로 600미터쯤 떨어진 곳에서 운하를 따라가는 철로 이편에 방어선을 구축한다. 그라크 소대는 전날 전차의 공격을 받고 많은 사상자를 낸 다른 소대의 잔여 인원을 충원받는다. 배치된 지 얼마 지나지 않아 적의 포탄이 날아오고, 사망자와 부상자가 한 명씩 발생한다. 하지만 정오가 지나자 조용해진다. 점심식사 때 그라크는 장교라서 2인분의 포도주와 두 덩이의 비프스테이크를 지급받는다. 여섯 시에 다시 포격이 있지만 사상자는 없다. 거대한 평원에서 여유롭고 멋진 저녁을 보내다가 또다시 구덩이에서 잠을 잔다. 이렇게 보낸 밤의 대가는 다음 날 아침의 언 몸과 관절 경직이고, 따뜻한 아침 커피의 행복은 그에 대한 위로이다. 이튿날 거의 정례화된 열 시경의 짧은 포격 이외에 아침 시간 내내 조용하다. 그러나 점심식사가 끝날 무렵 갑자기 뒤쪽에서 탄환이 날아오고, 포위되었을 수 있다는 사실에 기인한 공황의 분위기에서 한 명이 죽고 한 명이 부상당하는 일이 발생한다. 경기관총으로 무장한 독일군 정찰대가 생조르주 근처까지 잠입하지만, 매복을 통해 세 명을 포로로 잡는다. 이날은 지하실과 창고에서 소대원들과 뒤섞여 잠을 잔다.

　5월 28일 아침, 대대 전체가 이동한다. 그라크는 유일한 장교 소대장인 이유로 후위를 맡는다. 길 양쪽의 분대들을 통제하기 위해 좌우로 뛰어야 하기 때문에, 그리고 아침에 아무것도 먹지 못했기 때문에, 그라크는 몸이 지침을 느끼며 과연 계속해서 걸어갈 수 있을까 걱정한다. 대대는 크라이위크를 거쳐서 덩케르크와 그라블린을 잇는, 이전과 달리 피난민들이 사라진 간선도로로 올라서고, 덩케르크로 들어가는가 싶다가 변두리를 지나며 남쪽으로 방향을 튼다. 어디로 가는지 알고자 애쓰지만 부질없는 짓이다. 고등학교 친구를 우연히 만나 빵과 고기 조각을 얻어먹는다. 처음으로 '노르 제독'에 대해 말하는 소리를 듣고, 그 가명이 매우 낭만적이라고 생각한다. 사기가 극도로 저하된 병사들이 "물처럼 손가락 사이를 빠져나가는" 바람에 미로 같은 덩케르크 변두리 골목길에서 대대를 따라가기란 몹시 힘든 일이다. 언제나 먼 곳에 떨어지는, 그래서 마치 숨바꼭질을 하는 것 같은 포성과 "신비로운 마비상태"는 "잠자는 숲속의 미녀의 성문을 두드리는 서툰 노크 소리"(SG110)를 연상시킨다. 로젠다엘Rosendaël에서 연대의 행렬과 만나지만 어디로 가는지 아는 사람은 아무도 없다. 게다가 계속해서 배를 곯고 있다. 모두가 바다를 향해 가는 줄 알았으나 포성이 울려오는 동쪽 들판으로, 테테겜Téteghem을 향해 걷는데, 로젠다엘이나 말로레뱅Malo-les-Bains처럼 집들이 온전하고 먹을 게 있는 곳에서 멀어진다는 사실에 망연해질 뿐이다. 마침 날은 어둡고 비까지 내려 세상은 마치 종말이라도 맞은 듯 음산하기만 하다.

테테겜으로 가는 길. 내 평생 잊지 못할, 오, 음산한 풍경. 우리 뒤쪽 덩케르크의 세 곳에서 거대한 불이 타오르고, 그 연기가 하늘의 3분의 1을 뒤덮었다. 우리 앞 동쪽에서는 잉크처럼 검은, 거의 상징적이라고 할 묵시록의 폭풍우가 솟아오른다. 헐벗은 평원, 힘들고 슬픈 길 위로 빗물이 줄줄 흐른다. 길 양쪽으로는 이집트 신전의 기둥이나 중국의 무덤 사잇길처럼 일정하게, 매 20미터마다, 패주의 거대한 주랑인 양 영국군 트럭들이 끝도 없이 구덩이에 처박혀 있다. 솟아오르는 폭풍우와 텅 빈 뱃속은 신경을 날카롭게 자극하여 세상의 종말이 막연히 느껴질 정도이다. 소나기는 무리를 세차게 후려치고 군용외투를 번들거리게 한다. 우리는 얼이 빠졌다. 기절할 것만 같다.(SG112)

오후 네 시경, 마침내 테테겜에 도착했을 때 밀짚이 빈약하게 깔린 창고에서 중대 전체가 뒤죽박죽이 되어 온통 코를 골며 잠에 떨어진다. "사방에서 새어 드는 홍수 같은 빗물과 유황빛 어둠은 메두사의 뗏목을[86] 연상시킨다."(SG113) 잠들지 못한 그라크가 밖으로 나가자 테테겜은 군인들로 가득하다. 낭트고등학교에서 함께 근무했으며 사단 참모부에 소속되어 있는 M 중위를 만나고, 그 역시 48시간 이내에 죽거나 포로가 될 것으로 생각하고 있음을 알게 된다. 간밤에 연대기를 불태웠다. 그러나 "파도를 관통할, 우리를 향해 다가오는 벽에서 균열을 찾아낼 희망"(SG114)이 사라

---

86 '메두사의 뗏목'은 프랑스 낭만주의 화가 테오도르 제리코가 실제 있었던 난파 사건을 소재로 1818년부터 1819년까지 2년에 걸쳐 그린 대작의 제목이기도 하다. 이 그림은 현재 루브르 박물관에 있다.

지지 않는다. 경험을 통해 깨달은 중요한 사실은 "전쟁에서 상상은 언제나 벌을 받는다"(SG115)는 것이다. 덕분에 긴 생각 없이 깊은 잠에 빠질 수 있다.

5월 29일 아침, 대대는 테테겜을 떠나 베르그Bergues 방향으로 이동한다. 수많은 보병과 포병들이 차량도 없이, 심지어 총도 없이 덩케르크를 향해 침묵 가운데 퇴각하고 있다. 그라크는 B 소위의 소대와 함께 지클랭Zycklin 다리를 방어하라는 명령을 받는다. "지클랭 다리가 어디 있습니까?" "알아서 찾으시오."(SG116) 어려움은 소대를 집결시키는 데서부터 시작된다. 병사들은 이제 줄을 서려고 하지 않는다. 걷잡을 수 없이 흐트러지기만 하는 분위기 속에서 장교들은 입을 닫고 병사들은 떠든다. 오천 명이 퇴각하며 밀려오는 길을 마흔 명이 거슬러 나아간다. 맞은편의 압도적 다수는 조롱을 서슴지 않는다. "어디 가시나, 친구들?" "그래도 죽으러 가는 건 아니겠지?"(SG117) 병사들은 입을 다문 채 숨만 거칠게 쉴 뿐이다. 이 순간은 그라크에게 "내 인생의 가장 고약한 순간 중 하나"(SG118)로 남는다. 더욱 어처구니가 없는 일은 마침 길에서 100미터 떨어진 곳에 있는 3대대 본부에 들어가 다리의 위치를 알아보는 사이에 길이 폭격을 당하고 병사들이 제 살길을 찾아 달아나버리면서 단 한 명의 병사만 남는 사태가 벌어졌다는 사실이다.

그라크의 전쟁 여정의 마지막 지점이 될 지클랭 다리는 우아밀Hoymille에 있다. 그라크와 B 소위가 방어선을 구축하는 곳은 운하를 사이에 둔 우아밀 중심가 맞은편으로, 남쪽의 독일군이 덩케르크를 향해 나아가는 것을 막는 것이 임무이다. 들어 올린 지클랭 다리는 폭약이 설치되어 있다. 운하 맞은편에서 퇴각하는 병사들은 다리를 내리지 않는다고 불만이 이만저만이 아니고 흥분한 한 병사는 욕을 하며 총을 겨누기까지 한다. 급기야 영국인 병사 셋은 헤엄쳐서 운하를 건넌다. 결국 그라크는 기갑 장교가 가르쳐준 대로 심지에 불을 붙여 다리를 폭파해버린다. 상황을 설명하기 위해 두 장교는 대대 본부로 가는데, 달아난 병사의 3분의 2가 대대 본부에서 걸음을 멈춘 것을 알게 된다. 운하를 따라 구축한 방어선을 점검하기 위해 들른 대위와 대화를 하면서 "각자 그것을 느끼듯, 모든 게 허위이고, 모든 게 흉내이며, 각자 '마치 그런 것처럼' 행동한다"(SG126)는 사실을 확인한다. 폭파한 다리 양쪽으로 두 대의 호치키스Hotchkiss 진차가 포진하고, B 소위의 소대는 그라크 소대로부터 오른쪽으로 50미터 떨어진 학교 건물에 자리 잡는다. 그라크는 일종의 광이 운하 쪽 전망을 가리면서 작은 벽돌집 본채와 T 자를 이루는 낮은 건물에 소대의 거점을 둔다. 그라크는 감자밭에서 영국제 소총 한 정을 줍고, 나중에 전투가 벌어졌을 때 단 한 차례의 총격에서 이 총을 사용한다. 인근의 "영국군 트럭 무덤"(SG129)에 병사들을 보내어 식료품과 양호한 상태의 25밀리미터 대포를 확보한다.

5월 30일, 폭파한 다리 주위로 병력이 보강된다. 그라크 소대 왼쪽 300미터 지점에 G 소대가 위치하고, B 소대 오른쪽으로는 세 명에 소총 하나로 무장한 노동자들이 자리 잡는다. 뒤쪽 200미터 지점에서는 영국군 병사들이 참호를 판다. 저녁에 비록 빵은 없지만 삶은 감자를 담은 커다란 자루와 포도주가 지급되어 분위기가 좋아진다. 주인들이 떠난 집에는 전축이 있어서 이제 쉼 없이 음반이 돌아가며 파리 근교 마른 강가의 선술집 분위기가 난다. 전차를 지휘하는 두 장교가 상냥한 성격인 데다가 기술병 하나가 요리 솜씨가 좋아서 따뜻하고 즐거운 저녁 식사 시간을 갖는다. 다섯 명의 영국군 병사가 운하를 헤엄쳐 건너와 그라크의 경고에도 불구하고 수문관리인 관사의 장롱을 뒤져 민간인 복장으로 갈아입는다. 이튿날 아침 이들은 증발한다. 뒤쪽에서 참호를 파던 영국군 병사들 역시 온데간데없다. 오후가 시작될 무렵 대대로부터 가족에게 편지를 쓰라는 권유를 받는다. 독일군의 급강하전폭기가 가까운 베르그 상공을 선회하며 폭격을 시작하고, 긴장이 고조된다. 아침부터 길에 인적이 뜸해지기 시작하여 이제 완전히 끊어지기에 이른다. 운하 건너 동쪽으로 2킬로미터 떨어진 곳에 위치한 커다란 농가에 50여 대의 독일군 차량이 도착한다. 운하 긴니편 우아밀의 집들 때문에 시야가 가려져서 맞은편에서 진행되는 독일군의 움직임을 전혀 파악할 수 없는 가운데, 프랑스군을 유인해내기 위해 두 대의 독일군 전차가 한바탕 포격을 퍼붓는다. 사단의 종군사제가 방문하고 마당에서는 전축 소리가 맹렬히 울려 퍼지며 소대원들의 사기를 북돋운다. 이윽고 독일군 포대가 행동을 개시하지만 포탄은 그라크가 있는 방어선을 건너뛴다. 저녁이 되면서 포격은 멈추고, 방어선의 배치를 점검하기 위해 대대장이 방문한다. 그라크는 보초를 두 배로 증원하고 창고보다 더 안전하게 여겨지는 지하실에서 잠을 잔다.

6월 1일 날이 밝기 전에 대대장이 쪽지를 보내어 병사들을 건물 내에 배치하라고 지시한다. 그라크는 자동소총 하나는 이 층에, 다른 하나는 지하실 환풍구에 옮겨 설치한다. 중대 본부는 뒤쪽으로 400미터 떨어진 농가에 설치되었다. 해가 떠오르고 15분이 지나자 공격에 앞선 예비 포격이 그라크가 있는 곳을 향해 개시된다. 포격은 매우 촘촘하고 집요하게 계속되고, 그라크는 "이것으로 끝이라는 느낌"과 함께 "이를 거슬러 지나갈 수 없을 것"(SG139)이라는 생각을 한다. 지하실에는 일고여덟 명의 소대원이 있는데, 독일군의 공격은 그라크 일행을 직접적으로 타격하기 시작한다. 별안간 수문관리인 관사에 배치되어 있던 세 명이 지하실 계단을 뛰어 내려온다. 독일군의 포격에 관사 전면에 큰 구멍이 열렸다는 것이다. 포탄은 집을 타격하고 있지만 지하실에는 거짓말처럼 파편이 들어오지 않는다. 집 위로 포탄이 비처럼 쏟아지는 가운데, 갑자기 그라크는 뚜껑이 있는 양동이에 자연적 욕구를 해소하고, 희한하게도 거의 모든 병사가 계급 순서로 일을 본다. 앞으로 지하실은 화약과 담배와 분변 냄새에서 벗어나지 못할 것이다.

포격이 멈추어 밖으로 나가자 전신선, 쇄석, 뒤집힌 정원이 자욱한 먼지를 뒤집어쓰고 있다. 첫날 그라크가 자기 참호를 파려고 했던 지점의 사과나무는 잘게 조각이 났다. 포격이 재개되어 부리나케 지하실로 돌아가지만 금방 그친다. 소대원들이 담배를 피울 때 별안간 탄약병 P가 지하실로 뛰어 내려오며 부르짖는다. "왔어! 독일 놈들이야!"(SG142) 놀란 그라크의 눈에 들어오는 것은 왼쪽으로 500미터 떨어진 지점에서 운하를 건넌 작은 실루엣들이 들판을 껑충거리며 뛰어가는 모습이다. 매우 성긴 이 실루엣들은 이쪽은 전혀 신경 쓰지 않은 채 곧장 덩케르크 쪽으로 질주한다. 의아한 것은 그쪽에 G 소대가 있음에도 아무런 총소리도 나지 않는다는 사실이다. 그라크의 명령에 따라 프랑스군 쪽에서는 처음으로 식당 창문과 지하실 환풍구에 설치된 자동소총이 불을 뿜고, 곧이어 오른쪽 B 소위 소대의 자동소총들도 사격을 개시한다. 그라크는 영국제 소총을 쏜다. 하지만 드문드문 보이는 독일군의 실루엣들은 이런 총격은 아랑곳없이 오로지 앞쪽만을 향해 껑충거린다. "다시 한 번 우회되고 단절된" 것이다.(SG143) 나중에 안 사실이지만, 이때 독일군은 이미 뒤쪽의 중대 본부를 타격한 뒤였다. 그라크는 이제나저제나 독일군이 공격해올 것을 긴장 속에 고대하지만 실루엣들은 마치 그들을 무시하는 양 앞을 향해 나아갈 뿐이다. 독일군은 곧 보이지 않게 된다. 이제 적의 포위를 벗어나는 길은 운하를 따라 서쪽에 위치한 베르그로 가는 것인데 위험 때문에 감행이 어렵다. 퇴각 명령을 받지 않았기 때문에, 그리고 운하의 방어선이 무너지면 덩케르크는 끝이므로, 그라크는 일단 지하실에 머무르기로 한다.

밖에서는 전차가 공격을 받아 한 명이 죽고 한 명이 부상당하며, 중위와 운전병이 부상자를 데리고 지하실로 들어온다. 다른 전차는 독일군의 운하 도강용 고무보트를 공격하다가 대포를 맞아 포탑이 고장 났고, 다리 쪽을 지키던 전차 역시 포격으로 파괴되었다. 어느덧 해가 진다. 운하 맞은편 우아밀에 들어온 게 분명해 보이는 독일군의 총격은 그라크가 있는 집을 완전히 에워싸고 있는 형국이라 밖으로 나가는 것은 엄두조차 내지 못할 일이다. 이해하기 힘든 것은 독일군이 그라크 소대를 당장에 박격포로 끝장내지 않는다는 점이다. 앞쪽이 막혀 있는 까닭에 그라크와 병사들은 "온 신경이 곤두선 채 얼빠진 기다림"(SG147) 가운데 있을 뿐이다. 하지만 당장은 아무 일도 일어나지 않는다. "이 모든 행동의 와중에 놀라운 것은 완전한 지리멸렬이다. 적어도 우리가 있는 좁은 구석에서는 그렇다. 독일군이 지나가고, 우리는 그들을 향해 맹렬하게 총을 쏘아대고, 그들은 단 한 번의 총격도 응수하지 않는다. 그러고는 아무것도 없다. 또 그러고는 대전차포가 갑자기 우리를 겨냥한다. 다시 그러고는 우리를 잊고 방기한다."(SG148)

안타까운 것은 온깃 필사적인 노력에도 불구하고 적에게 아무런 해를 끼치지 못하는 것은 물론 관심조차 끌지 못한다는 사실, 그야말로 스스로의 무능을 한탄할 수밖에 없다는 사실이다. 이제 지하실에 있는 인원은 모두 열두 명이다. 탄약은 거의 다 떨어졌고 자동소총은 한 정밖에 남지 않았다. 먹을 것이라고는 완두콩과 버섯 통조림뿐인데 이마저도 동이 나서 내일은 더 이상 아무것도 먹을 게 없다. 50미터 떨어진 곳의 B 소대와 연락해야 하지만, 쏟아지는 기관총 사격 때문에 이동은 생각조차 힘들다. 대전차포 담당 하사가 무모하게 나섰다가 허벅지에 총을 맞는다. 결국 완전히 밤이 되길 기다렸다가 어둠을 틈타서 그라크와 G 중사를 제외한 나머지 병력이 B 소대가 있는 학교 건물로 옮겨간다. 마침내 조용해졌을 때 그라크와 G 중사는 번갈아 보초를 서기로 하고 그라크가 먼저 잠을 잔다.

6월 2일, 두 사람은 날이 훤히 밝았을 때 잠에서 깨어난다. 그라크가 잠이 든 뒤 얼마 되지 않아서 피로에 지친 G 중사도 그만 잠이 들고 만 것이다. B 소대가 머무르던 학교 건물 주위에는 이제 여섯 명가량의 독일군 병사가 배회하고 있다. 밤에 두 사람에게 퇴각을 알리기 위해 왔으나 깊은 잠에 곯아떨어진 나머지 문 두드리는 소리를 듣지 못한 게 분명하다. 독일군은 새벽에 왔을 것이다. 이제 두 사람에게 남은 유일한 선택은 지하실에 숨어 있다가 밤에 덩케르크 쪽으로 가는 것이다. 아침나절은 화창하고 제법 조용하다. 때때로 다락방으로 올라가 바깥을 바라보며 확인하는 것은 후방이 벌써 빠르게 자리 잡고 있다는 사실이다. "파도가 지나간 것이다."(SG153) 후방으로 소개하는 민간인 행렬의 소년에게 창문 너머로 몰래 물어보니 덩케르크 가까운 테테겜에 이미 독일군이 진주했다. 오후가 되면서 프랑스군이 대포로 운하를 공격한다. 독일군의 왕래가 끊어지고, 그라크는 마지막 남은 담배로 끔찍한 배고픔을 달랜다. 이미 독일군의 수중에 떨어졌으며, 바로 어제까지 소총과 자동소총으로 총격을 퍼부어대던 지하실에 언제까지고 숨어 있기는 불가능하리라. 결국 올 것이 오고야 만다.

아! 이 지하실은 숨이 막힌다. 저녁이여 어서 오라! 잠시라도 바깥 공기를 호흡할 수 있도록.
식당 창문에서 망을 보던 G가 지하실로 황급히 내려온다. 독일군이 운하로부터 이 집을 향해 곧장 오고 있다. 여섯 명이다.
이제 끝났다. 우리는 지하실 구석에서 말없이 일어선다. 고뇌에 차서 — 아니다 — 차라리 극도의 기다림이다. 무슨 일이 일어날까? 그들이 우리를 본 걸까? 환풍구로 수류탄을 던질 것인가?

갑자기 머리 위에서 목소리와, 장화를 신고 판자 위를 오가는 무거운 발자국 소리가 들린다. 조금도 바쁘지 않은 한가한 농부의 목소리. 그래, 확실히 저들은 아무것도 모른다. 어쩌면 지하실로 내려올 생각을 하지 않을지도 모른다.

지금은 부엌의 펌프를 작동시키고 있다. 목소리가 멈춘다. 물을 마시는 게 분명하다. 다시 일각일각. 하염없이. 그들은 한가로이 거닌다.

그러더니 무거운 발자국 하나가 대뜸 우리 쪽으로 향한다. 지하실의 문이 열린다. 나는 외친다. "쏘지 마시오. 항복합니다."(SG158)

2.2.1.3 전쟁의 기억

『장식문자 2』에 실린 단편 에세이에서 그라크는 자신의 전쟁 체험에 대해 이렇게 말한다.

18년 동안 그토록 강하고 그토록 정확하게 간직했던 1940년 전쟁의 기억이 『숲속의 발코니』를 쓴 이후 희미함과 무미건조함에 묻혀버렸다. 이제는 그것에 대해 생각해도 나와 상관없는 이야기에 대해서인 양 설명할 수 없는 초연함을 갖고 생각하게 된다. 늙음, 세월이 증대시키는 거리? 아니다. 책이 그리로 지나갔다.(LII319)

그라크의 글쓰기와 전쟁 체험의 관계에 대해서는 이제 완결된 연보를 작성하는 것이 가능하다. 맨 앞에 1941년 독일의 포로수용소에서 돌아온 직후 쓴 『전쟁 수기』가 있다. 이 책은 일기의 형식을 사용하여 눈앞에 다가오는 현실을 사실주의적 어조로 빠르게 적은 「전쟁의 기억」과, 전쟁 체험의 핵심적인 부분을 삼인칭 시점에서 서술한 허구인 「이야기」, 이렇게 공통적으로 전쟁 체험을 그리지만 서로 독립적인 위상을 지닌 두 부분으로 구성된다. 이어서 작가의 전쟁 체험과 간접적 관계를 갖되 그 핵심적 요소가 굴절되며 녹아든 『시르트의 바닷가』와 『석양의 땅』이 있다. 뒤이어 작가의 전쟁 체험이 다시 한번 대규모로, 그리고 사실주의적 어조로 표출된 작품이 있으니 그것이 바로 『숲속의 발코니』이다.

위에 인용한 그라크의 술회는 일단 두 가지를 말한다. 하나는 전쟁 체험의 강렬함이고, 다른 하나는 『숲속의 발코니』라는 책의 성공이다. 위대한 작가들이 노년에 보이는 "메마름"은 그들이 확실한 손으로 정확한 곳에 구멍을 뚫어 스스로의 깊은 물을 끌어올려 정원을 꽃피우고 고갈된 데서(LII320) 연유하는 것인데, 그라크가 스스로에게서 관찰하는 "희미함과 무미건조함", 그리고 "초연함"은 바로 작품의 성공을 증거하는 메마름에 해당하기 때문이다. 이 메마름과 관련하여 우리는 두 가지를 지적할 수 있다. 하나는 『숲속의 발코니』의 '성공'에 대해서는 거의 모두가 이론의 여지없이 동의한다는 사실이다. 실제로 이 소설은 제2차 세계대전에 대한 그라크의 소설적 결산으로 부르기에 부족함이 없는 걸작이다. 다른 하나는 "1940년 전쟁의 기억이 『숲속의 발코니』를 쓴 이후 희미함과 무미건조함에 묻혀버렸다"는 고백에도 불구하고 그라크는 계속해서 전쟁에 대해 생각하고, 비록 장편소설 같은 큰 작업은 아니어도, 글을 썼다는 사실이다. 예컨대 『장식문자』에 실린 「취한 병사들의 밤La nuit des ivrognes」은 1966년, 방금 인용했으며 『장식문자 2』에 포함된 글은 1969년, 숙영 이야기는 1970년에 쓴 것이고, 심지어 1974년에서 1990년 사이에 쓰인 짧은 에세이들을 모아 1992년에 출간한 『여행 수첩』도 전쟁 체험을 회상하는 두 편의 글을 수록하고 있다.[87] 삶 전체를 통틀어 가장 강렬한 순간 가운데 하나인 그 체험을 작가는 부단히 떠올리고 있는 것이다. 하지만 "책이 그리로 지나갔다"는 그라크의 단언에 대해 길게 문제 제기를 할 필요는 없어 보인다. 그는 이후로도 대담 등을 통해 줄곧 책이 가져온 기억의 불모화를 이야기하고 있기 때문이다. 가장 마땅한 접근은 작가의 술회를 있는 그대로 받아들이는 것일 듯싶다. 날카롭고 강박적인 전쟁의 기억은 『숲속의 발코니』의 집필과 더불어 희미하고 무미건조한 것이 되었고, 이후 그에 대한 글쓰기는 초연함에 바탕을 둔 성찰들이라고 해도 큰 무리가 없을 것으로 여겨지기 때문이다. 그것은 어느덧 날카로운 모서리가 마모되어 정신의 손아귀에 무난하게 잡히는 동글동글한 조약돌 같은 것이 되었을 수 있는 것이다.

---

87 베른힐트 보이으가 『장식문자 2』에 붙인 주석(Julien Gracq, *Œuvres complètes*, Tome 1, p.1388).

2.2.1.4. 근원적 체험

위에서 살펴본 것처럼, 그라크의 전투는 1940년 5월 10일에 시작되어 6월 2일에 끝난다. 이 시간 동안 그는 여러 위기의 순간들을 겪는다. 그러나 우리가 보기에 가장 큰 중요성을 갖는 순간, 다시 말해 그라크의 전쟁에서 가장 강렬한 기억으로 각인되며 그의 문학에 깊은 영향을 끼친 순간은 바로 아아강l'Aa 방어선을 지키던 중 소대원들과 함께 적진에 고립되었다가 독일군이 진주한 폴더 지역과 간선도로를 한밤에 돌파하여 프랑스군이 있는 부르부르로 들어가는, 5월 24일에서 이튿날 새벽에 이르는 시간이다. 이 절체절명의 시간은 부단한 기억과 반추를 통해, 그리고 거듭되는 문학적 변주와 글쓰기를 통해 그라크 문학에 핵심적 주제를 제공하며 하나의 근원으로 자리 잡았다. 그것은 전쟁 직후에 쓴 『전쟁 수기』의 두 글에, 그리고 책이 지나가고 기억이 메마른 뒤 쓴 단편 에세이 「취한 병사들의 밤」에 직접적인 흔적을 남겼을뿐더러 『숲속의 발코니』와 『석양의 땅』, 그리고 심지어 『시르트의 바닷가』에까지 간접적이거나 변형된 흔적을 끼쳤다. 이 작품들 가운데 맨 나중에 썼으며 오로지 이 특별한 사건에 초점을 맞추어 서술을 한정하고 있는 「취한 병사들의 밤」은 예외적 체험이 배태한 문학적 주제를 빠른 리듬과 밀도 높은 언어로 담아낸 글이다. 모두 네 권의 책으로 묶인 단편 에세이들 가운데 최고의 걸작 중 하나로 꼽아 무리가 없는 그것을 이 자리에서 온전히 읽어보도록 하자.

취한 병사들의 밤.[88] 내가 간직한 덩케르크의 기억은 불길하다기보다는 훨씬 몽환적이다. 비현실적인 느낌은 때로 극심했다. 네덜란드로부터 돌아온 우리가 그라블린 역에서 하차하자마자 중대장이 불쑥 내게 알렸다. "여단장은 죽었고, 사단장은 포로가 되었다. 연대기를 불태우려고 한다. 이를 병사들에게 알릴 필요는 없다. 이제 우리는 노르 제독의[89] 명령에 따른다." 우리는 아직 총 쏘는 소리를 듣지 못하고 있었다. 나는 신적 존재들의 뜻하지 않은 불행에는 무감했다. 하지만 노르 제독은(우리는 여덟 살 아이들처럼 추론하기 시작했다) 나를 당장 믿기 힘든 흥분에 빠뜨렸다. 그 야릇한 가명 앞에서, 그리고 제독의 교사(敎唆)를 받는 최전방 보병부대 앞에서 완전히 당혹감을 느낀 나는 즉각 (쥘 베른과 『아드라스 선장의 모험』의 기억이 크게 돕는 가운데) 재난의 한가운데 얼굴을 가리고 함교에 나타나 손가락으로 북극 쪽을 가리키며 "내가 노르 제독이다. 나를 따르라."고 외치는 독재자를 상상했다. 극도로 동요케 하는 이 생각은 종일 내 머릿속을

---

88 여행, 독서, 사건, 체험 등을 짧게 기록한 단편 에세이는 사실을 있는 그대로 서술했을 것으로 생각하게 되지만, 「취한 병사들의 밤」의 경우, 일기인 만큼 사실을 더욱 충실하게 기록했을 것으로 여기게 되는 「전쟁의 기억」과 몇몇 요소에서 불일치를 보인다. 「전쟁의 기억」에 따르면 그라크 일행이 기차에서 내린 것은 그라블린 역이 아니라 거기서 멀지 않은 위트이고, 사단장과 여단장의 불행한 소식을 듣는 것은 이튿날인 5월 24일이며, 연대기를 불태우고 노르 제독 이야기를 듣는 것은 5월 28일이다. 기억의 착오일까? 그럴 수도 있다. 그라크는 자주 기억에 의지하여 문학작품을 인용하고, 이때 인용은 완전히 정확하지 않은 경우가 있는데, 그라크는 나중에 그것을 굳이 바로잡으려 하지 않았다. 이 글의 경우도 날짜의 착오를 굳이 수정하지 않았을 가능성이 있다. 어쨌거나 극적인 전황을 간단히 압축하려는 글쓰기의 문학적 요청은 분명해 보인다.

89 '노르Nord'는 프랑스어로 '북쪽'을 뜻한다.

맴돌며 나를 일종의 환희에 빠뜨렸다. 나는 정말로 그것을 믿었고, 그것은 나를 각별히 위로했다. 그것이 필요하기도 했다. 오후에 아아강가에서 오랫동안 산발적인 총소리가 있은 뒤 12킬로미터의 전선을 방어하던 대대가 내게 미처 알리지 못한 채 급히 퇴각한 탓에 나는 해질 무렵 내 소대 — 20여 명 — 와 함께 크지 않은 운하 옆 작은 숲에 고립되고 말았다. 여름 저녁은 몹시 더웠다. 여기저기 들리는 간헐적인 총소리는 사냥이 끝날 때처럼 거의 평화로운 것이었다. 간간이 외치는 독일 병사의 목소리가 숲 가장자리를 따라 미끄러졌다. "랑데부우!" 아무런 흥분도 없이, 차라리 산책하는 사람들에게 곧 문이 닫힐 예정임을 알리며 지나가는 광장 경비원처럼. 아아강 건너편에서는 마치 소풍객들이 피크닉을 마치고 집으로 돌아가듯 차량의 문이 소리 내며 닫혔다. 유쾌하고 힘찬 독일인의 목소리가 외치기도 했다. "앙 부아투르!" 포로들을 차에 태우는 게 분명했다. 우리는 숲의 우묵한 곳, 썩은 나뭇잎으로 뒤덮인 검은 연못가 작은 둔덕 뒤에 모여 있었다. 고백하건대 사기는 바닥이었다. 난생처음 장례식 이외의 장소에서 남자들이 오열을 터뜨리는 소리를 들었다. 정말이지 만사가 끝난 것 같았다. 병사들의 수를 세던 나는 두 명이 부족함을 알아차렸다. 그 두 명은 밤이 완전히 칠흑같이 되었을 때 고주망태가 되어 나타났다. 조금 특별한 휴지(休止)를 이용하여 숲에 인접한 집을 방문하고 지하실을 둘러본 것이다. 취한 병사들을 보자 소대는 갑자기 전기를 띠며 극도의 낙관주의에 빠져들었다. 나는 이를 당장 활용하여 돌파를 시도하기로 했다. 나는 첨병을 맡아줄 두 명의 자원자를 요구했다. 두 취한이 배짱좋게 나섰다. 크게 잃을 것도 없으니 속담을 믿어보는 것도 나쁘지 않을 터였다. 미친 듯 흥분한 소대는 나뭇가지 부러지는 소리가 무섭도록 요란하게 울려 퍼지는 가운데 대충 어림짐작으로 방향을 잡아 일렬종대로 숲을 나섰다.

플랑드르 폴더 지대의 거대한 헐벗은 평원에서는 그 시각 약간 바다 위를 걷는 것 같았다. 숲에서 나오자 우리 둘레의 고장은 전쟁터보다는 오히려 성 요한 축일 밤과[90] 흡사했다. 넓은 곳 여기저기서 농가와 노적가리들이 환하게 불탔고, 불 주위로 오르는 독일 병사들의 합창 소리가 멀리까지 들려왔다. 이따금 불티 다발이 날면 즐거운 외침이 폭발하듯 터져 나왔다. 사실상 쾌활하다고나 할까. 그것은 거대한 축제의 밤이었다. 경쾌함이 들판 도처에 자리 잡고 있었다. 기이한 사실은 이 경쾌함이 우리까지 사로잡았다는 점이다. 우리는 더 이상 아무 근심도 없었다. 두 첨병의 엉뚱한 실루엣이 아직도 눈에 선하다. 그들은 술 취한 사람의 불확실하되 공격적인 위엄을 갖고 헐벗은 들판을 경직된 자세로 나아가며 수로를 만나면 땅 위로 공처럼 굴렀다가 다시 일어서곤 했는데, 때때로 술 노래 후렴구를 목이 터져라 부르거나 독일군을 향해 외설적인 도발을 던져댔지만 도무지 막을 방법이 없었다. 누를 수 없는 웃음보가 터지며 얼근히 취한 대열을 흔들어 댔다. 나는 이 명랑한 궤적이 어둠 속을 더듬듯 나아가는 우리에게 통행증이 되어줄 것이라고 추후에 생각하는 것밖에 다른 도리가 없었다. 우리는 검은 들판 한가운데를 어림잡아 항해하듯 나아가며 불에서 최대한 멀리 떨어져 지나가려고 했다. 내 둘레의 세상은 전에 없이 닻을 들어 올린 것만 같았다. 우리는 5월 10일부터 라디오도 신문도 지도도 최소한의 정보도 갖고 있지 못했

---

90 6월 24일로 세례요한을 기리며 불놀이를 한다.

다. 독일군은 남쪽으로부터 도착하고 있으므로 파리에서 오는 게 틀림없었다. 어쩌면 전쟁은 오해로 계속되고 있거나 곧 끝날지도 모르는 일이었다. 저들이 저렇듯 신나게 노래하는 것으로 봐서는 어쩌면 벌써 끝났을지도 모른다. 이 모든 것이 머릿속에서 엄청나게 뒤섞였다. 나는 계속해서 노르 제독을 신뢰했다, 마치 쇄빙선 뒤를 따라가듯 나는 그의 뒤를 좇아 한 걸음 한 걸음 기묘함의 세계로 들어가는 것만 같았다.

우리는 어두워진 마을에 도착했다. 낮에 대대본부가 머물렀던 마을이었다. 모든 게 잠들어 있었다. 이날 저녁의 이상한 점 가운데 하나는 마을에 독일군이 있었다는 사실이다. 이튿날 아침 우리가 그들을 좇아냈기 때문이다. 사령부 — 마을의 작은 카페 — 는 문이 닫힌 채 잠겨 있었다. 우리는 소총 개머리판으로 문을 몇 번 쳤다. 그러자 갑자기 문이 열리고 완전히 벌거벗은 남자 하나가 밖으로 나와서는 총살당하는 사람의 연극적인 자세로 아무 말 없이 문틀에 등을 기댔다. 그는 우리 요리사 가운데 한 명이었다. 그곳에 낙오된 그는 두려움으로 파랗게 질려 있었는데, 하필 옷을 갈아입던 중인 것 같았다. 우리는 더 캐묻지 않았다. 목이 말랐기 때문이다. 풍요로운 음료들이 손전등 불빛 아래 마치 포도주 저장고처럼 빛났다. 덧문을 닫고, 보호받는 포근한 어둠 속에 있으니 기분이 좋았다. 나는 난생처음으로 적포도주 반 리터를 단숨에 들이켰다. 마음의 동요가 없지 않은 하루였다. 하긴 모두가 포도주가 이제 우리의 행운임을 느끼기 시작하고 있었다. 상황들이란 게 있는 법……
요리사를 꽁무니에 매달고 우리는 개머리판으로 집들의 문을 두들기기 시작했다. 죄다 비어 있는 것 같았다. 우리는 먼저 귀를 기울인 뒤 골목 모퉁이를 돌았다. 마을은 완전히 버려진 듯 보였다. 마침내 어느 이 층 검은 창문으로부터 손수건에 눌린 것 같은 마비된 목소리가 새어 나와 우리를 부르부르 쪽으로 안내했다. 한데 손수건 뒤에 숨어 있던 이는 우리가 독일군인 줄 알았던 애국적 권모가였다.

이어서 거의 밤새도록 나무 궁륭 아래를 걸은 집요한 기억을 나는 갖고 있다. 하지만 그 길을 따라 나무들이 자란 적은 결코 없다. 우리는 농가마다 멈췄다. 문에 자동소총을 겨눈 뒤 벽에 붙어 서서 손가락으로 덧문을 두드렸다. 그것은 정말이지 거의 흥분하게 만드는 것이었다. 어떤 악마가 상자로부터 튀어나올지 짐작하기란 불가능했다. 그랑드 콩파니[91]…… 아무도 잠자지 않았다. 도처에서 흰 뺨들이 밤의 공동 속에서 유리창에 들러붙어 있었다. 들판의 침묵은 절대적인 것이 되었다. 대지는 이제 텅 빈 것 같았다. 취한들은 입을 다물고, 불은 숯으로 변하고 있었다. 각자 자신의 자질구레한 일들에 대해 조용히 이야기하기 시작했다. 모르는 곳, 모르는 것 한가운데에서 ― 평온하게, 끄떡없이. 우리의 초연함, 우리의 근심 없음은 마치 바다 위를 걷는 데 익숙해지기라도 한 듯 최고조에 달했다. 그보다 더 **정신이 없을** 수는 없을 터였다. 그 **여름 장미는 푸른색이고 숲은 유리라네** ……[92] 노르 제독…… 우리는 나아갔다. 우리는 꼭, 길 위를 홀로

---

91 12~14세기 프랑스 지역의 용병 패거리들로, 전쟁이 끝나서 고용계약이 없을 때 곳곳에서 약탈을 일삼고 돈을 뜯으며 패악을 부렸다.

92 앙드레 브르통의 『초현실주의 선언문』(1924)에 나오는 구절이다.

경쾌하게 내달리며 심지어 방향까지 바꾸는, 전복된 자동차 바퀴와도 같았다. 그것은 나의 가장 길고 가장 비현실적인 밤이었다. 새벽 네 시경 우리 앞 길 위로 발자국 소리들이 울렸고 목소리 하나가 외쳤다. "누구냐?" 나는 우리가 **살았음**을 도무지 확신할 수가 없었다.(LI196-199)

2.2.1.4.1. 몽환적 기억

전쟁은 역사에서 가장 두드러지는 지표 가운데 하나를 구성한다. 그것은 일반적으로 해당 시기의 특수한 정치적, 경제적, 사회적 여건에 기인한다. 요컨대 전쟁을 통해서밖에는 출구를 찾지 못하는 국제적 상황에서 전쟁은 비롯된다. 전쟁은 또한 이후의 역사적 지평에 큰 영향을 끼친다. 전쟁이 발생한 지역에서 국제적 환경에 중대한 변화가 생겨나는 것은 불가피한 일이다. 전쟁은 이렇게 역사에 깊은 골을 남긴다. 역사는 사실에 의해 이루어지고, 검증 가능성을 핵심적 특징으로 지니며, 바로 이런 점에 의해 신화나 전설과 구별된다. 전쟁은 역사의 가장 뚜렷한 요소이고, 따라서 그것은 그 어떤 인간의 행위나 경험보다 더 현실적이어야 한다. 한데 그라크가 "간직한 덩케르크의 기억은 불길하다기보다는 훨씬 몽환적이다."

그라크가 겪은 전쟁의 비현실성은 우선 극심한 피로와 불면, 그리고 낮고 드넓은 까닭에 어둠 속에서 바다와 혼동되는 폴더 지역을 지친 군대가 나아가는데 도무지 사람이라고는 보이지 않는 독특한 풍경에서 온다. 그의 작품 도처에서 맞닥뜨리는 은유적 표현 "바다 위를 걷다"의 기원이 된 그 체험에 대해 그라크는 이렇게 증언한다. "피로, 불면은 우리가 들어가는 미지의 고장이 비현실적인 게 되게 했다. 우리가 가는 길에는 마을도 집도 없고 오로지 보이지 않는 물의 축축한 맛과 시간의 저편에서 떠오르는 것 같은 침묵뿐이었다."(GC1016)

「취한 병사들의 밤」은 평온한 일상을 벗어나 극도의 위기와 긴장에 사로잡힌 세계의 낯섦과 비현실성을 보여주며, 이런 분위기 속에서 마치 중세의 기사가 "황량한 땅Terre gaste"(R237)을 지나가듯, 또는 미국의 카우보이가 "서부Far West"(SG87)로 나서듯, 예기치 못한 다름으로 나타나는 세계, 텍스트가 "기묘함의 세계"라고 부르는 공간 속을 나아가는 모험을 그리고 있다. 사실 그라크의 말에서 "몽환적"이라는 수식어는 현실 자체의 양상이 아니라 그 현실에 대한 주체의 인식, 그리고 그 인식으로부터 발전한 일종의 감각의 착란("그 시각 약간 바다 위를 걷는 것 같았다", "우리의 초연함, 우리의 근심 없음은 마치 바다 위를 걷는 데 익숙해지기라도 한 듯 최고조에 달했다")에 관련된다. 하지만 주체에게 그 같은 "몽환적" 나타남이 하나의 현실로서 체감되고 경험되는 것은 엄연한 사실이다. 「취한 병사들의 밤」을 시작하는 그라크의 진술은 역사의 한순간에 주체가 겪은 주관적 현실을 아이러니컬하게 진단하고 있거니와, 이때 아이러니는 대단히 의미심장한 아이러니이다. 그것은 인간의 몫이 침투된 현실에 관련되는 까닭이다. 이 독특한 체험은 그라크를 매료한다. "'불세례'의 순간에 우리를 전쟁의 길 바깥으로 던진 그 몽환적 탈선, 역사가 그것의 무의미한 꿈에 불과했던, 수선화 들판을 지나가는 그 길 잃은 걸음은 베르길리우스의 여행처럼 머릿

속에 남아 오랫동안 나를 취하게 했다."(GC1017)

전쟁은 이성적 사고와 계산, 그리고 최첨단 과학기술의 성과가 망라된 자리가 아니라 "기묘함의 세계"로 나타나고, 졸지에 쥘 베른적 인물로 탈바꿈한, 그라크에게는 이름으로만 존재하는 "노르 제독"은 몽환적 세계로의 이행을 촉발하고 주관하는 중개자 역할을 수행한다. 사실 그라크는 전장으로부터 상상의 세계를 향해 탈주하길 멈추지 않는다. "총탄이 오가는 전선에서 문학은 좀처럼 나를 놓아주려 하지 않는다. 그것은 내가 생각했던 것과 반대이다."(SG73) 인간은 본질적으로 꿈꾸고 상상하는 존재라는 사실을 잘 보여주는 대목이다. 세상이, 현실이 아무리 숨 가쁘고 참혹하고 각박해도 인간은 결코 그 안에 갇혀 자신에게 주어지는 상황을 무기력하게 받아들이며 체념하기보다 불가능 속에서 가능성을 찾길 그치지 않고, 바로 여기에 문학이 인간에게 가질 수 있는 가장 중요한 의미 가운데 하나가 있다고 할 것이다. 그라크는 생사가 오가는 전쟁터에서 자신을 떠날 줄 모르는 문학을 생각하며 말한다. "최악의 시간들이 있고 조금 지나면 나는 기계적인 작은 후렴구처럼 되뇌는 나를 발견할 것이다. '말도로르의 등이여, 너는 그의 발자국을 어디로 인도하는가?'"(SG73) 현실이 "몽환"으로 나타나건 "기묘함의 세계"로 나타나건, 아니면 문학을 통해 그것으로부터 부단한 탈주와 귀환을 계속하건, 인간은 현실이 아무리 압도적이라고 해도 그것에 결코 함몰되지 않고 그것을 벗어나 스스로의 세계를 구축하고 펼칠 자리를 찾는다.

2.2.1.4.2. 라셰투와 틈

「취한 병사들의 밤」은 그라크에게 "삶에서 가장 크게 도취시킨 자극 가운데 하나"(SG89)를 제공한 모험이다. 그것은 그라크의 작품 속에서 대단히 중요한 역할을 수행하는 두 주제를 부각시킨다.

하나는 전쟁이라는 예외적 현실 속에서 평소 인간의 삶을 지배하는 타산과 내일에의 염려가 이제 더 이상 유효하지도, 심지어 가능하지도 않은 데서 가능해지는 "라셰투"[93], 곧 모든 것을 내려놓고 버리는 태도와 그에 수반되는 심리 상태, 즉 근심 없음, 쾌활함, 경쾌함, 초연함이다. 초현실주의의 수장 앙드레 브르통에게서 오는 이 주제는 사실 전쟁의 상황에 국한되지 않고 삶 일반에 관련되는 하나의 명령이다. 삶이 부과하는 온갖 속박으로부터의 벗어남을 가리키는 이 라셰투를 채택할 때 현재는 미래를 준비하는 예속된 자리이길 그치고 이제 그 자체로서 절대적 중요성을 갖고 삶을 독차지한다. 그야말로 "시간, 분이 모든 것을 흡수하고 내일은 한없이 멀다"(R230). 더 이상 생각하지 않고, 다시 말해 내일을 위해 근심하지 않고 아무 걱정 없이 초연하게, 가볍게 산다(SG73). 한마디로 "그토록 가볍게, 피부로 느끼며 산다."(R188) 존재가 어찌나 가벼운지 마치 바다 위를 걷는 듯한[94] 나와 더불어 세

---

93 '모든 것을 놓아라Lâchez tout'를 뜻하는 이 유명한 표현은 앙드레 브르통의 『잃어버린 발걸음』(1924)에 실린 짧은 글의 제목인데, 그라크는 작품 도처에서 마치 하나의 명사처럼 그것을 사용한다. '라셰투'는 물론 삶이 부과하는 온갖 속박으로부터의 벗어남을 가리킨다. 그라크가 즐겨 사용하는 비슷한 표현으로 "닻을 들어 올리다"와 "닻줄을 풀다"가 있다.

94 '바다 위를 걷는다'는 표현은 전쟁을 주제로 한 그라크의 작품에 자주 나오는 표현인바, 「취한 병사들의 밤」에만도 두 차례나 동원되었다.

상마저 "무중력"(R192) 상태가 되는 듯 여겨질 정도이다. 이런 자세는 때로 충일한 생명력의 표출로 나타나거니와, 바야흐로 인간은 "자기 둘레의 한껏 호흡하는 대지, 자유로운 밤, 탁 트인 가슴, 열린 눈, 뛰는 심장과 함께 살아 있음을 느낀다"(R230). 모든 속박과 미련으로부터의 벗어남과 현재 순간으로의 집중은 "안락, 자유로운 호흡, 한번도 느껴보지 못한 각성의 감정"(R232)으로 이어진다. 이런 국면에서 주체는 전에 없이 "젊고 텅 비었고 가볍고 근심이 없다."(SG89) 전쟁의 땅이 갖는 몽환적 효과는 많은 경우 이 라셰투와 관련된다고 말할 수 있는 것이, 자아를 현실에 매어놓는 닻줄이 풀렸기 때문에 세상은 "무중력"의 몽환적 양상을 띠는 까닭이다. 전쟁의 땅이 몽환적으로 나타나는 것은 또한 자연 풍경의 아름다움과 그에 대한 각별한 인식에도 힘입은 바 크다고 말할 수 있다.[95] 그라크는 네덜란드 플랑드르 지역을 전쟁 때 처음 접한 이래 그것을 부단히 회상하며 글을 쓰고 기회가 닿을 때면 다시 찾곤 했는데, 드넓은 폴더 한가운데에서 모든 것을 떠나고 잊은 시적 자아가 자연과 물아일체가 되어 지복의 감정을 체험하는 국면을 그린 산문시 「네덜란드 플랑드르의 낮잠」(1951)은 많은 이들에 의해 그라크 문학의 최고봉을 표현한 작품으로 간주된다. 이 시는 라셰투가 가져다주는 존재의 해방과 지복의 상태를 그리고 있는 바, 그 근원에는 전쟁의 경험과 함께, 전쟁이 계기가 되어 발견했고 그라크의 개인적 감수성에 특히 강렬하게 작용한 아름다운 자

---

95 물론 전쟁의 몽환적 양상이 항상 긍정적인 것은 아니다. 그것은 "음산한" 분위기를 띠기도 하는데(LII56, SG112), 이때 몽환적 양상이 부정적인 것임은 말할 필요가 없는 것이다.

연 풍경이 있는 것이다. 삶과 세상은 이렇듯 혹독하고 어지러운 위기의 상황에서도 다양한 경험과 "대지의 얼굴"을 인간에게 제공한다. 그것들은 항상 행복하거나 아름다울 수는 없을 것이다. 하지만 그럼에도 불구하고 삶을 보다 자유롭고 풍요롭게 만드는 긍정적 요소들을 찾아내는 것은 어디까지나 인간의 몫이리라.

다른 주제는 거대한 파도처럼, 물결처럼 인간과 세상을 압도하며 다가오는 전쟁, 대부분의 경우 극도로 두렵고 고단하고 난감하고 음울하고 고약한 현실로, 아니면 부조리하고 지리멸렬하며 한마디로 어디로 가는지 알 수 없는 형국으로 다가오는 전쟁이 전혀 뜻하지 않게 드러내는 틈 또는 여백, 그리고 이 좁고 잠정적인 공간에서 열리는 가능성이다. 이 틈은 전쟁의 파도가 왜소한 개인을 멀찌감치 건너뛰거나 그가 있는 지점을 비껴 지나가면서 생겨난다. 전자를 잘 보여주는 예로서 「전쟁의 기억」이 보여주는바, 그라크 소대 뒤편의 중대본부를 먼저 타격한 독일군이 저항하는 그라크 소대는 아예 존재하지도 않는 양 무시하고 앞을 향해 나아가면서 생겨나는 불안한 소강 상태가 있고, 후자의 경우는 『숲속의 발코니』에서 관찰할 수 있는 것처럼, 맞서 싸우는 두 군대의 거대한 움직임의 갈피에서 잠정적으로 잊힌 그랑주 소위와 그의 토치카가 야릇한 고요를 누리는 상황이 있다. 후자의 또 다른 예가 『석양의 땅』에서 공격받는 아르마그 성을 지원하기 위해 도시를 나갔다가 적이 대열의 뒷부분을 공격하는 바람에 가까스로 죽음을 면하고 불구덩이가 된 전쟁터 한가운데를 움직이는 주인공 일행의 위험천만한 노정이다. 이 밖에도 생사가 갈리는 위태로운 상황, 예컨대 이제 막 전투가 시작되려는 긴박한 상황임에도 아아강변의 한 선술집 카운터 앞에서 두 병사가 태평하게 페르노 술을 마시는 장면(SG74, R195)이라든가 전투 한중간에 운 좋게 갖게 된 가정의 포근함이 느껴지는 "따뜻하고 즐거운 저녁 식사"(SG131)[96]나 아름답고 "목가적인"(SG104) 저녁처럼, 뜻하지 않게 향유하는 다양한 형태의 여유와 즐거움에서부터, 『숲속의 발코니』에서 눈이 내려 외부 세계로부터 고립된 마을이 보여주듯이, 비록 잠정적이고 지리멸렬하긴 하지만 새로운 사회 및 질서의 탄생에 이르기까지 그 규모와 중요성에서 다양한 양상을 띤다.

틈은 전투 이전과 이후로 구별될 수 있다. 제2차 세계대전의 경우 1939년 9월 1일의 선전포고에서 1940년 5월 10일의 전투 개시까지 흔히 '기묘한 전쟁'이라 불리는, 공식적으로 전쟁은 시작되었으되 전투는 없는 이상한 시기에 여기저기 생겨나는 틈, 『숲속의 발코니』가 작품의 3분의 2에 가까운 부분을 할애하여 깊이 있게 담아내는 틈이 있다. 다른 틈은 전쟁의 와중에 위치한다. 일찍이 스탕달이 워털루 전투에 자발적으로 뛰어든 어린 파브리스 델 동고의 시선과 움직임을 통해 잘 보여주었듯이, 근대 이후 전쟁이라는 거대한 기계에서 인간은 거의 잉여에 가까운 미미한 존재이다. 무기력한 개인에 불과한 인간은 그를 멀찌감치 넘어서는 전쟁

---

96 저녁 식탁에 둘러앉은 군인들이 따뜻한 분위기 속에서 음식과 포도주를 나누는 장면은 그라크의 마지막 숙영지인 우아밀에 뿌리를 두거니와, 그라크는 그것에 상당한 애착을 지녔던 것으로 보인다. 군인들이 등장하는 모든 소설, 곧 『시르트의 바닷가』와 『숲속의 발코니』, 그리고 『석양의 땅』에서 운치 있는 식사 장면을 읽을 수 있기 때문이다.

에 추월당하며 전쟁 한가운데 있되 물결이 그를 마치 국외자인 양 무시하듯 건너뛴 까닭에 한낱 이방인으로 남아 아무것도 제대로 파악하지 못한다. "다시 한 번 우회되고 단절된"(SG143) 그라크 중위가 그러하듯 미처 갈피를 잡지 못하고 이리저리 추론과 억측을 해대는 것밖에 다른 선택이 없다. 또는 "나는 멀리서 워털루에 참여한다고 생각했지만 그게 아니었다"고 그라크 중위가 뒤늦게 사태를 파악하는 대목에서 확인할 수 있는 것처럼, 워털루 전장에서 허둥대는 것도 아니고 아예 그 바깥에서 맴돌고 있으며, 워털루라고 믿었던 것마저도 사실은 프랑스 포병대가 바다를 통해 퇴각하기 전 남은 포탄을 죄다 독일군을 향해 쏟아버린 것에 불과한 것이있으니(SG74), 그야말로 워털루 바깥도 아니고 서의 아무것도 아닌 것의 바깥을 스쳐지나가고 있을 뿐이다. 참으로 지리멸렬하다 못해 거의 무의미한 인간의 모습이 아닐 수 없다. 하지만 이렇듯 왜소한 현실 속에서도 다가오는 거대한 흐름에 맞서 "파도를 관통할, 우리를 향해 다가오는 벽에서 틈을 찾아낼 희망"(SG114), 혹은 어떤 여백을 찾아낼 가능성을 버릴 수는 없는 노릇이다. 사실 어떤 상황이든, 시간과 공간의 폭과 넓이에 차이가 있을 뿐, 살아 있는 한 인간에게는 틈이, 가능성이 주어져 있는 셈이다. 게다가 도무지 출구가 보이지 않는 상황에서도 마치 홍해가 열리듯[97] 개인

---

97 구약성서에 나오는 '홍해'는 그라크의 문학에서 중요한 역할을 수행하는 은유로서 예기치 않게 열리는 기적적인 가능성을 가리킨다. 우리는 『시르트의 바닷가』에서 "나는 그 위험천만한 이행에 구체적인 기적을 부여하고, 나아가 바다의 크레바스를, 경보를, 홍해 건너기를 상상할 준비가 되어 있다."(RS577), 「전쟁의 기억」에서 "나는 확신 없이 기다렸다. 나는 전쟁의 갑

앞으로 뜻하지 않게 전투의 여백이 또는 전장의 틈이 열릴 수 있고, 그라크의 소설은 특히 이 부분을 주목한다. 중요한 것은 언제나 좁고 위태로울 수밖에 없을지언정 틈과 여백은 삶의 가능성을 지시한다는 점이다.

「취한 병사들의 밤」이 담아내는 라셰투와 틈의 주제는 그라크의 전쟁 문학 전반이 조명하는 가장 중요한 두 주제라고 말할 수 있다. 그것은 습관적이고 타산적인 일상을 벗어난 인간이 긴장과 위험 가운데 스스로와 대면하면서 비로소 회복하는 강렬하고 진정한 삶의 국면에, 위기와 죽음 앞에서 위태롭게 열리는 좁지만 경이로운 자리에서 인간이 선물처럼 갖는 삶의 가능성에 화두를 제공한다. 두 주제는 사실 전쟁의 공간에 국한되지 않는다. 전쟁을 배경으로 하지 않은 작품들에서 쉽게 확인할 수 있는 것처럼, 그것은 그라크의 문학에서 한결같이 작용하는 지표들에 속한다. 자유롭고 진정한 삶, 그리고 죽음과 몰락을 앞에 두고 있을지언정 살아 있는 한 결코 포기할 수 없는 삶의 가능성은 그라크의 작품을 동맥처럼, 실핏줄처럼 관통한다.

2.2.1.4.3. 쇠퇴와 몰락

전쟁 문학과 관련하여 라셰투와 틈의 주제 이외에 또 다른 중요한 주제가 있으니 그것은 바로 쇠퇴와 몰락의 주제이다. 이 주제는 『시르트의 바닷가』와 『석양의 땅』을 우선 떠올린다. 그것은 또

작스런 은총을, 홍해의 파도에 문득 열리는 있을 법하지 않은 균열을 충분히 믿지 않았다."(SG85) 같은 문장을 읽을 수 있다.

한 그라크를 매혹했던 "역사의 시인" 오스발트 슈펭글러의 『서양의 몰락』을 소환한다.[98] 슈펭글러는 그의 책에서 모든 생명체가 그러하듯 탄생과 죽음, 젊음과 늙음의 주기를 그리며 몰락을 향해 가는 비연속적 문명과 역사의 전망을 제시하고 있거니와,[99] 그것은 파국을 향해 나아가는 역사의 비탈 위에서 펼쳐지는 그라크의 소설들, 『시르트의 바닷가』와 『석양의 땅』, 그리고 『숲속의 발코니』가 보여주는 풍경과 부합하는 것이다. 또한 슈펭글러가 이야기하는 로마 제국의 데카당스와 게르만족의 대이동은 『시르트의 바닷가』와 『석양의 땅』에서 변형된 형태로 이야기의 구도를 형성하고 있으니, 오랜 문명 세계를 위협하는 야만의 힘은 『시르트의 바닷가』에서는 바다를 사이에 두고 오르세나를 마주 보고 있고, 『석양

---

98 20세기 초 슈펭글러는 프랑스에서 별로 알려지지도 않았을뿐더러 "넘치는 상상력과 시 때문에" 역사가들이 높이 평가하지 않았지만 같은 이유로 일찍이 그라크를 매혹했다.(«Entretien avec Jean-Paul Dekiss», in *Entretiens*, pp. 219-220)

99 Oswald Spengler, *Le déclin de l'Occident*, Tome 1, Paris, Gallimard, coll. «Bibliothèque des idées», 1976, p. 15. 그는 문화와 문명을 구별하며 이렇게 말한다. "서양의 몰락은 곧 문명의 문제를 의미한다. 우리는 여기서 모든 상위 역사의 근본적 문제 가운데 하나와 마주한다. 한 문화의 유기적이고 논리적인 결과로서, 그것의 완결이자 끝으로서 간주된 문명이란 무엇인가? 각 문화는 자기 고유의 문명을 갖는다. 오늘날까지 윤리적 차원의 막연한 구분을 지칭하던 이 두 단어가 처음으로 주기적인 의미로 파악되어 엄격하고도 필연적인 유기적 잇달음을 표현하게 되었다. 문명은 문화의 피할 수 없는 운명이다. 바로 여기서 정상에 이른다. […] 문명은 상위 인류가 도달할 수 있는 가장 외부적이고 가장 인위적인 상태이다. 그것은 하나의 끝이거니와, 귀결로서 생성을, 죽음으로서 삶을, 결정(結晶)으로서 진화를, 정신적 늙음과 고착되고 고착화하는 세계 도시로서, 도리아 양식과 고딕 양식에서 확인되는 영혼의 풍경과 유년을 잇는다. 그것은 돌이킬 수 없는, 하지만 언제나 매우 깊은 필연성과 더불어 도달하는 종말이다."(p. 43)

의 땅』에서는 아예 문명의 도시를 에워싼 채 성벽을 공격하고 있
다. "슈펭글러에 대해 어떻게 생각하는지요? 그는 당신에게 영향
을 미쳤습니까?"라는 베른힐트 보이으의 질문에 대해 그라크는
다음과 같이 대답한다.

> 저는 『서양의 몰락』을 1946년 혹은 1947년경에, 아마도 『시르
> 트의 바닷가』를 쓰던 무렵에 읽었을 것입니다. 저는 대학에서 역
> 사를 배웠고, 그런 까닭에 슈펭글러의 몇몇 관점은 벌써 친숙한
> 것이었습니다. […] 저는, 열정적이었던 슈펭글러의 독서가(저는
> 슈펭글러를 철학자로서보다는 역사의 시인으로 간주합니다) 저의 입
> 장을 가능하게 해주고 또 어느 정도 정당화시켜주었다고 생각하
> 는데, 그것은 오래전부터 다른 시기에 비해 제게 더욱 많은 것을
> **말하는** 역사의 몇몇 시기에 주안점을 두는 입장이었습니다. 그
> 것은 쇠락의 시기들입니다. 즉 하나의 문명이 잠들고 홀로 멸망
> 하는 — 외부의 충격이 필요하지 않은 채 — 시기로서, 우리는
> **늙음**을 이야기할 수 있을 것입니다. […] 사실 모든 역사적 시기
> 가운데 제게 가장 큰 흥미를 끄는 것은 로마 제국 말기인데, 그
> 것은 황혼인 동시에 여명인 까닭입니다.[100]

그라크의 대답은 우리에게 두 가지를 확인시켜준다. 하나는 슈
펭글러의 『서양의 몰락』의 독서가 실제로 『시르트의 바닷가』에 영
향을 미쳤다는 점이고, 다른 하나는 그라크가 역사에서 쇠퇴의 시

---

100 «Réponses aux questions posées par B. Boie», in B. Boie, *Hauptmotive im
    Werke Julien Gracqs*, Munich, W. Fink, 1966, p.197.

기, 그 가운데에서도 특히 로마 제국의 쇠퇴에 관심을 갖고 있으며 이 로마 제국의 쇠퇴는 『시르트의 바닷가』의 역사적 모델로 작용했다는 점이다.

『시르트의 바닷가』가 "영원한 도시" 로마의 역사를 염두에 두고 있다고 해서, 그것이 일종의 초시간적 역사를 그 자체로서 다루는 것은 아니다. 소설은 특정 지역이나 시대를 벗어난 자리에서 전개되지만, 그럼에도 불구하고 그렇게 서술된 이야기는 작가가 직접 겪고 체험한 역사, 곧 제2차 세계대전, 더 정확히 말하면 이 전쟁이 준비되던 시기의 역사를 성찰한다. 이와 관련하여 그라크는 『시르트의 바닷가』를 통해 "역사의 정수"를 증류하고자 했다고 (LE707) 고백하면서 말한다. "1929년에서 1939년까지 사실상 한 순간도 쉬지 않고 그렇게 한 것처럼 역사가 태엽을 감을 때, 그것은 바닷가에서 차오르는 밀물이 귀에 전하는 것과 동일한 전조(前兆)의 공격성을 내면의 청각에 대해 갖는다. 나는 밤에 시옹에 있을 때면 침대로부터, 모든 시간의 개념이 부재하는 중에, 특이한 경보의 웅성거림을 잘 포착하는데, 그것은 막 자리 잡는 열이 야기하는 가벼운 귀울림과도 흡사하다. […] 바다로 미끄러지는 용골의 맨 처음 떨림만큼이나 시작에서는 감지하기가 어렵고 인상적인 역사의 재출발, 이것이 바로 내가 책을 계획하던 당시 내 정신을 사로잡고 있던 것이다. 나는 그것이, 포착되지 않는 오랜 마비 상태를 통해 준비된 까닭에 어조를 높일 필요가 전혀 없는 폭풍우의 먼 첫 번째 으르렁거림이 보여주는 게으른 위엄을 갖길 바랐다."(LE708) 오랜 마비 상태를 뒤로 하고 "발열"과 도발을 통해 "게

으르게" 고조되며 전쟁을 향해 나아가는 『시르트의 바닷가』의 이야기가 초시간적 맥락에 위치한 몰락하는 문명이 아니라 사실은 노쇠한 서양 문명이 파국을 향해 나아가던 1930년대 프랑스와 유럽에 기원을 두고 있는 것이다. 그라크의 말은 『숲속의 발코니』를 쇠퇴와 몰락의 주제로 데려간다. 이 소설은 문명의 몰락이라는 시각에서 접근된 제2차 세계대전을 정면에서 성찰하고 있는 작품이기 때문이다.

그라크의 전쟁 문학은 이렇듯 라셰투와 틈, 그리고 여기에 더해 쇠퇴와 몰락의 주제를 중심으로 펼쳐지거니와, 이 세 주제는 서로 뚜렷이 구분되기보다 서로 겹쳐진다. 이 부분에서 다시 한 번 슈펭글러를 언급할 필요가 있다. "역사의 시인"은 무엇보다 문명의 쇠퇴와 몰락을 이야기한 것으로 유명하지만, 염세주의에 빠지기보다 몰락의 가파른 비탈에서 마지막 순간까지 지혜와 에너지를 다하여 삶을 꽃피우는 태도를 강조하기 때문이다. 그에 따르면 세상과 문명도 탄생과 노화 그리고 죽음의 과정을 거치는 게 필연인데, 위기의 순간에조차 삶이 허용하는 한 마지막까지 눈앞의 가능성을 추구하길 포기하지 말아야 한다는 것이다. 그는 영국의 실업가이자 정치가로서 19세기 말 아프리카 식민지 개발에 투신했으며 "확장이 전부이다"라는 말로써 저무는 서양 문명 말기의 윤리를 실행했던 세실 로즈(Cecil Rhodes, 1853~1902)에 대해 말하면서 "사는 것은 곧 가능성을 실현하는 것이다"라는 점을 강조한다.[101]

---

101 Oswald Spengler, *Le déclin de l'Occident*, p.49.

그는 몰락하는 문명 앞의 인간이 역사에 대해, 삶에 대해 가져야
할 태도를 다음과 같이 정리한다.

　　이 최후의 아무것도 바꿀 수 없다는 것, 이것 아니면 아무것도
바라지 말아야 한다는 것, 이 운명을 사랑하지 않고서는 미래와
삶에 대해 절망해야만 한다는 것을 이해하지 못하는 이라면 누
구라도, 이 강력한 지성의 활동, 이 에너지와 이 강철같이 견고
한 성질의 규율, 이 가장 까다롭고 가장 추상적인 방법을 통한
싸움이 담고 있는 장엄한 것을 느끼지 못하는 이라면 누구라도,
지나간 시절의 살아 있는 양식을 찾는 촌뜨기의 이상주의에 빠
져드는 이라면 누구라도, 역사를 이해하고 다시 살고 창조하길
포기해야만 한다.[102]

"내일 세상이 멸망해도 오늘 나는 사과나무를 심겠다"는 스피
노자의 유명한 말을 주어진 역사적 상황에 대입하여 되풀이하고
있는 셈이다. 몰락의 비탈이 "장엄한" 가능성과 결합하는 이 시각
은 파국을 향해 나아가는 역사에 의해 추월당한 인간이 스스로에
게 주어진 좁은 여백 속에서 찾아내며 바야흐로 삶의 가능성이 폭
발하는 자리로 나타나는 그라크의 틈과 겹쳐진다. 이 주제에 초점
을 맞추어 임계점 직전까지 극화하는 소설이 바로 『시르트의 바닷
가』인데, 이 작품은 죽음 앞에서, 몰락 앞에서 다시 자화되며 생명
력을 회복하는 국가, 또는 그 이전에 인간을 그리고 있다. 이와 관

102　Oswald Spengler, *Ibid*, p.50.

련한 슈펭글러와 그라크의 영향 관계는 보다 치밀하고 비판적인 검토를 통해 궁구해볼 만한 문제임이 분명하다. 하지만 지금 당장 말할 수 있는 것은 두 사람 사이에서 파국 앞의 삶의 가능성을 향한 시선의 일치를 확인할 수 있다는 사실이다.

그라크의 작품 속에서 슈펭글러의 "역사의 시"가 표면적으로 문명의 쇠퇴와 몰락에 연관된다면, 심층적으로는 역사의 틈에서 인간이 찾길 그치지 않는 삶의 가능성과 통하고 있음을 우리는 발견한다.

2.2.1.4.4. 『시르트의 바닷가』와 『숲속의 발코니』

초시간적 역사를 그리건 실제의 역사 속 전쟁을 담아내건, 전쟁에 관련된 그라크의 소설은 그가 직접 산 역사, 곧 제2차 세계대전과 그에 앞선 시기에서 자극과 영감을 얻은 것이다. 전쟁의 경험이 그의 역사 관련 소설이 원천으로 작용하고 있는 것이다.

제2차 세계대전은 그라크에게 틈과 라셰투라는 두 가지 핵심적인 문학적 주제를 제공했다. 두 주제는 소설에 따라 그 분포와 비중을 달리한다. 우리가 보기에 두 주제를 가장 고르고도 풍부하게 발전시키는 소설은, 필리프 르기유에 따르면 허구적 작품 가운데 "그라크와 가장 깊은 관계를 맺고 있는"[103] 『숲속의 발코니』이다. 따라서 작품의 간행 순서와는 별도로 먼저 『숲속의 발코니』를, 이어서 『시르트의 바닷가』를 구체적으로 살펴보면서, 필요할 경우

---

103 Philippe Le Guillou, *Le déjeuner des bords de Loire*, Paris, Gallimard, coll. «folio», 2007, p.47.

『석양의 땅』과 여타의 작품들을 인용하고자 한다. 그라크 문학의 양대 걸작인 『시르트의 바닷가』와 『숲속의 발코니』를, 그리고 뒤늦게 전해진 또 다른 걸작 『석양의 땅』을 깊이 있게 검토하는 것은 그라크에게서 역사와 전쟁의 문제를 고찰하는 가장 효과적인 길로 보인다.

2.2.2. 역사의 틈

2.2.2.1. 현대의 역사와 신화

초유의 폭력으로 다가온 두 차례의 세계대전은 인간의 지평에 근본적인 변화를 초래했다. 이때까지 전쟁은 왕가나 국가들이 이해관계를 둘러싸고 벌이는 충돌이거나 시대를 결산하는 의미를 지녔고, 다만 문제가 되는 것은 개인의 죽음 또는 불행일 뿐, 국가 또는 민족, 특히 인간 세계의 연속성은 위협받지 않았다. 그러나 두 차례의 거대한 전쟁을 겪고 핵전쟁의 위협에 당면하며 인간은 처음으로 국가와 민족은 물론 인간 세계 자체가 비극적 최후를 맞을 수 있음을 깨달았다. 역사는 진보하며 보편 정신을 구현한다는 오랜 낙관적 전망은 붕괴되고, 이제 비관적이고 허무주의적인 역사 인식이 인간의 시선에 암울한 그늘을 드리우기에 이르렀다.

제2차 세계대전을 배경으로 하는 『숲속의 발코니』는 역사와 신화의 대립을 중심 주제로 삼고 있다. 이 대립의 특이한 점은, 역사는 집단적 차원에 위치하는 반면 신화는 개인적 차원, 특히 개인의 의식의 차원에 위치한다는 사실이다. 주인공은 현실 속에 새로운 세계를 건설하는 대신에 자기 눈앞에 있는 현실 위로 자기만의 세계를 투사하거니와, 바로 이 투사에 『숲속의 발코니』의 신화가 위치한다고 말할 수 있다. 그라크에 따르면 "『숲속의 발코니』의 전반부는 **팔리즈에서의 자정 미사**를 향해 쓰였고, 이 미사는 아주 중요한 장으로 구성될 예정이었다."(LI151) 그러나 결과적으로 미사는 거행되지 않았으니, 이 사실은 그라크가 처음에는 신화를 집단적 차원에 위치시키려고 했지만 결국에는 그것을 포기했음을 지시한다. 사실 제2차 세계대전이라는 거대한 역사에 맞서 숲속 마을일지언정 집단적 신화를 구축하는 일은 절대 쉬운 작업이 아니었을 것이고, 그 경우 작품은 전혀 다른 규모와 양상을 띠었을 것이다.

그런데 신화란 무엇인가? 그것은 역사와 어떻게 구분되는가?

엘리아데가 말하듯이[104], 그리고 어휘의 남용을 경계하며 그라크가 정의하듯이[105], 신화는 가장 본질적인 의미에서 기원의 이야기이다. 기원은 대개 인간, 우주, 국가, 사회 등, 세상의 근본적 요소와 관련되고, 이야기는 "모범적 역사"로서 후세에 반복될 가능성을 갖는데, 모든 기원이 다 그렇듯이 이 모범적 역사는 태초의 비(非)시간에 위치한다. 이렇게 시원의 비시간에 위치하며 크

---

104 Mircea Eliade, *Traité d'histoire des religions*, Paris, Payot, 1949, pp.360−361.

105 «Entretien avec Jean Roudaut», *Gracq 2*, p.1228.

로노스적 시간[106]에서 벗어나는 신화는 맞은편의 선조적이고 불가역적이고 검증 가능한 시간으로서의 역사와 대립한다. 역사가 가차 없는 시간의 무게로 살아 있는 인간을 짓누르며 소멸을 향한 돌이킬 수 없는 물결 속에 그를 던진다면, 제의를 통해 현재화되고 구체화되는 신화는 불가역적인 시간의 흐름을 끊고 다시 새롭게 시작할 가능성을 표상한다.[107] 역사가 시간과 쇠락과 죽음을 수반하는 현실의 논리로 다가온다면, 시작은 언제나 꿈과 욕망으로 충만하기 마련으로, 신화에는 욕망과 상상력이 앞다투어 뛰어든다. 이렇듯 서로 대립하는 역사와 신화는 『숲속의 발코니』에서 주인공 그랑주를 둘러싸고 팽팽한 긴장을 이루며 역사와 전쟁에 대한 그라크의 문학적 질문에 특별한 색채와 뉘앙스를 부여한다.

2.2.2.2. 기묘한 전쟁

『숲속의 발코니』의 시간적 배경은 1939년 가을에서 이듬해 5월에 이르는 제2차 세계대전의 초반부, 흔히 '기묘한 전쟁drôle de guerre'이라 불리는 특별한 시기에 위치한다. 이 시기에 대해 그라크는 한 라디오 대담에서 다음과 같이 증언한다.

---

106 그리스 신화에서 자기 자식들을 삼키고(자기가 생성한 것을 소멸시키고), 삼킨 자식들을 토하면서 힘을 잃어버리고(시간은 거스를 수 없다), 제우스에 의해 축출되는(시간은 언제나 새로운 시간에 의해 대체된다. 즉 시간은 흐른다) 크로노스에 의해 표상되는 시간을 가리킨다.

107 이런 점에서 구약, 길가메시 서사시, 그리스 신화 등에 나오는 대홍수는 제의와 신화의 원형이 된다. 그것은 창조의 타락을 무화하고 다시 시작할 가능성을 열기 때문이다.

기묘한 전쟁이라 불리는 이 시기는 매우 이상한 시기였습니다. 그것은 7개월 혹은 8개월 동안 지속되었고, 모든 것이 유예된 상태였지요. 전쟁은 선포되었지만 시작되지도 일어나지도 않았고 사실상 모든 것이 멈추었으며 사람들은 명백히 파국적인 것으로 예감되는 어떤 사건의 가장자리에 서 있었습니다. 분위기는 매우 비관적이었습니다. 1940년의 파국 훨씬 이전부터 파국의 기미는 공중에 짙게 드리워져 있었습니다. 하지만 이 매우 불안한 기다림이 무엇으로 이어질지를 예견하기란 절대적으로 불가능했습니다.[108]

이 증언은 『숲속의 발코니』에 나타난 전쟁의 현실을 고스란히 요약한다. 역사는 선포된 전쟁을 통해, 그리고 공중에 짙게 드리워진 파국의 기미를 통해 작품의 전면에 부각되어 있다. 그러나 문제는 이 전쟁이 "시작되지도 일어나지도 않았"으며 "모든 것이 유예된 상태"이고, 이 유예된 상태가 여러 가능한 결말로 이어질 수 있다는 데 있다. 역사는 파국의 기다림, 마지막의 기다림이라는 전형적인 형태, 곧 선조적인 시간 또는 크로노스적인 시간으로 나타나지만, 그리고 사람들에게 근원적인 시간의 공포를 느끼게 하며 거대한 비극의 감정을 낳지만, 모든 것이 유예되다 보니, 그리고 경우에 따라서는 그 기다림의 결말이 전투 없는 평화의 회복 또는 지속일 수도 있다 보니, 역사는 더 이상 온전하게 기능하지 못할뿐더러("이상한 시기") 현실을 온전히 제어하는 데 이르지 못하

---

108 «Sur *Un Balcon en forêt*», Entretien avec Gilbert Ernst, in *Cahier de l'Herne*, N° 20, 1972, p.214.

고 상상력의 침입 또는 만연에 자리를 내어주게 된다. 『숲속의 발코니』에서 신화가 스스로의 공간을 구축하는 것은 이렇듯 역사의 허술한 부분으로 스며드는 상상력의 움직임에 편승해서이다.

기묘한 전쟁이라는 특수한 역사적 상황 이외에, 신화의 구축을 용이하게 해주는 또 다른 사실은 소설의 공간적 배경이 프랑스 동부의 울창한 아르덴 숲속 오트팔리즈라는 곳에 설치된, 벨기에 쪽에서 넘어오는 독일군 전차를 파괴할 임무를 띤 토치카에 위치한다는 점이다. 이 토치카는 엄연한 군사적 방어물로서 전쟁이라는 거대한 메커니즘의 일부를 구성하지만 중심으로부터 멀리 떨어져 있는 까닭에, 그렇지 않아도 마비된 역사가 거기에서는 한층 더 미약하게 작용한다는 특수성을 갖는다. 공식적으로 그것은 최전방에 자리 잡은 초소이지만(토치카는 벨기에 국경 가까이에, 즉 최전방에 고립되어 있는 반면 주력 방어선은 이보다 뒤쪽에 위치한 뫼즈강을 따라 형성되어 있다) 아이러니컬하게도 그 현실은 오히려 후방의 것과 흡사하게 나타난다. 그곳에서의 생활은 "전쟁의 거대한 몸의 가장 덜 예민한 신경들 가운데 하나의 말단에서 매우 느릿느릿 연명하는 거의 농민적인 생활로서 참모본부의 공문보다 바람, 계절, 비, 그때그때의 기분, 자잘한 살림 걱정에 의해 더 크게 동요"된다. 그리고 "전쟁이 마비된 만큼 대지가 그것을 거두어 뿌리내리게 했고, 병사들은 농민적 삶으로 돌아"간다(BF12). 그러나 역사의 이완이 농민적 삶의 정착으로 이어진다고 해서 『숲속의 발코니』가 농경사회를 지향한다거나, 선조적 시간이 농경사회 특유의 순환적 시간에 자리를 내어주는 것은 결코 아니다. 앞으로 문제가 되겠지만 그랑주가 꿈꾸는 삶은 그와 전혀 다른 것이다. 사실 농민 혹은 정주민의 삶을 경멸하며 정신적 유목주의를 고양하는 그라크 문학의 이데올로기를 고려할 때 농경사회의 지향은 애초부터 불가능한 것이다.

전쟁의 이 같은 현실은 소설의 중심 공간 역할을 하는 토치카에 고스란히 반영되어 나타난다. 처음 그것을 발견하는 그랑주의 눈에 토치카는 매우 부정적인 양상 아래 나타나고, 텍스트가 다량으로 동원하는 퇴락, 타락, 비천함 등을 나타내는 은유와 비교들("노동자 사택", "건널목지기의 작은 집", "선사시대의 석실분묘", "변두리의 한물간 술집", "싸구려 선술집", "아라비아의 오두막집")은 군사적 방어물로서의 토치카의 정체를 모호하게 만들 정도이다. 토치카를 훑어본 그랑주는 말한다. "아니야, […] 사람들이 생각하는 것과 달리 이 전쟁은 아직 시작되지 않았어"(BF10). 결과적으로 토치카는 전쟁의 현실에서 멀리 떨어진 곳에 위치한다. 그랑주의 신화적 몽상이 자리 잡는 것은 바로 현실이 드러내는 이 같은 괴리를 통해서이다. 역사의 손아귀가 느슨해진 틈을 이용하여 그는 토치카를 순수한 전쟁의 요소로서 기능하게 하는 대신 자신의 꿈에 봉사하게 한다. 토치카의 "주인"으로서 그는 그 위에 자신의 꿈을 투영하면서 어떤 새로운 현실의 가능성을 엿보는 것이다.

2.2.2.3. 단절 또는 라셰투

신화란 기원의, 근원적 시작의 이야기이고 시작은 언제나 단절을 전제한다. 이 도식은 숱한 창조신화와 통과제의 속에서 보편적으로 확인되는 사실이다. 단절은 비(非)시간과 무(無)의 공간, 곧 카오스를 부르고, 무엇이건 비롯되는 것은 바로 이 혼돈과 무의 장소로부터이다. 혼돈의 공간에 시간적, 공간적 지표들이 새로이 설정되고, 이를 바탕으로 하나의 세계가 열릴 수 있는 것이다. 『숲속의 발코니』는 첫 문장부터 단절의 의지를 드러낸다.

> 기차가 샤를르빌의 외곽과 연기로부터 벗어난 이후로 그랑주 소위에게는 세상의 더러움이 사라지는 듯했다. 그는 더 이상 한 채의 집도 보이지 않는 것을 깨달았다. (BF3)

기차와 함께 그랑주는, 그리고 그와 함께 소설은 새로운 공간으로 이행하되 여기서 단절은 무엇보다도 인간에 관련된다. 결정적 역할을 수행하는 요소인 "더러움"은 인간에게서 오는 것이며, "한 채의 집도 보이지 않"는 공백을 통해 소설은 샤를르빌에 의해 대변되는 인간 세계와 절연하고 새로운 세계로 진입하고자 하는 서술 의지를 분명히 한다. 이런 맥락에서 방금 인용한 구절 조금 뒤에 오는 다음의 문장은 의미심장하다.

> 문으로 얼굴을 내밀면 가을날 오후의 끝 무렵인지라 벌써 살을 에는 신선한 바람이 그의 얼굴을 씻곤 했다. (BF3)

"얼굴을 씻는다"는 표현은 한 존재가 다른 존재로 새롭게 태어나는 계기를 마련하는 통과제의의 절차를 생각하게 한다. 시간이 가을하고도 오후의 끝, 즉 이중의 교차점에 위치한다는 사실 또한 주목할 만하며, 씻는 주체가 "신선한 바람"이라는 점 역시 음미해볼 가치가 있다. 우리가 "신선한"으로 옮긴 "cru"를 두고 굳이 클로드 레비스트로스의 『날 것과 익힌 것Le Cru et le Cuit』(1964)을 떠올리지 않더라도 인간 세계의 "더러움"과의 대립, 나아가 그것과의 단절 의지는 분명해 보인다. 텍스트는 심지어 에드거 포의 「아른하임 영지」를 인용한다. "신선한 바람"은 그랑주의 얼굴에 남아있는 세상의 때를 씻어내며 단절을 말하는 동시에 소설 전반을 통해 펼쳐지는, 인간의 흔적을 씻어버린 자연의 테마와 합류하면서 그랑주의 몽상이 건설하는 세계의 생태적 환경을 이룬다.

그러나 이런 단절은 소설이 구축하는 현실에서 상징적 가치만을 지닐 뿐이다. 텍스트는 조금 뒤 "그러나 더러움은 완전히 잊히지 않았다"(BF4)고 말하면서 스스로 조성했던 단절을 부인할뿐더러, 기차가 그랑주를 내려놓은 모리아르메Moriarmé는 단절 이전의 세상과 별 차이를 보이지 않기 때문이다. 하지만 그럼에도 불구하고 소설 서두의 이 단절이 중요한 것은 그것이 그랑주의 의식 속에서 일어나며 그랑주를 새로운 존재로 거듭나게 해주는 듯 여겨지는 까닭이다. 사실 『숲속의 발코니』에서 신화는 그랑주의 의식과 몽상을 무대로 한다. 텍스트는 하나의 단절을 상정하면서, 그리고 그 단절 너머로 일종의 "아른하임 영지", 곧 하나의 닫힌 세계를 열면서 스스로를 신화적 시작점에 위치시킨다.

그런데 그랑주가 겪는 것은 종교와 신화에서는 단절이지만, 그라크의 문학에서는 라셰투이다. 인간과 더러움에서 벗어나는 것은 주체를 삶의 굴레에 얽어매는 온갖 것으로부터 해방되는 것을 말하기 때문이다. 『여행 수첩』의 한 단편 에세이는 1939년 10월 초 그라크가 자기 부대와 합류하기 위해 로렌 지방의 산길을 걷던 기억을 다음과 같이 술회한다.

> 오후가 시작되고 있었다. 나는 연한 포도주 빛깔의 가을 햇빛 아래 밭과 작은 숲들 사이로 구부러지는 좁고 험한 길을 따라 짐도 없이 힘차게 걸었다. […]
> 한 시간 동안의 고독, 하얀색 길, 푸른 밭, 누런 햇빛에 만족한 나는 벌써 쌀쌀한 공기 속을 경쾌하게 걷고 있었다. 즐겁게? 그렇게 말하면 과장이리라. 나는 내가 가는 길이 어서 끝나길 바라는 조바심은 별로 없었다. 임박하지 않은 가능성 가운데, 그래도 호사스러운 중포대 장교 식당이 보병대에 주어진 점토 길과 거름 가득한 벽촌에 자리를 내어줄 것을 예감하고 있었기 때문이다. 하지만 나는 닻줄도 구속도 없이 짐을 내려놓은 것 같은 기분을 느끼며 징을 박은 신발로 새로 닦은 길을 울렸다. 내 인생의 새로운 국면이 시작되는 가운데, 역사가 그것을 무뚝뚝하게, 건강하게 주재하고 있었다. (GC1019)

문학적으로 형상화된, 기차를 탄 그랑주가 아르덴 지방의 뫼즈 강을 따라가는 장면의 원재료에 해당하는 이 기억은 훨씬 더 분명하고 직접적인 언어로 전쟁을 향해 나아가는 이의 라셰투를 표현하고 있다. 그것은 거의 그랑주의 단절을 설명해준다고 해도 과언이 아닐 정도이다. 이는 물론 소설과 에세이의 차이에 기인하는 것일 텐데, 소설은 수다스러운 해설보다 견고한 허구 세계의 구축이 더 요긴할 것이다. 『숲속의 발코니』는 그랑주의 라세투를 놀라운 문학적 언어로 아름답게 그려낸다.

입김을 불어 촛불을 끄자 모든 게 바뀌었다. 모로 누운 그의 시선이 뫼즈강을 굽어보았다. 벼랑 위로 달이 떠올라 있었다. 물에 잠긴 둑의 꼭대기를 미끄러지는 매우 조용한 물소리와, 반대편 강안 아주 가까운 곳 나무들에 앉은 올빼미들의 울음소리만이 들려왔다. 소도시는 연기와 함께 사라졌다. 커다란 숲 내음이 안개와 더불어 벼랑을 미끄러지며 공장들이 있는 골목들을 잠갔다. 이제 별밤과 자기 둘레의 넓디넓은 숲뿐이었다. 오후의 매혹이 되살아났다. 그랑주는 그의 삶의 절반이 반환된다고 생각했다. 전시에는 밤에도 산다. "총총한 별 아래……" 하며 그는 상념에 젖었다. 둥근 사과나무의 검은 구덩이 사이로 달빛을 받아 하얀 좁은 길들을, 그리고 짐승과 예측할 수 없는 놀라움으로 가득 찬 숲속의 야영을 그는 생각했다. 침대에 누운 그는 마치 뱃전처럼 뫼즈강 위로 손을 늘어뜨린 채 잠들었다. 내일은 벌써 아주 멀었다. (BF6-7)

뱃전 밖으로 손을 늘어뜨린 채 흐름에 몸을 맡기는 것보다 더 웅변적인 라세투가 있을까? 전쟁의 세계에 들어온 인간에게 내일이 멀 수는 없을 것이다. 그랑주 스스로 "전시에는 밤에도 산다"는 사실을 생각하고 있지 않은가? 그러나 이 반환되는 "삶의 절반"에는 별이 있고 "짐승과 예측할 수 없는 놀라움으로 가득 찬 숲"이 있다. 그것은 자연에 더 가깝다. 다시 말해 관습과 의무가 지배하는 인간 세상으로부터 멀리 떨어진 자리에, 속박에서 해방된 라셰투의 공간에 위치한다.

"우리는 즐겁게 갔다"(TC55)고 『석양의 땅』의 화자는 짧고 단순하게 말한다. 하지만 이 소설은 전쟁을 향해 나아가는 이의 라셰투를 그라크의 문학에서 가장 길고 풍성하게 그려낸 작품이다. 그것은 『시르트의 바닷가』가 생략한 전투 장면을 장대하고 치열하게 담아내기도 하지만, 그와 동시에 전쟁으로 다가가는 과정을 일종의 로드무비처럼 서술의 중심에 놓고 다채롭게, 그리고 깊이 있게 그려내고 있다. 『석양의 땅』은 『시르트의 바닷가』나 『숲속의 발코니』가 상대적으로 짧게 처리한 출발과 나아감, 그리고 그 과정에서 겪는 여러 만남을 하나의 모험으로 제시하며 세상과 계절의 풍경을 파노라마처럼 펼쳐놓는다. 이렇듯 인물들이 나아가는 길을 따라 우리 눈앞에 나타나는 세계는 저무는 문명의 모습들이다. 『석양의 땅』에서는 여정을 통해 인물들이 성장하거나 변화하지 않는다. 그보다는 이제 막 사라지려고 하는, 황금빛으로 빛나기보다 소박하고 진정하게 다가오는 문명의 풍경에 대한 마지막 일별이 더 중요한 자리를 차지한다. 이 풍경은 공간을 따라 계절을 따라 독특한 찬란함을 띤 채 나타나고, 인물들은 그것을 향해 마지막 시선을 던지며 라셰투를 실행한다.

2.2.2.4. 역사와 신화의 대립

서두의 단절은 상징적인 것이다. 즉 역사는 언제나처럼 저기에 있다. 따라서 신화는 역사와의 대립 속에서 스스로를 구축해야 한다. 이는 역사와 신화가 소설 전반을 통해 공간적 차원에서 수평적, 수직적으로 대립하며 복잡한 상호관계를 맺는 결과를 낳는다.

위에서 말했듯『숲속의 발코니』에서 신화의 구축은 그랑주의 몽상을 통해 도모된다. 새로운 세계를 열기 위해 그는 현실 속에 물리적 공간을 건축하지 않고 이미 존재하는 공간에 자신의 꿈을 구체화해줄 공간을 투사한다. 공간을 일종의 팔랭프세스트로[109] 구조화하는 이 작업은 물론 오트팔리즈의 토치카를 중심으로 진행된다.

처음의 부정적인 인상에도 불구하고 그랑주는 "숲속 깊은 곳에 잊힌, 붉은 샤프롱의 할머니 집 같은 작은 집의 유일한 주인으로서 자유를 느낀다"(BF10). 그는 도착한 다음 날 아침부터 그곳에 살게 된 것에 커다란 기쁨을 느끼며 부르르 몸을 떨고(BF10), 저녁 식사에서 가정의 행복과 흡사한 분위기를 발견하며(BF18-19), 부하들이 잠자는 소리를 들으면서 뿌듯한 형제애를 느낀다(BF20-21). 역사가 졸면서 가능해진, "샬레"(BF9)를 연상케 하는 이런 삶의 기쁨은 그러나 토치카의 이 층에 국한된다. 일 층의 블록하우스는 그것의 군사적 기능을 통해, 비록 전쟁의 분위기가 느껴지지 않는 깊은 숲속일망정, 부단히 전쟁의 존재를 상기시킨다.

---

109 '팔랭프세스트palimpseste'는 앞서 쓴 글씨를 지우고 다시 쓴 양피지를 가리킨다.

귀가 본의 아니게 질문하는, 발아래의 이 차갑고 검은 공동에 자신이 접합된 듯 느껴졌다. […] 그리하여 갑자기 자신을 둘러싼, 동화에 나오는 것 같은 그 작은 집은 더 이상 완전히 안심시켜주지 못했다. 거기에서는, 맑게 갠 더운 밤 아직 천막용 천이 드리워진 갑판에 누워 회색 바다를 향해 나아가며 어느 날 바람이 차가워지리란 사실을 잊으려 애쓰는 승객들처럼 잠이 들었다.(BF12)

안온한 일상이 있는 위(이 층)가 따뜻하다면 전쟁을 상기시키는 아래의 블록하우스는 차갑다. 페로의 동화 「어린 붉은 샤프롱Le Petit Chaperon rouge」에 나오는 할머니의 집은 원래 따뜻한 공간이지만 늑대의 침입에 의해 죽음의 공간으로 탈바꿈한다는 점에서 "동화에 나오는 것 같은 그 작은 집"의 돌연한 변화는 그 표현 속에 이미 내포되어 있었던 셈이다. 이 대립은 계절의 은유를 통해 우주적 차원을 획득하며 절대적 전망 속에 편입된다. 텍스트는 "맑고 더운 밤"과 "바람의 차가워짐"을 토치카의 은유인 배를 중심으로 대립시키는데, 더위는 언제나 추위로 나아갈 수밖에 없으므로 "차갑고 검은 공동"을 발아래 느끼는 주체, 그러나 아직은 그 위의 따뜻한 공간 속에 머무르고 있는 주체는 언젠가 그 검은 공동으로 옮겨갈 수밖에 없을 것이다. 텍스트는 배가 나아가는 방향, 곧 주체가 향하는 지향점을 명백히 하고 있으니 "회색 바다"가 그것이다. 바다는 대개 절대를 상징하며, 이는 그라크의 작품에서 일관되게 확인되는 점이다. 그런데 그런 바다의 빛깔이 회색이라면 그것은 절대 가운데에서도 죽음에 의해 표상되는 절대일 것이다.

위는 평화, 아래는 전쟁의 구조를 지닌 토치카에서 그라크는 기묘한 전쟁의 상징을 보았고, 이는 그가 소설의 배경을 아르덴에 위치시키는 직접적인 계기가 되었다.[110] 그런데 이 수직구조는 비록 그것이 전도되었다고 해도 과거의 역사 속에 엄연한 참조 대상을 갖고 있으니 중세의 성이 그것이다(거기에서는 위에 전쟁이, 아래에 평화 또는 휴식이 있다). 토치카를 둘러싼 그랑주의 신화적 기도는 실제로 이 중세 성에 대한 적극적인 참조를 통해 이루어진다. 다시 말해 그는 퇴락한 나머지 정체마저 모호해진 토치카 위에 중세 성을 투사함으로써 자신의 몽상에 구체적 윤곽을 확보하고자 한다. 토치카는 지극히 조악하지만 방어물들 덕분에 중세 성의 흐릿한 변이형으로 간주될 수 있다. 그랑주는 한 걸음 더 나아가 상상 속에서 토치카를 중심으로 자신만의 영지를 구성한다. 토치카에서 가장 가까운 곳에 위치한 팔리즈란 마을의 "플라타너스 카페"에 앉아 지나가는 마을 젊은이에게 한잔 권하면서 스스로를 영지의 "평민들"과 더불어 한잔하는 "마음씨 좋은 주교대리"(BF16)로 생각하는가 하면, 폭설 때문에 모리아르메와의 연락이 거의 두절되었을 때는 주루(主樓)의 도개교를 들어 올리고 영주와 거리를 취하는 봉신을 자처하기도 한다(BF58). 한편 토치카와 팔리즈를 아우르는 공간에서 성의 구조를 읽어내는 것도 가능하다. 소설의 끝부분에서 화자는 그동안의 그랑주의 삶을 정리하며 말한다. "숲

---

110 «Sur *Un Balcon en forêt*», Entretien avec Gilbert Ernst, p.217. 그라크가 이 토치카를 알게 된 것은 아라공의 소설 『공산주의자들』을 읽으면서이다.

에서의, 말 없는 국경 가장자리에서의 야간 순찰에 대한 기억이 이제 그에게 되살아왔다. 그토록 여러 번 그는 순찰로부터 이 침대로, 모나에게로 올라왔었다"(BF136). 구조적인 차원에서 토치카는 성의 윗부분, 국경은 순시로(巡視路), 모나의 침대 혹은 집은 성의 아랫부분에 위치한 일상생활 공간에 대응한다고 볼 수 있을 것이다.

그런데 토치카에 중세 성을 투사하는 것은 어떤 의미를 지닐 수 있는가? 그것은 우선 부정적 양상 아래 나타나는 공간에 일종의 위신을 부여함으로써 공간을 복권시키고 재자화(再磁化)시킨다. 하지만 이 문제는 무엇보다 그라크의 문학 속에서 중세가 수행하는 역할에 비추어 고려해야 한다. 그라크에게 있어서의 중세, 그것은 노발리스로 대표되는 독일낭만주의자들의 중개를 통해 형성된 이상화된 중세이다. 그라크는 「노발리스와『하인리히 폰 오프터딩엔』」에서 독일낭만주의의 중세를 분명히 규정하고 있거니와 그것은 시간적, 공간적으로 제한된 인간조건에서 벗어난 자유로운 세계, "포근하고 부드러운 초시간적 세계"(PR993)를 표상한다. 중세에 대한 이 같은 정의는 그라크 자신의 중세에 그대로 적용될 수 있다. 따라서『숲속의 발코니』에서 중세 참조는 토치카를 "초시간적 세계"에, 곧 신화적 차원에 위치시킨다고 말할 수 있다. 휴가 중인 그랑주가 "시간에서 떨어져 나온" 듯 보이는 시농Chinon에 가는 것은 바로 이러한 맥락에 연관되며, 성의 살문이 올라가고 트럼펫 소리와 함께 아키텐의 왕자와 잔 다르크와 푸른 수염이 타로의 패처럼 줄지어 나오는 그의 몽상은 소설이 구축하는 신화적 세계의 닿을 수 없는 극점을 이룬다. 거기에서는 "세상이 몇몇 본질적인 이음새를 벌리고, 문득 가슴이 뛰고, 가능성이 폭발한다"(BF77).

수평적 대립은 섬의 테마를 통해 그 윤곽을 드러낸다. "버려진 섬들"(BF10), "행복한 섬"(BF44-45), "보존된 섬"(BF124) 같은 이미지들은 소설에 지속적으로 나타나면서 신화에 자리를 마련한다. 여기서 섬의 이미지는 공간적인 차원에 국한되지 않고 시간적인 차원에까지 관련된다. 『폴과 비르지니』의 섬이 시간적, 공간적으로 행복하게 고립된 세계를 구체화하듯, 『숲속의 발코니』에 나오는 섬의 이미지들은 역사의 한가운데 열리는 신화의 독립된 시공간을 형상화한다. 섬의 이미지는 여러 차례 나오지만 그것이 가장 치밀하고 완성된 테마 체계의 구성에 참여하면서 작품의 전체적 구조를 요약하는 것은 그랑주가 플라타너스 카페 테라스에 앉아 있을 때이다.

> 생기는 없지만 여전히 찬란한 이 아름다움 뒤로, 이 늦은 계절의 추위를 타는 평화 뒤로 추위가 올라와 대지에 퍼져나가는 것이 느껴졌다. 매서운 그 추위는 겨울의 추위가 아니었다. 숲속의 빈터는 검은 숲에서 오르는 듯한 막연한 위협 한가운데에서 하나의 섬처럼 보였다. "나는 이 계절의 마지막 피서객이야. 이제 끝났어", 하고 가슴에 아픔을 느끼며 그랑주는 생각했다. (BF15)

여기서는 서로 길항하는 두 공간이 상징적인 대립을 벌이고 있다. 한편에는 에른스트 윙어의 『대리석 절벽 위에서』에 나오는 깊고 거대하고 야만적인 숲을 연상시키는 "위협"적인 "검은 숲"이 있고, 다른 한편에는 그 검은 숲에 의해 "섬"처럼 위협받는 "숲속의 빈터"가 있다. 이러한 대립은 우주적 시간, 곧 계절의 차원에서도 똑같은 형태 아래 나타난다. 좋은 계절의 아름다움과 평화에 추위가 대립하는 것이다. 두 대립은 구조적인 측면에서뿐 아니라 추이의 측면에서도 동일한 양상을 보여준다. 현재 그랑주가 몸담고 있는 숲속의 빈터와 좋은 계절은 위태롭다. 그것들은 자기보다 더 거대한 것에 포위되어 있거나 주어진 시간의 끝자락에 위치해 있어 이제 곧 자기와 길항하는 다른 것에 자리를 내주고 사라져야 할 운명에 처해 있는 것이다. 우주적 은유인 "추위"가 말하는 것은 바로 이러한 시간의 끔찍한 불가역성이다. 벌써부터 추위는 사방에 스며들어 대지에 번져나가고 있고, 머지않아 대지 전체를 점령할 것이다. 섬은 검은 숲에 의해 삼켜질 것이다. 텍스트는 문제의 추위가 계절의 추위가 아님을 애써 못 박고 있다. 그것은 역사의 추위인 것이다. 그리스 신화에서 한 손에는 자기 아버지를 거세한 낫을 들고, 다른 손에는 모래시계를 든 크로노스가 그토록 잘 표상하는 끔찍한 시간의 공포인 것이다.

검은 숲의 파도에[111] 의해 위협받는 섬, 그리고 "추위를 타는"

---

111 그라크의 작품 세계에서 숲과 바다는 곧잘 혼동되는 경향이 있다. 『아르골 성에서』의 스토르방 숲이 그러하고 「코프튀아 왕」의 빌라를 둘러싼 숲이 그러하다. 숲과 바다의 관계를 묻는 질문에 그라크는 "숲과 바다 사이에는 커다란 친화력이 있습니다. 그것들은 물론 등가적이라 할 수는 없고

늦은 계절의 끝자락이 바로 주인공 그랑주에게 주어진 환경이라면, "나는 이 계절의 마지막 피서객이야"라는 말은 그의 실존적 선택을 표명하는 진술로 읽힐 수 있다. 그는 전쟁의 와중에 "피서객"으로서 살고자 한다(그러므로 이 진술은 앞의 두 대립에 겹쳐지면서 대립의 종류를 셋으로 늘린다). 역사의 꽉 차고 폭력적인 시간 안에 하나의 바캉스를 조직하고자 하는 것이다. 고립되고 종말에 가까운 시공간 속에서 현재 자기를 둘러싼 역사와 대립하는 삶을 구축하는 것, 이는 그랑주가 구축하는 신화의 내용을 이루는 동시에 소설의 중심 주제를 구성한다.

섬의 테마를 통해 구조적으로, 그리고 추상적으로 극화되는 수평적 대립은 소설의 현실에서는 그랑주가 모리아르메에 다녀오는 부분에서 주제화되어 나타난다[112]. 모리아르메로부터 토치카에 이르기 위해서는 울창할뿐더러 놀랍도록 조용한 숲을 지나야 하는데, 이를 통해 하나의 단절을 상정하려는 소설의 의지는 명백해 보인다. 이 숲은 모리아르메와 "지붕" 사이의 공간적 이행뿐 아니라 음울하고 추악한 역사의 차원에서 허구의 차원으로 옮겨가는 이행 또한 매개한다. "새 한 마리 없는 숲의 침묵"(BF7)에서 우리

보족적이라고 해야 옳을 것입니다. 그것들은 서로를 끌어당기지요. [⋯] 제가 그것들의 관계가 보족적이라고 말하는 것은 둘 가운데 하나의 연상은 곧 남은 하나의 연상을 부르기 때문입니다. 바다, 그것은 변화의 이미지이고, 그러므로 영원하고 언제나 가능한 새로움입니다. [⋯] 숲은 출현이 일어나는 장소이지요."라고 대답한다.(«Sur Un Balcon en forêt», Entretien avec Gilbert Ernst, p.220)

112 그랑주는 토치카와 팔리즈를 아울러 "지붕Toit"이라고 부른다(BF19). 따라서 "지붕"과 모리아르메의 대립에서 수직구조를 보는 것도 가능하다.

는 「잠자는 숲속의 미녀」를 연상하게 되거니와 텍스트는 직접 "동화의 숲"(BF9)을 언급하기에 이른다. 물론 그렇다고 숲 너머에 완전한 동화의 세계가 펼쳐지지 않는다는 사실을 우리는 잘 알고 있다. 다만 그 세계는 허구가, 그리고 꿈이 보다 쉽게 스며들 수 있고, 따라서 신화가 보다 유리한 자리를 찾을 수 있다는 차이를 갖는다. 숲을 지나 토치카 근처에 이르면서 그랑주는 "다른 땅에 접근한다"(BF26). 이 "다른 땅"에도 여전히 역사의 끔찍한 얼굴이 도사리고 있지만 거기에서는 신화적 기적들이 이루어지기도 한다. 이 기적들을 살피기에 앞서 토치카를 중심으로 한 그랑주의 신화적 몽상이 어떻게 전개되는지 검토해보도록 하자.

2.2.2.5. 코사크 혹은 심연 가의 삶

『숲속의 발코니』에서 신화는 역사의 틈새에서 역사에 맞서 형성된다. 그리고 그것은 개인적인 의식의 차원에서 몽상을 통해 구축된다. 하지만 신화는 최대한 현실에 가까워지려 하고, 또 보다 실제적이고 구체적이려 애쓴다. 이를 위해 신화는 자신과 길항하는 역사를 참조한다. 즉 역사를 자기 안에 통합함으로써 스스로의 토대를 견고히 하고자 한다(뒤에 가서 보겠지만 역사는 반대로 신화를 참조하는 경향이 있다). 물론 여기에서의 역사는 거의 항상 문학에 의해 중개된 역사임을 잊어서는 안 될 것이다. 중세를 참조하는 토치카의 수직구조에서, 그리고 토치카와 팔리즈 사이의 위계적 관계 수립에서 우리는 역사에 대한 신화 세계의 그 같은 움직임을 관찰할 수 있었다. 그러나 시간적으로 멀리 떨어져 있는 데다가 독일낭만주의의 중개를 통해 이상화되기까지 한 중세는 토치카의 현실과 커다란 차이를 갖는 게 사실이다. 그랑주의 상황은 현재 기약 없는 전쟁의 유예 덕분에 평화를 누리되 이 평화는 언제든지 파국의 나락으로 탈바꿈할 수 있는 상황이다. 다시 말해 불면의 (소설 내내 그랑주는 잠을 제대로 자지 못한다) 평화가 파국의 심연과 이웃하는 상황이다. 그랑주가 스스로에게 부과하는 과제는 바로 이런 전대미문의 위기적 상황 속에서 스스로의 삶을 조직하는 것이고, 혹은 좀 더 거창하게 말해 새로운 삶 또는 세계의 윤곽을 그리는 것이고, 여기에 톨스토이의 소설 『코사크』가 결정적인 역할을 한다.

제정 러시아에서 코사크족은 특별한 위치에 있었다. 보리스 파스테르나크의 『의사 지바고』와 미하일 숄로호프의 『고요한 돈강』이 보여주듯이, 그들은 황제로부터 땅을 하사받은 대가로 언제든지 전쟁과 소요 진압에 참여할 의무를 지녔다. 지역별로 군관구를 이루는 이들 코사크는 농업을 기반으로 한 평화적 경제 활동과 군사적 활동이 병행되는 특이한 삶을 살았던 셈이다. 1863년에 발표된 톨스토이의 『코사크』는 문명 세계에 염오를 느낀 모스크바의 귀족 청년 올레닌이 코카서스의 코사크 군관구에 가서 그곳 처녀 마리옹과 사랑에 빠진다는 이야기를 담고 있거니와 여기에서는 자연과 문명의 대립이라는 주제가 작품의 중심에 놓인다. 그러나 그랑주가 톨스토이의 소설에서 우선 주목하는 것은 코사크들이 부모, 아내, 자식, 애인 등과 더불어 평화로운 삶을 영위하는 동시에 체첸으로 표상되는 죽음과 끊임없이 대면하고 있다는 사실이다. 코사크의 이 같은 실존은 과연 그랑주의 것과 일맥상통하는 면이 없지 않으며 그것이 역사 속에 실제로 존재했다는 사실은 그랑주의 신화적 기도가 현재화될 가능성을 지니고 있음을 지시한다.[113] 『코사크』와 관련한 몽상은 전쟁에 대한 그랑주의 하염없는 상념들 가운데 한 자락에서 발견된다.

> 가끔 그는 잡초 정글이 되어버린 국경의 양쪽에서 보초 서기를 끝없이 계속하는 두 파수꾼 군대를 상상했다. 그것은 그의 마음에 가장 흡족한 생각이었다. 『코사크』의 기억이 그것에 일종의 시적 정취를 부여했다. 그것은 원시적인 삶이고 긴 술추렴이며 숲을 싸다니는 뒷 사냥꾼들의 협동이고 짐승들이 발자국으로 가득한 매복의 밤들일 것이었다. 얼마간의 규칙적인 삶조차 종내에는 불가능하지 않을 것이었다. 하지만 그것은 보다 불확실하고 긴장된 삶으로서 거기에서는 총소리가 반드시 사냥감을 의미하지 않을 것이었다. 거기에서 그는 모나와 살 것이었다.(BF50)

자연 속에서의 삶의 기쁨과 죽음 앞에서의 긴장이 오히려 나름의 조화 가운데 공존하는 세계, 그리고 올레닌과 마리옹의 가슴 벅찬 사랑을 닮은 모나와의 사랑이 있을 특별한 세계에 대한 그랑주의 몽상은 그가 시농에 갔을 때 한층 더 심화되고 극단화된다.

---

113 『코사크』가 소설에 처음 도입되는 것은 "노래 잘 하고 음탕하고 밀렵 일삼는 늙은 브리에르 사람의 상(像)"이 떠오르게 하는 에르부에의 사냥 이야기를 통해서인데, 이 "브리에르 사람의 상"은 『코사크』에 나오는 예로슈카 영감을 연상시키기 때문이다(BF18).

아마도 나라에서는 오랜 세월 동안, 일상의 빵 마련하는 일을 민간인들에게 맡겼다가 종국에는, 마치 사막의 무장 유목민들이 문명권 변두리에서 조세를 징수하듯, 그것을 요구하는 게으르고 난폭한 군인 계급을, 사치의 족속을 국경에 이주시키고 분비할 것이었다. 바닷가에서 보이는 옛 감시탑에서처럼, 길들여진 심연의 가장자리에서 물질적 근심 없이 사는, 징조와 전조에만 익숙해진, 흐릿하고 파국적인 어떤 거대한 불확실성과만 교통하는 일종의 경계의 배회자들, 묵시록적 종말의 산책자들. 여하튼 이것 또한 하나의 사는 방법일 거야, 하고 점점 더 몽상적이 된 그가 스스로에게 말했다.(BF78-79)

여기서 그려지고 있는 세계는 일체의 경제적 구속으로부터 벗어나 오로지 절대적이고 존재론적인 "심연"만 관계하는 사치스런 계급을 상정한다는 점에서 토치카에서의 몽상이 투사하는 세계보다 훨씬 더 극단적이다. 게다가 현실과의 거리가 한층 멀어진 느낌마저 든다. 문명은 진보하는 대신에 과거를 향해 퇴행하는 느낌이 지배적이어서 "옛 감시탑"은 중세에 대한 참조라기보다 몽상이 미래에 투영하는 풍경의 한 요소로 비쳐질 정도이다. 이 세계는 역사와 신화의 구분이 무화되는 카오스로 이행하는 듯 보인다.

위에 인용한 구절은 계시록을 인용하고 있다. 그런데 이 계시록은 시간을 종결하고 역사를 무화한다는 측면에서 성서적 전망과 부합하지만 시간의 종결이 근원적 태초로의 회귀를 상정하지 않는다는 점에서 성서의 맥락을 벗어난다. 텍스트는 이 점을 분명히 한다. "이번에는 계시록의 질주를 기다리는 게 아니야, 하고 그랑주는 생각했다. 사실 악몽 속에서 배를 가르는, 그리고 그것을 명확히 하고자 했다면 ─ 하지만 그러고픈 욕구가 느껴지지 않았다 ─ 아마도 **두루마리의 끝**이라 불렸을, 벌써 막연하게 예감된 자유 낙하의 종국적 느낌 말고는 아무것도 기다리지 않고 있었다. 이제 가장 좋은 것은 정말이지 모래밭 위에서의 거나하게 취한 잠이었다. 프랑스가 입 속에 구토를 느끼며 그토록 맹렬한 손으로 머리 위에 시트를 끌어 올린 적은 결코 없었다"(BF49). 한마디로 무의 심연으로 무한 추락하는 느낌밖에 아무것도 상정하지 않는 "두루마리의 끝"으로서의 계시록인 셈이다. 의미심장한 것은 방금 인용한 구절의 마지막 문장이 다소 아이러니컬한 어조로나마 소설의 대단원을 예고하고{"그리고 그는 머리 위로 이불을 끌어 올린 뒤 잠들었다"(BF137)} 있다는 사실이다.

그랑주의 신화는 이렇듯 자기 안에 이미 파국을 내포하고 있다. 하지만 그것은 불확실하고 짧으나마 지속을 갖고 있으며 실제로 파국까지는 아직 시간이 남아 있다. 『숲속의 발코니』가 우리에게 보여주는 정말로 놀라운 것은 자주 실망스러운 현실의 길모퉁이가 종종 경이로운 순간들로 이어진다는 사실이다. 그랑주가 그토록 집요하게 추구하는 자기 세계의 구축은 이런 순간들 속에서 행복하게 개화한다.

2.2.2.6. 틈

그랑주의 신화적 세계는 외부와의 단절 위에 구축되거니와 현실의 요소들이 행복한 일치를 이루며 빚어내는 경이로운 순간들은 이 단절을 또 한 번 심화하거나, 아니면 러시아 인형이나 중국 상자 모양으로 중첩시킨다. 이 순간들 속에서 우선 단절의 막에 의해 닫히는 공간은 그러나 필요한 모든 것을 갖춘 채 자족적으로 운용되는 세계를 향해 열린다. 그라크에게 있어 소설의 이미지로 기능하기도 하는 자족적인 닫힌 세계[114]는 일찍이 1951년에 발표된 「네덜란드 플랑드르의 낮잠」에서 절정의 문학적 표현을 얻은 바, 거기에 나오는 유아독존적인 기포{"이 얇고 투명한 기포가 응결되면서 우리 둘레로 충분한 자연의 분화되지 않은 조각을 감싼다"(LG320)}와 매우 가까운 이미지를 그라크는 『숲속의 발코니』에서 다시 한 번 형상화한다.

> 안개에 의해 폐쇄된 숲을 가로지르는 이 여행은 그랑주를 조금씩 조금씩 그가 좋아하는 몽상의 비탈 위로 향하게 했다. 그는 거기서 자기 삶의 이미지를 보았다. 그가 가진 모든 것, 그것을 그는 몸에 지닌 채 나아가고 있었다. 스무 걸음 너머에서 세상은 어렴풋해지고 전망은 막혔다. 그의 둘레에는 따뜻한 의식의 이 작은 훈륜만이, 흐릿한 대지 위로 높이 걸린 이 둥지만이 있었다.(BF26-27)

「네덜란드 플랑드르의 낮잠」의 "기포"가 정적이고 유아독존적인 공간을 열어놓는 데 그치는 것과 달리 여기에서의 "작은 훈륜"은 동적이며 경이로운 만남을, 기적에 가까운 사랑을 포함한다. 그

---

114 "이름에 값하는 모든 책은, 만약 그것이 실제로 기능한다면, 닫힌 공간으로 기능한다."(LII329)

랑주와 더불어 움직이는 물안개 속 빈터로(BF26) 모나가 들어오는 것이다.

모나는 소설이 등장시키는 인물 가운데 가장 순수하게 신화적인 인물이라고 할 수 있다. 그녀는 역사의 무게에 짓눌린 현실을 멀찌감치 벗어날뿐더러 소외를 모르는, 아니 소외 이전의 에덴에 속한 인물로서("그녀가 어디에 있건 전부라는 게 느껴졌다. 그녀의 그늘에서는 현재의 순간이 얼마나 높은 밀도를 갖는지 […] 어떤 확신의 힘, 어떤 에너지와 함께 그녀는 저기에 있는지!") 그랑주는 그녀에게 "너는 천국이야"라고 말한다.(BF34) 극히 젊은 나이임에도 결혼의 경험이 있고 과부이지만 아버지니 남편이니 하는 말들은 입었다 벗는 의복처럼 그녀의 몸을 스쳐갈 뿐 그녀에게 아무런 굴레도 되지 않는다.(BF30-31) 일체의 가족적·사회적 규정을 벗어나는 그녀는 동식물의 이미지 또는 동화적 이미지들을 통해 신화의 세계로 진입한다. "비의 소녀", "작은 선녀", "숲의 어린 마녀", "숲의 어린 짐승", "달아난 망아지"(BF27), "어린 보헤미안", "새 둥지 뒤지는 소녀", "새끼 고양이", "강아지"(BF28), "새끼 노루"(BF29), "모든 잎새로 바람에 응답하는 어린 나무"(BF35) 등, 그녀를 동화 내지는 신화의 세계와 결부시키는 이미지의 목록은 끝이 없다. 그랑주는 "그녀를 숲에서 발견했다"고 생각하며 전설의 동물 일각수를 생각하고(BF62), 그녀가 "원시적 삶의 반쯤 마법적인 어떤 의례의 비밀을 담지하고 있다"(BF63)고 믿는다. 그 밖에도 모나는 "어린이 요정"(BF64), "어린이 무녀"(BF65)에 비유된다. 그녀의 집은 숲의 정령인 그녀를 환유적으로 표현한다. 즉 "길에서보다 [그녀의 집에서] [···] 숲이 더 잘 느껴진다"(BF33). 이런 모나는 그랑주에게 신화의 극단을 표상한다. "모나에게로 가는 길"은 말 그대로 낙원을 보여준다.

> 그랑주에게 정원 사이로 가는 길은 언제나 행복의 관념에 연결되어 있었고, 전쟁은 이를 더욱 강렬하게 했다. 밤에 의해 씻기고 싱싱한 초목과 먹음직한 풍성함이 가득 찬 이 길은 그에게 이제 모나의 길이었다. 그는 행복한 섬 기슭에 다가가듯 숲 가장자리로 접어들곤 했다.(BF44-45)

모나가 얼마나 행복하고 순수하게 신화적이며 얼마나 극단적으로 역사와 대립하는지는 그녀의 길이 토치카 근처에 이를 때 잘 관찰된다.

> 하얀 길 양쪽으로, 이제 거대한 하늘 아래 폭풍우의 적갈색으로 까마득히 타오르는 삭막한 잡목림이 펼쳐져 있었다. 그는 자기를 둘러싼 세계가 이 의심스런 숲처럼 어둡고 동요되었다는 것을 느꼈다. 하지만 그의 앞에는 이 길이 있었다. 그녀는 바다에 열린 길을 통해 그에게로 오는 듯했다.(BF51)

"폭풍우의 적갈색"은 물론 전쟁의 불길을 예고하고 "거대한"이란 형용사는 역사의 중압감을 웅변한다. 음험하고 수상쩍게 느껴지는 "삭막한" 역사 사이로 가며 그것과 천진하게 대립하는 "하얀 길", 그것은 순수한 신화의 길이다. 이 길은 그랑주의 의식 속에서

"바다에 열린 길"이라는 표현을 통해 신화적 울림을 찾는다. 어둡고 혼란스러운 전쟁의 시간 속에 "행복한 섬"을 열어놓는 모나 앞에서 그랑주는 "훔친 아이"(BF46)를 보듯 경이로움을 느끼며 "그녀가 죽지 않길"(BF45) 바란다. 달리 말해 그녀가 표상하는 순수한 신화가 되도록 오래 지속되길 빈다.

그러나 이토록 순수하고 행복한 세계를 맹목적으로 지향하는 것은 독특한 수직구조를 통해 신화뿐만 아니라 역사까지도 아우르는 토치카의 주인인 그랑주의 몫일 수 없다. 앞서 보았듯 구조적인 측면에서 모나 또는 모나의 집은 토치카와 길항하며 평화의 축, 신화의 축을 구성한다. 즉 일상생활이 이루어지는 토치카의 위와 농일한 구조적 위상 및 기능을 갖는 것이다. "그토록 더러운 집에서 무엇을 하려고 하는 거야"(BF47)라고 말하는 모나는 그랑주가 블록하우스에 내려가면서 느끼는 "가벼운 현기증"(BF79)을 이해하지 못한다. 그녀는 그랑주의 삶의 절반, 텍스트가 "식물의 해를 향한 쪽"(BF79)이라고 표현하는 부분에만 관련되고, 나머지 절반은 알지 못한다. 마침내 전투가 벌어졌을 때, 곧 역사가 소설을 장악했을 때 그녀가 소설의 이면으로 사라지는 것은 이런 점을 고려할 때 필연이라고 할 수 있다.

앙드레 브르통의 아이 같은 여인femme-enfant을 연상시키는 모나는 소설에 많은 행복한 순간을 가져다준다. 그녀는 순진하고 자발적이고 역동적인 정신과 몸짓을 통해, 그리고 무엇보다 사랑을 통해 소설이 구축하는 신화에 아름다움과 깊이를 더한다. 그러나 그녀의 또 다른 중요한 기능은 세상과 삶에 대한 그랑주의 인식에 냉철함을 부여하는 데 있다. 그랑주는 모나를 통해(이는 그러나 부정적인 방식으로 이루어진다) 자기 욕망의 정확한 실제를 확인한다. 전쟁이라는 것, 그리고 그것을 통해 표상되는 죽음이라는 것은 존재의 깊은 곳에서 그를 부른다. 상관인 바랭 대위가 후방으로의 전근을 제의했을 때 그랑주는 토치카에 남고 싶다는 "돌연한, 거의 동물적인 욕구"를 느끼는 한편 이 욕구가 생겨나는 데서 모나가 별로 중요하지 않다는 사실을 확인하고 놀란다.(BF75) 사실 그랑주의 세계는 모나의 세계를 넘어서는 훨씬 복합적인 욕망에 의해 지배된다.

또 다른 경이로운 순간은 폭설에 의해 마련된다. 눈은 외부와의 소통을 막음으로써 공간적 단절 및 고립을 초래한다. 게다가 "약간 마법적인 눈"은 시간적 단절을 통해 "대휴가의 시간"을 연다. 첫눈이 내린 아침 대지에서 스며나온 "태고의 흰 빛"이 천장에 어른대는 것을 보며 그랑주는 시간이 비정상적으로 멎은 듯한 느낌을 받는다.(BF55) 그것은 "보호된 시간" 혹은 "훔친 시간"이고 "화재나 전염병이 중학생들에게 열어주는 마법적인 방학"(BF44) 같은 시간이다. 이를테면 하나의 비시간이고, 일종의 섬인 셈이다. 눈은 닫힘과 열림의 변증법에 의해 새로운 공간, 새로운 시간을 엶으로써 행복한 칩거를 보장하는 겨우살이를 선물한다.

지붕에서의 이 겨울만큼, 그의 삶이 따뜻하고 열려 있으며 온갖 인연으로부터 해방되고, 책의 페이지들을 가르는 것 같은 깊은 골에 의해 과거와 미래로부터 고립된 것을 느낀 적은 결코 없었다.(BF59)

이러한 겨우살이는 그랑주 개인의 차원에 국한되지 않는다. 눈은 모리아르메와의 관계를 두절하는 대신 팔리즈와의 거리를 좁힘으로써 그랑주의 "영지"가 전혀 새로운 사회로 태어나게 한다. 전쟁으로 인해 팔리즈에 생긴 남성의 빈자리를 토치카의 병사들이 채우면서 지금껏 일정한 거리 너머에 있던 평화, 일상, 여성의 세계와 전쟁, 남성의 세계가 혼융하는 것이다. 재미있는 것은 토치카 사람들이 앞치마를 두르거나 가사일을 돌보면서 군인의, 혹은 남성적인 성격을 다소 잃는 듯 보인다면 여자들은 오히려 병사들의 영향으로 남성화된다는 사실이다. 그러나 이러한 상호영향 내지 혼동은 낮에 국한된다.

겨울의 빠른 황혼이 예고되자마자 몇 안 되는 병사들은 요대를 차고 여자의 문지방 위에서 군용외투의 먼지를 털고, 카리브해의 마을에서처럼, 밤을 나기 위해 자유롭고 상쾌한 기분으로 모든 것, 이를테면 언어, 기분, 화제, 농담이 전혀 다른 차원에 속하는 남자들의 집으로 갔다. 거기 있는 것은 사방으로 허공에 걸린 허약한 세계, 그러나 이상하게도 그 톱니바퀴가 돌아가는 세계였다. 그랑주는 가끔, 멈추었다가 지진에 의해 다시 돌아가게 된, 그런데 매 십오 분마다 한 번씩 울리는 시계를 생각했다.(BF61)

여자와 "가정"의 평화가 있는 낮과 엄격한 군사적 활동의 밤이 대립하는 이 독특한 사회는 토치카의 수직구조와 『코사크』의 몽상에서 이미 관찰되었던 역사와 신화의 통합을 다시 한 번 되풀이한다. 하지만 이 겨우살이는 극히 작고 잠정적이긴 하되 엄연한 사회와 관련되고, 또 허약하고 불안하고 비정상적이긴 하되 새로운 일상 및 풍속의 발생을 상관한다는 점에서, 간단히 말해 한 사회의 탄생을 기술한다는 점에서 그 어느 때보다 더 신화의 정형에 가까워진다.

폭설이라는 기상 조건 덕분에 가능해진 이 행복한 순간은 그러나 "해빙이 하루하루 줄어들게 하는 쥘 베른의 떠다니는 섬처럼"(BF68) 항구적인 지속이 불가능한 시한부적인 것이다. 그것은 행복한 만큼이나 허약하고 경이로운 만큼이나 그 끝이 임박해 있다. 아니 오히려 허약하므로 더 행복하고 마지막이 임박해 있으므로 더 경이롭다고 해야 옳을 것이다. 이 같은 함수관계는 『숲속의 발코니』가 전개하는 신화를 근본적으로 특징짓는다.

『석양의 땅』에서 주인공 일행이 야만인 군대의 공격을 받고 있는 로샤르타로 가는 도중에 체류하는 마을 그레브 드 릴리아Grèves de Lilia는[115] 투명한 겨우살이의 공간으로 나타난다. 여기서 마을을 고립시키는 것은 폭설 등의 기상조건이 아니라 "땅끝"이라는 지리적 조건, 그리고 빈 대지와 바다로 둘러싸인 자연적 조건으로, 폭설같이 일시적인 경계가 아니라 땅과 바다라는 항구적 경계에 의해 공간이 규정되다 보니, 겨우살이의 시간과 그것을 채우는 활동이 더욱 확대되고 풍요로워지며 지속적인 성격을 띤다. 제임스 힐튼의 소설 『잃어버린 지평선』에 나오는 이상향 샹그릴라를 얼마간

---

115 '릴리아의 모래톱'을 뜻한다.

연상시키기도 하는 이 겨우살이의 공간은 몰락으로 치닫는 역사의 허공에 위태롭게 떠 있되, 소박하고 즉각적인 삶, 진정한 삶의 가능성을 하나의 아련한 꿈처럼, 그러나 그라크의 겨우살이의 주제에 정확히 부합하는 방식으로 구현한다.

알, 베르톨드와 그레브 드 릴리아의 겨우살이에 대해 말할 때면 그들의 얼굴은 밝아졌다. 그 땅끝에서 함께 보낸 **어두운 몇 달**은 우리에게 행복한 시절의 추억이다. 그것은 인생의 윤택한 시기 가운데 하나로 시간이 주름 없이 흘렀다고 하겠다. 문득 우리는 아주 적은 것으로 족했다. 배의 갑판처럼 물로 씻은 널빤지가 반짝이는 가운데 우리는 가뿐하게 잠을 깼고 노곤한 피로와 함께 잠이 들었다. 날들은 모래사장에 누운 사람의 손가락 사이를 지나가는 한 줌의 모래보다 더 부드럽게, 그리고 더 하염없이 흘러갔다. 멀리 보이는 것이라고는 거대하고 헐벗은, 그러나 그토록 건강한 바람에 쓸리고, 그토록 부드러운 빛에 씻긴 땅과 물뿐이었다. 우리 둘레에 사람이라고는 드물었는데, 그 시선 아래 사는 게 좋지 않은, 우리에게 환영의 빛을 띠지 않은 이는 아무도 없었다. 그것은 사방에서 헐벗은 필요에 의해 압박받는 만큼 ― 오랜 바람에 흔들리는 만큼 ― 땅이 녹으면서 길이 열리는 뜨거운 계절의 흰 공허 위에 한순간 매달린 만큼 ― 더욱 닫히고 더욱 살기에 포근한 ― 근심도 없고 추억도 없는 ― 인간의 둥지였다.(TC99-100)

『숲속의 발코니에서』 경이로운 순간의 마지막 하나는 마침내 독일군이 공격을 시작하여 소개령이 내려진 팔리즈에 위치한다. 공병대가 두고 간 철조망 꾸러미를 찾기 위해 그곳에 갔던 그랑주는 에르부에와 더불어 플라타너스 카페의 테라스에서 코냑을 마시면서 대지가 다시 원시 상태로 되돌아가는 것을 목도한다.

> 그들은 사이사이 침묵을 두면서 평화롭게, 낮게 이야기했다. 고적함, 숲의 향기, 거대한 나뭇잎들의 부드러운 그림자, 죽은 마을의 유령 같은 위엄이 그랑주에게 특이한 사치의 느낌이 들게 했다. 무성한 풀 내음과 밤 야영으로 한껏 젊어진 대지는 원시 상태로 돌아가며 한뎃잠을 자고픈 야만적 기분을 되찾고 있었다. 귀에 서늘하게 느껴지는 고요가 자리 잡았고, 그 고요 속에서 인간의 어떤 것이 복수되고 또 원기를 되찾고 있었다. 하늘은 새로운 별들로 꽉 찬 듯했다.(BF100)

이 대목에서는 소설이 초반부터 꾸준히 발전시켜 오던, 인간의 흔적을 씻어버리고 원시상태를 회복한 자연의 주제가 절정에 달하고 있다. 현재화된 전쟁의 여파가 그랑주를 채 덮치기 직전에, 곧 그랑주에게 있어 삶과 세상이 끝나는 바로 그 종국적 지점에 입을 벌린 틈에서 세상은 역설적으로 순수함을 되찾으며 태초의 근원적 자리로 되돌아가고 있는 것이다. 사실 성을 중심으로 구축된 특별한 군인 계급의 신화 역시 역사적인 시각에서 관찰하자면 퇴행적 경향을 보여왔다고 할 수 있다. 그러나 이 대목에서의 퇴행은 한층 극단적인 양태 아래 나타나고 있는 것을 볼 수 있다.

"무성한 풀 냄새와 밤 야영으로 한껏 젊어진 대지는 원시 상태로 돌아가며 한뎃잠을 자고픈 야만적 기분을 되찾고 있었다"의 문장 속에서는 대지와 그랑주가 혼동되고 있다. "한뎃잠을 자고픈 야만적 기분을 되찾"는 것은 그랑주일 수밖에 없는데도 주어 자리를 대지가 차지하고 있는 것이다. 그 다음 문장에서도 동일한 혼동이 계속된다. "인간의 어떤 것이 […] 원기를 되찾"는 것은 현재 그랑주의 가장 가까운 환경을 구성하는 침묵 속에서이다. 주체와 그를 둘러싼 환경이 혼동되며, 그리고 서로 소통하며 모든 것이 아직 채 분류되지 않은 태초로 돌아가고 있는 듯하다. 하지만 여기에서는 이 회귀가 카오스에까지는 이르지 않고 주체가 자연과 화해하는 물아일체의 행복한 상황 속에 멈춘다. 이 상황은 "자신이 가진 모든 것을 몸에 지니고 있어 만족한, 모험을 할 준비가 된, 자유롭고 대담한"(BF100) 인간이 "동물에게 말을 건네고픈 욕구"(BF99)를 느끼는 오르페우스적 상황이다. 그리고 인용한 구절의 마지막 문장이 웅변하듯 "새로운 별들"이 세상의 새로운 시작을 상징하는 상황이다.

전쟁은 오래 기다리나 더디 오고 기다림의 주체를 건너뛰며 그 얼굴을 감춘다. 덕분에 신화의 경이는 전투가 개시된 이후에도 거기 생겨난 틈에서 한동안 계속된다. 신화와 역사는 서로 스미고 맞물리며 대립하는 형국을 취한다. 역사가 지척에 와 있는 만큼 신화는 오히려 스스로를 더욱 날카롭게 벼리는 듯하다. 또한 전투는 시작되었지만 예기치 않은 소강상태, 곧 전투의 틈이 그것을 용이하게 해주기도 한다. 그리하여 그랑주는 "마법의 성"이나 "보존된 섬"(BF124)을 꿈꾸고, 텅 빈 숲길을 가면서 잠자는 숲속의 미녀의 성 안을 거닌다고(BF107) 생각한다.

『석양의 땅』은 살벌하고 치열하게 타오르는 전투 한중간에 생겨난 틈을 그린다. 주인공은 위기에 처한 아르마그 성의 방어를 지원하기 위해 도시 밖으로 나가서 이동하던 중에 야만인 기병대의 공격을 받는데, 그 주력이 대열의 뒷부분을 겨냥하는 바람에 목숨을 구하고 마침 가까운 곳에 있던 협곡으로 피신한다.(TC203-204) 『숲속의 발코니』의 절제된 어조에 비해 훨씬 강렬하고 극적인 표현을 구사하는 해당 부분의 서술은 그라크의 틈의 주제에 대한 하나의 삽화적 설명으로 읽힐 수 있을뿐더러, 앞서 살펴본 전쟁의 몽환적 성격까지도 드러내고 있다.

완전히 대처하기 힘든 전쟁의 예측할 수 없는 놀라움 가운데 하나는 이따금 행위의 매듭으로부터 두 발짝 떨어진 곳에서 깊이 잠자고 있는 고요와 침묵의 거의 기적 같은 초호(礁湖)들에 있다.(TC203)

탁 트인 스텝 아래로 마치 마법에 의해 트랩을 열어놓은 것 같았다. 거기서는 요술처럼 하나의 닫힌 세계, 정답고 보호해주는 문 잠근 정원으로 미끄러져 들어갔다. 충격의 격렬함은 나 말고 다른 생존자들이 있을 수 있다는 생각에 아직 여지를 허락하지는 않았지만, 그 순간 나는 그런 것은 별로 걱정하지 않았다. 차가운 밤의 공허 속에서 나는 환희를 느끼며 온전하고 대담하고 자유롭게 살아 있음을 느꼈다.(TC204)

전투 중에 한 차례 **파도가 건너뛴** 것을 느끼며 죄어든 대지 한

가운데 살아 숨 쉴 때는, 초라하게 주어진 유예의 날카로운 감정이 삶의 각 순간을 기운차게 폭발하게 만드는 듯하고, 그것은 아직 알지 못하는 자유의 감정과 이상하게 뒤섞인다. 불가능의 한가운데에서 거친 감압이 일어난다고나 할까. 물 위에 실린 듯 느껴지며 뇌는 비정상적으로 명석한데 머리카락 모근마다 차가운 물방울이 맺힌다. 자기 둘레의 대지는 꿈보다 더 색다르고 다시 못 볼 만큼 아름다우며 폭풍우가 몰아치는 밤의 번개처럼 푸른 가는 경련으로 온통 빛난다. 도를 넘은 특권, 단 한 번만 주어지며 조금만 움직이면 마법이 깨질 것 같은 힘의 느낌이 생겨난다. 자기 집 안을 걷듯 걷는 세상의 신비로운 틈들 가운데 하나를 따라 마치 바다 위인 양 나아간다.(TC206-207)

뫼즈강 동쪽에 이제 더 이상 프랑스군이 남아 있지 않을 것이라고 생각하는 그랑주에게 대지는 바야흐로 홍수에 의해 말끔히 씻긴 듯 보인다.

"어쩌면 이제 더 이상 아무것도 없을 것인가?" 대지는 홍수를 겪은 듯 그의 눈에 아름답고 순수해 보였다. 두 마리의 까치가 마치 설화의 동물처럼 그의 앞 노변에 날아와 앉아 긴 꼬리를 조심스레 풀에 문질러댔다.(BF114)

여기에서의 홍수는 물론 노아의 홍수(그리고 메소포타미아의 길가메시 서사시에 나오는 홍수와, 그리스 신화의 데우칼리온의 홍수)에 대한 참조이며, 그것은 마땅히 과거를 지우고 새로운 시작을 여는 제의로서 기능해야 한다. 하지만 이는 그랑주의 부질없는 희망일 따름이다. 텍스트는 신기루만을 드리울 뿐 성서의 맥락을 벗어난다. 비둘기가 까치로 대치된 것은 이러한 텍스트의 태도를 방증한다. 걸음을 계속하다가 숲속을 배회하던 벨기에인을 붙잡아 토치카로 데려오면서 그랑주는 말할 것이다. "나는 무엇인가 데려오지만 그것은 비둘기도 아니고 까마귀도 아니야"(BF116). 벨기에인은 오히려 "대지 위로 오르는 황혼을 나는 생기 없는 박쥐"에 비유된다. 성서 참조는 그러므로 성서의 맥락을 벗어날 뿐 아니라 그것과 정반대되는 의미를 취한다고 말할 수 있다. 그랑주의 신화적 희망은 마지막까지 꺾일 줄 모르지만 텍스트는 냉철함을 잃지 않는다. 그것은 그랑주와 그의 신화적 희망에 반성적 거리를 취하면서 독자를 균형 속에 위치시킨다.

파국이 눈앞에 닥친 절체절명의 마지막 순간에 세상과 인간은 기적적인 경이의 순간을 맞는다. 그랑주가 회상하는 1914년 8월 2일처럼, "세상은 다시 어린이의 머리와 흡사해진다"(BF103). 그러나 새로운 시작을 알리는 듯한 이 경이의 순간은 내일이 없는 마지막 순간과 일치한다는 점에서 전통적인 신화를 벗어난다. 그것은 절대의 무(無)로 이어진다. 그랑주는 말한다. "한 인간이 바다로 되돌아가는 게 이토록 수월할 것이라고 누가 생각했으랴?"(BF120-121)『숲속의 발코니』에 편재하는 바다는 절대 혹은 신성의 공간으로서 거기에서는 신화와 역사가 상호모순적으로 지각되길 그친다.

그러나 우리의 논의는 아직 바다에 이르지 못했다. 거기에 이르는 길은 역사를 가로지른다. 이 역사는 거대한 폭력의 양상 아래 그랑주의 세계를 덮치며 소설이 구축해가던 신화를 분쇄한다.

2.2.2.7. 역사의 엄습

"한바탕 갈겨!" 그랑주가 구르퀴프에게 신경질적으로 명령했다.
구르퀴프는 고개를 저었다. […]
"보이지가 않아!…"
목소리는 어린애 같은, 고뇌에 찬 낑낑거림에 가까웠다.
"덤불 숲 안쪽. 퍼부어!"
그는 그럴 시간이 없었다. 어두운 충격이 아주 가까이, 가슴 가득히 울리고, 파괴적인 마른 폭연(爆煙) 덩어리가 블록하우스 벽에 와 부서졌으며, 유리잔이 깨지는 듯 물기 어린 부딪침 소리가 폭포처럼 잇달았다. 포안(砲眼)을 가리던 흙 자루가 단번에 허물어지면서 벽을 열었고, 콘크리트 건물 깊은 곳까지 온통 더럽고 음산한 흰색으로 뒤덮였다.(BF128)

이 구절은 그랑주의 신화 세계에서 중심 공간으로 기능하던 토치카가 일순에 산산조각 나는 장면을 서술하고 있다. 우리는 여기서 그랑주의 신화 세계가 역사에 비해 얼마나 허약한지를 새삼 실감하게 된다. 그러나 정말로 주목해야 할 점은 역사 — 전쟁이 그 얼굴을 드러내지 않고 있다는 사실이다. 그랑주는 그것이 "덤불숲 안쪽"에 있다고 확신하지만 구르퀴프에게는 그것이 보이지 않는다. "어두운 충격", "폭연", "부딪침 소리", "더럽고 음산한 흰색"

은 역사 — 전쟁의 환유일 따름이다. 앞으로도 전쟁-역사는 결코 모습을 드러내지 않을 것이다. 독일군의 공격 개시를 통해 현재화된 순간부터 그것은 한 걸음에 칠십 리를 가는 장화를 신은 우화적인 모습으로, 또는 "거인"(BF113)으로 나타나며 그랑주를 건너뛴다. 그것은 그랑주의 시야를 멀찌감치 벗어난다. 집단적 차원에서 진행되는 그것은 개인을 철저히 소외시키는 것이다. "그리로 무엇인가 도래해야 할 길에 면한 창문"(BF122)에서 그랑주가 그토록 오래 기다린 "전쟁은 저 위로 낯설게, 엉뚱하게, 야간 급행열차처럼 지나갈"(BF132) 뿐이다.

토치카가 부서지는 순간부터 이렇듯 중립적인 환유로 표현되는, 즉 이방인처럼 보이는 역사 — 전쟁은 토치카가 파괴되기 이전에는 한결 다양한 양태 아래 나타나며 주인공과 복합적인 관계를 맺는다. 그것은 우선 그랑주가 "블록하우스 훑어보기"라 부르는 의식(儀式)에서 대전차포 망원경에 비친 "다른 세계, 흰 빛과 고요한 분명함이 감도는 조용하고 위협적인 세계"(BF16-17)로 나타난다. 이 "다른 세계"는 역사 — 전쟁의 잠정적인 결과라는 점에서 환유인 동시에 안과 밖의 대립을 통해 얻어진 은유이기도 하다. 그랑주는 이 "다른 세계"에 대해 묘한 끌림과 반감을 느끼는데, 그의 이처럼 모호하고 복합적인 감정 및 태도는 소설 전반에 걸쳐 꾸준히 확인된다.

역사 — 전쟁이 욕망의 모호한 상관물로서 등장하는 가장 좋은 예는 그랑주가 독일 전차 사진첩을 뒤적이는 부분에서 발견된다.

저녁 때 몇 통의 편지를 부치고 나면 […] 그는 일찌감치 잠자리에 들었다. 그는 긴긴 겨울 저녁 침대에서 책 읽는 것을 좋아했다 […] 하지만 그날 저녁, 그는 책 대신에 대위가 두고 간 선반 위의 실루엣 수첩을 집어다가 오래도록 뒤적였다. 사진으로도 아직 본 적이 없는 무거운 회색 실루엣들은, 기술의 요구를 거슬러 아직도 파프너를 기억할 방도를 발견하는 독일 전쟁 기계들 특유의 바로크적이고 연극적이며 음산한 측면과 함께 기이하게 이국적으로 보였다 — 다른 세계였다. "이상해", 하고 그는 생각했다. 이 경우 불어에는 적당한 말이 없었다. 그는 반감과 매혹이 기묘하게 뒤섞이는 가운데 사진에 시선을 고정했다. 밖에서는 밤이 오면서 아르덴의 무거운 비가 내리기 시작했다 […] 자신도 모르게 그는 음란한 사진들이라도 보는 양 혹시 들킬까 두려워하며 이따금 홀에서 들려오는 소리에 귀를 곤두세웠다. (BF75-76)

앞서 보았듯이 그랑주의 신화적 세계가 역사를 참조한다면 여기에서는 오히려 역사 — 전쟁이 신화를 참조한다. 위에 인용한 구절에서 독일군 전차는 바그너의 오페라를 통해 유명해진 라인의 황금을 지키는 용(龍) 파프너에 비유되어 있다. 게르만 신화 참조는 토치카가 산산조각 나기 직전 병역 카드 운반 트럭을 파괴하는 부분에서 다시 한 번 나온다. 문제의 트럭이 보탄의 까마귀를 동반하고 등장하는 것이다(BF125). 게르만 신화에 대한 이 두 인용은 전자의 경우 역사-전쟁을 죽음이라는 보편적 차원에 연결시키고, 후자의 경우는 개연성을 무시하고 선봉에 선 지리멸렬한 트럭에 신성을 부여한다. 실제로 그랑주와 그 부하들은 트럭을 파괴한 뒤 신성에 함부로 손을 댔다는 두려운 생각에 몸서리친다.(BF127) 이 지리멸렬한 전조는 그 뒤에 올 신화 세계의 파괴와 죽음을 예고한다는 점에서 심각한 전조이기도 하다. 결국 그것이 선봉에 선 것은 텍스트의 논리에 따른 것이라 말할 수 있다.

이 밖에도 역사-전쟁은 H.G. 웰스의 『세계대전』과(BF58) 페로의 동화 등, 신화의 인접 장르에 속하는 텍스트들을 참조한다. 『숲 속의 발코니』에서 신화와 역사는 이렇듯 상호 참조를 통해 소통한다. 하지만 사실 이 참조와 소통은 표면적이고 부수적인 차원에 그친다고 해야 옳을 것이다. 근원적이고 본질적인 차원에서 신화와 역사는 엄연히 서로 상반되는 벡터로서 작용하기 때문이다. 신화가 삶의 시작이라면 역사는 그 삶을 무화할 가능성으로 나타난다.

위에 인용한 구절로 다시 한 번 돌아가보면, 도구인 까닭에 역사-전쟁의 환유로 분류될 수 있는 전차는 그랑주의 욕망을 유발하고, 그랑주는 거기에 대해 매혹과 반감이 뒤섞이는 이상한 감정을 느낀다. 게다가 그는 이러한 복합적인 감정을 가장 내밀하고 개인적인 방식으로 산다. 전차는 연극화된 상황 가운데 위치하는 그의 의식 속에서 "음란한 사진"처럼 경험되는 것이다. 정신분석적 방법론에 의거한 독서는 여기서 좋은 분석 대상을 구할 수 있을 것이고, 그 좋은 예로 우리는 장 벨맹노엘의 작업을 읽을 수 있다[116]. 하지만 우리는 그랑주가 느끼는 모순된 감정이 결국은 죽

---

116 Jean Bellemin-Noël, *Une balade en galère avec Julien Gracq*, PU du Mirail, 1995, p.94.

음의 공포에 연결되어 있다는 사실을 확인하는 데 만족하고자 한다. 대전차포의 망원경을 통해 바라본 "다른 세계"에서 이미 충분히 읽을 수 있었던 것처럼, 그랑주가 역사–전쟁에 대해 "두려움과 욕구를 갖는"(BF136) 것은 그것이 죽음을 불러올 수 있기 때문이다. 역사가 불가역적인 시간을 따르며 죽음을 내포한다면, 전쟁은 가속화된 시간, 혹은 앞당겨진 죽음을 상정한다. 그랑주가 역사–전쟁을 통해 보는 것은 바로 이 죽음이다. "나는 탈영하는 나름의 방식을 선택한 사람들과 더불어 전쟁하는 것을 싫어하지 않아"(BF74)라고 말하면서 바랭은 그랑주의 속을 꿰뚫어보고 있었던 셈이다. 그랑주가 전쟁을 통해 구하는 것은 바로 자신의 죽음이었고, 바로 이것이 그의 "탈영하는 방식"이었던 것이다.

결국 역사–전쟁은 죽음으로 가는 하나의 통로이다. 따라서 그것은 죽음의 환유이다. 다만 여기에서의 환유는 스스로를 보여주지 않고 숨기는 대신 스스로를 통해 보여주게 되어 있는 것을 도리어 노출하는 문채라는 독특함을 갖는다. 즉 집단적인 역사–전쟁이 그랑주를 건너뛰고 소외시키며 자신의 모습을 감춘다면 그것의 본질을 이루는 죽음은 고스란히 그랑주 개인의 몫으로 다가온다. 이 죽음은 철저히 개인적인 것이어서 모나조차도 그것의 예감 및 기다림에 참여할 수 없다. 여러 차원을 에두르고 맴돌며 기다림과 매혹과 공포를 낳던 시간은 마침내 홀로 남은 그랑주에게 다가온다. 하지만 마지막 순간에 또 한 차례 반전이 일어난다. 죽음은 고스란히 그랑주 개인의 몫이되 그것 자체로서 체험될 수 없다. 그것은 잠의 형태를 빌려 체험된다. 시간의 본질적 얼굴은 끝내 인간의 시야와 경험을 벗어난다.

2.2.2.8. 파도와 모래성 – 파국 앞의 삶

『숲속의 발코니』에서 신화는 새로운 삶을 구축하려는 의지로, 역사는 죽음으로 나타난다. 이는 신화와 역사의 원칙적 정의 및 구분에 부합하는 것이다. 다만 거기에서 신화는 개인적 의식의 차원에(이는 물론 집단적 차원으로 확장되기도 한다) 위치하고 역사는 집단적 차원에 위치한다는 중요한 차이를 갖는다.

역사와 신화의 대립에 대해서는 지금껏 다양한 입장이 표명되었으되, 이는 크게 두 부류로 나뉠 수 있다. 하나는 신화와 제의가 아직 그 생명력을 완전히 잃은 것이 아니며 경우에 따라서는 지친 인간의 삶에 새로운 시작과 활력을 제공할 수도 있으리라 믿는 입장으로서 엘리아데 등에 의해 대표된다. 다른 하나는 현대 사회에서의 신화와 제의와 원형의 가능성 및 효율성을 간단히 부정하며 삶의 모든 부조리를 역사 그 자체를 통해 극복하고자 하는 역사주의 또는 마르크스주의의 입장이다.

그렇다면 역사와 신화의 대립에 대한 그라크의 입장은 어떠한 것인가? 아니 지금껏 우리가 살핀 역사와 신화의 대립을 어떻게 정리할 것인가? 그라크는 파국의 순간에 어떤 구원의 가능성도 설정하지 않는다. 새로운 시작의 가능성, 신화의 가능성을 부정한다. 정말로 막다른 길목에 이른 역사의 너머에는 아무것도 있을 수 없다. 거기에는 "두루마리의 끝" 이후, 그리고 "자유 낙하"(BF49)와 같이 막막한 은유에 의해 표현되는 무(無)가 있을 뿐이다. 이러한 무는 그라크의 상상세계에서 바다라는 절대의 얼굴로 표상되며 주인공을 매혹하기도 한다. 결국 인간을 기다리는 것은 죽음이고 이 죽음은 그 어떤 것으로도 귀결되지 않는다. 그라크의 신화는 엘리아데의 것과 다르고, 역사는 마르크스주의자의 것과 다르다고 하겠다.

그라크의 신화는 파국 앞의 삶 속에 위치한다. 그리고 그것은 삶을 위협하는, 죽음으로 다가오는 역사 또는 시간과 길항한다. 중요한 것은 이 길항이 신화와 삶에 긍정적이고 유익하게 작용한다는 사실이다. 죽음은 언제나 저기에서 우리를 기다리고 있다. 그라크의 작품에서 삶은 이런 죽음을 바라보며 결코 위축되거나 절망하시 않는다. 그것은 오히려 더 큰 기쁨과 더 깊은 진정성을 확보하는 계기가 될 뿐이다. 이 같은 삶과 죽음의, 신화와 역사의 역동적인 변증법을 텍스트는 다음과 같은 아름다운 글쓰기를 통해 표현한다.

그리고 다음 날 모래성도 있을 것이고, 거기에 곧 파도가 밀려 들 것을 아는 동시에 그것을 믿지 않기 때문에 단지 거기 서 있는 것만으로도 가슴은 더욱 세차게 뛸 터였다.(BF75)

『숲속의 발코니』에서 토치카를 중심으로 형성되는 역사와 신화의 변증법(파괴되리라는 것을 알기 때문에 토치카-삶은 더욱 강렬해진다)은 그랑주의 냉철한 인식과 그것을 넘어서려는 욕망과 상상력에 기반을 둔다. 그는 현실과 역사를 있는 그대로 받아들이되 거

기서 만족하지 않고 그 위에 나름의 삶을 투사한다. 그것은 모래
성처럼 허약하고 부질없는 것이다. 그런 점에서 그것은 인간의 약
하고 허망한 삶을 고스란히 상징한다. 하지만 그럼에도 불구하고
삶은 살 만한 것으로 나타난다. 오히려 파괴와 죽음의 위협은 삶
을 더욱 강렬하게 고동치게 한다. 그랑주가 오트팔리즈가 마음에
든다(BF74)고 바랭에게 말하는 것은 파도의 위협에 노출된 그만의
"모래성"이 거기에 있기 때문이다. 앞서 우리는, 역사는 개인을
건너뛰고 오로지 죽음만이 그의 몫으로 체험된다고 했다. 그러나
어찌 죽음만이 인간의 몫일 터인가. 그에게는 무엇보다 죽음에 맞
서, 죽음 앞 좁은 가능성의 틈에서 구축되는, 그리고 때로 기적적
인 경이로 분출되는 삶이 있다. 냉철함의 바탕 위에 경이로운 삶
을 펼치는 것, 여기에 아마도 죽음에 대항하여 삶의 의지 자체로
일어서는 그라크의 신화가 있다고 하겠다.

2.2.3. 역사와 인간

2.2.3.1. 문명과 야만, 서양과 동양

『시르트의 바닷가』에서 가상의 국가들인 오르세나와 파르게스
탄은 시르트해를 사이에 두고 서로 마주 보고 있다. 한데 삼백 년
전의 충돌 이후 몇 차례 소규모 접전이 있었던 것을 제외하면 두
나라 사이에는 더 이상 아무런 접촉도 없이 전쟁은 잠을 자고 있
는 중이다(RS560). 소설에서 오르세나가 삶과 문명 그리고 질서의

축을 구성한다면, 파르게스탄은 죽음과 야만 그리고 무질서의 축을 이룬다. 오르세나가 정주민의 국가라면 파르게스탄은 유목민의 국가이다. 또한 오르세나가 이성의 서양이라면 파르게스탄은 "지극한 섬세함"(RS560)이 돋보이는 동양이며, 여기에 유목 민족 특유의 야성적 성격이 추가된다.

이 같은 대립은 동양과 서양의 원형적 대립을 반복한다. 파르게스탄은 하나의 국가로 보기가 힘들 정도로 비정형적 양상을 띤다. 그것은 혼돈과 무질서의 공간으로 나타나며, 오르세나라는 삶의 공간 맞은편에서 죽음을 형상화한다.[117] 둘 사이의 대립을 기호들로 요약해놓은 시르트 해도를 바라보던 주인공 알도는 "오르세나와 사람이 살 수 있는 세계는 바로 이 경계선에서 *끝난다*"(RS577)고 의미심장하게 말한다. 소설 후반부에 알도를 찾아오는 밀사는 소설에 등장하는 유일한 파르게스탄 사람인데 "어둠에서 나와 어둠으로 사라지며 […] 파충류처럼 느리고 조용한 일렁임"(RS763)을 보여주면서, 다시 말해 뱀의 상징을 통해 죽음의 세계를 암시하면서 파르게스탄을 죽음의 축으로 삼는 소설의 대립 구조에 호응한다.

오르세나 쪽에서 알도, 파브리치오, 오를란도, 다니엘로 등 인명과, 오르세나, 마렘마, 베차노 등 지명은 이탈리아를 연상시킨다. 베네치아의 화가 알레산드로 롱기를 연상시키는 롱곤, 유명한 토스카나 출신 가문으로 로마 근교에 유명한 빌라를 짓기도 한 알도브란디니를 떠올리는 알도브란디, 여기에 더해 시르트로 가는

---

117 Michel Guiomar, *Trois paysages du Rivage des Syrtes*, Paris, José Corti, 1982, pp.14–17.

길의 "로마식 포도(鋪道)"(RS563)와 "높은 노르만 감시탑"(RS564), 그리고 최고의 권력기관인 보안평의회 궁전이 환기시키는 "롬바르디아 시대의 야만적인 호사와 녹청(綠青)"(RS821)은 오르세나를 이탈리아의 역사적 과거에 연결한다. 마렘마는 "시르트의 베네치아"로서 그곳의 "충적형 무늬의 금빛 둥근 지붕"을 한 성 다마즈 교회는 베네치아의 산마르코 대성당이 떠오르게 한다. 이 밖에도 정치제도와 역사적 과거를 비롯한 다양한 요소들이 "오르세나를 한편으로는 퇴락기의 로마에, 다른 한편으로는 중세와 르네상스 시대의 베네치아와 결부시킨다."[118]

그러나 "동양을 향해 드리운 오랜 유럽의 해묵은 방벽"을 따라가는 "부다페스트-베네치아 대각선"(GC1000) 근처에 위치시킬 수 있는 오르세나이지만 그 동쪽 끝은 의외로 동양 깊은 곳에 위치한다. 소설 마지막 부분에 나오는 "시르트 내부의 가난한 촌락" 엔가디와 사렙타는 구약에 나오는 엔게디와 사르밧을 연상시킨다.[119] 그리고 이들 지명과 함께 언급된 "rezzou"라는 단어는 북아프리카에 출몰하는 사적(砂賊)을 가리킨다. 소설은 또한 아랍 및 이슬람 문명과 시르트 사이의 밀접한 관계를 발전시킨다. 시르트의 "불모의 사막은 아랍인들이 침입하여 그들의 절묘한 관개술로 땅을 비옥하게 만들던 시절 풍요한 문명을 열매 맺은 적이 있

---

118 Michel Murat, *Le Rivage des Syrtes de Julien Gracq: Etude de style, I. Le Roman des noms propres*, Paris, José Corti, 1983, p.61.

119 엔게디는 『사무엘 상』 24:1과 『아가』 1:14에, 사르밧은 『열왕기 상』 17:9 에 나온다.

다"(RS558). 성 다마즈 교회는 여행을 통해 네스토리우스의 동방교회와 인연을 맺은 시르트 상인 공동체의 중심이었고, 이슬람 땅의 비밀결사인 "청렴형제단"과의 관계를 의심받던 비의적 종파의 본거지이기도 했다(RS705). 오르세나의 동쪽 끝은 따라서 북아프리카-팔레스타인의 모호한 지점에 위치한다.

　오르세나와 대립하는 파르게스탄을 근동 및 중앙아시아와 결부시키는 요소로는 우선 지명을 들 수 있다. 파르게스탄이라는 이름 자체가 전형적인 중앙아시아의 지명이다.[120] 파르게스탄의 수도 라게스의 경우 13세기 몽골의 침입으로 파괴된 페르시아의 고대 도시와 이름이 동일하다.[121] 이 도시를 내려다보는 화산 탱그리는 알나이 시역에 사는 터키속의 죄고신인 하늘의 신의 이름이다.[122] 그것은 또한 터키어, 몽골어, 티베트어를 사용하는 지역에서 자주 발견되는 산(山)의 이름이기도 하다.[123] 반면에 주인공 알도가 시르트 해군기지 해도실의 지도에서 읽는 지명들, 곧 게라, 미르페, 타

120　아랍어에서 유래하여 현재 페르시아어에 남아 있는 'fargh'는 '공허' 혹은 '자유'를, 그리고 피에르 주르드가 지적하는 것처럼 페르시아어에서 온 'stan'은 '나라'를 의미한다(Pierre Jourde, *Géographies imaginaires de quelques inventeurs de mondes au XXe siècle: Gracq, Borges, Michaux, Tolkien*, Paris, José Corti, 1991, pp.243-244). 파르게스탄은 따라서 '자유로운 나라' 혹은 '공허한 나라'를 뜻한다.

121　이 고대 도시의 위치는 현재의 테헤란 근교에 해당하며(Pierre Jourde, *Ibid.*, p.244), 그것의 현재 이름은 라슈트Rasht이다(Michel Murat, *Le Rivage des Syrtes de Julien Gracq: Etude de style, I, Le Roman des noms propres*, p.64).

122　*Histoire des religions*, Tome 3, Paris, Gallimard, coll. «L'Encyclopédie de la Pléiade», 1976, p.926.

123　Pierre Jourde, *Ibid.*, p.244.

르갈라, 우르가손테, 아믹토, 살라마노에, 디르세타는 "그리스화되고 로마화된 서양의 변방", 즉 소아시아와 북아프리카 지역을 연상시킨다. "오르세나 영토에서는 크리스마스이브에 사막을 연상시키는 강렬한 빛깔의 의복과 울긋불긋한 양모 망토를 걸침으로써 먼 동방에서 일어났던 그리스도의 탄생을 이 모래땅 변두리에서까지 기념하는 것이 전통으로 자리 잡"았는데, 알도가 본 가장행렬에서는 분장이 "천 년 전 동방보다 오히려 지금도 파르게스탄에서 일반적으로 사용되는 회색과 붉은색 천으로 지은 옷이나 사막 토착민 특유의 긴 줄무늬가 있는 헐렁한 양모 의복을 연상시키고", 벨센차는 이를 두고 "베두인 사람들의 방임"(RS703)을 말한다. 이 대목을 통해 파르게스탄이 연결되는 지역은 모로코에서 이집트, 시리아, 아라비아에 이르는 북아프리카-근동 지역이다. 결국 『시르트의 바닷가』에서 동양을 형상화하는 파르게스탄은 내륙의 중앙아시아적 요소를 포함하면서 서양의 변경을 아우르는 형태로 나타난다.

소설 도입부에 제시된 파르게스탄 소개는 중앙아시아적 요소를 중심으로 다양하고 이질적인 동양적 요소들을 혼합하고 있다.

시르트해를 사이에 두고 오르세나의 영토와 마주 보는 파르게스탄에 대해서는 정청에서도 아는 바가 거의 없다. 고대로부터 쉴 새 없이 외침에 시달리다 보니 — 마지막으로 있었던 것은 몽골족의 침략이다 — 국민들은 하나의 파도가 형성되자마자 금방 다른 파도에 의해 뒤덮이고 지워지는 유사(流砂)와 같아지고, 문명은 동양의 지극한 섬세함이 유목민의 야만성과 병존하는 하나의 야만적인 모자이크가 된다. 이렇듯 불안정한 토대 위에서 전개된 정치는 거친 만큼이나 황당한 파동(波動)의 연속이다. 어떤 때는 분열에 휩싸인 나라가 그대로 주저앉아 봉건 부족들로 나뉘어 종족 간의 처절한 증오로 대립할 것처럼 보이는가 하면, 어떤 때는 사막의 공동(空洞)에서 생겨난 신비로운 물결이 모든 정열들을 결집하여 어느 한 순간 파르게스탄을 야심찬 정복자의 손에서 불타오르는 횃불로 만들기도 하는 것이다.(RS560)

파르게스탄이라는 나라를 가장 잘 정의하는 표현은 텍스트가 제시하고 있듯이 "야만적인 모자이크"이다. 이질적인 요소들이 충돌하며 혼재하는 까닭이다. 모자이크는 우선 쉼 없는 침입으로 점철된 사막을 배경으로 하고 있다. 영원한 변화와 생성의 공간인 사막 고유의 유목적 성격에, 침입이라는 외부적 요인이 겹쳐 "국민들은 하나의 파도가 형성되자마자 금방 다른 파도에 의해 뒤덮이고 지워지는 유사와 같아"지고, 이는 고스란히 정치적, 사회적 불안정성으로 이어진다. 비합리성과 예측 불가능으로 특징지어지는 이 불안정성은 때로는 분열로 나타나는가 하면 때로는 놀라운 결집으로 불타오른다. 안정된 형태를 갖지 못하지만 대신에 역동성을 갖춘 그 불안정성은 두 가지 요소를 수반한다. 하나는 잦은 분쟁과 "종족 간의 처절한 증오"에 연유한 호전성 혹은 폭력성이고, 다른 하나는 "모든 정열들을 결집"하는 신비주의적 측면이다. 여기에 덧붙여질 수 있는 요소가 제도와 정서에서 드러나는 봉건적 성격, 곧 전근대성이다. 이렇듯 분열과 결집, 폭력과 신비 사이에 위치하는 모순적 대립은 문명의 층위에서 "동양의 지극한 섬세함"과 "유목민의 야성"의 대립으로 변환되어 나타나는데, 사실 야만과 세련의 이 같은 병존은 그라크에게, 나아가 서구인들에게, 동양 문화에 거의 무의식적으로 따라붙는 상투어라는 점을 지적해야겠다.[124]

　다양한 역사적, 지리적 맥락에 관련되는 파르게스탄에서 우리가 보아야 할 것은 동양과 서양의 대립이라는 하나의 원형과, 민족 대이동 또는 야만족의 침입에 따른 쇠락한 문명의 파괴와 그에 이은 재생이라는 또 하나의 원형이다.[125] 위에 인용한 파르게스탄을 소개하는 텍스트는 두 가지 원형을 동시에 적용하고 있으나 소설의 전개와 함께 풍부한 발전의 기회를 얻는 것은 두 번째 원형이다. 텍스트는 다양한 침입을 수렴하는 기능을 파르게스탄에 부여한다. 파르게스탄은 예로부터 외침이 끊이지 않았던 지역이고 이런 사실은 언제든 거대한 정복의 물결로 부풀어 오를 가능성으로 나타난다. 여기서 주목할 것은 파르게스탄이 마지막으로 겪은 몽골족의 침입이다. 서양에서 몽골족은 '황색 공포'의 기원에 위치하며 호전적이고 야만적인 동양을 표상한다. 텍스트에서 몽골족

124　야만과 세련의 대립에 수반되는 여러 요소들, 곧 유동성, 불안정성, 비합리성, 호전성, 폭력성, 신비성, 봉건성 등은 에드워드 사이드가 오리엔탈리즘이라는 이름으로 부르는 것의 전형적인 요소들이라고 할 수 있다.

125　Michel Murat, *Le Rivage des Syrtes de Julien Gracq: Etude de style, I. Le Roman des noms propres*, p.66.

의 침입은 일종의 환유적 전이에 의해 파르게스탄의 호전성으로 전환되는 듯 여겨진다. 밤에 알도를 찾아오는 파르게스탄 밀사의 "가볍게 째진 눈"(RS757)과, 크리스마스이브의 분장이 마렘마의 어린이들에게 떠올리는 "식인귀Ogre"(RS703)가 그것을 조장한다. 집단의 기억과 무의식에 자리 잡은 공포를 표상하는 이 식인귀는 바로 훈족의 일파인 위그르에서 유래한다.[126]

야만적 동양의 침입과 그에 따른 쇠락한 서양 문명의 파괴와 재생이라는 주제는 다니엘로의 환영 속에서 가장 생생한 표현을 얻는다.

> 벌써 여러 해 전부터, 알도, 나는 [오르세나]의 가슴에 귀를 붙인 채 살고 있네. 그것은 이제 음산한 말의 질주만을, 그것을 뒤덮어버릴 검은 물결만을 기다려. 오르세나가 우연에 몸을 맡기지 않은 지 너무 오래되었어. 오르세나가 게임에 스스로를 내던지지 않은 지 너무 오래되었어. 살아 있는 육체 둘레의 피부는 촉각이고 호흡이지. 하지만 하나의 국가가 너무 많은 세기를 살게 되면 두꺼워진 피부는 벽이, 만리장성이 되기 마련이야. 그러면 때가 된 거지. 그러면 트럼펫이 울리고 벽이 무너지며 세기들이 완료되고 기병들이 벌어진 성벽의 틈으로 들어올 때가 온 거지. 야생초와 신선한 밤의 내음을 풍기며 다른 곳의 눈빛으로 바람에 망토를 펄럭이는 잘생긴 기병들이.(RS836)

벽 안에 갇혀 생명력과 역동성을 잃어버린 퇴락한 문명 세계를

---

126 Michel Murat, *Ibid.*

파괴하는 것은 "야생초와 신선한 밤의 내음"을 풍기는 기병들, 곧 유목민 군대이다. 다니엘로는 이들에게 "잘생긴"이란 형용사를 붙여주고, 그것으로도 모자라 그들의 말발굽 소리를 축제와 운명의, 신화와 성서의 트럼펫 소리와 결부시킨다. 이는 파괴에서 재생의 계기를 보고자 하는 태도를 반영한다. 그러나 무너진 성벽 틈으로 들어오는 잘생긴 기병들의 구보는 "음산한 질주"이자 순식간에 세상을 뒤덮어버리는 "검은 물결"이기도 하다. 콘스탄티노플의 함락을 연상시키는 이 검은 물결이 중앙아시아에 본거지를 둔 야만의 동양을 그것의 호전적이고 파괴적인 성격 가운데 부각시키는 상투적 은유임은 물론이다.

2.2.3.2. 바깥 없는 삶

파르게스탄과의 전쟁이 하염없이 잠을 자는 상황은 곧 타자의 부재로 이어지고, 외부와의 어떤 접촉도 존재하지 않는 현실은 역동성의 결핍에 따른 오르세나 사회 전반의 정체 또는 침체로 이어진다. 젊은이들은 공직에 아무런 열의도 보이지 않으며 공허하고 관념적인 논쟁과 부질없는 향락만을 일삼을 뿐이다. "지난 세기에 이교도들을 상대로 이룩한 군사적 성공 및 동양과의 무역에서 거둔 전설적인 부(富)가 그에게 얻어준 영광의 그늘 아래 살고 있는" 오르세나는 "이제는 세상에서 은퇴했으며 신용을 잃고 파산했지만 아직은 위신 덕분에 빚쟁이들의 모욕으로부터 무사한 몹시 늙고 몹시 고귀한 사람과 흡사하다. 미약하지만 여전히 평온하며 심지어 위엄스럽기까지 한 그의 활동은, 오래도록 강건한 외모가 속에서 일어나는 죽음의 진전을 보지 못하게 하는 노인의 그것에 비견될 수 있다"(RS555-556).

그런데 문제는 타자의 부재가 침체를 야기하는 것에 그치지 않고 자아의 상실이라는 존재론적 위기를 초래한다는 데 있다.

마치 수 세기에 걸친 오르세나의 온갖 노력과 오르세나가 삶에 즐겨 부여했던 모든 이미지가 거의 끔찍할 정도의 전압 강하를, 다시 말해 모든 존재와 사물이 그들의 거슬리는 현존의 긍정과 위험한 전기(電氣)를 포기하게 되는 종국적 **균등화**(均等化)를 지향하는 것처럼 여겨졌다. 삶과 더불어 영속화된 지속적인 마찰을 통해 너무 오랫동안 마모된, 그리하여 지나치게 인간화된 형태들은 오르세나에게 점점 더 깊은 무의식의 의복 같은 것이 되었고, 결국 그 너머의 어떤 접촉도 그를 잠 깨우지 못할 지경에 이르렀다. 매일 아침 오르세나는 잠에서 깨어나며 자신에게 맞춰지고 또 오래 걸쳐온 타이츠 같은 세상을 입었고, 이렇듯 안락한 친밀함의 과잉 속에서 국경의 개념조차 잊혔다. 오르세나가 스스로에 대해 지닌 희미한 의식은 인간이 한데 섞여 반죽된 대지에 서서히 뿌리를 내렸고, 결국 대지는 오르세나를 완전히 흡수해버렸다. 이렇게 사물들의 중심에 자기 스스로 새긴 자국 속으로 영혼이 옮겨간 결과 오르세나는 공허 위에서 동요하게 되었다. 움직임을 잃은 운하들에서 오르는 너무 똑같은 이미지 위로 몸을 기울여 그것과 합쳐지기에 이른 오르세나는 거울의 반대편으로 천천히 미끄러져 들어가는 것을 느끼는 사람과도 같았다. (RS695-696)

텍스트는 타자의 부재가 단지 외부와의 접촉이 없다는 사실에서만 오는 게 아님을 말한다. 물론 외부의 존재는 곧 타자의 존재를 의미하고, 이로써 타자에 대한 의식과 함께 자기 스스로에 대한 의식 또한 날카로워질 수밖에 없다. 그러나 근본적인 문제는 타자의 존재보다 스스로의 태도에 있거니와, 오르세나가 바로 그런 경우에 해당한다. 오르세나는 "전압 강하"와 "**균등화**"를 지향하며 세상을 "지나치게 인간화"했고, 그렇게 자신에게 길들여지고 맞추어진 형태들은 "무의식의 의복 같은 것"이 되어 "그 너머의 어떤 접촉도 그를 잠 깨우지 못할 지경에 이르렀다." 이제 "안락한 친밀함의 과잉"에 빠진 오르세나는 "국경의 개념조차" 알지 못한다.

타자의 부재는 이렇듯 주체를 획정해주는 경계의 사라짐을 야기한다. 사실 유아독존적 세계에는 경계가 필요하지도 않거니와 있을 수도 없다. 주체의 경계의 사라짐은 세계와의 관계를 모호하게 만들어버린다. 어디까지가 주체이고 어디서부터 대상의 세계인지 불분명해진다. 주체와 세상 사이에는 위계가 사라져버리며 둘 사이에는 일종의 환유적 혼란이 생겨난다. 이것의 결과는 주체가 점진적 사물화의 위험에 노출되는 사태이다. "모든 존재와 사물이 그들의 거슬리는 현존의 긍정과 위험한 전기를 포기한" 채 의미를 잃어버리고, 주체가 "스스로에 대해 지닌 희미한 의식"이 사라질 뿐만 아니라 주체의 영혼 자체가 "사물들의 중심에 스스로 새긴 자국 속으로" 아예 사라져버린다. 그리하여 "세상은, 자기 얼굴을 찾지만 그것이 보이지 않는 거울"(RS836)과도 같아진다.

"거울의 반대편으로 천천히 미끄러져 들어가는" 사람의 알레고리는 타자의 부재에 따른 주체의 소멸을 단적으로 요약한다.

오르세나는 매우 강한 소화력을 갖고 있다. 여주인공 바네사는 오르세나를 "자신에게 날아드는 돌까지 소화하는 짐승", "거대한 소화 그 자체인 짐승, 다시 말해 하나의 주머니 위(胃) 같은 짐승"에 비유한다. 이 짐승에게는 "먹이 속에 모래라도 몇 알 있으면 그것은 오히려 소화를 도울 뿐"이다.(RS700) 이 소화는 "끔찍할 정도의 전압 강하"나 "거슬리는 현존의 긍정과 위험한 전기를 포기하게 되는 종국적 **균등화**"를 수행하는 작용인바, 여기서 산출되는 것이 바로 균형이다. 모든 변화를 거부하고 시르트의 균형을 수호하고자 하는 인물인 마리노 대령은 "너무 많은 것을 잠 깨우는 시선"을 지닌(RS797) 알도에게 "균형이란 게 편안하다면 그것은 아무것도 움직이지 않기 때문이야, 균형의 진실, 그것은 숨결만 더해도 모든 게 움직인다는 데 있어."(RS592)라고 말한다. 『석양의 땅』또한 같은 주제를 발전시킨다. 『시르트의 바닷가』에 뒤이어 집필한 이 소설에서 가상의 국가인 "왕국"은[127] "움직임의 완전한 부재"를 은밀히 가르치고(TC9) "균형을 무진장으로 만들어내며 [장부]의 종이 위에서 자기정체성의 형상 가운데 스스로와 일치"하는 양상을 보임(TC10)으로써 주인공에게 극복과 탈피의 대상이 된다.

문제는 울타리 안에 갇혀 균형을 유지하며 안락을 영위하는 오르세나가 무기력과 권태에 시달린다는 사실이다. 소설은 서두부

---

127 나라의 이름이 명시되지 않은 채 보통명사 '왕국Royaume'으로 지칭된다.

터 덧없는 쾌락과 공허한 관념적 논쟁에 시간을 허비하는 젊은이들을 보여준다.(RS555-556) 이런 오르세나의 권태를 부정적으로 드러내는 인물이 바로 카를로 노인이다. 그는 온갖 위험과 어려움에 맞서 사막을 개척하여 풍요로운 농장을 이룩한 입지전적인 인물이다. 하지만 이제 그가 맞이하는 것은 평화로운 노년이 아니라 자기 스스로 이룩한 소유에 짓눌리는 속박이다. 오르세나의 유아론적 권태와 맞물리는 자기의 무기력에 대해 그는 "자신이 이룬 것을 들어 올릴 수가 없을 때, 그것은 곧 무덤 덮개지"(RS721)라고 알도에게 말한다. 그는 속박을 떨쳐내기 위해 농장에 불을 지르기도 한다.(RS722) 위반과 전복의 사상가인 조르주 바타유식으로 말하자면, 진정한 삶과 자유를 되찾기 위해 거대한 소모를 감행한 것이다. 카를로의 몸짓은 전쟁을 유발함으로써 오르세나의 멸망이라는 더 큰 소모를 불러일으키는 알도와 바네사, 그리고 다니엘로의 선택과 동일한 맥락에 놓인다.

카를로의 고뇌는 너무나도 오래 지속된 질서에서, 변화의 부재에서 온다. 그는 알도에게 이렇게 말한다.

"모든 게 제자리에 있지. 다만 나는 질서가 피곤하다네, 알도. 이게 문제야."(RS720)

어린 시절 어두운 헛간을, 대낮에 길을 걷는 만큼이나 익숙하게 걸어 다니는 하인을 골탕 먹이기 위해 길목의 뚜껑 문을 열어 놓았던 일을 회상하며, 그는 "세상이 언제나 있는 그대로일 거라고 굳게 믿는 사람들"을 "짜증 나는 존재들"로 규정한다. 그는 "……아마도 좋은 것은 아닐 거야. 세상이 언제나 있는 그대로인 것은."이라고 말하면서 공기가 없어서 숨쉬기가 힘들다고 호소한다.(RS721-722) 공기의 흐름은 기압의 차이에서 생겨나는 것이고, 그것은 의당 바깥의 유입에 다름 아니라면, 카를로는 바깥의 부재와 변화 없는 현상 유지가 갑갑하고 고통스럽게 여겨지는 것이다.

실내에 공기가 희박할 때 바깥으로 열린 창문을 향하는 것은 지극히 자연스러운 반응이다. 바깥이 부재하는 오르세나에는 바깥을 향한 열망을 지닌 이들이 카를로 말고도 여럿 있다. 대표적인 경우가 알도의 옛 애인이기도 한 바네사이다. "나의 한계까지도 넘어가리라*Fines Transcendam*"라는 의미심장한 명구를 좌우명으로 삼고 있으며, 숱한 배신자들을 배출한 오르세나 굴지의 귀족 가문 출신인(RS596) 그녀는 마렘마에 떠도는 파르게스탄 관련 소문들의 중심에 있다. 수상쩍은 행각을 벌이다가 나중에 파르게스탄의 밀사로 알도 앞에 나타나는 인물은 그녀의 하인이다. 무엇보다도 그녀는 알도를 부추겨 전함을 타고 시르트해의 국경을 넘도록 하는 데 성공한다. 소설에서 그녀는 오르세나의 열림을 조성하고 사주하고 추동하고 상징하는 인물로 나타난다.

바깥을 향한 열망과 관련하여 가장 극적인 면모를 보여주는 것은 오르세나 최고의 권력자 다니엘로이다. 그는 오르세나의 공식적 입장과는 별도로, 서신을 통해 알도의 도발을 방조하고, 사태가 파르게스탄과의 전쟁으로 치닫게 될 때에는 그것을 도시의 숨은 의지로, "숙명"(RS831)으로 받아들인다. 마지막 장 "도시의 숨은 뜻"이 잘 보여주는 것처럼, 소설의 후반부는 마치 오르세나 전체가 바깥을 향한 열망을 오래 억누르고 있었던 것처럼 이야기한다.

바깥을 향한 열망에 시달리는 것은 균형을 유지하고 지속시키고자 하는 사람들 또한 마찬가지이다. 균형 유지의 축을 점하고 있는 마리노는 바네사에 따르면 "일종의 약을 구하러", 다시 말해 "너무 오래 잠을 자서 구역질이 나기 때문"에, 그리고 "살기 위해서는 오르세나 해군이 언제까지고 감자밭의 풀이나 뽑고 있지는 않을 거라는 사실을 환기할 필요가 있"기 때문에 파르게스탄에 대한 소문이 들끓는 마렘마에 간다.(RS643) 해군기지의 동료 장교인 파브리치오는 알도에게 "그는 자네 이상으로 [파르게스탄]에 대해 생각하는지도 모른다"며 해군기지 도서관에 소장되어 있는 파르게스탄에 관련된 책이 죄다 마리노에게 가 있다는 사실을 알려준다.(RS607)

사실 오르세나에 바깥 또는 그리로 향하는 통로가 부재하는 것은 아니다. 그것은 이미 다양한 형태로 오르세나 안에 존재하고 있다. 그것은 심지어 공간적인 차원에서까지 존재하는데, 알도가 바네사를 처음 만나는 "단 한 장의 유황색 천을 펼쳐놓은 듯한 셀바지 정원"(RS594), 오르세나의 "시작과 끝"을 보여주는(RS611) 사그라의 폐허, 그리고 "여러분의 잠을 고발하고 여러분의 안전을 고발"하는(RS709) 설교가 행해지는 마렘마의 성 다마즈 교회가 대표적인 경우들이다. 이 공간들은 존재의 지속을 표상하는 오르세나에 맞서 죽음("유황", "폐허"), 비시간("시작과 끝"), 위반("안전을 고발")을 표상한다는 점에서 바깥에 속한다고 말할 수 있다. 예컨대 사그라에 대한 묘사는 "일 년 내내 바싹 마른 누런빛을 띠는 그 풀은 바람이 조금만 불어도 서로 부딪치며 가벼운 뼈 소리를 냈다"라든가, "불모의 땅", "죽은 땅", "절대적 헐벗음", "음산한 골풀 너머 더욱 척박한 사막의 모래", 특히 "그리고 그 너머 ― 마치 가로지르는 죽음과도 흡사한 ― 신기루 같은 안개 뒤로, 내가 더 이상 이름을 거절할 수 없는 봉우리가 빛나고 있었다"(RS611) 같은 표현을 통해 폐허를 죽음의 시간 또는 비시간, 곧 절대적인 바깥과 결부시키고 있다. 그러나 이런 공간들 말고도 오르세나에는 그야말로 바깥이 편재하고 있으니, 그것은 곳곳에서 오르세나의 도시 문명을 모래바람으로 위협하는, 죽음의 공간이자 절대의 공간인 사막이다.

오르세나는 자기 둘레에 벽을 둘러침으로써 영원히 지속하고자 한다. 그것을 위해서는 균형과 질서를 무너뜨릴 위험이 있는 바깥과 타자에 괄호를 쳐야만 한다. 하지만 그 결과는 삶의 쇠진과 실종이다. 여기에 더해, 지워버린 줄 알았던 바깥은 다양한 형태로 오르세나 안에 존재하며 오르세나를 열에 들뜨게 만든다. 안은 바깥을 전제한다. 둘은 동전의 양면과도 같다. 단지, 마렘마의 비밀경찰 벨센차에게 매질당한 처녀가 말하는 것처럼, 두렵기 때문에 제대로 보려고 하지 않을 뿐이다.(RS691) 이런 사태를 누구보다도 정확히 진단하는 사람은 바네사이다.

어떤 사람들의 눈에는 저주받은 것으로밖에는 보이지 않는 도시들이 있는데, 그것은 그들이 살 수 있도록 해주는 먼 곳을 차단하기 위해 그 도시들이 탄생하고 건설된 것처럼 여겨진다는 이유 때문이지. 이런 도시들은 편안한 도시들이야. 하지만 어디에서도 세계는 보이지 않고 오로지 쳇바퀴 속의 다람쥐처럼 자신의 바퀴만을 돌리고 있을 뿐이지. 나는 거리에서 사막의 바람이 느껴지는 도시만을 좋아해. 어떤 날은, 알도, […] 오르세나를 심하게 원망하기도 했어. 거기엔 늪의 냄새밖에 없어. (RS773)

바네사의 이야기 속에서는 닫힌 안이 열린 바깥과 대립하고 있다. 그런데 안과 바깥의 단절은 삶의 강화가 아니라 삶의 쇠진을 부른다. 퇴행, 죽음, 매몰을 상징하는 "늪"의 이미지가 바깥 또는 타자를 지워버린 지속의 결과를 단적으로 말해준다.

2.2.3.3. 타자의 존재

주체가 생명력과 역동성을 갖기 위해서는 타자의 존재가 필요하다. 없으면 만들어내기라도 해야 한다.(RS606) 오르세나라는 집단을 대변하는 알도의 사명은 바로 맞은편에 잊힌 파르게스탄, 그러나 언제든지 스스로의 자발적인 의지에 따라 움직이는 타자로서 오르세나의 영역에 침입할 수 있는 파르게스탄을 오르세나가 하나의 축을 점하고 있는 관계의 장으로 끌어들이는 것이다. 그가 시르트 해도 위에 그어진 금단의 붉은 선을 상상 속에서 한 차례 위반한 뒤 실제로 군함을 타고 파르게스탄 해역까지 나아갔다가 되돌아오는 것은 단절된 대타관계를 복원하기 위한, 불모의 유아독존적 세계에 위험하되 생명력을 보장해주는 타자성을 회복하기 위한 노력으로 이해되어야 한다.

알도의 행위는 그를 한 나라의 역사 여기저기에 박혀 있는 "검은 돌 같은 인물"로 만든다. 이런 인물은 각별한 증오의 대상이지만 사실은 하나의 필요한 행위를 "보통 인간에게 주어진 차원을 넘어 모두의 상상 속에서 완전하고 충일하게 완수해내는"(RS729) 경우이다. 그가 수행하는 것은 "국민 전체가 한때 [그를] 통해 열망했던, 하지만 이제는 인정하길 거부하는 어떤 것"(RS730)이다. 그는 따라서 신화적 의미의 영웅이며 낭만주의적 주인공의 프로필을 지닌다. 바네사는 이런 인물을 "사건의 시인"이라고 부른다. 사건의 시인이란 "행동에 정통한 성숙하고 사려 깊은 사람들이거나, 필요한 경우 위험을 무릅쓰고 사물을 둘러보는 사람들이거나, 아니면 극심한 고독을 겁내지만 않는다면 사소한 의지의 출구 없는 밤에 끈질기게 따라붙는 어리석고도 맹목적인 흥분 너머에는 거의 신적(神的)인 환희가 마련되어 있다는 사실을 남들보다 먼저 깨달았기 때문에 충분히 대담할 수 있는 정신을 지닌 사람들"을 가리킨다. 그는 경계 "반대쪽으로도 역시 넘어가 힘과 저항을 동시에 느낀다."(RS775) 오르세나와 파르게스탄을 가르는 경계를 넘어갔다 온 알도는 물론 사건의 시인이다.

그러나 알도의 조언자이자 분신인 다니엘로가, 그리고 그에 앞서 바네사가 확인해주듯이, 알도는 변화의 발단이 된 도발을 감행하지만 그럼에도 불구하고 변화의 주체는 아니다. 알도가 많은 사람의 주목을 받게 된 것은 오르세나 국민의 열망이 목소리를 구체화하기 위해 그를 잠시 빌렸기 때문이다. 파르게스탄의 수도 라게스 앞바다까지 갔다 왔다고 말하는 알도에게 바네사는 단언한다. "아니야, 알도. **누군가** 저쪽으로 간 거야. 다른 해결책이 없기 때문이지. 그럴 때가 되었기 때문이지. 누군가 그곳에 가야만 했기 때문이지……."(RS768) 다니엘로 역시 똑같은 반응을 보인다. "자네가 없었으면 도시가 자네를 만들어냈겠지."(RS832) 이런 변화의 도구 또는 통로의 역할을 바네사는 출산에 비유한다. "아이를 낳아본 여자는 이걸 알아. 누군가 ─ 누구인지는 몰라, 정말 몰라 ─ 자기를 통해 무엇인가 원하는 일이 일어날 수 있다는 사실을 말이야. 앞으로 존재할 것이 자기의 몸을 지나가는 걸 느끼는 건 [⋯] 무시무시하기도 하지만 더없이 편안한 일이기도 해."(RS778-779) 게다가 한번 시작된 변화의 흐름은 알도를 떠나며, 바네사는 이를 그에게 확인시켜준다. "자기는 잘못 생각하고 있어, 알도. 어제까지는 그럴 수 있었지만, 오늘부터는 안 돼. 이 모든 것은 이제 우리 손을 벗어났어."(RS767) 그것은 사실 모든 사람의 의지를 벗어나는 일이다. 바네사는 말한다. "그들은 더 이상 나를 필요로 하지 않고 또 나를 필요로 한 적도 없어. 무엇인가가 왔어, 그게 전부야 ─ 내가 무얼 어쩌겠어? ─ 꽃 위에 꽃가루를 실어다준 건 우연히 분 바람이지만 자라나는 열매 속에는 바람을 무시하는 무엇인가가 있어."(RS779) 알도는 분명 일반적인 인간이 감당하기 힘든, 다시 말해 평범한 일상을 벗어나는 어떤 일을 위해 사회가 만들어낸 인물이라는 의미에서 신화의 영웅을 떠올린다. 하지만 그의 실제 역할이 제한되어 있을뿐더러 사실상 하나의 도구에 가깝다는 의미에서 집단적 차원에서의 그의 위상은 문제적이다.

소설은 알도의 도발을 긍정적이고도 극적인 어조로 그린다. 날씨는 새로운 국면으로의 이행에 호응이라도 하듯이, 위반의 깊은 의미를 부각시키기라도 하듯이, 화창하다.

> 나는 파브리치오 옆에 있는 칸막이에 몸을 기댔다. 우리 안에서 순간들이 매몰되고 시간이 돌이킬 수 없는 비탈을 질주하는 것을 느끼며 우리는 멍청한 표정으로 서투르게 웃었다. 바다에서 올라오는 빛이 우리 눈을 깜빡이게 했다. 배는 잔잔한 바다 위를 거침없이 나아갔다. 송이송이 사라지는 안개는 화창한 하루를 약속하고 있었다. 우리는 방금 꿈속에서 넘나드는 뮤들 가운데 하나를 밀어젖힌 것 같은 기분이 들었다. 어린 시절 이후 잊혔던 숨 막히는 경쾌함이 나를 사로잡았다. 우리 앞의 수평선은 영광 속에서 찢어지고 있었다. 기슭 없는 강 물결에 떠밀려 가듯 이제야 나는 나의 모든 부분을 **되찾은** 것 같았다. 자유와 기적적인 소박함이 세계를 씻어내고 있었다. 난생처음으로 나는 아침이 태어나는 것을 보았다. (RS733-734)

항해는 새로운 시간으로 넘어가는 계기를 마련하고, 주체는 스스로의 온전한 몫을 회복하며 가슴 벅찬 자유를 느낀다. 알도가 감행하는 도발은 금지된 것이지만 위반은 오히려 "**바른길의 느낌**"으로 압도하면서 텍스트를 가능성 가운데 폭발하게 한다. 『시르트의 바닷가』 또는 그라크 문학의 가장 열정적인 구절이라고 할 "**돌파**"의 장면을 읽어보자.

문득 **돌파하는** 힘이, 취기와 떨림으로 재충전된 세계로 들어가는 힘이 내게 주어진 것 같았다. 세계는 예전과 같은 세계이고, 시선이 절망적으로 길을 찾는 적막한 물의 평원은 도처에서 그 모습 그대로였다. 하지만 이제 침묵의 은총이 그 위에 찬란히 빛나고 있었다. 어린 시절 이후로 내 삶의 끈을 팽팽하게 조이던 내밀한 느낌은 점점 더 깊어지기만 하는 방황의 느낌이었다. 삶 전체가 따뜻한 묶음처럼 주위를 감싸던 어린 시절의 드넓은 길 이후로 나는 보이지 않게 **접촉을 잃으며** 하루하루 더욱 외로운 길로 분기되어 나간다는 생각이 들곤 했다. 그리하여 이따금 망연자실한 가운데 잠시 발걸음을 멈추고 귀를 기울이기도 했지만 들리는 것이라고는 비어가는 밤길의 인색하고 황량한 메아리뿐이었다. 나는 부재 속을 나아가며 점점 더 음울한 벌판으로 빠져들어갔다. 계속해서 멀어지는 본질적인 웅성거림의 대하(大河) 같은 아우성은 지평선 뒤에서 폭포처럼 으르렁댔다. 그러나 이제 설명하기 어려운 **바른길의** 느낌이 내 둘레의 소금물 사막을 만발한 꽃으로 뒤덮고 있었다. 지평선 뒤 어둠 속에 감춰진 도시로 다가갈 때처럼 사방에 떠도는 미광(微光)이 안테나를 교차시켰다. 열기로 떨리는 수평선은 깜빡이는 식별 표지들로 빛났다. 대관식의 양탄자처럼 빛이 깔린 바다 위로 왕자(王者)의 길이 열리고 있었다. 육안이 달의 이면을 볼 수 없는 것처럼 우리의 내밀한 감각이 다가가기 힘든 다른 극점과, 감각적 시선에 대립하는 효과적인 정신의 시선이 내게 계시되고 약속된 듯했는데, 이른바 다른 극점에서는 길들이 분기하는 대신 합류하고 효과적인 정신의 시선은 지구의 구체를 눈(眼)처럼 받아들인다. 고요한 수면에서 올라오는 뜨거운 수증기가 바네사의 사라지는 듯 아름다운 얼굴을 그렸다 — 눈이 멀게 하는 바다의 빛이 내가 서 있는 수많은 시선의 되찾은 중심에서 불타올랐다 — 그 모험의 사막에서 나와 만나기로 약속된 것은 **다른 곳**의 목소리들이거니와, 그 음색이 어느 날 내 귀에 침묵이 자리 잡게 만들었다면, 이제는 그 중얼거림이 문 뒤에 밀집한 군중의 웅성거림처럼 내 안에 섞여 들고 있었다.(RS735-736)

파르게스탄의 화산 탱그리는 알도가 바네사의 궁전에서 보는 피에로 알도브란디의 초상화 속에서 "낮은 산등성이의 합류하는 선들"에 의해 "임박함과 살아 있는 거대함"으로 암시된다.(RS645) 알도는 파르게스탄을 향한 전망대 역할을 하는 베차노섬에서 바네사가 명명하는 그것을 처음으로 본다.(RS686) 그리고 마침내 전함을 타고 "팽팽하게 긴장된 […] 모든 신경으로 검은 화살처럼" 그것을 향해 질주한다.

해안을 눈부시게 만드는 빛의 장막이 우리를 가려주며 우리의 검은 그림자를 어둠 속에 용해했다. 수 세기가 응축되어 있는 일 분 또 일 분, 급행열차와 같은 마지막 도약에 접합되어 우리의 허기를 보고 만지는 것, 눈부신 접근 속에 용해되는 것, 바다에서 나온 그 빛에 우리를 불사르는 것, 그것뿐이었다.(RS744-745)

탱그리는 거대한 "어둠"이다. 그것은 알도의 가속화된 도약을 받아들여 용해한다. 소설에서 절대 혹은 신성의 표상으로 나타나는 것을 향한 이런 도약이 추구하는 것은 "우리의 허기를 보고 만지는 것"이다. 곧 스스로를 바라보고 확인하는 것이다. 바네사와 다니엘로는 좀 더 구체적인 언어로 그것을 설명한다. 바네사는 그것이 "바라보는 것. 바라봄의 대상이 되는 것. 단 두 눈을 똑바로 뜨고. 그리고 제대로. 한마디로 현존하는 것⋯⋯"(RS700)이라고 말한다. 다니엘로에 따르면 그것은 "지금껏 이 세상을 살았던 사람이라면 누구든지 마지막 숨이 다하기 전에는 반드시 대답해야만 했던 질문", "위협적인 질문", 곧 "누구냐Qui-vive?"(RS839)에 답하는 것이다.[128] 자기가 이룩하고 분비한 것들에 둘러싸이고 허위의식에 사로잡혀 안락과 잠 속에서 하루하루 존재를 유지하는 것은 삶을 왜소하고 빈곤하게 만든다. 헐벗은 자유 가운데 맨 얼굴로 온몸을 던지는 삶을 살 때 존재의 진정성은 비로소 확보될 수 있다. "오르세나가 너무 오랫동안 우연에 몸을 맡기지 않았"음을 (RS836) 지적하는 다니엘로가 일종의 고백처럼 단언하듯이 "세상이란 유혹에 굴복하는 사람들에 의해 번영"한다(RS830). 실제로 알도의 도발에 의해 타자성이 회복되기 시작한 이래 "오르세나의 거리는 활기를 띠고 평소보다 더 많은 사람들이 모여든다"(RS812). 스스로에 대한 의식이 잠을 깨고 자아에 대한 확신이 생겨난 까닭이다. 심지어 알도의 늙은 아버지는 다시 젊어진 모습을 보이기까지 한다.(RS802) 『시르트의 바닷가』에서 역사의 재자화(再磁化) 또는 역사와의 만남을 구현하는 전쟁은 이렇듯 자기 안에 갇혀 침체

---

128 'qui-vive'는 보초가 수하할 때의 말로 '누구냐'로 옮기는 게 적절하다. 하지만 직역하면 '누가 사는가'가 되는데, 이 의미 또한 포함되어 있다고 보아야 할 것이다.'

와 쇠진의 잠을 자는 오르세나를 각성시키며, 비록 멸망의 길일지언정 운명의 비탈에서 활기와 생명력을 회복시킨다.

『석양의 땅』의 화자가 자신과 왕국, 나아가 문명의 운명을 정면에서 바라보고자 "요컨대 잘 살던"(TC9) 안락한 수도 브레가비에이Bréga-Vieil를 떠나기로 결심하면서, 다시 말해 자신이 선택한 "우연"에 스스로를 던지기로 결정하면서 행하는 진술은 마침내 오랜 잠을 깨고 자기 운명 앞에 선 오르세나에 고스란히 대입될 수 있는 것으로, 역사와 대면하기로 작정한 인간이 여는 가능성의 전망을 힘차고 긍정적인 언어로 그린다.

> 우리가 우리 자신을 충일하게 표현하는 모든 결정을 통해 세상은 갑자기 풍요로워진다. 겨울 땅이 끝없이 펼쳐진 곳에 돌연 수많은 가능성이 머리를 내밀고 그 땅을 푸르르게 한다.(TC32)

이 구절은 역사와 전쟁에 대해 그라크가 행한 문학적 성찰의 핵심 주제들을 함축적으로 아우르고 있거니와 그라크 문학의 결론 가운데 하나로 읽힌다.

2.2.4. 역사와 문학, 그리고 가능성

그라크는 제2차 세계대전을 직접 체험했고, 이 체험을 바탕으로 『시르트의 바닷가』, 『석양의 땅』, 『숲속의 발코니』를 썼다. 세 작품은 서로 다른 듯 닮았다. 『숲속의 발코니』가 제2차 세계대전을 직접적으로, 그리고 사실주의적으로 그리며 짧고 지엽적인 방식으로나마 전투 장면을 담고 있다면, 『시르트의 바닷가』는 가상의 전쟁을 향해 나아가는 오르세나를 보여주는 데 그치며, 이미 지나간 과거를 회상하는 알도의 너무나도 짧은 서술 "붉게 타오르는 파괴된 조국"(RS729)을 통해 오르세나가 맞이해야 했던 운명을 단지 암시하는 것으로 만족한다. 『석양의 땅』은 중세 말 또는 르네상스기에 위치하는 가상의 전쟁을 배경으로 삼고 있는데 『시르트의 바닷가』와 달리, 그리고 『숲속의 발코니』와 달리 치열한 전투 장면을 실감 나게 그린다. 그라크 스스로 밝히고 있듯이 『시르트의 바닷가』가 성찰하는 역사는 전쟁의 분위기가 깊어지던 1930년대 프랑스와 유럽으로 『숲속의 발코니』가 다루는 '기묘한 전쟁'의 시기와는 분명한 시차를 갖는다. 『석양의 땅』의 경우는 제3공화국 체제의 프랑스와 제2차 세계대전을 대상으로 쓰인 소설이다. 『시르트의 바닷가』와 『석양의 땅』이 문명의 쇠퇴와 몰락을 주제화하고 있다면, 『숲속의 발코니』에는 그 같은 문명적 시각이 크게 강조되어 있지 않다. 그리고 『석양의 땅』과 『숲속의 발코니』가 역사 또는 전쟁의 틈의 주제를 중요하게 발전시키는 반면 『시르트의 바닷가』는 이 주제를 활용하지 않는다.

그러나 세 작품은 중요한 공통점을 보여주니, 그것은 그토록 기다리고 두려워하고 질문하고 성찰하는 전쟁이 좀처럼 얼굴을 드러내지 않는다는 사실이다. 그것은 언어와 인식을, 명명과 묘사를 넘어서는 종국적인 어떤 것으로서 소설은 마치 현기증을 느끼며 심연 가를 배회하듯 그 주변을 하염없이 맴돌 뿐이다. 그것은 일종의 신성으로 나타나고, 그라크는 그에 대한 거부와 끌림을, 두려움과 매혹을 정밀하고 깊이 있게 살핀다. 그라크의 인물들이 전쟁과 치열한 관계를 맺는다면, 그것은 역사와 대면하기 위해서이고, 다니엘로의 말처럼 "누구냐?"라는 존재론적 물음에 답하기 위해서이다. 하지만 『시르트의 바닷가』에서도, 『석양의 땅』에서도, 『숲속의 발코니』에서도, 그리고 전투가 벌어지든 벌어지지 않든, 거기에 참여하든 참여하지 않든, 전쟁은 결국 인간을 건너뛰거나 에두르며 고대하는 대면은 이루어지지 않는다. 그러나 이렇듯 얼굴을 감추는 역사 또는 전쟁과의 본질적으로 모호한 긴장 관계 속에서 일종의 부산물처럼 얻어내는 것이 있으니, 그것은 라셰투를 통한 삶의 진정성과 자유의 회복, 그리고 위기 앞인 만큼 더욱 힘차게 수행되는 가능성의 추구이다.

주목할 것은 현실과 문학의 관계에 대해 그라크가 취하는 뚜렷하고도 단호한 입장이다. "'세상은 한 권의 아름다운 책에 이르기 위해 만들어졌다.' 그 반대는 아니다"라고 「에른스트 윙어의 상징 체계」에서 그라크는 말라르메를 인용하며 말한다. 윙어의 작품을 설명하는 이 말은 그라크 자신의 문학에도 고스란히 적용될 수 있는 것이다. 그에 따르면, 책은 현실을 설명해주는 열쇠를 제공하지 않는다.(PR980) 다만 유럽의 오래된 가문의 문장(紋章)처럼 "강력한 단순화와 선택적 재현"으로 특징지어지는 문학적 형상을 제시하고(PR978), 현실은 거기에 스스로를 비추어보며 성찰할 수 있을 뿐이다. 문학은 "역사의 해석항"일 뿐 그 반대는 성립되지 않는다는 것이다.[129] 그라크에게 문학은 삶의 체험에서 질료를 구하되 그것 자체로서 완결되며 자족할 여지를 갖는다.

그라크에게서 역사의 경험은 문학의 차원으로 이행했다. 그것이 우리에게 알려주는 중요한 진실은 위기의 상황에도 가능성은 여전히 존재한다는 점, 아니 오히려 더욱 강렬하게 폭발한다는 점, 그리고 좁고 잠정적인 자리일망정 그야말로 피부로 호흡하는 가깝고도 진정한 삶, 나아가 "커다란 자유"가 충일하게 향유될 수 있다는 점이다. 이런 선물 같은 상황은 그것을 구하는 인간의 자세를 전제한다. 의지와 지혜를 가진 인간만이, 그리고 삶을 긍정하고 그것을 향해 온몸으로 다가가는 인간만이 스스로의 운명과 죽음을 똑바로 바라보는 자리에서 삶의 가능성을 찾아낼 수 있다. 전쟁에 대한 그라크의 오랜 문학적 성찰과 글쓰기 — "전쟁의 시는 […] 십여 년 정도 걸려서야 그 순수한 정수를 증류해낸다"(R 167) — 에서 우리가 발견하는 것은 위기의 상황에서, 그라크 자신의 표현을 빌리면 "두루마리의 끝"(BF49)에서 더욱 소중하고 요긴하게 들려오는 인간의 목소리, 그리고 그에 실려 전달되는 진정한 삶의 희망이다.

---

129 Michel Murat, «L'herbier et la prairie. Réflexions à propos d'Ernst Jünger et de Julien Gracq», in *Etudes germaniques*, 1996, p.814.

2.3. 신화, 문학, 예술

"끊김 없는 작가들의 **연쇄** 가운데 들어가지 않는 작가는 없다"(LE657)는, 일견 당연해 보이지만 실제로 매우 중요한 사실을 그라크는 몇 차례에 걸쳐 강조한다. 글쓰기의 극화를 거부하는 그의 태도와 직결되는 이 견해에 따르면 모든 책은 "삶이 그것에 제공하는 질료들뿐만 아니라, 그와 함께, 그리고 어쩌면 특히, 그것에 앞선 문학의 두터운 부식토"에서 양분을 얻는다. "모든 책은 다른 책들 위에서 자라는 것이다."(PR864) 그라크는 또 한 대담에서 이렇게 말한다. "세상과 도서관은, 내가 글을 쓸 때 참조하는 요소들을 똑같은 자격으로 구성한다. 나는 이 점에 대해 어떤 허위의 부끄러움도 나타내지 않을 것이다. 허구와, 독서에 대한 성찰은 내 일련의 책 속에서 처음부터 다소 밀접하게 서로 얽혀 있다."[130] 요컨대 현대의 문학 작품이 "**문화 자산** 위에서 자라며 양분을 얻는"(PR864) 것은 엄연한 현실이자 하나의 숙명이라고 말할 수

---

130 «Entretien avec Jean Carrière», in *Gracq 2*, p.1249.

있다.

　문학 작품이 그리는 풍경은 따라서 세상, 곧 세상의 골간을 이루는 시간과 공간, 그리고 다양한 문화적 지평으로부터 와서 통합된 요소들에 의해서 구성된다. 모든 문화적 성과는 그 시대의 문화적, 기술적 역량은 물론 앞선 시대로부터 전승된 성취와 다른 문화권에서 수입된 성과가 어우러진 소산일 수밖에 없다. 아무리 독창적이고 아무리 외로운 작가나 예술가라고 할지라도 자기 바깥으로부터 아무 영향도 받지 않은 경우를 찾기란 불가능한 게 사실인데, 벌써 몇 차례 강조했지만, 그라크는 문화 참조가 다채롭고 풍부한 경우에 속한다. 우리는 앞에서 건축공간과 역사의 문제를 다루면서 문화 참조에 대해 이미 살펴본 바 있다. 이번에는 그라크 문학의 풍경 구성에 직접적으로 관련되는 문화 참조를 검토하고자 하는바, 중세 켈트 신화와 초현실주의 운동이 그 대상이다.

　중세 신화, 특히 켈트 신화에 속하는 페르스발[131] 이야기와 초현실주의는 그라크의 가장 중요한 문화 참조라고 할 것이, 그것들은 다른 문화 참조와 달리 그라크 작품의 창작에 하나의 구성 성분으로서 관련되는 까닭이다. 페르스발 이야기는 『아르골 성에서』에서 결정적인 모티프로 등장하며 작품의 주제 구축에서 지주에 해당하는 역할을 수행하기도 하지만, 무엇보다도 『어부 왕』의 바탕이 된 신화이거니와, 그라크의 유일한 희곡은 페르스발 이야기의 현대적 다시 쓰기라고 할 수 있다. 초현실주의의 그림자는 그라크의

131　독일어로는 '파르지팔'이고 바그너의 오페라를 통해 잘 알려져 있다.

작품에 편재하고 있다고 해도 과언이 아니다. 그것을 다룬 단편 에세이, 서문, 강연이 여럿인 데다가, 특히 운동을 이끈 브르통에 게 바쳐진 비평서 『앙드레 브르통. 작가의 몇몇 양상』, 그리고 초 현실주의적 색채가 강하게 드러나는 산문시들을 모은 시집 『커다 란 자유』가 있기 때문이다. 이 책들 이외에도 그라크의 거의 모든 책들에서 초현실주의의 숨결을 느끼기란 결코 어려운 일이 아닌 데, 당장에 중세 신화의 다시 쓰기인 『어부 왕』만 해도 초현실주의 와 긴밀히 연관되는 작품이다. 브르통과 초현실주의의 이 같은 존 재는 그라크의 문학에서 그 영향이 얼마나 크고 깊은지 단적으로 말해준다.

우리는 그라크 작품의 문화 참조를 논하는 이번 장에서 중세 켈 트 신화, 곧 페르스발 이야기와 초현실주의를 『어부 왕』과 『커다란 자유』를 중심으로 살펴보고자 하는바, 이는 소설이 주된 자리를 차지하는 작품에서 유일함의 공통점을 지닌 희곡 『어부 왕』과 시 집 『커다란 자유』를 고찰할 특별한 기회를 갖는다는 또 다른 의미 를 지닌다.

2.3.1. 중세 신화

2.3.1.1. 단 한 번의 연극 경험

『어부 왕』은 1942년 겨울에서 1943년 여름에 이르는 기간에 쓰 이고 1948년 5월에 간행되어, 이듬해 4월 25일부터 5월 22일까지

파리의 몽파르나스 극장에서 초연되었다.[132]

이 작품은 다양한 층위와 차원에서 그라크 문학의 교차로에 위치한다.

가장 표면적인 층위는 세상에 대한 작가의 태도와 작품의 장르적 분포에 연관된다. 마르셀 에랑Marcel Herrand이 연출을 맡았던 1949년 봄의 초연은 비평가들로부터 혹평을 받는다.[133] 이는 그라크로 하여금 문단과 결별하게 만드는 계기로 작용한다. 예전부터 느껴오던 문학계에 대한 불만이 『어부 왕』 공연을 계기로 폭발하고, 그는 문학상(賞)을 둘러싼 문학계의 영리추구 작태와 사르트르의 실존주의 유파에 의해 주도되는 문학의 철학적 편향을 정면으로 공격하는 팸플릿 『뱃심의 문학』을 발표했던 것이다. 이 도발적인 팸플릿은 1951년 그의 대표작 『시르트의 바닷가』에 수여된 공쿠르상의 거부로, 그리고 문단과의 결별로 이어진다.

『어부 왕』의 실패와 함께 그라크는 더 이상 희곡을 시도하지 않는다. 이후의 연극적 작업이라고는 하인리히 폰 클라이스트의 『펜테질레아』 번역이 유일하다. 작가 경력 초기에 두 권의 소설과 한 권의 시집에 이어 시도했던 연극적 경험은 이렇듯 작가로 하여금 문단과 결별하게 만드는 계기를 빚고 더 이상의 희곡 창작을 포기하게 만드는 중대한 결과를 초래한다. 만약 『어부 왕』의 공연이

---

132 Bernhild Boie, «Chronologie», in *Gracq 1*, pp. LXXIII, LXXV.

133 베른힐트 보이으가 정리해놓은 『어부 왕』 공연 관련 언론 보도는 혹평과 찬사가 엇갈리는 다소 우스꽝스런 모양을 보여준다.(Bernhild Boie, «*Le Roi pêcheur* au théâtre», in *Gracq 1*, pp. 1256–1264)

성공적으로 끝났더라면 그라크는 또 다른 희곡들을 썼을 것인가? 그리하여 그는 소설가로 불리는 만큼이나 훌륭한 극작가로 이름을 빛냈을 것인가? 『어부 왕』의 실패를 생각할 때면 자연스럽게 제기되는 질문이다.

『어부 왕』은 다른 한편 그라크의 문학에 영향을 미치며 그것의 지형과 얼굴을 결정지은 여러 문화적 경향들이 교차하는 자리로 나타난다. 거기서는 중세, 기독교, 바그너, 그리고 브르통의 초현실주의 등이 성배(聖杯) 신화를 매개로 서로 간섭하고 충돌하며 그라크 문학 고유의 목소리를 주조하는 데 기여할뿐더러 작품을 동시대적 쟁점 한가운데 위치시킨다. 여기서 주목해야 할 것은 바로 신성의 문제이다. 이성과 과학의 19세기에 반발하며 그것에 대해 근본적인 비판을 시도했던 20세기 전반은 신성에 대한 열망이 그 어느 때보다 강하게 표출되었던 시기이다. 초현실주의는 그런 움직임의 중심에 위치하거니와, 이 운동이 추구했던 초현실은 신성의 다른 이름이라고 할 수 있다. 『어부 왕』은 바로 이런 시대적 쟁점에 대한 그라크의 응답인 셈이고, 그것은 따라서 그라크 문학의 얼굴이 결정되는 중요한 지점에 서 있다.

『어부 왕』은 그라크 문학의 근본적이고도 내밀한 혈을 극화한 작품이라고 할 수 있다. 이미 지적한 것처럼 『어부 왕』은 그라크의 유일한 희곡 작품이다. 그라크에게서 중심을 이루는 것은 소설이다. 그런데 의미심장한 것은 이 유일한 희곡 작품이 대부분의 소설에서 반복적으로 나타나는 이야기 구조와 그것이 상정하는 의미의 문제를 극적인 방식으로 요약하고 있다는 점이다. 우리가

『어부 왕』과 함께 그라크 문학의 핵심에 들어서게 되는 것은 바로 이런 까닭에 연유한다. 하지만 소설에서 자주 나타나는 구조를 희곡 작품에서 확인하는 것은 충분히 의미 있는 일이겠으나 보다 중요한 것은 희곡 나름의 고유한 특성이 무엇인지 질문하는 문제일 것이다. 그라크에게서 연극이라는 형식이 허락하는 고유한 것, 연극이라는 형식을 통해서만 가능해지는 어떤 것, 다시 말해 그라크가 단 한 번의 연극적 경험을 통해 성취한 것이 무엇인지 명확히 규정하는 게 관건인 것이다. 이것은 그라크에게서 의미의 현전이 어떤 양상을 띠는지 살피는 것과 상통하는 문제로서 우리는 여기서 그라크 문학의 본질적 측면과 만나게 된다.

『어부 왕』은 중세 성배 신화의 현대적 변용이다. 이 작품을 분석하면서 우리는 신성과 의미, 그리고 특히 그것의 현전 가능성을 주목할 것이다.

2.3.1.2. 성배 신화와 『어부 왕』

먼저 성배란 무엇인가?

결과적으로 가장 널리 퍼진 설에 따르면 예수가 최후의 만찬에서 사용했고, 그가 십자가에 못 박혀 죽었을 때 아리마대 사람 요셉이 피를 받은 잔을 가리킨다. 이 잔은 나중에 브르타뉴로 자리를 옮겼다.[134] 프랑스어 '그랄Graal', 영어 'Grail'에 대응하는 우리말

---

134 신약에서는 『마가복음』 15장 43절에 단 한 차례 존귀한 공회원 아리마대 사람 요셉이 등장한다. 그는 빌라도의 허락을 얻어 예수를 장사 지낸 것으로 기록되어 있다. 그러나 그가 예의 술잔에 피를 받았다는 기록은 나오지 않는다.

'성배'는 그것을 반영한 결과라고 할 수 있다. 그러나 『랑슬로-성배』의 경우처럼 성배는 예수가 최후의 만찬 당시 사용했던 접시를 가리키는가 하면, 심지어 볼프람 폰 에셴바흐Wolfram von Eschenbach가 쓴 『파르지팔』의 경우가 그렇듯 신비한 힘을 지닌 보석을 지칭하기도 한다.[135] 하지만 분명한 것은 그것이 술잔 또는 접시를 가리키든 아니면 보석을 가리키든 성배는 지복의 근원이자 경배의 대상이고 인간과 세계의 근원적 본질을 담지하며 그 존재와 생명을 보증하는 열쇠로 받아들여진다는 점이다. 그리고 장루이 바케스가 지적하는 것처럼 그것은 무엇보다 제의에서 사용되는 물건으로 간주되기도 한다.[136]

모든 기원이 그렇듯 성배 문학의 정확한 기원에 대해서는 전문가들조차 의견의 일치를 보지 못하고 있다. 흔히 트리스탕의 이야기와 함께 중세 켈트 전설에 그 기원을 위치시키지만, 켈트 전설과 성배 문학의 관계는 "영원한 양식, 치료, 부활을 보증하는 [켈트족의] 다양한 부적"과 성배의 동일시,[137] 혹은 "몇몇 테마와 인물들의 공통성"을 넘어서기 어렵다는 견해가 지배적이다.[138] 여기서도 기원은 다시 한 번 시원의 어둠 속으로 멀어지는 양상을 보인다.

성배와 관련한 최초의 문학적 형상화, 다시 말해 현재 남아 있

135 Yves Bridel, *Julien Gracq et la dynamique de l'imaginaire*, Lausanne, L'Âge d'homme, 1981, pp.57, 81.

136 Jean-Louis Backès, «Le Graal», in *Dictionnaire des Mythes littéraires*, Paris, Éditions du Rocher, 1988, pp.664-675.

137 Jean-Louis Backès, *Ibid*, p.672.

138 Yves Bridel, *Ibid*, p.57.

는 가장 오래된 문학 작품은 크레티앙 드 트루아Chrétien de Troyes의 『페르스발』이다. 『성배 이야기』라고도 불리는 이 작품의 출현은 1181년에서 1189년 사이로 추정된다. 『랑슬로 혹은 수레의 기사』와 『이뱅 혹은 사자를 거느린 기사』를 지은 시인이기도 한 크레티앙 드 트루아는 그러나 『페르스발』을 끝내지 못한 채 죽고, 작품은 페르스발이 처음으로 성배의 성(城)을 방문하고 난 지점에서 멈춘다. 이 작품과 비슷한 시기에 노르망디 출신 음유시인 로베르 드 보롱Robert de Boron은 『성배 이야기』와 산문으로 된 삼부작 『아리마대 사람 요셉』, 『메를랭』, 『페르스발』을 발표하고, 이를 통해 성배는 아서왕 연작에 편입된다. 그리고 이들 작품을 종합한 작자 미상의 방대한 산문 작품 『랑슬로-성배』 연작이 1220년경 완성된다. 모두 다섯 편의 소설로 이루어진 『랑슬로-성배』 연작은 원탁의 기사들이 성배를 탐색하는 내용을 담고 있다. 이 작품의 가장 두드러진 특징은 로베르 드 보롱의 작품에서 시작된 기독교적 윤색이 한층 강해졌다는 사실이다.[139] 이 『랑슬로-성배』 연작 이후에는 유럽 전역에서 크레티앙 드 트루아의 작품에 대한 수많은 번역과 각색이 양산된다. 이들 가운데 단연 돋보이는 것이 있으니, 그것은 바로 볼프람 폰 에셴바흐가 1204년경 내놓은 『파르지팔』이다. 볼프람의 이 작품은 1882년 바이로이트에서 초연된 바그너의 오페라 『파르지팔』의 주된 원천이 되면서 그 중요성이 배가된 측면이

---

139 로베르 드 보롱은 성배의 왕을 아리마대 사람 요셉의 친척들이 세운 신성한 영지의 상속자로 제시한다(Robert Baudry, «Julien Gracq et la légende du Graal», in *Julien Gracq*, Actes du Colloque international d'Angers, PU d'Angers, 1982, p.249).

있다. 그라크의『어부 왕』은 바로 이 바그너의 오페라를 주된 전거로 삼으면서 중세의 여러 작품들을 참조했다고 말할 수 있다. 주목할 점은 많은 연구자들이 지적하는 것처럼 그라크는 전설을 충실히 수용하는 대신 스스로의 필요에 따라 그것을 자유롭게 변형한다는 사실이다.[140]

위의 개괄을 통해 지적할 수 있는 바는 다음과 같이 정리될 수 있을 것이다. 성배 신화의 기원은 정확히 위치시키는 것이 불가능하다. 폭넓게 받아들여지는 켈트 전설로부터의 유래조차 이론의 여지를 안고 있다. 크레티앵 드 트루아의『페르스발』이 시발점이 된 중세 성배 문학 전통은 그 정도의 차이는 있으나 기독교적 성격과 기사도 문학의 특성을 띠고 있다. 이 중 기독교적 색채는 로베르 드 보롱에게서 구체화된 이래 바그너의『파르지팔』에 이르기까지 지속적으로 나타난다. 1942년에서 1943년에 이르는 기간에 집필되어 1949년에 초연된 그라크의『어부 왕』은 이런 기독교적 색채를 거부한다.

『어부 왕』의 내용과 구조를 다른 성배 문학과 비교하기에 앞서 그것의 줄거리를 살펴보는 것은 유용할 것이다. 극은 이른 아침 성배가 있는 몽살바주Montsalvage 성에서 시작된다. 성배의 기사들은 막 밤샘 경비를 끝낸 참이다. 한데 아침이 되었어도 해는 완전히 떠오르지 못한다. 성배의 왕 암포르타스가 순결의 서약을 어기고 마법사 클링소르의 사주를 받은 아름다운 쿤드리의 유혹에 넘

---

140 Robert Baudry, *Ibid*, pp.57-58.

어가면서 자신은 옆구리에 치유 불가능한 상처를 입고 성배는 빛을 잃은 까닭이다. 성배의 빛이 꺼지면서 세상은 빛을 잃고 죽음의 기운이 하늘을 무겁게 짓누르고 있다. 성배가 다시 빛을 되찾고 암포르타스가 상처로부터 회복되기 위해서는 선택받은 '순수한 기사'가 나타나야만 한다. 밤샘을 마치고 성에 들어온 기사들 가운데에는 클링소르가 끼어 있다. 그는 성배의 기사 가운데 하나인 멜리앙의 모습을 하고 있다. 모두가 기다리는 순수한 기사임에 틀림없는 웨일스 사람 페르스발이 클링소르의 '검은 성' 근처에서 멜리앙을 죽였고, 성배가 다시 빛을 되찾는 게 두려운 클링소르가 멜리앙으로 변장하고 암포르타스를 찾아온 것이다. 그는 먼저 쿤드리를 만난다. 자신이 유발한 암포르타스의 상처를 헌신적으로 돌보는 그녀는 클링소르의 책략에 대해 경멸을 표하면서, 성배가 다시 빛을 되찾는 것을 볼 수만 있다면 죽음도 불사하겠다는 의지를 피력한다. 클링소르는 암포르타스에게 소식을 전한다. 암포르타스 또한 그에게 경멸을 나타낸다. 순수한 기사에게 자리를 내어주고 쓸쓸히 사라져야만 하는 운명의 비애를 말하며 유혹하는 클링소르를 향해 그는 순수한 기사가 자기의 뒤를 이어 성배의 왕이 될 것이라고 호통친다. 한편 전혀 의식하지 못한 채 몽살바주 성으로 향하던 페르스발은 근처에 기거하는 은자 트레브리장을 만난다. 트레브리장은 페르스발을 부질없는 욕망과 오만의 길에서 포기와 복종의 세계로 이끌려고 애쓰지만 페르스발은 개의치 않고 걸음을 계속한다. 그런 페르스발이 만나는 사람은 어릿광대 케일레를 거느리고 호수에서 고기를 잡는 암포르타스이다. 페르스발은 거대한 은빛 물고기 끌어올리는 것을 도와주고, 그에게서 모두가 기다리는 순수한 기사를 본 암포르타스는 그를 성으로 초대한다. 아름다운 쿤드리에 의해 성으로 안내된 페르스발은 곧 암포르타스를 만난다. 극의 분수령을 이루는 이 만남에서 암포르타스는 클링소르에게 보였던 태도와 달리 페르스발에게 성배의 왕이 되는 것이 어떤 것인지 설명한다. 그것은 모험과 욕망의 끝이고 고독이고, 나아가 죽음이라는 것이다. 이 말을 들은 페르스발은 성배 의식을 치르지도 않은 채 몽살바주를 떠나려고 한다. 이때 개입하는 사람이 쿤드리이다. 그녀는 케일레를 시켜 페르스발을 불러오게 하여 성배 의식에 참여하게 한다. 그러나 높은 곳에 난 작은 창문에 매달린 케일레를 통해 전달된, 벽 뒤에서 진행된 의식에서 페르스발은 침묵한다. 그는 성을 떠나고 다시 순수한 기사를 향한 기다림이 시작된다.

『어부 왕』의 행위는 24시간 이내에 한정된다. 성벽 위 밤샘 경비가 끝난 이른 아침에 막이 올라 그날 밤 늦은 시각 아니면 그에 이은 새벽 또는 이른 아침에 막이 내린다. "구원자의 희망!"과 "몽살바주의 구원!"이라는 외침과 팡파레가 극의 시작과 끝을 장식하며 이야기를 순환구조 속에 놓는다. 장소는 성의 내부와 인근에 위치한 브랭반 호수에 국한되며 극에 엄격한 단일성을 부여한다. 장구한 세월에 걸쳐 다양한 에피소드를 장대한 파노라마로 펼쳐놓는 아서왕 연작들, 예컨대 『랑슬로−성배』 연작에 비해 『어부 왕』은 그야말로 성배의 성에 대한 페르스발의 첫 방문, 그것도 실패한 방문이라는 단 하나의 사건에 국한된다. 미완으로 끝난 크레티앵 드 트루아의『페르스발』과 비교하면『어부 왕』은 크레티앵의 작품 중간에 나오는 '어부 왕 성의 페르스발'을 노래하는 그다지 길지 않은 대목과 정확히 일치한다. 그러나 이브 브리델이 지적하듯이,『페르스발』이 실패로 끝난 첫 방문만을 이야기하는 것이 작가의 죽음에 따른 우발적인 결과라고 한다면『어부 왕』이 첫 방문만을 다루는 것은 성배 신화에 대한 그라크의 해석 자체에 근거한 것이라고 할 수 있다.[141] 페르스발은 과거를 회상하기도 하지만 이마저도 필요한 최소한으로 제한되는 경향이 뚜렷하다. 결과적으로 극은 몽살바주에 도착하기 이전의 페르스발의 과거에 대해 그다지 많은 정보를 제공하지 않는다. 불필요하다고 생각되는 부분들을 제거하고 하나의 결정적인 순간에 전념하는 이런 집중과 절제의 경향은 바그너의『파르지팔』에서부터 확인된다. 물론 바그너의 오페라에서 행위는 여러 해에 걸쳐 진행되지만 그것은 페르스발의 첫 방문과 실패라는 하나의 사건과, 그의 귀환과 암포르타스의 치유라는 다른 사건에 집중되어 있다. 두 사건 가운데『어부 왕』은 첫 번째 사건만을 담고 있으니 그라크는 바그너보다 한 술 더 뜬 셈이다.

『어부 왕』이 보여주는 집중과 절제는 다른 차원에서도 확인된다. 아니클로드 돕스가 지적하듯이, 중세의 아서왕 연작과 바그너의 오페라가 무훈의 가치를 강조한다면,『어부 왕』은 행위의 헛됨을 드러내며 암포르타스의 고행-무훈과 페르스발의 맹목-무훈을

---

141 Yves Bridel, *Ibid.*, p.61.

강조한다.[142] 또 바그너의 작품이 중세 문학과 마찬가지로 초자연적이고 경이로운 마술과 신비의 세계를 펼쳐놓는다면, 그라크의 『어부 왕』은 일체의 신비가 사라져버린 텅 빈 기다림의 세계를 연다.[143] 물론 이 세계에도 신성은 존재한다. 그것도 중심에 위치한다. 그런 신성을 둘러싸고 있는 것은 더 이상 신비와 마술이 아니고 모호함이다. 잠시 뒤에 보겠지만 이 모호함은 『어부 왕』이 형상화하는 신성의 핵심 원리를 구성한다.

『어부 왕』에서는 이렇듯 집중과 절제가 두드러진다. 그것의 결정적인 차이는 실패로 끝난 페르스발의 첫 방문만을 극화한다는 점이고, 바로 여기서 성배 신화에 대한 그라크의 해석의 독창성이 비롯된다고 볼 수 있다.

2.3.1.3. 열린 이야기

순수한 기사의 귀환에 이은 장엄한 성배 의식과 암포르타스의 치유를 재현하는 바그너의 『파르지팔』과 달리 『어부 왕』은 실패만을 보여준다는 사실은 어떤 의미를 갖는가? 작품을 어떤 맥락에 위치시키는가? 그것은 크게 두 가지 파급효과를 낳는 것으로 보인다.

먼저 그것은 이야기를 열린 전망 속에 놓는다. 성배 의식에 참여한 페르스발이 성배의 의미를 질문함으로써 성배의 왕이 되는

---

142 Annie-Claude Dobbs, *Dramaturgie et liturgie dans l'oeuvre de Julien Gracq*, Paris, José Corti, 1972, p.78.

143 Annie-Claude Dobbs, *Ibid*, pp.76-77.

동시에 암포르타스를 구원한다면 이야기는 완결되고 희망과 모험은 마침내 하나의 운명으로 고정될 것이다. 그러나 페르스발의 실패와 새로운 기다림의 시작은 몽살바주라는 이름으로 지칭되는 인간 세계를 완료형으로 제시하는 대신 열린 가능성 속에 유지한다. 모든 것은 여전히 생성 가운데 구원자를 고대해야 하기 때문이다. 세계는 언제나처럼 유동성 가운데 열려 있어야 하는 것이다. 기다림에서 기다림으로 돌아가는 순환구조는 극을 열림의 공간에 위치시킨다.

그라크가 보기에 이런 열림의 전망은 중세 신화의 본질적 특성을 이룬다. 출간을 염두에 두고 쓴「서문」은 바로 그것을 강조한다.

중세 신화들은 비극적 신화가 아니라 "열린" 이야기이다 — 그것은 무상적인 단죄에 대해 말하지 않고 보상받는 영원한 유혹(트리스탕 — 절대적 사랑의 유혹, 페르스발 — 지상에서의 신성에 대한 소유의 유혹)에 대해 말한다. 어떤 면에서 그것은 한계들을 이상적으로 분쇄하기 위해 주조된 하나의 연장이다.(RP329)

독일낭만주의에 영향 받은 그라크의 중세관 — 그에게서 중세는 시공의 제약으로부터, 인간조건의 온갖 한계로부터 벗어난 이상화된 황금시대로 제시되는 경향이 있다(PR992-993) — 이 확인되는 이 구절에 따르면 중세 신화는 비극적 닫힘이 아닌 열림, 단죄가 아닌 유혹과 욕망, 제한이 아닌 한계의 극복을 형상화한다. 중세 신화에 대한 이런 접근은 『어부 왕』을 독일낭만주의에서 초현실주의로 이어지는 넓은 의미의 낭만주의 계열에 위치시킴은 물론 그것을 동시대적 맥락 한가운데 자리 잡게 한다. 다시 말해 여러 경향이 대립하는 20세기 전반의 문화적 자장 속에서 하나의 뚜렷한 입장이 되게 한다.

중세 신화를 바탕으로 희곡을 쓰기로 결정하면서 그라크가 의식할 수밖에 없는 것은 당시 유행하던, 희곡의 소재를 그리스 신화에서 취하는 경향이다. 그는 장 아누이의 『안티고네』를 직접 언급하기도 한다(RP327). 그가 그리스 신화의 유행에서 확인하는 것은, 신화적 인물들에서 영원의 보편적인 얼굴을 보고자 했던 17세기 고전주의와는 달리, 그것을 통해 오늘의 현실을 성찰하려는 의지이다. 즉 현대의 일상에 신화가 스며들게 함으로써 진부한 몸짓과 매일의 생각을 보다 높은 차원으로 이행하도록 만들려는 태도이다. 이런 경향이 "분리"와 "승화"를 통해 노리는 것은 현대 사회가 필요로 하는 "삶의 재자화(再磁化)"(RP327-328)일 것이다.

그렇다면 라신에서 아누이에 이르기까지 프랑스 비극이 그리스 신화에서 특권적 소재를 발견한 까닭은 무엇일까? 그라크는 숙명적 실패로 특징지어지는 오이디푸스 신화나 아트리데스 신화에서 "모범적이면서도 부당한 단죄"는 "가장 생생한 극적 동력"을 구성한다는 점을 지적한다. 그는 또한 신화의 시작과 끝을 뒤집어볼 것을 제안하는데, 이런 조작을 통해 드러나는 사실은 그리스 비극의 단죄가 결국은 "원죄의 대용품"(RP329)에 불과하다는 사실이다.

그리스 신화에 대한 부정적 견해는 이렇듯 기독교에 대한 비판으로 연결된다. 그라크는 트리스탕 신화와 마찬가지로 성배 신화의 뿌리는 기독교 이전의 맥락에 가닿는다고 본다(RP329). 『어부 왕』에서 암포르타스는 클링소르를 향해 "성배는 그리스도와 함께 태어난 게 아니야"(RP352)라고 말한다. 더욱 인상적인 것은 기독교를 대변하는 은자 트레브리장이 성배를 규정하는 대목이다. "나는 희한하게 새 술을 받아들인 이 오랜 부대를 경계해. 내가 거기서 보는 것은 함정, 흙을 제대로 털어 내지 못한 하나의 상징 — 대속의 세계보다 더 오래된 유혹이야."(RP358)라고 그는 말한다. 드니드 루즈몽이 『사랑과 서양』에서 개진한 논지에 동의하는(RP330) 그라크는 로베르 드 보롱 이후 진행된 성배 신화의 기독교화가[144] 전혀 일관성이 없을뿐더러 근거가 희박한 무리한 윤색이라고 주장한다.[145] 그가 보기에 기독교가 중세의 비극성을 구현한다면(RP329), "성배의 정복은 초인성(超人性)에 대한 거의 니체적인 지상의 열망을 표상한다"(RP330).

---

144 앞서 언급한 것처럼 가장 널리 퍼진 견해는 성배에서 예수 그리스도의 유물(접시 혹은 잔)을 보는 태도이고 이는 자연스럽게 아리마대 사람 요셉을 끌어들이며 골고다의 상징과 연결된다. 성배 신화와 기독교 전통의 연관은 13세기에 이르러 성배를 어머니와 결부시키며 시토수도회의 성모 숭배사상으로 발전되기도 했다.(김정희, 「아서왕 신화의 형성과 해체(1): 『브르타뉴 왕실사』에서 크레티엥 드 트르와에 이르기까지」, in 『중세영문학』, 4, 1996, pp.67–68)

145 성배 신화와 기독교 전통의 관계는 논란의 소지가 다분한 주제이다. 플레야드 판에 붙인 주에서 베른힐트 보이으는 아르망 오그와 알베르 베갱의 서로 다른 주장을 소개하고 있다. 아르망 오그는 성배 신화가 동양과 켈트와 기독교의 연원을 동시에 아우른다고 주장한다. 반면에 베갱은 그라크의 견해에 역사적 정확성이 결여되어 있음을 지적하면서 아서왕 연작과 기독교 전통 간의 관계는 충분히 일관성이 있고, 그리스 신화는 켈트 신화보다 뛰어난 시적 형태를 성취했을 뿐 아니라 기독교 전통에 대해 염세주의가 아닌 희망의 전조를 제시한다고 말한다(Gracq 1, p.330 – Note 3).

작품에서 기독교와 성배의 대립은 페르스발과 트레브리장의 만남을 통해 분명하게 주제화된다. 은자에게 물을 얻어 마신 페르스발은 삶을 "공기와 입처럼, 칼자루를 쥔 손가락처럼 서로 얽힌 욕망과 만족"(RP354)으로 정의한다. "한계를 모르는 순진한 욕망"을 표출하는 페르스발에게 트레브리장은 말한다. "나는 교차로의 십자가처럼 마지막으로 자네 앞에 있네. 여기 있는 것은 포기와 공통의 규칙에 대한 복종과 구원이고 — 저기 있는 것은 오만과 기이한 선택과 고독과 죽음이야."(RP357) 그러나 "평온한 죽음 — 확신"(RP359)을 선택했다고 말하는 트레브리장을 향한 페르스발의 대답은 분명하다.

> 당신은 모든 것을 죽였어. 심지어 당신이 섬긴다고 주장하는 이마저도 당신과 더불어 뿌리에서부터 고사시켰어. 나는 다른 곳이 아닌 이 세상에서 성배를 해방할 거야. 영원히.(RP360)

초현실주의가 그런 것처럼 그라크는 기독교에 동의하지 않는다. 그 이유는 명확하다. 첫째, 기독교는 온갖 금지와 터부로 인간의 자유를 제한하고, 둘째, 추구하는 이상을 지금 여기가 아닌 불확실한 내세에 위치시키며, 셋째, 원죄의 개념이 정신에 무기력과 제한을 부과하기 때문이다.[146]

「서문」에서는 언급하고 있지 않지만, 기독교와 그리스 신화가

---

146 이 세 요소는 초현실주의가 기독교에 적대적인 이유로서 그라크가 제시하는 것인데, 사실 그것은 그라크 자신의 것이기도 하다.(«Le Surréalisme et la littérature contemporaine», in *Gracq 1*, p.1016).

구현하는 비극성에 대한 거부는 사르트르로 대변되는 실존주의에 대한 그라크의 반감과도 상통한다. 다시 한 번 환기하지만, 『어부 왕』은 1942년에서 1943년에 이르는 시기에 쓰였고 1948년에 간행되었으며 1949년에 초연되었다. 그것은 따라서 실존주의와 같은 시대에 속한다. 여기서 그라크와 실존주의를 자세히 비교할 수는 없고, 또 그럴 필요도 없다. 다만 『어부 왕』과 그것이 간행되고 공연된 20세기 전반의 문화적 맥락과의 관계를 살피기 위해 그라크가 사르트르에 대해 표명한 견해만을 지적하기로 하자. 그라크가 『어부 왕』 공연 실패에 격분하여 쓴 팸플릿 『뱃심의 문학』이 실존주의 유파에 의해 주도되는 문학의 철학적 편향을 공격한다는 사실은 이미 위에서 말한 바 있다.(LT541-543) 하지만 실존주의에 대해 그라크가 표하는 반감의 핵심은 다른 곳에 있다. 그라크의 입장은 간단하고도 명료하다. 그가 실존주의에 반대하는 것은 그것이 인간을 스스로와 세계로부터 분리하면서 통합의 가치 대신 유형(流刑)의 가치를 부각시키기 때문이다. 타자와 세계에 대해 적대적이고 낯선 태도를 취하며 인간을 잉여로 간주하는 사르트르의 문학은 그라크의 눈에 "아니요의 감정"을 대표한다. 스스로를 "예의 감정" 쪽에 위치시키는(PR872-874) 그라크에게 사르트르는 또 하나의 비극성을 구현한다.

"몸속의 피처럼 비극성이 순환하는" "닫힌 신화들"에 맞서, "실패의 냉혹한 조서들"에 반해, 중세 신화는 열림과 가능성을 표상한다. 20세기 전반의 그리스 신화 붐을 거슬러 중세 신화에서 소재를 취한 것이 중요한 의미를 갖는 것은 바로 이런 맥락에 근거한다.

기억해야 할 것은 성배 신화에서 실패로 끝난 첫 방문만을 취한 그라크의 선택이 이런 열림의 전망을 구체화했다는 사실이다.

우리는 지금까지 페르스발의 첫 방문만을 다루기로 한 그라크의 결정이 낳은 첫 번째 파급효과, 곧 열린 전망에 대해 살펴보았다. 특히 그것을 1930-40년대의 맥락에 위치시켜 기독교와 그리스 신화의 가치와 비교하고, 또 사르트르로 대표되는 실존주의에 비추어 검토해보았다. 그럼 두 번째 파급효과는 무엇인가? 그것은 극의 중심을 페르스발의 탐색이 아닌(아무래도 그것은 완결되지 않았기 때문에 중심이 될 수 없을 것이다) 암포르타스의 실존으로 옮겼다는 점이다. 실제로 『어부 왕』의 모든 중요한 지점은 암포르타스가 등장하는 장면과 일치한다. 페르스발은 "암포르타스가 스스로에 대해 질문하거나 자신의 상황을 표현하게 해주는 계기"를 제공할 뿐이다.[147] 이런 중심 이동은 성배 신화에 대한 그라크의 해석에서 가장 중요하고도 획기적인 부분을 구성하거니와 우리는 이 문제와 더불어 모호함으로서의 신성과 만나게 된다.

2.3.1.4. 암포르타스 또는 모호함으로서의 신성

성배는 일종의 신성으로 제시된다. 그런데 신성이란 무엇인가?

종교사학자 미르체아 엘리아데에 따르면 그것은 실재이자 힘이자 의미로서 무(無) 또는 카오스에 불과한 세속과 대별된다. 그것은 근원적이고 절대적인 진리이며 인간과 세계의 근본을 이루는

---

147 Yves Bridel, *Ibid*, pp.60-61.

이치인 것이다.[148] 신성의 존재는 따라서 의미의 현전, 다른 말로 하면 에피파니, 곧 신의 현현과 일치한다. 이런 까닭에 "[성배를] 바라보는 사람은 눈이 열리고 귀가 깨이며 세계의 합창과 새들의 언어를 이해한다. 성배는 충만이고 환희이며 더 나은 삶이다. 그 것은 갈증이자 해갈이고, 헐벗음이자 충만이며, 소유이자 강탈이다."(RP355) 이성과 논리의 차원을 넘어 절대의 차원에 위치하는 성배는 언어에 의한 규정을 멀찌감치 벗어난다. "말은 표현할 도리가 없다. 그것은 빛, 음악, 향기, 음식이다."(RP391)

신성의 절대적 위상은 그것을 세속으로부터 구분하는 거리에 의해서 유지된다. 다시 말해 그것은 범접할 수 없음으로 특징지어진다. 세속에 속한 존재는 죽음으로써만, 즉 존재론적 위상의 변화를 겪고 나서야 신성에 다가갈 수 있으며, 신성은 세속과 섞이는 바로 그 순간 스스로의 위상을 잃어버리게 된다.[149] 신성을 향해 다가가는 페르스발은 바로 이런 이유 때문에 번민 가운데 질문한다.

숨 쉴 수 없는 공기 속에 — 죽음처럼 끔찍한 영광 속에 산 채로 들어가는 것 — 그것을 원하는 것 — 그것을 선택하는 것! — 다시 태어나기 위해 지금까지의 자신의 모든 것을 파괴하는 것이 한 인간에게 주어졌는가?(RP392-393)

---

148 Mircea Eliade, *Traité d'histoire des religions*, Paris, Payot, 1949, pp.15-45.

149 로제 카유아는 신성을 "죽지 않고는 다가갈 수 없는 것"으로서 규정하며 일종의 "방수벽이 신성과 세속을 완전히 격리해야 한다"고 말한다.(Roger Caillois, *L'Homme et le sacré*, Paris, Gallimard, coll. «folio/essais», 1950, pp.25, 26)

성배에 접근하는 것은 "죽음처럼 끔찍한 영광 속에 산 채로 들어가는 것"이다. 성배는 절대적 진리이자 생명이지만 인간은 인간으로서의 "자신의 모든 것을 파괴"함으로써만 그것을 살 수 있다. 절대와 인간, 신성과 세속을 가르는 넘을 수 없는 경계 때문에 신성은 인간에게 죽음으로 작용한다. 신성에 다가가는 것은 "산 채로" 죽는 것에 다름 아니다. 아니 이런 조건 아래에서만 인간은 신성을 소유할 수 있다.

이런 신성의 소유는 순수한 인간에게만 허용된다.(RP355) 인간은 거기서 스스로 선택하는 게 아니고 다만 선택받을 뿐이다.(RP393) 성배의 왕이 되는 것은 모든 인간적인 것이 성배의 그림자 속으로 소멸되는 것을 뜻한다. 따라서 모험은 이제 영원히 고정된 운명에 자리를 내어주어야 한다.(RP372) 그렇게 "희망은 끝나고 소유가 시작된다."(RP392) 부단한 생성으로 특징지어지는 삶이 끝나고 인간의 죽음을 전제하는 절대가 자리 잡는다. 가장 견디기 힘든 조건으로 다가오는 것은 절대의 차원에 위치하는 성배의 왕을 인간으로부터 완전히 격리하는, 일종의 죽음으로 경험되는 고독이다. "너는 혼자일 거야 — 영원히! […] 너와 그들 사이에는 경배만이 있을 거야."(RP392)라고 암포르타스는 페르스발을 향해 말한다. 원래 암포르타스는 페르스발처럼 순수한 기사로서 선택받은 자였고 덕분에 성배의 왕이 되었다. 그런 그가 마법사 클링소르의 사주를 받은 쿤드리의 유혹에 넘어가 순결의 서약을 어기고 성배에 의해 치유 불가능한 상처를 입은 것은[150] 무엇보다도 절대가 요구하는 고독을 견뎌낼 수 없었기 때문이다. 그는 인간적인 것이 그리웠던 것이다. 작품의 핵심에 놓이는 암포르타스의 상처는 결과적으로 성배의 왕으로서 그가 지니는 신성과 쿤드리를 통해 되찾은 인간성의 모순적 통합체로서 나타난다. 그것은 인간적인 부분을 포기하지 않으면서 신성을 소유하는 하나의 방도를 형상화한다.

암포르타스의 상처는 따라서 신성과 세속, 신성과 인간이 만나는 하나의 접점으로 나타난다. 중요한 것은 상처를 중심으로 두 종류의 혼동 혹은 전염이 일어난다는 사실이다. 하나는 암포르타스와 상처 사이에서 관찰되는, 부분으로서의 상처와 전체로서의 암포르타스를 동일시하는 제유적 혼동이다. 이는 모호한 상처의

---

150 바그너의 『파르지팔』에서는 쿤드리의 품에 안겨 있는 암포르타스를 클링소르가 론진의 창(십자가에 달린 예수 그리스도의 옆구리를 찔렀던 로마 병사의 창으로서 원래 암포르타스의 것이다)으로 치명적인 상처를 입힌 것으로 되어 있으나 『어부 왕』에서는 상처를 입는 과정에 대한 구체적인 설명이 생략되어 있다. 다만 암포르타스는 성배가 직접 상처를 입혔다는 식으로 말한다.(RP391) 이 상처와 관련하여 독자가 알 수 있는 것은 그것이 옆구리에 있다는 것, 지속적으로 열려 있다는 것, 그리고 끔찍하다는 것 정도이다. 크레티앵 드 트루아와 볼프람 폰 에셴바흐의 작품에도 쿤드리를 연상시키는 인물이 등장한다. 그러나 원죄, 회개 그리고 절대에의 열망과 결부된 인물로서의 쿤드리는 바그너의 창조이고, 분명한 차이가 있긴 하지만 『어부 왕』의 쿤드리는 바그너의 이 인물로부터 온다고 할 수 있다. 로베르 보드리는 크레티앵 드 트루아의 작품에는 이름이 없고 암노새를 타고 다니며 추악한 용모를 지닌 성배의 사자(使者)가 등장한다는 점, 볼프람 폰 에셴바흐의 작품에는 성배의 사자 쿤드리와, 암포르타스가 유혹하는 공작부인 오르줄뤼즈 드 로그루아가 등장하고, 바그너의 쿤드리는 이 두 인물을 결합한 결과라는 점을 지적한다.(Robert Baudry, *Ibid*, p.248)

의미가 신성과 세속을 매개하는 사제로서의 암포르타스의 기능과 일치하게 한다. 다른 하나는 성배와 암포르타스의 상처 사이에 일어나는 환유적 혼동이다. 성배와 상처는 "희생물과 칼보다 더 공모적인"(CA68) 관계를 맺고, 둘 사이에는 일종의 가치 전이가 이루어진다. 다시 말해 성배의 가치가 암포르타스의 상처로 옮겨간다. 암포르타스의 과오로 인해 성배는 빛을 잃었지만 암포르타스의 상처가 성배의 빈자리를 차지한다. 성배와 상처 사이에는 이렇듯 연속성 혹은 동질성의 관계가 성립되고, 우리는 비로소 『아르골 성에서』에 나오는, 암포르타스의 피에서 성배 안에 흘러넘치는 번쩍이는 물질을 끌어낸 판화(CA85)를 이해하게 된다.

그러나 상처로 형상화되는 모호함으로서의 신성은 엄연한 한계를 지닌다. 그것은 절대로부터의 도피로, 이상 없는 현실로 이어지고 언제든지 죽음 혹은 무(無)로 퇴행할 위험을 안고 있기 때문이다. 본래 유혹자로서 암포르타스를 실추하게 했으나 회개한 이후 오로지 "성배가 다시 빛나는 것"만을 열망하는(RP376) 쿤드리는 암포르타스의 상처가 성배를 대신하는 현실을 다음과 같이 묘사한다.

그래! 몽살바주는 활기를 잃었어 — 그래, 성배는 기름이 부족한 램프처럼 빛을 잃었어 — 그래, 이곳의 모든 것이 추위로, 무로, 어둠으로 돌아가고 있어 — 하지만 이와 비례하여 암포르타스는 위대해지지 — 그의 상처는 사람들의 눈을 마비시키고, 또 강박관념처럼 따라다니지. 상처로부터 나오는 썩은 피는 사람

들의 뇌 위로 그림자를 드리우는 것 같아 […] 암포르타스는 성
배의 자리를 차지했어! 그의 병든 달은 저 꺼진 태양 뒤로 솟아
오르고 있어. 몽살바주는 마치 동굴의 구슬픈 흰 짐승들이 어둠
을 빨듯 암포르타스의 상처를 빨아 ― 환한 빛에 놀라서 말이야
[…](RP342)

극에서 완전한 신성을 향한 열망의 축을 점하고 있는 쿤드리의
역할은 암포르타스의 인간화된 신성이 현실에 안주하는 것을 막
고 순수한 절대와의 끈을 유지하도록 하는 데 있다. 그녀는 암포
르타스의 상처로부터 나오는 피가 썩으며 "사람들의 뇌 위로 그림
자를 드리우는 것"을 방지해준다. 그녀가 치료하는 인물로 나오는
것은 이런 점에서 의미심장하다. 절대적 신성을 염원하는 그녀는
암포르타스의 상처에, 몽살바주에, 뿌려지는 빛이고 소금이다. 그
녀는 현재의 상태를 지속하고자 페르스발을 실패로 유도하는 듯
보이는 암포르타스에게 반발하고,[151] "마치 동굴의 구슬픈 흰 짐승
들이 어둠을 빨듯 암포르타스의 상처를" 빨아대는 몽살바주를 한

---

151 암포르타스는 사실 욕심이나 질투와는 별 상관이 없어 보인다. 페르스발
   이 몽살바주에 도착하기에 앞서 어릿광대 케일레가 암포르타스에게 들려
   주는, 결혼식 날 아침 영원의 잠에 빠진 신부를 빼앗고 싶지 않은 마음
   에 그녀를 깨울 수 있는 유일한 존재인 미지의 기사에게 책략을 부려 마
   법의 주문을 얻어냈다가 결국 신부를 잃어버리고 만 질투에 눈이 먼 왕자
   의 이야기는 물론 극에서 일종의 액자 또는 미자나빔으로 기능한다. 그것
   은 암포르타스의 이야기를 압축적으로 지시하기 때문이다. 하지만 그것
   의 보다 본질적인 기능은 극으로부터 질투의 뇌관(암포르타스는 시기심
   때문에 페르스발을 실패로 유도한다는 계기)을 제거하는 데 있는 것처럼
   여겨진다. 질투에 발전 가능성을 부여하기보다 그 시효를 아예 말소시켜
   버리는 듯 보이기 때문이다.

탄한다. 이렇듯, 인간화된 신성을 대변하는 암포르타스에 맞서 순수하고 완전한 신성의 발현을 열망하고 고대하는 그녀이지만, 그러나 암포르타스의 신성이 "병든 달"의 형태로나마 빛을 유지하는 것은 바로 그녀 덕분이다. 그녀의 열망과 치료가 있기 때문에 암포르타스의 상처는 신성으로 기능할 수 있는 것이다. 결과적으로 그녀는 암포르타스의 상처에 대한 해독제의 역할을, 그리고 그것이 신성으로 기능하게 하는 촉매제의 역할을 수행한다고 정리할 수 있겠다.

작품에서 쿤드리는 상처의 발생과 유지와 작용에 간여한다. 상처가 생겨난 것은 바로 그녀 때문이다. 한데 그녀는 자신이 유발한 상처를 치료한다. 아니 암포르타스에 따르면 그녀는 자신이 유발한 상처만을 치료한다(RP375). 그녀는 또한 상처가 타락하는 것을 막기 위해 온전한 성배를 부단히 상기시킨다. 그녀는 결과적으로 『어부 왕』의 주제를 구성하는 모호함으로서의 신성의 관리자로 나타난다. 이런 점에서 그녀는 『어부 왕』의 작가와 가장 가까운 자리에 위치한다고 말할 수 있고, "내 색깔을 지닌 것은 쿤드리라는 점을 밝혀두고 싶다"(RP333)는, 「서문」 마지막 문장에 나오는 그라크의 고백을 우리는 이제 비로소 십분 이해할 수 있다.

암포르타스는 스스로를 인간과 절대, 신성과 세속이 만나는 모호한 자리로 규정한다. 벌건 쇠와 맨손이 만나는 장갑의 은유는 (RP378) 그의 실존적 모순을 형상화한다. 그는 "온전한 육체와 구원받을 진부한 확률을 지닌 불쌍한 범부"(RP351)로 전락하길 거부하며 상처로서의 신성에 마지막까지 집착하는 모습을 보인다. 이런 암포르타스의 드라마에서 그라크가 보는 것은 무엇인가. 그것은 신성과 의미를 향한 인간의 근본적인 모호함인 듯 여겨진다. 인간은 인간의 위상을 포기하지 않는 한 신성을 직접 체험할 수 없다. 그러나 인간의 몫을 포기할 수는 없는 노릇이다. 보통의 인간에게 그것은 죽음을 뜻하기 때문이다. 설사 선택받은 인간이라고 하더라도, 즉 죽지 않고 신성을 체험할 수 있다고 하더라도, 쿤드리를 통해 인간의 몫을 회복한 뒤 끔찍한 고통으로 값을 치르는 암포르타스의 이야기는 인간에게 인간의 몫이 얼마나 소중한지 잘 보여준다. 그렇다고 신성과 의미를 포기할 수도 없다. 페르스발이 은자 트레브리장을 향해 말하는 것처럼, 신성의 추구가 없는 삶은 결국 무기력한 죽음에 다름 아니기 때문이다. 결국 인간은 본질적인 모호함 속에서 신성을 향해 나아가거나 주위를 맴돌면서 그것을 예감하고 또 간접적으로 느끼는 것밖에 다른 선택을 갖고 있지 않다. 그는 그렇게만 신성을 살 수 있기 때문이다. 자신을 넘어서는, 스스로 감당할 수 없는 신성을 모순과 긴장의 모호함 속에서 끝끝내 고집하고 껴안는 인간의 모습을 그라크는 다음의 극적인 문장으로 요약한다.

중심에, 신화의 심장부에 핵심처럼 남는 것은, 『파르지팔』에서 상처 입은 왕이 열정과 절망의 몸짓 가운데 성배의 붉은 불을 들어 올리는 장면을 통해 불멸화된 인간과 신성의 — 지금 여기, 영원히 — 헐떡이는 맞대면, 견딜 수 없는 코르 자 코르이다.[152]

---

152 '코르 자 코르corps à corps'는 펜싱에서 쌍방의 신체가 접촉하여 공격이 중지된 상태를 기리킨다.

그 몸짓은 모든 생명 있는 존재들 가운데 유일하게 스스로 호흡할 수 없는 것을 분비하고, 그 자신으로부터 끌어낸 가장 순수한 것과 매혹적이고도 하염없는 맞대면에 처해졌으며, "너하고도 너 없이도 살 수 없다"는 고양과 절망의 문구를 되풀이할 수밖에 없는 인간의 조건에 대해 연극이 제공할 수 있는 가장 응축된 상징 가운데 하나를 — 예술이 보유한 가장 감동적인 — 일종의 스냅사진을 형상화한다. (RP332)

텍스트는 바그너의 『파르지팔』을 인용하고 있고, 우리는 『어부 왕』과 『파르지팔』의 차이를 지적해야 한다. 『어부 왕』은 신성과 맞대면한 암포르타스를 중심에 위치시킨다. 그러나 이때 신성의 양태는 바그너의 오페라와 크게 다르다. 바그너 오페라의 대단원을 장식하는 성배 의식에서 제시된 성배는 빛나는 성배이다. 반면에 『어부 왕』이 제시하는 것은 빛을 잃은 성배와 암포르타스의 상처 사이에 위치하는 모호한 신성일뿐더러 극의 마지막 부분에서 암포르타스와 페르스발 사이에 벌어지는 성배 의식은 벽 뒤에 위치한다. 바그너의 인물들은 오페라의 마지막 부분에서 현재진행형의 신성을 경험한다. 하지만 그라크의 인물들은 신성의 언저리에 — 암포르타스는 성배 이후에, 페르스발은 성배 이전에 — 위치한다. 결국 의미는 그것의 맨 얼굴을 드러내지 않고 예감되거나 추정될 뿐이다. 이런 구도는 그라크의 소설 작품들에 되풀이되어 나타난다. 이야기의 내용은 작품에 따라 제각각이지만 그것은 언제나 상정된 의미 또는 중심을 향해 발전되다가 마지막 순간에 그것을 에두르는 형태로 구성된다. 요컨대 그라크의 소설은 이야기의 모든 요소를 강력히 수렴하는 빈 중심 둘레로 구축되고, 『어부왕』은 이를 "가장 엄격한" 형태로 실현하고 있다고 정리할 수 있겠다.[153]

그라크의 작품 가운데 앙드레 브르통이 가장 좋아했던 작품이 바로 『어부왕』이다.[154] "원탁 공동체, 그토록 집요하게 달아남에도 언제나 우리 손에 닿을 듯 표상된 이상적 보물에의 열정적 탐색"은 가장 전형적인 현대적 경향들, 예컨대 초현실주의의 보증이 된다고, 그런 만큼 현대적 경향의 주창자들이 성배 신화를 천명하지 않는 게 놀라울 정도라고(RP330-331) 그라크는 「서문」에서 말한다. 이 말에 자극받은 브르통은 1956년 초현실주의와 성배 신화의 연관을 천명하기도 한다. 사실 "임박한 발견에의 거의 최면적인 강박관념 — 그것이 모든 일시적 이해관계에 대해 생겨나게 하는 무관심 — 신비적 소명을 위해 부름받은 '선택된 인간들' 사이에서 '그룹'이 갖는 우애적 의미 — 방랑과 열림의 공동체에 대한 취향 — 마지막으로 온 자, 무법자, 모르는 자, 순결한 것으로 추정되는 존재에게 우선적으로 상석을 제공하는 것"(RP330-331)은 초현실주의 그룹의 원칙과 실천을 떠올린다. 그라크는 "모든 것으로 미루어볼 때 삶과 죽음, 현실과 상상세계, 과거와 미래, 소통과

---

153 미셸 뮈라는 이와 관련 "페르스발의 물러남은 탐색을 열어놓되 대상 없는 것으로 만들어 버린다"고 지적한다. 즉 탐색은 "불모의 반복"으로 귀착될 수 있다는 것이다.(Michel Murat, *Julien Gracq*, Paris, Pierre Belfond, 1991, p.180)

154 *Gracq 1*, p.1239.

불소통, 높은 곳과 낮은 곳이 모순적으로 지각되기를 그치는 정신의 어떤 지점이 존재한다"[155]는 브르통의 명제가 카말로트 성의 아서의 입에서 제자리를 찾을 수 있다고까지 말한다(RP331). 브르통이 "숭고한 지점"이라 부르는 이 지점이 의미와 신성의 다른 이름임은 구태여 말할 필요가 없는 것이다.

그러나 이 "숭고한 지점"을 성배 신화 자체에, 혹은 바그너의 『파르지팔』에 관련시키는 것은 가능하지만[156], 그라크의 『어부 왕』에 적용하는 것은 불가능하다. 암포르타스라는 하나의 지점에서 극화된 모호함으로서의 신성은 마지막까지 그것의 얼굴을 드러내지 않기 때문이다. 브르통은 지상에서 육안으로 볼 수 있는 의미의 현전을 추구하는 데 반해, 그라크는 의미를 추구하기는 하되 언제나 그것의 언저리에 위치하며 그것을 뛰어넘거나 지운다. 『어부 왕』 마지막 부분에서 성배 의식이 진행되는 방을 가로막고 있는 벽, 그나마 높은 곳에 창문이 하나 열려 있어 쿤드리의 요청을 받은 어릿광대 케일레가 매달려 매우 불완전한 형태로 사건의 진행을 전달해주는 벽은 바로 이런 그라크의 관점을 구체화한다. 『어부 왕』에서는 바그너의 영향, 그리고 무엇보다도 브르통의 영향이 면면히 감지된다. 그러나 암포르타스에 의해 구현된 모호함으로서의 신성과, 의미의 현전을 감추는 벽은 그라크의 문학을 바그너와

---

155 André Breton, *Second manifeste du Surréalisme*, in *Œuvres complètes*, Tome 1, Paris, Gallimard, coll. «La Bibliothèque de la Pléiade», 1988, p.781.

156 바그너가 『파르지팔』을 "신성 무대 제전극"이라고 불렀다는 사실은 의미심장하다.

브르통의 세계로부터 분명하게 떼어놓는다. 신성의 속성과 인간의 한계 등을 고려할 때 『어부 왕』이 극화하는 그라크의 견해는 브르통의 것에 비해 더 현실적이고 더 인간적인 것으로 나타난다.

　『어부 왕』이 형상화하는 모호함으로서의 신성은 다양한 층위에 관련된다. 그것은 성배와 상처, 신성과 인간, 현재와 부재, 끌림과 배척, 매혹과 혐오 사이의 복합적인 모순으로 나타난다. 절대와 인간의 모호하고 긴장된 관계를 반영하는 이런 신성은 그라크의 문학을 다시 한 번, 인간과 세계의 분리를 강조하는 사르트르의 대척점에 놓으며 그것의 근본적인 성격을 부각시킨다. 절대와의 "헐떡이는 맞대면, 견딜 수 없는 코르 자 코르" 가운데 "'너하고도 너 없이도 살 수 없다'는 고양과 절망의 문구를 되풀이"하는 암포르타스의 드라마는 "우리가 살고 있는 이 세계, 매혹적이지만 살기 힘든 이 세계가 끊임없이 요구하는 동시적인 두 가지 태도, 곧 경탄과 분노를 극단적 긴장 안에 유지"하고자(PR880-881) 하는 그라크 문학의 근본적인 시각을 형상화하기 때문이다.

2.3.1.5. 벽과 의미의 현전 가능성

　『어부 왕』은 소설들에서 일관되게 확인되는 그라크의 문제의식을 극화한다. 그러나 우리는 다음과 같은 질문을 던질 필요가 있다. 그라크에게서 단 한 편에 그친 희곡이 갖는 고유한 특성은 무엇인가? 그것은 소설과 어떤 다른 점을 지니며 그것이 그라크의 문학에 도입하는 새로운 바는 무엇인가? 이 물음에 대한 대답을 신성의 문제와의 관련 속에서 규정하기 위해, 그리고 이를 통해 신성의 문제에 대한 지금까지의 논의를 마무리하기 위해 우리는 방금 언급한 벽에 주목하고자 한다.

암포르타스와 페르스발 사이에서 진행되는 성배 의식을 가린, 위쪽에 작은 창문이 뚫린 벽, 그것은 관객에게 지금까지 기다려왔던 사건을 은폐하는 역할을 한다. 하지만 우리가 보기에 이 벽의 기능은 부정적이기보다 긍정적인 면이 더 강하다. 벽 뒤에서, 아니 벽 뒤에 숨은 덕분에 암포르타스의 인간화된 모호한 신성은 그것의 잠재력을 고스란히 되찾을 것이기 때문이다. 적어도 관객은 그렇게 ─ 저 벽 뒤에 성배가 빛나고 있다 ─ 생각할 것이기 때문이다. 신성의 현전은 창문을 환하게 밝히는 빛을 통해(RP394, 396), 그리고 눈이 부신 나머지 손으로 얼굴을 가리는 케일레의 동작을 통해(RP395) 환유적으로 표현된다.

여기서 생각해야 할 것은 벽의 물질적 현재성이다. 우선 그것은 소설이 언어를 통해 조성하는 갖가지 거리에 비해 훨씬 육중한, 움직일 수 없는 한계로서 나타난다. 그러나 그것은 구체적인 만큼, 다시 말해 눈에 보이고 손으로 만질 수 있는 만큼 오히려 가깝게 여겨지기도 한다. 또 임박한 것으로, 극복 가능한 것으로 나타나기도 한다. 『어두운 미남』의 주인공 알랑의 표현을 빌리면 여기서 "세계의 비밀은 더 이상 상징적인 방식이 아니라 여자의 성기와 같은 방식으로 감춰져 있다."(BT147) 지금까지 기다려온 사건이 정말로 저곳에서, 벽이 없으면 당장 손이 닿을 곳에서 실제로 진행되고 있는 것이다. 벽의 물질성은 이렇듯 창문을 통해 전달되는 의미의 현전 가능성을 가능성 이상의 것으로 만든다.[157] 벽의 물질성은 동시에 환유적 작용을 통해 그것이 은폐하는 성배로 전이된다. 극의 중심이 성배에서 암포르타스의 상처로 옮겨가면서 점점 더 추상적이고 관념적인 양상을 띠던 성배는 단숨에 그것의 물질성과 구체성을 되찾는 듯 보인다. 그것은 연출자와 무대장식가가 세워놓은 벽 뒤에서 찬란히 빛나고 있어야 하기 때문이다.

물질적인 것은 구체적이지만 바로 그렇기 때문에 허약한 것이기도 하다. 『시르트의 바닷가』에서 다니엘로가 꿈꾸는, "야만적 풀과 신선한 밤의 내음을 풍기는 잘생긴 기병들"이 무너진 틈새로 들어오는 벽(RS836)처럼, 성배를 가린 벽은 언제든 틈이 벌어지거나 무너질 수 있다. 클링소르로부터 순수한 기사가 나타났다는 소식을 들은 암포르타스가 벽이라는 은유를 동원하여 말하는 것도 바로 그것이다.

이제 그가 왔어… 이렇게 올 것이었다는 사실을 이제 우리는 알아… 가을의 외딴 숲 깊은 곳에 울리는 희미하고 약한 세 음(音)만 있으면… 궁전의 벽은 갈라지고 — 내 가슴은 뛰어오를 거야.(RP349)

---

157 환히 빛나는 작은 창문에서 처음으로 가능성을 문제 삼은 것은 그라크의 친구이자 시인인 스타니슬라스 로단스키이다.{Stanislas Rodanski, *La Victoire à l'ombre des ailes*, Éditions du Soleil noir, 1975(Christian Bourgeois Éditeur, 1989, p.181)} 미셸 뮈라는 『어부 왕』에 대해 논하는 자리에서 로단스키의 이 구절을 언급한다(Michel Murat, Ibid, p.181). 로단스키의 논지는 벽의 물질적 현재성을 강조하며, 가능성 이상의 것을 상정하는 우리의 견해와 차이를 지닌다.

연극이라는 형식이 가져오는 것은 바로 벽이 제공하는 물질적 현재성이다. 이 물질적 현재성은 의미의 현전 가능성을 극대화한 다. 물론 아무리 극대화된다고 해도 그것은 가능성으로 남을 것이 다. 극을 맺으며 그것을 순환구조 속에 놓는 기사들의 외침과 팡 파레가 폭발 직전의 임박한 의미의 현전 둘레로 가능성의 원을 두 르고 있지 않은가. 결국 인간의 몫으로 남는 것은 극화되고 고양 된 가능성뿐이다. 이런 고양된 가능성, 그것은 어쩌면 연극만이 보여줄 수 있는, 최소한 연극이 가장 효과적으로 가져다줄 수 있 는 것이 아닐까 생각해본다.

2.3.2. 초현실주의

2.3.2.1. 시 쓰기

1938년 소설 『아르골 성에서』를 발표하면서 작가가 된 그라크 는 전쟁 때문에 약 2년 동안의 공백기를 맞는다. 1941년 질병으 로 예정보다 일찍 독일의 포로수용소에서 돌아온 그는 자신의 전쟁 체험을 일기 형식으로 기록한 「전쟁의 기억」과, 그 일부를 허구로 전환한 중편소설 「이야기」를 쓴 뒤 산문시를 쓰기 시작한 다. 이 시 쓰기는 『어두운 미남』을 쓰기 시작한 1942년 여름 이후 에도 1년가량 계속되고, 이 시기에 그의 유일한 시집 『커다란 자 유』에 수록된 시들의 대부분이 쓰인다. 이후로도 시 쓰기는 간 헐적으로 계속되어 1969년까지 아홉 편의 시가 시집에 추가되지 만, 중요한 것은 이 시들이 형태의 측면에서 앞서 쓰인 시들과 크게 다르다는 사실이다.

그렇다면 그라크는 왜 이 시기에, 다시 말해 첫 소설과 두 번째 소설 사이에 시를 썼을까? 자신의 소설가의 입지를 확고히 하기 위해서라도 하루빨리 두 번째 소설에 착수하는 것이 자연스러운 순서가 아니었을까? 그리고 그의 시 쓰기는 어째서 1941년에서 1943년에 이르는 짧은 기간에 집중되었을까?

우리는 두 개의 가설에 의거하여 논의를 진행하고자 한다. 하나는 그라크가 왜 시를 썼을까에 대한 대답이 그라크 자신에게서 시와 소설이 갖는 차이를 살필 때 가장 효과적으로 도출될 수 있으리라는 것이다. 시는 소설이 담지 못하는 것을 담을 수 있을 테고, 바로 시의 이 고유한 몫에 시 쓰기의 핵심적 동기가 자리 잡을 것이기 때문이다. 다른 가설은 시와 관련한 그라크의 내면적 요구가 초현실주의와의 관계에 의해 규정되리라는 것이다. 그라크가 왜 시를 썼을까에 대한 질문은 그러므로 그라크와 초현실주의의 관계에 대한 질문이기도 하다.

우리는 이 두 가설을 포개어 적용함으로써 그라크에게서 시가 갖는 위상을, 그의 문학의 역사와 실제 속에서 구체적으로 규정할 것이다. 다시 말해 그라크 문학의 변천 속에서 시가 차지하는 자리를 살피는 데 우리 논의의 주안점을 위치시킬 것이다. 우리는 먼저 형태의 차원에서 초현실주의를 특징짓는 주요 기법들, 곧 이미지, 콜라주, 자동기술을 논의의 주제로 삼아 소설과 시의 차이를 살핀 뒤, 신성의 문제를 중심으로 의미의 차원에서 시와 소설을 비교해볼 것이다.

2.3.2.2. 초현실주의 이미지

합리주의와 실증주의의 전통에 반항하며 그 토대를 이루는 이성과 논리의 통제에서 벗어나 꿈과 현실을 종합하고자 했던 초현실주의는 이 종합을 언어와 의식의 변화를 통해 이룩하려 했고, 이런 기도에서 은유와 비교를 아우르는 이미지는[158] 핵심적인 위치를 차지한다. 브르통이 『초현실주의 선언문』에서 규정하는 것처럼, 초현실주의 이미지는 두 현실 사이에 설정되는 관계의 우연성 또는 자의성에 의해 특징지어진다. 이미지의 가치는 두 항(項)의 우연적 접근에서 얻어지는 "섬광의 아름다움"에 달려 있고, 따라서 자의성의 정도가 가장 높은 이미지가 가장 강력한 이미지라는 것이다.[159] 프로이트의 정신분석 이론에 결정적으로 영향 받은 이 이미지론은 언어와 데생의 '우아한 시체', '질문과 대답', 나아가 자동기술automatisme, 그리고 초현실주의 콜라주와 동일한 원칙에 근거하며 그것에 이론적 토대를 제공한다. 초현실주의 예술의 중심에 위치하는 이 이미지는 초현실주의 텍스트를 구성하는 요소들 가운데 가장 눈에 두드러지는 것이기도 하다. 어떤 텍스트가 초현실주의적인지의 여부는 자주 그것이 자의적이고 놀라운 이미지, 다시 말해 '초현실주의적인' 이미지를 포함하느냐의 여부에 따라 판단될 수 있는 것이다.

---

158 브르통은 「상승하는 기호」에서 은유와 비교의 형식적 구분은 중요하지 않다고 말한다.(André Breton, *La clé des champs*, Paris, Jean-Jacques Pauvert, 1967, p.135)

159 André Breton, *Le Manifeste du surréalisme*, in *Œuvres complètes*, Tome 1, Paris, Gallimard, coll. «La Bibliothèque de la Pléiade», 1988, pp.324, 337-340.

『커다란 자유』의 시들은 초현실주의 이미지를 풍부히 담고 있다. 세 번째 자리에 실린 「트랑스바이칼리」는 이렇게 시작한다.

Les rendez-vous manqués d'amoureux au creux d'une carrière de porphyre, — la géhenne et la gigue démente des bateaux en feu, par une nuit de brume, sur la mer du Nord — les géantes broussailles de ronces et les hautes couronnes de cimetière d'une usine bombardée — ne pourraient donner qu'une faible idée de ce vide pailleté de brûlures, de ce vau-l'eau et de cette dérive d'épaves comme les hautes eaux de l'Amazone où mon esprit n'avait cessé de flotter après le départ, au milieu d'énigmatiques monosyllabes, de celle que je ne savais plus nommer que par des noms de glaciers inaccessibles ou de quelques-unes de ces splendides rivières mongoles aux roseaux chanteurs, aux tigres blancs et odorants, à la tendresse d'oasis inutiles au milieu des cailloutis brûlés des steppes, ces rivières qui défilent si doucement devant le chant d'un oiseau perdu à la cime d'un roseau, comme posé après un retrait du déluge sur un paysage balayé des dernières touches de l'homme: Nonni, Kéroulèn, Sélenga. (LG272)

반암(斑岩) 채석장 공동(空洞)에서 미처 이루어지지 못한 연인들의 만남 — 안개 낀 밤, 북해 위로 불타는 배들의 미친 듯한 지그 춤과 극심한 고통 — 폭격당한 공장의 거대한 가시덤불과 묘지에서 보는 것 같은 높은 화관들은 불에 덴 상처들로 번쩍거리는 이 공허, 이 실패, 그리고 이 잔해의 표류를, 그녀가 떠난 뒤 내 정신이 수수께끼 같은 단음절들 한가운데 떠다니길 그치지 않았던 아마존강의 차오른 물처럼 희미하게만 알아차리게 해줄 수 있으리라. 나는 닿을 수 없는 빙하들 또는, 노래하는 갈대, 향내 나는 흰색 호랑이들, 스텝의 불탄 자갈밭 한가운데의 쓸모없는 오아시스의 애틋함이 있는 몇몇 찬란한 몽골 강, 홍수가 물러간 뒤 인간의 마지막 자취까지 씻긴 풍경 위에 앉은 듯 갈대 꼭대기에 잊힌 한 마리 새의 노래 앞을 그토록 부드럽게 지나가는 이 강들의 이름, 곧 노니, 케룰렌, 셀랑가로만 그녀를 명명할 수 있었다.

텍스트를 시작하는 세 무리의 이미지, 곧 "반암 채석장 공동에서 미처 이루어지지 못한 연인들의 만남", "불타는 배들의 미친 듯한 지그 춤과 극심한 고통", "폭격당한 공장의 거대한 가시덤불과 묘지에서 보는 것 같은 높은 화관들"은 이미지가 내포한 대조에 의해, 놀라움과 강렬함에 의해, 혹은 그것이 수식하는 항(여기서는 여인이 떠나고 난 뒤의 공허)과의 자의적인 충돌에 의해 초현실주의적이다. 특히 첫 번째 무리의 이미지와 세 번째 무리의 이미지는 그 모티프와 뉘앙스에 의해 거의 초현실주의의 상투적 표현으로 여겨진다. 초현실주의 회화나 사진 어딘가에서 그것들을 본 것 같은 느낌 때문이다. 어디서 보았을까? 살바도르 달리, 막스 에른스트, 이브 탕기 등의 그림에서? 초현실주의 잡지들에 실린 사진들에서? 정확한 지시대상을 찾는 것은 쉽지 않다. 사실 그것들은 그라크의 머리에서 나온 창조적 이미지일 수 있다. 그럼에도 이 이미지들이 이미 본 듯한 느낌을 불러일으킨다면, 이는 그것들이 다른 초현실주의의 이미지들과 공유하는 것, 다시 말해 자의적으로 접근시킨 두 항이 낳는 "섬광의 아름다움" 바로 그것 때문일 것이다.

그라크의 소설 역시 초현실주의 이미지를 활용한다. 처음 세 편에서 우리는 다음과 같은 이미지들을 발견한다.

De larges brèches s'ouvraient dans le toit, par lesquelles se glissèrent pêle-mêle [⋯] les flèches éclatantes de la gorge en feu d'un oiseau. (CA54-55)

커다란 틈들이 지붕에 열려 있었고, 그리로 한 마리 새의 불타는 목구멍의 작열하는 화살들이 뒤죽박죽 미끄러져 들어왔다.

La lune fouillait la pièce comme un grenier à l'abandon, extrayant de l'ombre çà et là un détail inimitable, *important* soudain, palpitant de la même vie sourde qu'un bras, une main jaillie d'un éboulement, d'une collision d'automobiles. (BT257)

달은 버려진 다락방 같은 방을 뒤지며 어둠 여기저기서 흉내 낼 수 없는, 문득 **중요한**, 무너진 흙더미에서, 충돌한 자동차에서 튀어나온 팔이나 손과 같이 어렴풋한 생명으로 고동치는 디테일을 어둠 여기저기서 끌어냈다.

un de ces éclatements gluants qui font à la surface des marécages comme un crépitement vénéneux de baisers. (RS701)

늪의 표면에서 독을 뿜으며 탁탁 튀는 입맞춤들 같은 이 끈적끈적한 파열들 가운데 하나.

새의 날카로운 울음소리에 대응하는 "불타는 목구멍의 작열하는 화살들", 달빛에 반사되는 사물의 질감을 전달해주는 "무너진 흙더미에서, 충돌한 자동차에서 튀어나온 팔이나 손과 같이 어렴풋한 생명으로 고동치는"이란 표현, 마지막으로 늪의 표면에서 부글부글 끓다가 파열되는 기포들을 보여주는 "독을 뿜으며 탁탁 튀는 입맞춤들" 같은 이미지들은 가히 초현실주의 이미지의 모범이라 할 만하다.

그러나 시는 소설에 비해 훨씬 더 풍부하고 광범위하게 초현실주의 이미지를 활용한다. 이브알랭 파브르가 관찰하듯, 그라크의 시는 "복합적이고 뒤섞인 이미지"에[160] 의해 특징지어진다. 「트랑스바이칼리」에서 첫 부분에 중첩된 세 무리의 이미지는 "공허"를 향해 수렴되고(이 표현 역시 하나의 은유로 간주될 수 있다), 이 공허는 일단 "불에 덴 상처들로 번쩍거리는"이라는 은유에 의해 수식된 뒤 절망적 흐름을 나타내는 두 은유에 의해 반복되거니와, 세번째 은유 "잔해의 표류"는 "아마존강의 차오른 물처럼"이라는 비교의 수식을 받는다. 이 문장은 그 밖에도 "애틋함"을 꾸미는 "스텝의 불탄 자갈밭 한가운데의 쓸모없는 오아시스", 그리고 "홍수가 물러간 뒤 인간의 마지막 자취까지 씻긴 풍경 위에 앉은 듯" 같은 이미지를 포함하고 있어, 이미지는 그야말로 홍수를 이룬다. 게다가 우리의 인용에 뒤이어 오는 시의 후반부는 세 강의 이름이 낳는 이미지들을 열거한다. 이런 맥락에서 "나는 닿을 수 없는 빙하들 또는 […] 찬란한 몽골 […] 강들의 이름, 곧 노니, 케룰렌,

---

160 Yves-Alain Favre, «L'image dans les poèmes en prose de Gracq», in *Julien Gracq*, Actes du Colloque international d'Angers, p.179.

셀랑가로만 그녀를 명명할 수 있었다"는 구절은 텍스트가 스스로에 대해 행하는 주석으로 읽힐 수 있을 것이다. 닿을 수 없는 빙하들이나 찬란한 몽골 강들은 이미지의 이미지, 이미지의 은유인 셈이다. 이미지가 동원되는 것은 대상이 이미지를 통해서밖에는 지칭될 수 없기 때문인데, 이 이미지가 빙하들처럼 "닿을 수 없는" 것이든지, 아니면 몽골 강들처럼 낯선 것이어야만 하다 보니 이미지는 한없이 증식될 수밖에 없다. 이 증식의 결과는 "수식하는 항이 수식되는 항보다 더 큰 자리를 차지"하게[161] 되는 텍스트의 불균형이다. 이 같은 이미지의 과잉은 사실 시에만 국한되지 않는다. 시에서만큼은 아니더라도, 그리고 다른 작가들과 비교할 때, 이미지의 상대적 과잉은 그라크의 소설 문체를 특징짓는 가장 중요한 요소 가운데 하나이다. 이는 특히 『아르골 성에서』부터 『시르트의 바닷가』에 이르는 처음 세 소설에서 두드러지게 나타난다.

덧붙여 지적할 것은 소설에서의 초현실주의 이미지의 활용은 제한적으로밖에 이루어질 수 없다는 사실이다. 다시 말해 묘사 또는 인물의 꿈이나 몽상처럼 서술 장치에 의해 엄격히 규정된, 논리적 인과관계에 따라 소설의 현실 속에 일정하게 설정된 공간 속에서만 가능하다는 점이다. 반면에 시는 언어의 모험을 통해 거의 모든 것이 결정되는 하나의 자유롭고 경이로운 장으로 나타난다.[162] 거기서 이미지는 자유분방하게 펼쳐지면서 사실상 작품의

---

161 Yves-Alain Favre, *Ibid*, p.181.

162 소설의 주제와 시의 주제를 비교하면서 그라크는 말한다. "쓰려고 하는 소설은, 아무리 극도로 자유로운 취급 방식을 거기에 도입하겠다고 다짐

현실 그 자체로서 구성된다.

2.3.2.3. 초현실주의 콜라주

콜라주는 초현실주의가 특히 회화의 차원에서 폭넓게 사용한 기법이다. 콜라주를 처음으로 창안하여 회화 부문에 획기적인 전기를 마련한 사람은 피카소이지만, 이 기법을 초현실주의적인 시각에서 수용하고 발전시킨 것은 막스 에른스트로서, 그는 콜라주를 "겉으로 보기에 결합시킬 수 없는 두 개의 현실을 겉으로 보기에 그들과 어울리지 않는 차원에서 결합시키는 것"으로[163] 규정한다. 1929년에 발간된 그의 로망-콜라주 『100개의 머리가 달린 여인』이 잘 보여주듯, 오래된 책, 백과사전, 카탈로그 등에서 오려낸 단편적인 삽화들을 하나의 동일한 화면 위에 배합하는 초현실주의 콜라주는 이질적인 요소들의 접근을 통해 놀라움과 충격을 불러일으킨다. 일종의 "시각적 시"로 구성되는 이 콜라주는 또한 그것의 자의성에 의해 놀라움을 유발하며 그 자체만으로도 "괄목할 만한 발견"이라고 할 수 있을 기발한 제목과 팽팽한 긴장 관계를

해도, 결코 시의 주제처럼 작동하지 않는다. 시의 주제는 연속적인 변모의 기다림 가운데 철저히 임시적인 것으로만 있을 뿐 그 연성(延性)과 언어의 작업, 말의 모험에의 순응은 무한한 상태로 남는다."(LE653)

163 브르통은 『초현실주의의 정치적 입장』에서 에른스트의 글 「어떻게 영감을 쟁취하는가」(《Comment on force l'inspiration», in *SASDLR*, No 6, 1933, pp. 43-45)를 길게 인용한다.(André Breton, *Position politique du surréalisme*, in *Œuvres complètes*, Tome 2, Paris, Gallimard, coll. «La Bibliothèque de la Pléiade», 1992, pp. 492-494. 인용한 문구는 493쪽에 있다)

맺기도 한다.[164] 이는 브르통이 언어의 차원에서 규정한 이미지론을 조형의 차원에 적용한 것이라고 할 수 있는데, 주목해야 할 것은 시각 이미지가 낳는 충격이 "언제나 약간 무거운 시의 아름다움을 훨씬 능가하다 보니"[165] 시 쪽에서 콜라주 기법을 역수입하는 현상이 생겨난다는 사실이다. 언어의 차원에 적용된 콜라주는 이질적인, 다시 말해 서로 아무런 인과관계도 맺지 않는 사물들 또는 낱말들, 문장들이 병치된 공간을 재현하는 형태로 나타난다. 그라크는 수차례에 걸쳐 그의 시에서 이 콜라주 기법을 활용하는데, 대표적인 예로 들 수 있는 것이 「가구가 갖춰진 살롱」이다.

Dans le jour très sombre — de cette nuance spécialement sinistre que laissent filtrer par un apres-midi d'août torride les persiennes rabattues sur une chambre mortuaire — sur les murs peints de cet enduit translucide, visqueux pour l'oeil et au toucher dur comme le verre, qui tapisse les cavernes à stalactites, une légère écharpe d'eau sans bruit, comme sur les ardoises des vespiennes, frissonnante, moirée, douce comme de la soie. Les rigoles confluant dans un demi-jour à l'angle gauche de la pièce nourrissent avant de s'échapper une minuscule cressonnière. Côté droit, dans une grande cage de Faraday à l'épreuve des coups de foudre, jetée négligemment sur le bras d'une chaise curule comme au retour d'une promenade mati-

---

164 René Passeron, *Histoire de la peinture surréaliste*, Le Livre de poche, coll. «biblio/essais», pp.22-23, 264-265.

165 René Passeron, *Ibid*, p.265.

nale, la toge ensanglantée de César, reconnaissable à son étiquette de musée et l'aspect *sui generis* de déchirures particulièrement authentiques. Une horloge suisse rustique, à deux tons, avec caille et coucou, sonnant les demies et les quarts pour le silence d'aquarium. Sur la cheminée, victimes de je ne sais quelle spécialement préméditée mise en évidence au milieu d'une profusion de bibelots *beaucoup* plus somptueux, un paquet de scaferlati entamé et la photographie en premier communiant(carton fort, angles abattus, tranche épaisse et dorée, travail sérieux pour familles catholiques, avec la signature du photographe) du président Sadi−Carnot. Dans la pénombre du fond du salon, un wagon de marchandises avec son échauguette, sur sa voie de garage légèrement persillée de pâquerettes et d'ombellifères, laisse suinter par sa porte entrebâillée l'étincellement d'un service en porcelaine de Sèvres, et le bel arrangement des petits verres à liqueur. (LG282−283)

　　매우 어두운 빛 — 무더운 8월 오후 시체안치소의 닫힌 블라인드를 통해 새어 든 특이하게 음산한 뉘앙스를 지닌 — 속에서, 눈으로 보기에는 끈끈하지만 만지면 유리처럼 단단하게 느껴지는, 종유석 동굴 벽에 덮인 것 같은 투명한 유약을 바른 벽 위로, 공중 화장실의 슬레이트 위인 양, 소리 없는 가벼운 물 스카프가 비단처럼 떨리고 어른대며 부드럽게 흐른다. 방 왼쪽 구석 어스름한 곳에서 합류한 작은 물줄기들은 밖으로 빠져나가기에 앞서 작은 물냉이밭을 적신다. 오른쪽, 벼락에 견디는 커다란 패러데이 상자 속에는 아침 산책에서 돌아온 듯, 카이사르의 피 묻은 토가가 고관 의자 팔걸이에 얹혔는데, 박물관 라벨과, 진품임을 각별히 드러내는 찢어진 부분의 고유한 양상에서 그것을 알아볼 수 있다. 메추라기와 **뻐꾸기**의 두 가지 울음소리를 내는 시골풍의 스위스 벽시계가 수족관의 침묵 속에서 반 시간마다 십오 분마다 울린다. 벽난로 위에는 **훨씬** 더 화려한 다량의 장식품 가운데, 알지 못할 어떤 각별히 숙고된 강조의 희생물인 듯, 개봉한 살담배 갑과 사디카르노 대통령의 첫 성체배령 사진(튼튼한 종이에 귀퉁이가 잘리고 두꺼운 단면에는 금박을 입힌, 가톨릭 가문을 위한 진지한 작품으로 사진가의 서명이 있다)이 있다. 살롱 안쪽 어슴푸레한 곳에서는 망루가 달린 화물차량이 데이지와 미나리가 가볍게 흩뿌려진 대피선에 섰고, 빙긋이 열린 문을 통해 세브르 자기 세트와 멋지게 줄지어 선 작은 리큐어 잔들의 빛이 새어나온다.

시는 부르주아 살롱을 묘사하되, 거기에서는 보통 살롱과 달리 예기치 못한 이질적인 사물들이 알지 못할 까닭과 질서에 의해, 시가 말하듯 "알지 못할 어떤 각별히 숙고된 강조"에 의해 병치되어 있다. 벽에서 흘러내리는 물과 그것이 모여드는 작은 물냉이밭, 패러데이 상자, 고관 의자, 피 묻은 카이사르의 토가, 메추라기와 **뻐꾸기** 울음소리를 내는 시골풍의 스위스 벽시계, 사디카르노 대통령의 담뱃갑과 성체배령 사진, 장난감 화물열차, 그리고 그 안에서 반짝이는 세브르 자기 세트와 일렬로 늘어선 리큐어 잔들이 공간을 메우고 있는 것이다. 이 시는 무엇을 말하는가? 에른스트의 콜라주들과는 달리 이 '콜라주'의 제목은 매우 간단하기에(그것은 콜라주의 틀을 이루는 공간을 지칭하는 것으로 만족하고 있다) 무슨 의미이건 설정 그 자체가 불가능해 보인다. 오로지 해석, 적극적이고 능동적인 인간의 정신이 모든 것에 대해 행하길 주저하지 않는 해석만이 가능한데, 시의 앞부분에 나오는 "시체안치소", 나아가 어둡고 닫힌 공간, 피 묻은 카이사르의 옷, 그리고 암살당한 사디카르노로부터 죽음이라는 테마를 끌어낼 수 있을 따름이다. 그러나 이 죽음의 테마는 시를 완전히 설명하기에 역부족이니, 시는 닫힌 모호함 속에 스스로의 "숙고된 강조"와 함께 남는다. 지적할 것은 살롱의 벽에 칠해진 투명한 유약과 그 위로 퍼져 흐르는 물을 표현하기 위해 동원된 이미지들, 구체적으로 "유리", "종유석 동굴", "공중 화장실의 슬레이트", "비단" 또한 텍스트의 차원에서 일종의 콜라주를 구성하고 있다는 사실이다.

콜라주의 또 다른 예로 들 수 있는 것이 「지각의 근원적으로 통합적인 통일성」인바, 이 시는 일상적 경험, 꿈, 대화, 관찰 등이 얼마간의 유머와 함께{"나는 오늘 아침 증기 자동차를 운전하는 시인 프랑시스 잠에게 인사했다"(LG288)} 진술된 문단들을 두서없이 병치해놓고 있다. 하지만 이 시는 칸트의 『순수 이성 비판』에서 임의로 따온 제목이, 아무런 인과관계도 맺지 않는 문단들을 하나의 "통합"으로 이끌면서 독자들에게 적극적이고도 능동적인 독서를 권유하는 듯 여겨진다. 『장식문자』에서 그라크는 "소설에서 일관성에 대해, 전이에 대해 항상 지나치게 신경 쓴다"고, 그러나 "정신의 기능 가운데 하나는 한 형태에서 다른 형태로 가는 수긍할 수 있는 이행을 무한히 산출해 내는 것이다"(LI157–158)라고 말하는데, 이 시는 지각의 통합적 기능을 어떤 극단적인 지점에서 시험해보려고 하는 것 같다. 마지막 문단에서 "깃발에 의해 연장된 여인"이라는 이미지가 나란히 병치하는 영웅적인 잔 다르크 상과 비속한 혹은 민속적인 "새우잡이 어부의 사진"(LG289)은 이 시가 구성하는 콜라주의 문장(文章) 구실을 할 수 있을 것이다. 여러모로 이 시는 일종의 메타 콜라주로서 읽힐 가능성을 갖는 듯 보인다.

그라크는 실재하는 콜라주를 그의 시에서 인용하기도, 다시 말해 언어로 옮겨놓기도 한다.

Oui, même oubliée la salle où l'on projetait l'Âge d'or, il pourrait être spécialement agréable, terminée la représentation de quelque Vaisseau Fantôme, de poser sur le perron de l'Opéra un pied distrait et pour une fois à peine surpris par la caresse de l'herbe fraîche, d'écouter percer derrière les orages marins du théâtre la cloche d'une *vraie* vache, et de ne s'étonner que vaguement qu'une galopade rustique, commencée entre les piliers, soudain fasse rapetisser à l'infini comme par un truc de scène des coursiers échevelés sur un océan *vert prairie* plus réussi que nature. (LG267-268)

그래, 『황금시대』를 상영하던 영화관조차 잊은 채, 『방황하는 네덜란드인』의 공연이 끝났을 때, 파리 오페라 층계에 방심한 발자국을 디디며 신선한 풀의 애무에 적이 놀란다면, 극장의 해상 폭풍우 뒤로 **진짜** 소의 방울 소리를 듣는다면, 그리고 기둥들 사이에서 시작된 전원의 질주가 무대의 트릭인 양 예외적으로 성공적인 **초원**의 초록빛을 띤 대양 위를 미친 듯 달리는 준마들을 문득 한없이 작게 만드는 것에 막연하게만 놀란다면, 그것은 각별히 유쾌한 일이리라.

베른힐트 보이으가 전하는 바에 따르면, 1929년 12월 간행된 『초현실주의 잡지』 12호에는 파리의 오페라 광장 자리에 초원과 늪과 소들이 들어선 광경을 보여주는 콜라주가 실려 있고,[166] 방금 인용한 구절이 포함된 산문시 「도시계획에 갈바니 전기를 작용시키기 위하여」는 그것을 발전시킨 데서 온다. 이 콜라주가 앞의 두 콜라주와 다른 점은 그것이 시 전체로 구성되는 대신 논리적으로 정연한 서술을 지닌 시의 일부로 편입되었다는 사실이다. 다시 말해 콜라주는 하나의 이미지로서 시적 화자의 몽상의 내용을 이룬다.

콜라주가 소설에 도입되는 것은 동일한 방식에 의해서이다. 그 것은 서술이 허용하는 자리, 이를테면 인물이 꾸는 꿈 혹은 공간의 차원에 위치한다. 『아르골 성에서』에 나오는 심연 예배당의 내부 장식은 그 대표적인 예라고 할 수 있다.

Et maintenant, un grandissant malaise s'empara de l'esprit d'Albert, profondément altéré depuis quelques instants par la réunion de ces objets dont le caractère paraissait si exclusivement *emblématique*. Il lui sembla qu'entre l'horloge de fer, la lampe, le tombeau, le casque et la lance dût s'être tissé, peut-être par l'effet de quelque conjuration ancienne, mais sans doute plutôt par suite de leur intime et dangereux rapprochement, dont le salpêtre luisant des voûtes disait l'effrayante antiquité, un lien en tout état de cause difficile à découvrir, mais dont l'existence certaine enfermait les atteintes de l'imagination

---

166 Bernhild Boie, «Notes sur le texte», in *Gracq 1*, p.268 – Note 1.

comme en un cercle parfait, et dessinait en un espace à dessein clos le lieu géométrique même de l'Énigme. (CA55)

얼마 전부터, 그토록 배타적으로 문장(紋章)의 성격을 지닌 듯 여겨지는 그 물건들의 집합에 의해 깊이 변질된 알베르의 정신을 이제 커지는 고뇌가 사로잡았다. 그가 보기에 쇠로 된 괘종시계, 램프, 무덤, 투구 그리고 창 사이에는 어쩌면 어떤 오랜 주술의 효과에 의해, 아니 그보다는 아마도, 궁륭의 빛나는 초석(硝石)이 가공할 오래됨을 말해주는 내밀하고도 위험한 접근의 여파에 의해, 어쨌거나 발견해 내기 어려운, 하지만 그것의 확실한 존재가 상상력의 범위를 완벽한 원 안에 가두며, 수수께끼의 기하학적 장소 자체를 고의적으로 닫힌 공간으로 그리는 하나의 관계가 짜여 있는 것 같았다.

닫힌 공간 안에 모여 있는 대상물들이 낯설어 보이는 것은 예배당이 전혀 사용되지 않음에도 시계는 계속 돌아가고, 램프에서는 불이 타오르며, 창은 습기에도 불구하고 반짝이기 때문이다. 그것들은 소설이 전개하는 현실 가운데 위치하되 서술의 질서 속에 통합되는 대신 "명백한 탈전유화"(CA56)를 통해 "수수께끼의 기하학적 자리" 안에 갇히는 듯 여겨진다. 이 장식은 따라서 별도의 현실, 부차적인 현실, 이를테면 괄호에 묶인 현실로 나타난다. 그것은 자크 바셰의 표현을 빌리자면 "극적 무용성"을[167] 띠고 나타나거나, 소설에 대해 하나의 문장(紋章)으로 기능한다고 하겠다. 여

---

167 André Breton, *Dictionnaire abrégé du surréalisme*, in *Œuvres complètes*, Tome 2, Paris, Gallimard, coll. «La Bibliothèque de la Pléiade», 1992, p.815.

기서 분명히 지적해야 할 것은, 그라크 자신이 에른스트 윙어에 대한 글에서 말하듯(PR977-978), 그리고 미셸 뮈라가 명료하게 정리하듯, 그라크에게 문장은 기호가 아니라는 사실이다. "그것은 기능과 의미의 근절, '주어진 것'에의 엄격한 제한이 그것 자체 안에 가두면서 생겨나는 일종의 피안을 향해 손짓하기"[168] 때문이다. 그러나 이 명제는 순전히 미학적인 차원에 국한된다. 문장의 위상은 칸트가 미를 규정하기 위해 동원했고, 그라크가 『아르골 성에서』에서 인용하는 "목적의 재현 없는 합목적성"(CA52)과 일치하기 때문이다. 문장은 그러므로 신비주의가 노정하는 피안과는 엄연히 구별된다.

초현실주의 콜라주는 이렇듯 시에서 일차적이고 직접적인 현실을 구성할 수 있지만, 소설에서는 한정된 자리에서, 또는 부차적인 자리에서 별도의 현실로서만 기능한다.

2.3.2.4. 자동기술

이성의 통제에서 벗어나, 그리고 모든 심미적, 도덕적 염려에서 벗어나 "정신의 실제적 작용"을[169] 기록하고자 하는 자동기술은 일찍이 그라크를 매혹했다.[170] 하지만 그의 소설에서 자동기술은 확

168　Michel Murat, «Voyage en pays de connaissance ou Réflexions sur le cliché dans *Argol*», in *Julien Gracq*, Actes du Colloque international d'Angers, PU d'Angers, 1982, p.402.

169　André Breton, *Le Manifeste du surréalisme, in Œuvres complètes*, Tome 1, Paris, Gallimard, coll. «La Bibliothèque de la Pléiade», 1988, p.328.

170　Bernhild Boie, «Notice de *Liberté grande*», in *Gracq 1*, p.1211.

인되지 않는다. 사실 극도로 전위적이고 실험적인 서술구조를 채택하지 않는 한, 그리고 꿈, 몽상, 인용같이 특별한 배려를 통해 별도의 자리를 마련하지 않는 한, 소설에서 자동기술을 활용하는 것은 불가능하다고 말할 수 있다. 잘 알려진 것처럼, 그라크의 소설은 대체로 전통적인 서술구조를 채택하고 있고, 따라서 그것이 자동기술을 포함하지 않는 점은 지극히 자연스러운 일이라고 하겠다.

그라크는 한때 자동기술에 의한 시를 시도했다. 한데 그는 이 텍스트들을 하나도 보존하지 않았다. 중요한 사실은, 그렇다고 그의 시에 자동기술이 완전히 부재하는 것은 아니라는 사실이다. 그라크의 시들은 자동기술 내지는 그 영향 또는 흔적을 풍부하게 담고 있다. 베른힐트 보이으에 따르면, 그라크는 『커다란 자유』에 수록된 시들을 "빨리", 그리고 "가능한 한 펜이 가는 대로" 썼고, 즉각적인 수정은 삼가면서 일단 시 전체를 쓴 뒤 필요한 수정을 가했다.[171]

사실 자동기술의 원칙적 정의는 간단하고 명료하지만 현실의 어느 한 텍스트가 과연 자동기술에 의한 것인지 아닌지를 판단해 주는 엄밀한 기준이란 있을 수 없다. "'하염없는 중얼거림' 혹은 내면으로부터의 구술에 스스로를 완전히 내맡기면서" 이성과 논리가 언어를 통해 틈입하지 못하도록 감시하는 것은 개인에 따라, 그리고 상황과 때에 따라 매번 다른 결과를 낳을 수밖에 없

---

171 Bernhild Boie, *Ibid*, pp.1211-1212.

을 것이다. 그리고 그라크가 말하듯 자동기술 역시 여타의 의식적인 문학 활동들과 마찬가지로 개인의 재능에 달려 있을 수 있다.(AB448)

이런 상황에서 모범이 될 만한 텍스트와의 비교는 자동기술 텍스트를 확인하는 좋은 방법일 수 있는데, 그라크의 시들은 브르통을 위시한 초현실주의자들의 자동기술 텍스트들과 유사한 서술구조를 갖고 있다. 대표적인 예가 「베네치아」, 「접근할 수 없는」, 「선택적 친화력」, 「지각의 근원적으로 통합적인 통일성」, 「정의」, 「좋은 주막」, 「오귀스틸 가의 깜짝파티」 등이다. 이 시들은 대개 일정한 상황 속에 위치한 시적 화자의 움직임에 따라, 혹은 그가 설정하는 테마를 중심으로, 아니면 그가 발음하는 낱말을 기점으로 자유롭게 전개되고 구성된다. 제목은 시적 현실이 전개되는 공간을 지칭하거나 시가 상정하는 주제를 명시한다. 그러나 제목과 시가 전혀 자의적인 관계를 맺는 경우도 있으니, 원고 상태에서 「좋은 주막」은 '오귀스틸 가의 깜짝파티'를, 「오귀스틸 가의 깜짝파티」는 다른 시의 제목이 된 '요사밧 계곡'을 제목으로 달고 있었다. 이 두 시는 사실 「정의」와 더불어 『커다란 자유』에 수록된 시들 가운데 가장 자동기술적인 시들이라고 할 수 있다.

「베네치아」를 읽어보자.

Sur cette plage où la neige volait de conserve avec de légères fron-
daisons d'écumes, aux rayons du soleil de cinq heures, je sonnais à
la grille du palais Martinengo. J'étais seul au centre géométrique de

ce gigantesque haussement d'un sourcil de sable — encore quelques minutes et les dunes sonnant la retraite allaient me barrer le passage des vagues de leurs blonds escadrons. La sonnerie pénétrait comme un quatorze juillet de pétards et de drapeaux des corridors somnolents comme de l'huile, des galeries de bronze aux dérisoires armures de pacotille, dérangeait sous un repli d'ombre le coffre aux trésors. Le bois de pins, derrière, était tout à coup semblable à la lumière minérale des projecteurs, quand l'orchestre prélude au clair de lune de *Werther*. C'était bien, je pouvais me le dire avec ravissement, la solitude. Au-dessus de moi claquait au vent, solennel comme un portant de théâtre, le volet d'une haute fenêtre au milieu d'une galopade de sable. La mer tonnante d'un bout à l'autre de la baie raccourcissait l'issue d'une escapade douteuse. De la main gauche je cherchais à briser le plus délicatement possible la vitre d'un de ces charmants coffrets du XVIIIe où se dissimule parfois la bouche d'un avertisseur d'incendie. Le spectacle qui s'ensuivit ne pourrait trouver d'analogie que dans une panique nocturne de transatlantique, une explosion de batterie de jazz, un carnaval de jugement dernier, lorsque d'un seul élan trente sonnettes comme des vrilles taraudèrent les fondations de l'hôtel, et avec la majesté d'une sonde touchant le fond de la fosse des Philippines descendit vers moi comme un rideau de fenêtre la barbe du patriarche de l'Adriatique. (LG271-272)

무성한 나뭇잎 같은 가벼운 물거품이 눈과 함께 날던 그 해변에서 다섯 시의 햇빛 아래 나는 마르티넨고 궁전 철문의 초인종을 울렸다. 모래 눈썹의 그 거대한 추켜올림의 기하학적 중심에서 나는 혼자였다 – 몇 분이 지나고 사구들이 퇴각의 종을 울리며 금발의 무리의 파도들로 내 통행을 막으려고 했다. 종소리는 7월 14일의 폭죽과 깃발들처럼, 기름같이 잠자는 복도를, 하찮은 싸구려 무구들로 장식된 청동 갤러리를 파고들어 그늘진 깊은 곳의 보물 상자를 교란했다. 뒤쪽의 소나무 숲은 별안간 오케스트라가 베르테르의 달빛을 전주하는 대목에서 조명기가 던지는 광물적 빛과도 흡사했다. 그것은, 매료되어 나 스스로에게 말하건대, 고독이었다. 내 위쪽에서는 높은 창문의 덧문이 모래가 질주하는 중에 마치 극장의 지주처럼 엄숙하게 바람에 덜컥거렸다. 만 한쪽 끝에서 다른 쪽 끝까지 천둥 치듯 울리는 바다는 의심스런 탈주의 출구를 축소시켰다. 나는 왼손으로, 이따금 화재 경보기가 숨어 있는 18세기의 매력적인 궤들 가운데 하나의 유리를 가능한 한 섬세하게 깨뜨리려고 했다. 이어진 광경은 대서양 횡단 여객선에서 한밤중에 발생한 공황 상태, 재즈 타악기의 폭발, 최후의 심판의 사육제 이외에는 견줄 것을 찾을 수가 없었으니, 서른 개의 초인종이 한꺼번에 저택의 기초에 송곳처럼 구멍을 뚫으며, 필리핀의 해연 바닥에 닿는 수심 측량기의 위엄으로 아드리아해 장로의 수염이 마치 창문의 커튼처럼 나를 향해 내려왔다.

시적 화자는 현재 베네치아에 있되, 시가 보여주는 도시는 우리가 알고 있는 것과는 상당한 차이를 갖는다. 파도의 거품과 함께 눈발이 날리는 베네치아가 불가능하지는 않겠으나 꽤 낯선 풍경이려니와 마르티넨고 궁전 앞의 사구들은 무엇이며 궁전의 복도를 장식하는 싸구려 갑주들은 또 무엇인가? 소나무 숲에 의해 이미지의 차원에서 상기된 『젊은 베르테르의 슬픔』은 베네치아에 독일을 포개어놓는 한편, 그 직접적인 지시대상이 마스네의 오페라인 까닭에 시를 극화하는 동시에, 그것을 괴테가 살던 18세기로 이끈다. 천둥 치는 듯한 바다는 미심쩍은 도주의 가능성을 봉쇄하고, 시적 화자는 18세기 궤의 유리를 부수려 한다. 시의 전개가 잘 보여주는 것처럼, 이 시는 시적 화자의 움직임과 주의가 커다란 자유 가운데 산출한, 따라서 대단히 낯설고 엉뚱하게 다가오는 연상들로 구성되어 있다.

그러나 그토록 자유로운 연상 역시 막다른 골목에 이를 수 있으니, "천둥 치는 듯한 바다는 미심쩍은 도주의 가능성을 봉쇄하고"와 같은 구절은 난관에 봉착한 시적 화자의 처지를 말해준다. 이런 맥락에서 18세기 궤를 부수는 화자의 몸짓은 시가 미궁에서 벗어나도록 하기 위한, 그리하여 파국으로 나아가기 위한 화자의 몸부림으로 파악할 수 있다. 그것은 일종의 '열려라 참깨'인 셈이다. 여기서 잠시 베네치아를 상징하는 듯한 18세기 궤에 멈출 필요가 있다. 그라크는 18세기의 베네치아, 특히 "티에폴로와 골도니의 베네치아"에서 "정치적 실체의 완벽하고도 고귀한 부패를, 적당히 익은 고기와도 같은 국가"를, "마지막 신경에 이르기까지 모든 것이 함께 쇠진되는 경이로운 시대"(LI229)를 본다. 이런 베네치아에 종지부를 찍은 것은 나폴레옹인데, 그는 프랑스 대혁명의 맥락에 위치하는 만큼 "7월 14일의 폭죽과 깃발들"은 베네치아의 쇠퇴와 몰락을 상징하는 18세기 궤에 대립적으로 조응하며 시에 긴장을 도입하는 동시에 그 대단원을 유사성에 의해 예비한다고 말할 수 있다.

금고는 아이러니컬하게도 화재경보기를 감추고 있고, 이제껏 "고독"에 잠겨 있던 공간은 일순간 엄청난 소동의 장으로 변하며, 이런 소동은 일련의 폭발적인 이미지들을 이끈다. 이 혼란의 장을 마감하는 것은 아드리아해 장로의 기적적 현현épiphanie이다. 이 뜻하지 않은 현현, 이 부조리한 현현의 절대성 또는 신성은 "필리핀의 해연 바닥에 닿는 수심 측량기"라는 다분히 초현실주의적인 이미지에 의해 강조되어 있다.

시는 그러므로 베네치아의 어느 고독한 궁전에 시적 화자가 틈입하고, 사물과 이미지들이 이성과 논리를 벗어나는 방식으로 자유분방하게 어우러져 극적 긴장을 고조시키다가, 결국 전혀 예기치 못한 방식으로, 지리멸렬하고 추문스러운 만큼이나 현대적인 방식으로, 한계점에 이른 상황이 마침내 폭발하며 "수심 측량기의 위엄으로" 신성이 현현하는 상황을 그리고 있다.

2.3.2.5. 신성의 문제와 시적 가능성

앞에서 「좋은 주막」이나 「오귀스틸 가의 깜짝파티」 대신 자동기술의 성격이 비교적 약한 「베네치아」를 인용한 것은 이 시가 다소 부조리하고 유머스런 어조로나마 신성의 현현을 분명하게 제시하고 있기 때문이다. 브르통 말고도 조르주 바타유, 로제 카유아, 쥘 몬로 등의 관심을 끌며 20세기 전반에 쟁점으로 떠오르기도 했던 신성의 문제는 그라크에게 시와 소설을 가르는, 나아가 그의 작품 세계와 브르통의 초현실주의를 가르는 중요한 문제이다. 브르통은 『제2차 초현실주의 선언문』에서 "숭고한 지점", 곧 "삶과 죽음, 현실과 상상세계, 과거와 미래, 소통과 불소통, 높은 곳과 낮은 곳이 모순적으로 지각되기를 그치는 정신의 지점"을 말한 뒤, "초현실주의의 활동에서 이 지점을 규정하고자 하는 희망 이외에 다른 어떤 동기를 찾는 것은 헛수고이다"[172] 라고 단언한다. 이 숭고한 지점은 인간과 세상의 온갖 모순이 해소되는 절대적, 근원적 진리의 자리라는 의미에서 하나의 신성이며, 이런 신성을 현실의 삶 속에서 구현하고자 하는 초현실주의의 탐색은 인류 역사에 신기원을 열기 위한, 새로운 신화를 창출하기 위한 거대한 노력이 된다. 아라공과 엘뤼아르를 비롯한 주요 멤버들이 그룹을 떠난 뒤 사실상 혼자서 초현실주의 운동을 떠짊어졌던 브르통이 숱한 어려움과 절망 가운데서도 이 "숭고한 지점"을 보여주는 안내자를 자처하는 동시에 그것을 땅 위에서 탐색하고 구현하고자 했다면, 그라크는 처음부터 신성의 문제를 현실의 삶으로부터 완전히 독립된 문학에, 허구에 국한한다. 앞서 살펴본 것처럼, 그라크에게서 문학에, 책 속에 머무는 신성은 일종의 소실점으로 기능한다. 특히 소설의 경우, 이야기는 종국적 진리를 담은 공간 혹은 사건을 중심으로 구성되고 또 그것을 향해 강력하게 수렴되지만(그러므로 신성에 다름 아닌 문제의 공간 혹은 사건은 소실점 구실을 한다), 이 공간 혹은 사건은 결코 모습을 드러내지 않는(소실점은 지각되지 않는다) 까닭이다.

---

172 André Breton, *Second manifeste du Surréalisme*, in *Œuvres complètes*, Tome 1, Paris, Gallimard, coll. «La Bibliothèque de la Pléiade», 1988, p.781.

세계와 인간과 삶에 대해 본질적인 차원에서 공유하는 긍정의 태도와 서로 간에 확인되는 깊은 공감에도 불구하고 브르통과 그라크의 문학 세계를 근본적으로 가르는 신성의 문제는 그러나 시에서는 소설에서와 매우 다른 양상을 보인다. 신성은 여전히 문학의 영역에 머무르되 더 이상 소실점의 절대적 침묵 속에 갇히는 대신 시적 화자에 의해 주저 없이 진술된다. 다시 말해 시가 구성되면서 노정하는 궁극적 현실 또는 진리가 직설적으로 제시된다. 그것은 기다림의 기적적 실현(「밤의 차가운 바람」), "심판관이자 소송 당사자인 근원적 바다"(「마비된 정원」), "메두사의 머리들처럼 자력을 띤 얼굴"(「로베스피에르」), 빛나는 남십자성(「사교계의 스캔들」), 도시와의 성적 결합(「피타고라스의 바실리카」), "추위에 떠는 새벽의 벌거벗음 너머로 신성모독적 눈"이 발견하는 파리의 "눈멀고 귀먹은 얼굴, 소름 끼치는 얼굴"(「새벽의 파리」), "모든 압력이 무화되며 균형을 이루는" 가운데 "존재의 순수한 의식"을 되찾은 시적 자아가 우주와 행복하게 소통하고 합일하는 "미궁의 마지막 방"(「네덜란드 플랑드르의 낮잠」) 등으로 나타난다. 물론 그라크의 모든 시가 스스로 추구하는 대상을 직접적 현실로 제시한다고 말할 수는 없다. 시적 화자는 종종 자신의 의지를 구체적으로 표현하거나(「대도박」), 그 실현을 막연한 미래에 위치시키거나(「물에 쓰인」), 아니면 정말로 표현하고자 하는 것의 상징이나 이미지를 제시하는 데 그치기도 한다. 그러나 중요한 사실은 소설과 달리 시는 중심을 무엇인가로 채운다는 사실이다. 그라크의 시는 자유로운 만큼이나 충만하다.

그라크의 시는 이렇듯 신성마저도 자신의 현실로 제시할 수 있다는 점에서, 아니 신성을 구축하고 명명하고 체험할 수 있다는 점에서, 그것을 상정하고 탐색하되 감히 접근하지는 못하는 소설과 근본적으로 구분되거니와, 어쩌면 바로 여기에 시라는 장르가 내포하는 가장 근본적이고 가장 본질적인 가능성이 있을 것이다. 쥘리앙 그라크는 시적 가능성을 극한까지 밀고 나간 시인이라고 할 수 있다.

2.3.2.6. 초현실주의의 체험

지금까지 살펴본 것처럼 그라크의 시는 소설과 달리 초현실주의의 핵심적이고도 본질적인 요소들, 곧 초현실주의 이미지, 콜라주, 자동기술을 골고루 활용한다. 그리고 소설이 상정은 하되 직접 맞대면하기를 피하는 신성의 문제를 시의 현실 속에서 직접적으로 다룬다. 따라서 그라크에게 시는 초현실주의의 체험의 장이 되며, 시 쓰기가 집중적으로 이루어진 1941년에서 1943년에 이르는 기간은 그의 문학의 역사에서 가장 열띤 초현실주의적 글쓰기의 시기로 볼 수 있다.

이제 초현실주의에 대한 논의를 시작하면서 제기한 물음, 곧 그라크는 왜 시를 썼을까에 대한 대답을 정리할 때가 되었다. 하지만 먼저 그라크가 초현실주의와 처음 접하는 지점으로 되돌아가 보도록 하자. 그라크는 초현실주의와의 만남, 나아가 그것과 자신의 관계에 대해 이렇게 말한다.

사실인즉 나는 언제나 초현실주의에 대해, 내 안의 모든 것이 거부하는 복종이 아니라 단지, 하지만 그것은 작은 것이 아닌데, 고마움의 빚을 느꼈다. 그것은 내게 문을 열어주었고, 두 권의 책이 거의 동시에 이 열림을 주재했는데, 『초현실주의 선언문』과 『잃어버린 발자국들』의 독서에 의해 금방 보완된 『나자』, 그리고 막스 에른스트의 콜라주 앨범 『100개의 머리를 가진 여인』이 그것이다. 감수성의 미지의 땅이 이 두 책과 함께 대번에 내게 열렸으니, 그 같은 복속의 감정, 말하자면 거대한 영토를 탐험하고 그것을 영원히 동화했다는 복속의 감정을 준 다른 독서를 나는 알지 못한다. 초현실주의에서 내가 좋아한 모든 것, 곧 키리코, 엘뤼아르의 몇몇 시, 『파리의 농부』, 『리베르티나주』를 나는 그 지울 수 없는 맨 처음 빛에 비추어 좋아했다. 페레, 수포, 데스노스, 레리스, 크노, 아르토, 차라, 바타유에 대해 나는 그만큼 관심을 가져본 적이 없다. 첫 번째이자 결정적이었던 그 발견만큼 내게 중요했던 것은 아무것도 없고, 그것을 크게 풍부하게 만들거나 수정한 것 또한 아무것도 없으며, 브르통의 다른 작품들이 나를 유혹했다면, 그것은 내용보다 언어, 시대감각, 웅변, 시이다. 초현실주의와 나 사이에 있었던 것은 사랑 이야기이니, 그것이 뒤에 추억으로 수반하는 경탄, 뭉클한 고마움, 감정적 충성, 그리고 또 말해야 하는데, 모든 첫눈에 반하기가 그렇지만, 안정된 동거와 쇄신의 불가능을 포함한다.(GC1034)

1930년에서 1931년에 이르는 시기에, 그러니까 파리고등사범학교에 갓 들어갔거나 아직 시험 준비반에 있을 때, 그라크가 처음 발견한 초현실주의 작품들은 그야말로 거대한 매혹 그 자체였던 셈이다. 그것은 감수성의 알려지지 않은 광대한 영토로 가는 문을 활짝 열어주었다고 그는 말하지 않는가? 그것은 또한 당시로서는 정치적 차원에서 공산주의가 그랬던 것처럼 문학의 차원에서 "비켜갈 수 없는" 것이기도 했다. 한마디로 긍정적이든 부정적이든 그것에 대한 태도를 결정해야만 했던 것이다.[173]

앞서 살펴보았듯이, 그라크는 초현실주의자가 되기를 거부했다. 그가 선택한 장르는 브르통이 첫 번째 『초현실주의 선언문』에서부터 단죄한 소설이었고, 그의 작품에 대한 초현실주의의 영향이 어떤 것이든, 또 브르통의 평가가 어떠했든, 초현실주의 그룹과는 계속해서 일정한 거리를 유지했다. 하지만 전혀 새로운 차원의 이미지, 자동기술, 콜라주 등을 통한 초현실주의의 매혹, 그리고 지상에서 "숭고한 지점"을 찾겠다는 브르통의 불가능하지만 위대한 기도는 그리 쉽게 잊힐 수 없었을 것이다. 그것은 확실히 열네 살 때 더 이상 쓰기를 그쳤던 라마르틴 풍의 시와는(GC1025) 다른 것이었다.

외부로부터의 자극과 매혹을 극복하는 가장 좋은 방법 가운데 하나는 그것을 직접 살아보는 것이다. 글쓰기는 매혹의 수긍과 체험인 동시에 무덤에 넣기라고 많은 사람들이 말하지 않는가? 이런 글쓰기를 통해 주체는 자신을 매혹하는 것, 그렇지만 더불어 살 수는 없는 것으로부터 벗어날 수 있고, 그런 점에서 글쓰기는 "감정적 충성"인 동시에 배반이다. 『커다란 자유』와, 거기 수록된

---

173 «Entretien avec Jean Carrière», in *Gracq 2*, p.1034.

시의 대부분이 쓰인 1941년에서 1943년에 이르는 시기는 소설가로서 자기 고유의 목소리를 찾기 위한 그라크의 노력에서 중요한 의미를 갖는 지점으로 간주될 수 있다. 『아르골 성에서』를 통해 과거의 문학적 유산, 특히 과도하게 넘쳐나는 낭만주의와 그 상투어들로부터 벗어나듯이,[174] 그라크는 이 특별한 시의 계절을 통해 초현실주의라는 거대한 매혹의 한가운데 자신을 한껏 던져 경이로운 체험을 직접 살아봄으로써 매혹의 가장 핵심적인 부분, 그 결정적 손아귀에서 벗어났는지도 모른다. 물론 초현실주의를 떨쳐내는 일은 그리 간단치 않을 것이고, 상당한 시간이 지나서야 그라크는 비로소 자기 고유의 목소리를 확립할 수 있을 것이다. 그러나 『커다란 자유』를 낳은 자유롭고 충만한 시의 계절을 통해 그라크는 작가로서의 그의 삶에서 가장 중요한 체험 가운데 하나를 겪어냈다고 볼 수 있다. 그라크 문학의 초기에 있었던 시의 계절, 그것은 매혹의 계절이자 배반의 계절이고, 결국 자기 극복의 계절이었던 셈이다.

---

174 Michel Murat, «Voyage en pays de connaissance ou Réflexions sur le cliché dans *Argol*», 1982.

제3장 열정의 글쓰기

3.1. 글쓰기의 모험

　모두 네 권의 책으로 묶인 단편 에세이들, 그 가운데에서도 특히 『읽으며 쓰며』에 수록된 글들, 그리고 절대 진지한 어조를 벗어나는 법이 없는 대담들은 그라크가 글쓰기와 언어에 대해 매우 깊고 예리한 관찰들을 다채롭게 펼쳐놓은 자리이다. 허투루 글을 쓰지 않고 쉽게 책을 내기를 삼가며, 길고 풍부한 프랑스 문학사에서 뛰어난 글쓰기를 자랑하고 또 그렇게 인정받았던 작가가 글쓰기에 대해 개진하는 다양한 견해들은 대단히 흥미진진한 것이다. 언어학이나 비평 이론들에 의지하기보다 나날의 글쓰기 실천과 관찰에서 비롯된 그의 구체적이고 실감 나는 증언들은 읽는 이의 지적 즐거움과 공감을 자극하며 드높은 문학적 가치를 웅변한다. 우리는 그라크의 단편 에세이와 대담들을 읽으면서 그가 언어를 어떻게 접근하고 받아들이며, 그에게 유기적 성격을 띠는 텍스트가 어떤 글쓰기의 모험을 통해 산출되는지 살펴보고자 하는바, 그의 진술들을 가능한 한 있는 그대로 접해보는 것은 그의 글쓰기를 발견하는 가장 좋은 방법일 수 있다.

3.1.1. 언어

하이데거에게 언어는 존재의 집이자 인간의 본질이 거처하는 처소라면, 그라크에게 언어는 오랜 시간과 사용을 통해 인간에게 주어진 것이다. 그라크는 언어를 있는 그대로 냉철하게 바라보며 그것의 장단점을 확실하게 분별하고 "사용자의 입장"을 긍정적으로, 그리고 적극적으로 확인한다. 그가 보기에 언어는 "원시 시대를 생각하게 하는" 날카로운 의미의 구체적인 단어들과 함께, 명확한 표현을 어렵게 만드는 "정신착란의" 추상적 어휘들을 아울러 갖고 있다. 하지만 언어는 오랜 연륜 덕분에 "무수한 배음(倍音)과 무한한 잠재력을 지닌 일종의 대체 세계"로서 "인간의 가장 놀라운 창조 가운데 하나"이다.[175] 기본적으로 언어는 소통수단이지만 거기서 그치지 않고 "고유의 조직, 말의 친화력, 반향 효과, 곧 오랜 사용이 굳혀 놓은 대단히 풍부한 조합을 지닌 **질료로 나타**"난다.[176] 이런 언어에 대해 그라크가 취하는 태도는 현실적인 것이다. 그는 언어가 현실과 우리 사이에 드리우지만 친숙한 사용 때문에 미처 보지 못하는 "불투명성"을 인식하며, 초현실주의자들과는 달리 언어에 대해 과도한 신뢰를 표명하는 일을 삼간다. 하지만 "인간이 만들었으되 인간을 만들기도 한 언어를 다른 것으로 대체하거나 수정할 가능성이 없으므로", 언어는 그야말로 "내가 가진 것", 곧 자산이 된다. 요컨대 "나는 내가 가진 것을 갖고

---

175 «Entretien avec Jean Carrière», in *Gracq 2*, p.1268.

176 «Entretien avec Bernhild Boie», in *Entretiens*, p.298.

한다"가[177] 언어에 대한 그라크의 기본적인 입장이라고 말할 수 있다.

그라크에 따르면 작가가 언어와 맺는 관계는 이중적이니, 하나는 글쓰기와 독서를 통한 사용의 측면이고, 다른 하나는 감각의 측면, 구체적으로 말해서 "단어, 단어의 배음과 감춰진 상응, 곧 내가 '묻힌 관계'라고 부르는 것에 대한 촉각적 감각"이다.[178] "단어들에 대해, 그것들의 살집 또는 체격에 대해, 나무에서 하나씩 하나씩 떨어지는 둥근 과일 같은 그것들의 무게에 대해, 아니면 반대로 '스스로의 부재를 감미로움으로' 바꾸는, 오로지 확장된 궤적만을 위해 차츰차츰 사라지는 그것들의 힘에 대해 작가가 갖고 있는 거의 육체적인 미각(이게 없다면 그는 작가라고 하기가 힘들다)은 살아가는 내내 완전히 버려지지는 않은 채 조금씩 변하는 일이 일어나기도 한다."(LE665-666) 작가가 언어가 맺는 관계는, 그라크의 해학적인 표현에 의하면, "처음부터 끝까지 위선적으로 착취하는" "하녀-정부와의[179] 관계"에 비유될(LE656) 수 있는 묘한 관계이다. 결국 언어에 대한 "촉각적 감각"이라는 것도 꾸준하고 깊이 있는 사용 덕분에 가능해진 것이라는 점을 생각하면, 언어의 본질이나 한계에 대한 형이상학적 질문에 부심하기보다, 언어의

---

177   «Entretien avec Jean Carrière», in *Gracq 2*, p.1268.

178   «Entretien avec Jean Roudaut», in *Gracq 2*, p.1217.

179   '하녀-정부'는 1733년 초연된 조반니 바티스타 페르골레시의 오페라(La Serva padrona) 제목이기도 하다. 그라크의 마지막 소설 「코프튀아 왕」에 '하녀-정부'가 주요 인물로 등장한다.

장단점을 냉철하게 의식하며 "내가 가진 것"을 수긍하고 적극적으로 활용하는 문학적 실천이 그라크의 글쓰기에서 근본적 중요성을 갖는다는 사실을 확인하게 된다. 그에게 "글을 잘 쓰는 것은 말하고자 하는 것을 정확히 말하는 게 아니라, 언어를 하나의 도약대로 사용하여 말하고자 하는 것을 더 잘 말하는 것"이라는[180] 사실은 의미심장하다.

3.1.2. 글쓰기와 주제

그라크는 언어가 의미를 수반한다는 당연한 사실을 일깨우되, 프랑스어로 '의미$_{sens}$'는 '의미작용$_{signification}$'과 '방향'을 동시에 뜻한다는 사실을 지적하며 '의미'는 하나의 '벡터'라고 말한다.

태초에 말씀이 계시니라…… 물론이다. 하지만 첫 번째 단어들이 발음되자마자 그 말씀은 더 이상 혼자가 아니다. **의미**가 태어났기 때문이다 ─ 어떤 단어들이건 그것들이 정렬되자마자 의미가 태어나는 것을 아무것도 막을 수 없다 ─ 의미는, 너무나도 자주 잊어버리지만, 의미작용인 동시에 돌이킬 수 없는 **방향**이다. 의미는 하나의 벡터이다. 언어 장치는 움직임 가운데 놓이자마자 즉각 정신 속에 하나의 유도된 흐름이 생겨나게 하는데, 이 흐름은 즉시 유도체로부터 벗어난다. 이 흐름은 벌써 계획이다. 정신은 '던져지고'(생각하건대 모든 선의를 지닌 작가는 글쓰기의 동

---

180 «Entretien avec Bernhild Boie», in *Entretiens*, p.299.

력 자체인 이 움직임을 인정할 것이다), 그렇게 깨어난 세찬 힘은 언어에 부딪치며 그것을 사용하고 우회하고 그것과 타협하지만 그것에 완전히 귀속되지는 않는다. 가용성이여 안녕, 순백이여 안녕!(LE665)

언어와 의미, 글쓰기와 주제 사이에는 서로 긴밀하게 길항하는 상호관계가 형성된다. "자기 고유의 힘에 따라 사용된 언어만이 주제의 가능성들을 잠 깨울" 수 있는데, 이는 소설의 특징이니, 시에서는 단어들이 아예 "전능한" 역할을 지니는 까닭이다. "소설은, 진정한 힘에 따라 사용된 언어가 주는 종류의 자유에 의해서만 산다. 하지만 그것을 무에서 끄집어 내어주는 것은, 하나의 까다로운 이미지, 그 성질이 완전히 문학적이지만은 않은 하나의 강박관념이 처음부터 끝까지 소설가에게 부과하는 제약이다." "사랑스런 유령"(LE653)으로 나타나는 주제의 인도 또는 제약과, 그런 주제의 가능성들을 잠 깨우거나 제안하는 글쓰기가 하나의 긴장된 상호관계를 유지하며 소설은 앞을 향해 나아간다. 언어와 의미, 글쓰기와 주제는 이렇듯 고정된 게 아니라 유동적인 것으로 역동성을 지니며 끝을 향해 진행되는 방향성을 갖는다. 주목할 점은 완결을 향해 나아가는 길이 완전히 정해지지 않았기 때문에 소설은 모든 것이 도중에 확정되고 이루어지는 모험의 성격을 띤다는 사실이다.

그라크에게 허구의 작품이 출발하는 지점은 결핍, 공허, 불만족같이 무엇인가에 의해 채워지길 고대하는 자리이다. 이 자리의 "윤곽은 작업 도중에만 명료히 드러나고", 그것을 채우는 것은 글쓰기이다.[181] 이 자리는 "정서적 차원"에 관련되는데, "의식 속에서 부재, 횡설수설, 지리멸렬의 양상 아래 펼쳐지는 내면의 필름은 일관성을 부여해줄 하나의 형태를 부르기 시작"하고,[182] 바야흐로 책은 출발한다. 책을 쓰기 시작하는 소설가에게 결핍은 구체적인 모양과 형체를 갖고 있지 않은 어떤 느낌처럼, 또는 "떠올려야 할 잊어버린 이름", 그러나 정작 "한번도 존재한 적이 없는" 이름처럼, 아니면 "예감은 하되 아직 물질적 매체는 갖지 못한 **음색**"처럼 다가오며, 이 결핍은 소설의 동력을 구성한다. 그것은 진공 또는 낮은 기압 상태가 공기를 부르면서 움직임이 생겨나게 하는 원리와도 같다.

언어가, 실현 중에 있는 소설의 모험을 이끌고 그 방향을 굴절시킨다고 해도, 시에서와 달리 언어는 결코 소설의 기원에 있지 않다. 거기에는 어떤 결핍의 상태, 절박하면서도 근본적인 불만족이 필요하다. 형체를 주는 데 필요한 모든 것이 아직 해야 할 일로 남아 있는, 그렇지만 실제 기억처럼 집요하게 따라다니는 하나의 느낌, 또는 하나의 느낌들의 복합체 — 다시 떠올려야 할 잊어버린 이름만큼이나 명료하고 까다롭게 여겨지지만 한번도 존재한 적이 없고 장차 책이 될 어떤 것 — 는 아마도 소설의

181　«Entretien avec Jean Roudaut», in *Gracq 2*, p.1212.

182　«Entretien avec Bernhild Boie», in *Entretiens*, p.292.

엔진이 소모하는 연료이다. 바람과 물결, 다시 말해 언어가 겪게 만드는 우연들은 종종 여정을 결정한다. 그러나 쫓아버릴 수 없는 맹렬한 환영이 반대편 기슭에서 손짓을 하지도 않았는데 미지의 바다 한가운데로 뛰어든 이는 결코 없다. 허구에 특유한 어려움은 매 페이지마다 한편의 계획 없는 그릇, 곧 글쓰기의 자발적 생산과, 다른 한편의 그릇 없는 계획, 곧 예감은 하되 아직 물질적 매체는 갖지 못한 **음색**에 대한 집요한 부름 사이에서 쉼 없이 바뀌는 여건을 고려하여 찾아야 하는 불확실한 절충의 어려움이다.(LE651-652)

"잠재적 불만족, 문학적으로 채워지길 요구하는 약간 강박적인 일종의 벌어짐이, 문득 '문을 여는' 열쇠의 이미지와 결합"하면 책의 "배태"가 시작된다. 중요한 것은 이 배태가 의식적으로 이루어지지 않는다는 사실이다. 자기 안에 결핍의 빈자리를 느끼며, 그리고 "어떤 색깔이나 풍토"를 생각하며, "'움직임'과 이미지들의 꽤나 혼란스러운 마그마"를 강박적으로 뒤섞는데, 머릿속에서의 이 움직임이 무의식의 차원에서 이루어진다는 것이다. 이런 무의식적 배태의 극단적인 경우가 그라크의 첫 작품 집필에서 발견되는데, 『아르골 성에서』를 쓰기 한 시간 전까지만 해도 그것에 대해 전혀 생각하고 있지 않았다는 것이다. 작가의 내부에서 어지럽게 반추되는 "느낌들의 복합체" 또는 "'움직임'과 이미지들의 꽤나 혼란스런 마그마"가 형태를 취하게 되는 것은 주제와 맞닥뜨리면서이다.[183] 한데 그라크에게 보물의 동굴의 문을 열어줄 '열려라 참깨'의 역할을 해줄, 다시 말해 "하나의 생각 — 아니면 차라리 하나의 느낌 — 을 책의 전망에 연동"해줄 주제와의 만남과 그 작용은 "매번 사랑의 벼락만큼이나 일어날 법하지 않고 예측할 수 없는 하나의 사건"(LE649)으로 전격적인 양상 아래 나타난다.

계시적인 동시에 결정(結晶)적인 열쇠, 곧 주제는 단 한 번 마술 지팡이를 휘둘러 들끓는 무정형의 소설적 흐름에 유효한 작용의 선을 그으면서 그것을 지렛대 효과가 유리하게 작용하는 지점들에 집중시키고, 표현적 깃발과 동원하는 집결의 표지들 아래 나아가게 한다. 주제와 더불어 거의 모든 것이 대번에 주어졌다는 느낌을 갖게 되는 것이, 왜냐하면 당신 안에 있는 유동적이고 맹목적인 혼돈 속에서 별안간 어둠과 빛의 커다란 덩어리들이 배열되고 길들이 합류하고 힘들이 모여 요동하고 움직임들이 조율되는 가운데 통합하는 동시에 증식하는 하나의 방향이 이제 가용한 다양성을 고무하기 때문이며 — 장소와 주문을 함께 쥐고 있기 때문이다.(LE650)

그라크가 생각하고 겪는 주제는 소설의 줄거리 또는 요약과는 상관이 없는 것으로서 차라리 "분해가 불가능한 만큼이나 에너지로 충전된 악절의 선율"(LE650-651)과 비교될 수 있는 성질의 것이다.

---

183 《Entretien avec Bernhild Boie》, in *Entretiens*, p.290.

3.1.3. 유기적 텍스트

앙드레 브르통이 『초현실주의 선언문』에서 인용하여 유명해진 발레리의 소설 비판, 곧 자기는 "후작 부인은 다섯 시에 외출했다"라고 쓰지 않을 것이라는 말은[184] 소설이 단순한 정보를 나열하기에 열심이며 허구가 자의적이라는 점을 겨냥한다. 그라크는 발레리에 맞서, 그리고 브르통에 맞서, 소설의 자의성이 첫 문장을 넘지 못한다고 말한다.(LE636) "절대적 시작"으로 "시초의 무상성" 가운데 던져지는 첫 문장은 물론 자의적일 수밖에 없는 게 사실이다. 하지만 첫 문장은 벌써 뒤에 올 문장들을 규정하기 시작하고, 이 규정은 심지어 문장들을 이어가며 텍스트를 구축해나가는 정신마저도 더 이상 감히 흔들 수 없는 것으로 나타난다.

진실은 모든 첫 페이지가 함축하는 거칠거나 민감한, 그러나 돌이킬 수 없는 결정들의 합계가 현기증을 일으킬 만한 것이라는 사실이다. 작가에게 남겨진 개입의 가능성은 이후로, 긴긴 세월에 걸친 교육이 '본성'에 후천적으로 행사할 수 있는 개입의 가능성을 별로 넘어서지 못한다. 시초의 시동, 생성 행위가 두 경우 모두, 육체와 정신에 아울러 맹목적 충동, 순수한 욕망의 모험주의에 맡겨져 있다는 사실은 아마도 좋고 건강한 것이다. 허구 작품의 처음은 어쩌면 돌이킬 수 없는 것, 곧 이제 더 이상 정신이 흔들 수 없는 고정된 정박지, 저항하는 소여를 산출해내

---

184 André Breton, *Le Manifeste du surréalisme*, in *Œuvres complètes*, Tome 1, Paris, Gallimard, coll. «La Bibliothèque de la Pléiade», 1988, p.314.

는 것밖에 다른 진정한 목표를 갖고 있지 않다.(LE631-632)

그라크는 소설이 단순한 정보를 나열한다는 사실 또한 반박한
다. 그는 오히려 소설에 들어오는 모든 것이 기호가 된다고, 다시
말해 소설 텍스트라는 기호 체계에서 의미를 갖는다고 말한다. 이
말은 소설에 도입되는 모든 요소는 그 문맥 속에서 역할을 지녀야
만 하고, 그렇지 못한 요소는 거기에 있어서는 안 되는, 마땅히 삭
제되어야만 하는 잉여의 요소임을 뜻한다.

소설에 도입되는 모든 것은 기호가 된다. 방정식에 숫자나 대
수기호 또는 잉여지수를 대입할 때와 마찬가지로 소설을 다소
변화시키지 않는 요소를 소설에 도입하는 것은 불가능하다. 이
따금 ─ 드물게, 왜냐하면 소설가의 주요 미덕 가운데 하나는 대
담하고도 멋진 무분별이기에 ─ 기분이 까다로운 날에 나는, 랭
보가 말하듯, 방금 내가 쓴 문장이 **무시무시한 형체들을 내 앞에**
드리우는 것을 느꼈는데, 이야기에 편입되고 동화되자마자, 또
는 가차 없는 연속성에 돌이킬 수 없이 휩쓸리자마자, 쑥쑥 자라
오르는 섬세한 유기체에 내가 쑤셔 넣은 것이 과연 양식이 될지
독이 될지 그 종국적 효과를 분별하기가 극도로 힘들겠다는 느
낌이 드는 것이었다.(LE638-639)

소설에 들어온 모든 요소는 전체로서의 소설에 변화를 준다. 그
것은 마치 유기체 속에 들어온 이물질처럼, 아무런 작용도 없이
잊히기는커녕 종래의 흐름과 합류하여 양식이든 독이든 반드시

그 효과를 갖는다. 소설에서 "말해지는 모든 것은 기다림 또는 회상을 유발하며 긍정적이건 부정적이건 나름의 역할을 지닌다." 그라크에 따르면 소설의 이런 특징은 현실 세계에서는 찾아볼 수 없는 것이다.

마치 물고기나 곤충의 알들이 그렇듯이, 살아가는 동안 매일 우리 눈앞에 나타나는 수백만의 가능성 가운데 몇몇만이 겨우 알을 까고 나올 것이고, 살육을 면할 것이다. 다시 말해 결과를 지닐 것이다. 가령 내가 사는 도시의 거리를 산책할 때, 내가 매일 그 앞을 지나가는 수백 채의 친숙한 집들은 눈에 띄지도 않고 점차 무화된 나머지 마치 한번도 존재하지 않았던 것 같다. 소설에서는 반대로 어떤 가능성도 무화되지 않고, 어떤 것도 결과 없이 남지 않는데, 왜냐하면 그것은 글쓰기로부터 고집스럽고 또 어지럽히는 생명을 부여받았기 때문이다. 가령 내가 소설에 'ㄱ는 초록색 덧문이 닫혀 있는 초라한 외관의 집 앞을 지나갔다'라고 쓸 경우, 독자의 정신에 찍힌 사소한 손톱자국, 나머지 전체와 더불어 즉각 하나의 구성에 들어가게 될 손톱자국이 지워지도록 할 것은 아무것도 없을 테고, 그렇게 경보 벨이 떨듯 울릴 것이다. 이 집에서 무엇인가가 일어났거나 일어날 것이다. 누군가 거기 살고 있거나 살았고, 뒤에 가서 그것이 문제 될 것이다. 말해지는 모든 것이 기다림 또는 회상을 유발하며, 모든 것은 긍정적이든 부정적이든 역할을 지닌다. 소설의 총합은 덧셈보다 점착에 의해 이루어지지만 말이다. (LE639)

삶의 영역에서는 우리 눈앞에 제시되는 사물 전부가 의미 있는 구성요소가 되지 않고 그중 일부만이 우리 의식 속에서 살아남아 존속하며 의미작용을 수행한다. 반면에 소설에서는 모든 요소들이 의미 있는 구성요소가 되어 소설의 흐름을 연장하고 변화시킨다. 소설이 잉여의 요소나 군더더기를 용납하지 않는 매우 긴밀한 구성을 보여준다는 사실, 그리고 그것의 "총합은 덧셈보다 점착에 의해 이루어"진다는 사실은 소설 텍스트의 유기적 양상을 강화한다. "소설가의 재능은 이야기로 환원될 수 없는 소설의 부분에 있다"는 앙드레 말로의 지적에 대해 그라크는 다음과 같이 말한다.

> 어려움은 [소설의 부분]을 실제로 떼어놓으려고 할 때 시작된다. 작업이 약속하는 것은 명료한 지적 외과술이 아니라 정육점의 도마 위에서 보는, 피가 섞인 혼잡한 뒤죽박죽의 상태이다. 왜냐하면 줄거리에서 쓰인 텍스트로의 이행은 뼈에서 살로의 이행처럼 따로 뗄 수 없을 정도의 점착성을 지닌 유착(癒着), 관(管), 인대 그리고 건막들의 총(叢)에 의해 이루어지기 때문이다. (LE655)

줄거리에서 쓰인 텍스트로의 이행, 곧 글쓰기는 살과 뼈가 돌이킬 수 없이 결합하여 형태를 낳는 유기체와 흡사한 방식에 의해 이루어진다. 이것의 결과는 유기체를 분해해서 얻은 부분들의 합이 다시 유기체가 될 수 없듯이, 글쓰기의 산물인 쓰인 텍스트는 분해가 불가능할뿐더러 분해에 따른 부분들의 합은 분해 이전의 온전한 전체와 등가를 이루지 못한다는 사실이다. 그것은 그저 "혼잡한 뒤죽박죽의 상태"에 불과하다.

> 문학 또는 텍스트의 '과학.' 탐지된 방법과 해독된 조작들의 합계는 항상 작품이 나타내는 전체보다 열등할 뿐만 아니라 작품과 절대적으로 이질적이다. 예술 작품은, 예를 들어 단순한 것에서 복잡한 것으로 옮겨가는, 여러 요소들의 집합체가 아니다. 그것은 차라리 처음부터 풍부함 가운데 작가에게 예감된 하나의 덩어리로서 글쓰기에 의해 자유롭고도 불균등한 방식으로 식민화되는가 하면 그로써 점진적인 방식으로 변형된다. (LE637)

그러면 분해된 요소들의 합성이 원래의 물체를 완전하게 복원시키는 화학 분석의 경우와(LE637) 전혀 다른 양상을 보이는 글쓰기에서 획인되는 구성요소의 합계와 전체의 불균형한 관계를 어떻게 설명해야만 하는가? 이 질문에 대한 대답의 일부를 우리는 단어의 작용에 대한 그라크의 관찰에서 찾아볼 수 있다. 그라크에 의하면, 문장에 도입된 단어는 인접한 다른 단어들과 접촉하고 그것을 잠 깨움으로써 텍스트 둘레로 훈륜이라는 전혀 새로운 요소를 추가로 산출해낸다.

> 작가에게 단어는 우선 그가 차츰차츰 반쯤 잠 깨우는 다른 단어들과의 접촉이다. 따라서 글쓰기는, 그것이 시적으로 활용되자마자, **훈륜으로 둘러싸인** 표현의 형태가 된다. (LII299)

그러나 문장에 도입된 단어의 기능에 대한 그라크의 이 관찰은 글쓰기에서 나타나는 부분들의 합과 전체 사이의 불균형을, 나아가 글쓰기의 생성과정을 완전하게 설명해주지 못한다. 단어와 단어의 접촉에서 생겨나는 훈륜은 설명이기보다는 하나의 인상적인 묘사에 가깝다고 할 수 있다.

사실 생명을 지닌 유기체의 생성과정이 그런 것처럼, 글쓰기의 생성 또한 완전한 설명은 불가능하다. 차라리 글쓰기의 생성은 논리적 설명을 거부하는 창조적 도약에 의해서 이루어지며, 소설가는 이 도약에 힘입어 스스로에게 정복의 소명이 주어졌다고 여겨지는 약속의 땅을 향해 나아간다고(LI176) 말하는 게 더 정확할지도 모르겠다.

그라크는 글을 쓰는 작가에게 언어가 새로운 제안을 하기도 한다는 사실을 말하면서 "책 속에서는 모든 게 모든 것 위로 울려 퍼지므로 책의 색깔, 풍토, 균형이 이따금 [언어의 제안으로] 인해 변할 수 있다"는[185] 점을 강조한다. 텍스트는 유기적이어서 새로이 도입된 요소가 불러일으키는 변화는 텍스트의 해당 부분에 그치지 않고 텍스트 전체로 퍼져나간다는 것이다. 이렇듯 하나의 통합된 전체로 나타나는 글쓰기 또는 텍스트의 유기적 성격을 드러내며 또한 그것을 통제하고 조율하는 요소로서 그라크가 활용하는 것이 바로 리듬이다. 그라크에 의하면 "리듬은 물론 대단히 중요한 것으로, 다시 말해 전체의 부분에 대한 통제로 남는다."[186] 텍스

---

185 «Entretien avec Bernhild Boie», in *Entretiens*, p.298.

186 «Entretien avec Jean Roudaut», in *Gracq 2*, p.1214.

트의 리듬은 작가에 의해 결정되고 조정되는 것이다. 하지만 이런 리듬은 텍스트가 숨 쉬게 하는 호흡이기도 하다. 소설을 구성하는 다채로운 요소들이 한데 어우러져 작동하는 방식, 그리고 그것들이 산출하는 통합적이고 유기적인 효과를 표현하기 위해 그라크가 동원하는 이미지는 교향악의 이미지이다.

허구가 앞으로 나아가면서 산출하며 허구의 주요 특권 가운데 하나를 이루기도 하는, 이미 흡수되고 소모된 요소들에 대한 이 기억 — 완전하게 통합되어 매 순간 완전하게 활성 상태에 있는 기억 — 은 하나의 텍스트 안에 층층이 쌓인 '의미의 층위들'의 존재보다 그것들의 분리를 반박한다. 이 층위들은 실제적 현존에는 이르지 못하게 되니, 그것들은 결코 따로따로 주목되지 않고, 음악의 화음처럼 종합적으로 지각되기 때문이다. 어떤 책의 풍요로움은 그렇듯 의식적으로 기록된 '의미의 층위들'의 많음보다, 독서가 차차 진행됨에 따라 텍스트 둘레로 그것들이 편성하는 분리되지 않은 공명의 폭에 근거한다. 모든 분리의 거부, 포괄적 느낌의 지배는 모든 진정한 소설 읽기를 하나의 구분 없는 총화로 만들거니와, 거기서는 가르는 이해의 지적 즐거움보다 교향악을 듣는 데서 생겨나는 근본적으로 통일적인 환희가 우세함을 보인다.(LE633-634)

"비평가에게는 자주 낯선 것으로 남아 있지만, 저자에게는 거의 언제나 그토록 마음에 남는 것, 그것은 하나의 작품에 함축된 **생명의 소모의 개념**과 그에 대한 평가이다."(LE672) 비평가에 대한 결코 곱지 않은 시선이 여실히 감지되는 이 짧은 글은 그러나 글쓰기에 대한 그라크의 성찰의 핵심을 담고 있는바, 그것은 그의 직접적 체험에 근거를 두고 있다는 사실을 생각해야만 한다. 한 대담에서 그라크는 "소설을 쓰면 가난해진다"고 말하는데, 이때 그가 염두에 두고 있는 작품은『숲속의 발코니』이다. 앞서 우리가 살펴본 것처럼, 오랫동안 그를 따라다니던 전쟁의 "매우 생생하고 매우 강렬한 기억들"은 "책이 그리로 지나가면서" "흐릿하고 특히 맥이 없으며 메아리도 이어짐도 없는"[187] 과거가 되어버렸던 것이다. 삶의 한 대목을 채우고 있던 자양분이 책으로 옮겨가면서 그 부분은 메마르게 되었다는 얘기인데, 거의 신비적 양상마저 띠는 이런 관찰은 글쓰기에 대한 그라크의 시선과 접근을 특징짓는 핵심적 측면을 이룬다고 말할 수 있다. 그에게 소설은, 책은 그야말로 생명 또는 삶의 값을 치르고 마침내 얻어내는 어떤 것으로서, 바야흐로 한 권의 책을 촉발하고 본격적 생산의 공정에 올려놓으며 글쓰기 작업 내내 그것을 이끄는 것은 주제이거니와, 그는 주제에 대해 "진짜 주제는 다른 것보다 바로 이것, 곧 그것이 당신 몸에 깊숙이 파고들어 한동안 당신의 실체의 일부가 된다는 사실에서 확인된다"고 말한 뒤 "주제가 내 안에 살아야 한다"고 결론짓는다.[188] 그라크에게 "책을 쓰는 것은 어떤 면에서는 스스로에게서 벗어나는 일이다."[189] 어쩌면 바로 이런 이유로 그는 과작으로

---

187 «Entretien avec Jean-Louis de Rambures», in *Gracq 2*, p.1190.

188 «Entretien avec Jean Roudaut», in *Gracq 2*, p.1212.

189 *Ibid*, p.1227.

만족해야만 했는지도 모르겠다.

3.1.4. 모험의 글쓰기

글쓰기와 관련하여 그라크는 여러 차례에 걸쳐 자신은 "처음에서 시작하여 마지막에서 끝내"는[190] 방식으로 "한 줄 한 줄"(LE640), "한 문장 한 문장"[191] 또는 "한 페이지 한 페이지"[192] 『어부 왕』을 제외한 모든 책을 썼다고[193] 일관되게 밝힌다. 최종 결과물인 책의 현실 및 순서와 부합하는 이 방식은 지극히 자연스러워 보인다. 하지만 실상 모든 작가가 그것을 채택하는 것은 아니다. 에드거 포가 그의 산문시 「갈가마귀」를 쓸 때처럼, 극적 효과를 최대화하기 위해서 소설을 거꾸로 쓸 수도 있고, 졸라와 프루스트처럼 실증적인 자료나 먼저 써둔 글을 삽입하면서 책을 구성할 수도 있다. 한 줄 한 줄, 또는 한 문장 한 문장 앞으로 나아가는 그라크의 방식은, 더구나 그것이 작가의 소신과 결합하여 하나의 문학관으로 연결될 때는 오히려 특별한 것이라고 할 텐데, 무엇보다도 글쓰기를 "상류로의 회귀를 포함하지 않는 벡터"로,[194] 특히 모

---

190 «Entretien avec Jean-Louis de Rambures», in *Gracq 2*, p.1190.

191 «Entretien avec Jean Roudaut», in *Gracq 2*, p.1213. «Entretien avec Bernhild Boie», in *Entretiens*, pp.299, 304.

192 «Entretien avec Bernhild Boie», in *Entretiens*, p.299.

193 «Entretien avec Jean-Louis de Rambures», in *Gracq 2*, p.1190.

194 «Entretien avec Bernhild Boie», in *Entretiens*, p.299.

험으로 파악하는 태도의 구체적이고도 근본적인 근거를 이룬다고 볼 수 있다.

"내 소설은 내 머릿속에서 만들어졌고, 나는 그저 그것을 쓰기만 하면 된다"는 말, 라신이 자신의 희곡에 대해서 했던 말을 도대체 이해할 수가 없다고 그라크는 말한다.[195] 그로서는 소설을 쓸 때마다, 주제로 요약되는 애초의 책의 전망 및 계획과 글쓰기의 현실 사이에서, 부단히 "불안정한 균형"을 겪으며 "팽팽한 줄"을 타는 위태로운 모험을 매번 살아 내야만 하는 까닭이다. (LE652)

> 책의 **균형**의 생생한 느낌은, 내가 허구 작품을 쓸 때, 나를 완전히 떠나는 법이 결코 없거니와, 일정하게 나아가면 균형의 유지가 더 용이하다. 나는 줄타기 곡예사가 내 말이 옳다고 말해줄 것이라고 생각한다.[196]

소설의 창작은 현재 쓰이고 있는 한편의 부분과, 책의 전망에서 하나의 "예감된 덩어리"로 존재하며, 지금 형성 가운데 있는 부분의 방향과 내용에 간섭하는, 하지만 그럼에도 불구하고 부분에 의해서만 구체화될 수 있는 다른 한편의 전체가 서로 통제하고 조정하고 보완하고 의지하는 대단히 역동적인 관계 속에서 그때그때 균형을 찾으며 이루어진다. 이렇듯 앞을 향해, 종결점을 향해 나아가며 길을 모색하는 글쓰기 작업은, 바다 또는 사막을 연상시키

---

195 *Ibid*, p.304.

196 *Ibid*, p.300.

는 일종의 중간지대를 고뇌 가운데 건너가는 하나의 모험으로 나타난다.

    작가의 작업을 그것이 관통하는 시간의 벡터를 따라 기계적으로 배분하는 것은 샛강들의 합류에 의해 차츰차츰 커지는 대하(大河)의 이미지를 닮은 그릇된 이미지들의 근원이다. 각 페이지의 작업이 조금씩 조금씩 전체를 구축하기 위해 표면적으로 그것을 향해 나아가는 만큼, 예감된 전체는 쓰이는 중에 있는 페이지에 방향과 정보를 주기 위해 각 순간 비밀스럽게 역방향으로 마중 나온다. 페이지들이 쓰임에 따라 전체는 각 페이지를 통해 수정되지만, 각 순간 그 덩어리 속에서 유연하게, 변형시킬 수 있게, 그러나 나눌 수 없는 방식으로 존재한다. 전체는, 작품(나는 여기서 오로지 소설에 대해서만 말하고 있다)이 모양이 나고 완성에, 종결에 더욱 가까워짐에 따라 점점 더 압두적인 존재가 된다. 내가 보기에 비평가들은, 부분에 대한 전체의 지속적으로 성장하며 종국적으로 강력한 이 인력을, 비록 그 존재를 의심은 할지언정, 별로 주목하지 않는 것 같거니와, 그것은 소설 창작을 자유로운 발견의 여행보다 달에 착륙할 준비를 하는 우주선의 미묘하게 인도된 동태와 더 가까운 어떤 것이 되게 한다. 소설가의 작업의 풍토는 길을 따라가며 점진적으로 변한다. 첫 장들의 거의 무람없는 자유에 대해 마지막 국면의 신경질적으로 감시된 곤혹스런 항해보다 더 큰 차이를 갖는 것은 아무것도 없는데, 거기서는 최대한에 달한 위험의 느낌이 무엇인가에 의해 이끌리며 빨아들여지는 도취된 인상과 뒤섞이고, 그것은 마치 책이 조금씩 조금씩 몸을 부여한 덩어리가 이번에는 자기의 영역으로 당신을 나포해가기 시작하는 것과 같다(어쩌면 인물들의 '자기들을 벗어난다'고 주장하는 소설가들이 나름의 방식으로 — 그토록 서투르게 — 말하는 것은 바로 이 인상이다). 내가 소설을 쓸 때마다 원고의 거의 삼분의 이쯤 되는 지점에서 길게 멈추었다가 — 동요와 불편함이 수반되는 여러 달 동안의 멈춤 — 다시 일을 계속하여 끝내는, 나를 종종 의아하게 만들었던 사실은 아마도 책을 끝내면서 여러 번 겪은, 끝낸다기보다 — 위험하게 — '착륙하는' 느낌과 무관하지 않을 것이다. (LE637-638)

모험을 끝내는, 또는 모험이 끝나는 순간의 느낌을 그라크는 다른 자리에서 "폭포"로 떨어지는 느낌에 비유한다.[197] 어쨌거나 그것이 "착륙"이 되었건 아니면 "폭포"가 되었건, 글쓰기의 종결점은 "꽤 길고 고통스러우며 열정적인 모험"의 끝으로서 몹시 위태로운 양상을 드러낸다. 이 모든 사실에도 불구하고 이제 소설가에게 중요하게 다가오는 것은 "종료된 책에서 그에게 **모든 것은 형태가 되었다**"는 점이다. 책이 이렇듯 하나의 형태를 얻었다면 소설가의 모험은 성공적으로 끝난 셈이기 때문이다.

그라크에게서 하나의 모험으로 다가오는 글쓰기 방식은 글쓰기의 현실에서 비롯되는 피할 길 없는 상황, 그러니까 외부로부터 일방적으로 주어진 한편의 언어와, "사랑의 벼락"처럼 마주친 이래 마음에 품고 숙성하여 이제 책의 지평에서 어른대는 다른 한편의 주제 사이에서 균형을 찾으며 수많은 가능성 사이를 헤쳐 나갈

197 *Ibid*, p.295.

수밖에 없는 작가의 상황을 반영한다. 실제로 글쓰기에서는 "바람과 물결, 다시 말해 언어가 겪게 만드는 우연들이 종종 여정을 결정한다"(LE651). 글쓰기는 플롯뿐 아니라 음역, 음색, 어조에서 관찰되는 증식된 가능성들 한가운데로 길을 연다. 그것은 "마치 구불대는 길이 여행자 앞, 주어진 성격의 풍경 한가운데로 일련의 다양하고, 때로 예기치 못한 전망을 투사하는 것처럼, 작가의 상상력이 매 순간 그의 펜 앞으로 투사하는 연속적인 책의 유령들, 글쓰기 작업이 매 장(場)마다 새겨 넣는 피할 길 없는 뒤틀림과 더불어 변화하는 연속적인 책의 유령들" 사이를 나아간다. 이런 "책의 유령들" 앞에서 작가가 매번 해야 할 일은 그들 가운데 작품의 "균형"을 구현하는 하나를 선택하여 언어의 몸을 부여하고 나머지는 연기처럼 스러지도록 내버려두는 것이다. 책이 형태를 구축해 나가는 것은 바로 이 취사선택을 통해서이다. 이렇게 "흰 페이지들의 사막을 가로지르는 작가의 여행이 그리는 구불대는 자취"(LI151)가 구체화되는 것은 "진행 중인 작업", 아니면 "오로지 그 나아감에 따라서이다"(LE654). 이런 허구의 글쓰기의 모험에 대해 그라크는 자신의 체험으로부터 예를 끌어내어 말한다. "『숲속의 발코니』의 첫 부분은 팔리즈에서의 자정 미사의 전망 속에서 쓰였다. 그것은 매우 중요한 대목이 될 예정이었고, 책에 종교적 어조의 도입과 함께 전혀 다른 모양새를 줄 터였다. 『시르트의 바닷가』는 마지막 장까지 결코 일어나지 않은 해전을 향해 대포를 향해 걸어가듯 나아갔다."(LI151−152) 『숲속의 발코니』의 자정 미사와 『시르트의 바닷가』의 해전은 작가의 선택을 받지 못하고 책의 어둠 속으로 사라진 유령들인 셈인데, 그것들은 사실은 언어와 주제 사이의 균형을 감당하지 못한 까닭에 글쓰기의 치열한 현실 속에서 도태되었다고 말해야 옳을 것이다. 허구적 글쓰기에 대한 그라크의 이와 같은 관찰은 실상 모든 글쓰기에 적용할 수 있는 것이고, 글을 써본 사람이라면 누구나 공감할 수 있는 것이다. 다만 그라크는 우리가 막연하게 또는 절실하게 예감하되 미처 표현하지 못하는 글쓰기의 본질적 현실을 놀랍도록 진지하고 정교하게 우리 눈앞에 그려낸다.

작가의 펜, 그리고 독자의 눈이 따라가는 텍스트는 원래 선조적 형태를 갖고 있고, 따라서 그것은 많건 적건 모험의 성격을 띨 수밖에 없다. 그라크의 소설은 특히 선조적, 모험적 성격을 강하게 띤 경우에 해당한다.

> 내 허구 작품들에서 내가 쓰는 것은 무엇인가를 향해 **가되** 분기, 뒤돌아가기, 기생적 내포 또는 돌발사건을 포함하지 않거나 아주 적게만 포함한다(내가 분명 내 길을 찾고 있었던 첫 번째 책은 제외하고 말이다).

소설의 흐름이 선조적, 모험적이라고 해서 그것이 단선적이고 빈약한 풍토로 이어지는 것은 결코 아니다. 작품의 전체적 구성과 내용은 얼마든지 복합적이고 교향악적일 수 있는 것이고, 그라크의 소설은 뛰어난 예를 보여준다. 분명한 것은 인간의 대지와 계절 한가운데로 나아가는 중세의 기사처럼 그의 소설은 앞을 향해

"두 눈을 똑바로 뜨고"[198] 나아가는 진지하고 풍요로운 모험을 보여준다는 사실이다. 이런 자세와 움직임은 『아르골 성에서』부터 시작하여 『어두운 미남』, 『시르트의 바닷가』, 『석양의 땅』, 『숲속의 발코니』, 「곶」, 「코프튀아 왕」으로 이어지는 그의 소설에서 일관되게 확인된다. 그에게서 특히 『어부 왕』의 페르스발로 대표되는 중세 신화에 대한 관심은 드높고 다채로운 정신의 모험을 그린 소설의 내용뿐 아니라 그것을 산출한 모험의 글쓰기에서도 깊은 메아리를 발견한다. 그라크는 허구의 글쓰기에 대해 대단히 진지한 접근과 실천, 성과와 증언을 보여준 보기 드문 경우라고 하겠다.

---

198 이 표현은, 그라크가 대담의 형태로 작성하여 라디오로 방송된 뒤 『선호』에 수록된 글의 제목이기도 하다.

3.2. 열정의 드라마

그라크에게 연극은 주된 장르가 아니다. 유일한 희곡 『어부 왕』과 하인리히 폰 클라이스트의 희곡 『펜테질레아』의 번역이 그의 작품에서 연극에 관련된 전부이다. 그러나 그라크 스스로 "관객으로서는 어린 시절 공인된 고상한 오락이었던 것의 영향이 남아 있다"고[199] 인정하거니와, 사실 그는 작가로서 연극의 영향이 강하게 나타나는 경우에 속하니, 작품의 연극적 성격은 그의 문학의 얼굴의 특징적 측면을 구성한다.

그라크의 작품에 열정적 어조와 친숙함을 부여하지만, 동시에 일부 독자에게는 그것을 전통적 글쓰기와 결부시키며 시대적 흐름의 주변부에 위치시키는 주된 요소로 작용하는 연극성을 고찰하는 이번 장에서 우리는 세 가지를 고찰하고자 한다. 맨 처음 작업은 그라크에게서의 연극을 장르의 차원에서 살펴보는 것이다. 두 번째 작업은 그라크 작품이 포함하고 있는 연극적 요소들을 검

---

199 «Autour du *Roi pêcheur*», in *Entretiens*, p.92.

토하는 것이다. 세 번째이자 마지막 작업은 그라크의 연극성은 과연 어떤 것인지 규정해보는 것이다.

3.2.1. 오페라와 연극

그라크의 인생에는 문학에 앞서 오페라가 있었다. 1924년, 그러니까 그라크가 열네 살이던 해 어느 날 그의 아홉 살 손윗누이 쉬잔이 그를 낭트의 그라슬랭 극장으로 데려갔고, 이날 본 푸치니의 오페라 『토스카』는[200] 그야말로 사랑의 벼락과도 같은 것이었다. 이렇게 처음 접한 오페라는 그에게 평생 지속될 지울 수 없는 자국을 남긴다. 오페라는 언제나 "전혀 다른 것"(FV818), "'진정한 삶'의 유일한 피신처"(FV817)를 구현할 것이고, 아무것도 그것의 위신을 해칠 수 없을 것이다. 오페라와 그것이 공연되는 극장과의 강렬한 첫 만남은 『어두운 미남』의 크리스텔에게 고스란히 부여된다. 이 인물을 통해 우리가 보는 것은 난생처음 극장이라는 예외적인 공간을 발견하는 소년 그라크이다.

> 『토스카』를 공연하고 있었어요. [···] 공연장에 들어서면서 저는 진정한 삶, 제가 살기를 욕망하는 유일한 삶으로 곧장 들어갔습니다. 강렬한 향기, 붉은 폭풍우 같은 플러시 천, 조개껍질이나 벌집의 내부처럼 자개 같은 광택이 나며 얇은 판 칸막이가 있는 어스름한 동굴, 저는 극장의 모든 것이 좋아요. 극장 어디에

---

200 Bernhild Boie, «Chronologie», in *Gracq 1*, p.LXV.

있든 복잡한 복도, 경사면, 계단은 언제나 지하를 통해 거기 들어간 것 같은 생각을 하게 만들고, 이는 제가 거기서 발견하는 안전 또는 완벽한 고립의 느낌에 필수적인 것입니다. 교회를 나타내는 무대장치는[201] 이미 하나의 교회인 극장에서 세속적 우울을 일종의 종교적 울림으로 마치 훈련처럼 에워쌌지요. 제 마음 깊은 곳이 온통 동요되었습니다. 그것은 소박한 그림들에서처럼 […] 신성한 사랑이자 세속적 사랑이었지요 — 저는 울음을 터뜨리고 싶었지만 지속적인 방전이라도 일어나는 양 마르고 돌출한 눈으로 굳은 듯 가만히 있었습니다. […] 마지막 막은 저를 혼란 속에 빠뜨렸어요. 그것은 죽음 한가운데의 삶, 무덤 뒤로 떠오른 삶, 최후의 일격 너머에서 사랑의 승리를 외치는 노래였습니다. […] 저는 비극의 한가운데에서, 삶 너머에서, 정말로 감동한 채 거기 있었습니다.(BT111)

오페라가 이렇듯 "진정한 삶"을 구현하는 특권적 자리로 나타났던 반면에 "문학은 한 막 한 막 '설명된' 『앙드로마크』, 『르시드』 — 몰리에르, 라퐁텐 등, 학교 교육의 따분함에서 벗어나는 데 시간이 걸렸고, 그로부터 결코 완전히 회복하지 못했다."[202]

그라크는 열여덟 살 때부터 바그너의 오페라를 듣기 시작한다. 오페라와의 관계가 이토록 마냥 좋기만 하다면, 연극과의 관계는 좀 더 복잡하다. 우선 그라크는 희곡 『어부 왕』의 저자이다. 『어부

---

201 푸치니의 『토스카』는 화가인 마리오 카바라도시가 그림을 그리는 교회의 장면에서부터 시작한다.

202 «Entretien avec Jean Roudaut», in *Gracq 2*, p.1219.

왕』은 마르셀 에랑의 연출로 1949년 4월 25일부터 5월 22일까지 몽파르나스 극장에서 공연되었다. 하지만 비평가들의 반응은 좋지 않았고, 작품은 결과적으로 "상대적 실패"로[203] 끝났다. 이 유일한 희곡 이후 그는 장루이 바로의 요청에 따라 클라이스트의 『펜테질레아』에 대해 "자유로운 번역"을[204] 하고, 『바자제』에 대하여」와 「마르스의 봄」 같은 연극에 관련된 비평 텍스트들과 단편 에세이들을 쓰는 것으로 만족한다.

위에서 인용한 그라크의 말에서 "학교 교육의 따분함"의 희생물들은 대부분 연극 장르에 속한다. 언뜻 보면 연극이 오페라와 정면으로 대립하는 것 같다. 하지만 언급된 작품들은 그라크가 어렸을 때 문학 교육의 토대를 구성하던 고전주의 연극 텍스트들이다. 무대 위에서 창조된 연극이 아닌 것이다. 한데 그라크가 연극에 대해 말할 때 그가 염두에 두고 있는 것은 자주 쓰인 텍스트로서의 연극이다. 그는 드물게만 공연으로서의 연극에 대해서 말하는 바, 『어부 왕』 연습(LI156), 샤요궁에서의 셰익스피어의 『맥베스』, "로렌스 올리비에가 탁월한 'let be'를 보여주는" 영화로 만든 『햄릿』(LI195-196), 그리고 "교외 외딴 곳에 위치한 청소년회관"에서 이루어진 라신 작품의 공연이 그것이다. 그러나 연극 공연에 대한 글이 많지 않다고 해서 그라크가 극장에 자주 가지 않았다고 말할 수는 없을 것이다. 분명한 것은 그라크가 연출 기법이나 그것의 변화에 그다지 큰 관심을 보이지 않는다는 사실이다. 연극에서 그

---

203 Michel Murat, *Julien Gracq*, Paris, Pierre Belfond, 1991, p.77.

204 «Entretien sur *Penthésilée* de H. von Kleist», in *Gracq 1*, p.1120.

가 관심을 갖는 것은 한계 상황으로서의 장면과 그것에 수반되는 대사와 발성법으로 보인다. 그는 로렌스 올리비에의 'let be'에 각별히 주목하고, 청소년회관의 공연에서 "시구가 절뚝거리며 불균형한 반구(半句)가 날아가는" 것을 (LI171) 지적하지 않는가? 이렇듯 그라크가 무대적 현실에 결코 익숙하지 않다는 사실은 의상을 갖춘 상태에서 진행한 『어부 왕』 연습의 일화에서 잘 확인된다.

> 십오 년 전쯤 내 희곡을 공연할 때, 나는 매우 강한 관심을 갖고 연습을 참관했다. 그러나 첫 번째 의상 리허설이 돌연 무대 위로 한 무더기의 분장한 배우들과 배경포를 쏟아놓자 마치 뿌리를 뽑는 것 같은 차가운 공황이 단번에 나를 사로잡았다. 나는, 연출을 맡은 마르셀 에랑에게로 달려가 "오락을 즐겼어요. 하지만 이제 멈춰야 할 때입니다. 당장. **이건 너무 멀리 갑니다.**"라고 말하지 않기 위해 안간힘을 써야만 했다. (LI156)

이것은 충분히 예상했어야만 하는 상황이다. 희곡을 쓴다면 그것은 무대에 올리기 위해서이다. 앞으로 살펴보겠지만, 그라크에게 연극은, 하나의 장면 둘레로, 그러니까 무대적 현실로부터 한 걸음 떨어진 자리에서 상상되고 꿈꾸어진 하나의 장면 둘레로 수립되며, 종내에는 이 장면과 아예 혼동되는 일종의 관념적 연극으로 나타나는 경향이 있다. 한데 무대적 공간을 무엇보다 상상세계에 두며 근본적으로 비현실적 성격을 갖는 이 관념적 연극을 현실에서 가장 잘 구현하고 있는 것이 바로 오페라 — 전통 오페라들에서 보듯 아리아 장면 둘레로 조직되며 소년 그라크의 심금을 울렸던 바로 그 오페라이다. 오페라와 연극은 그라크에게서 심오한 혼동을 보이거니와, 이는 작가 고유의 미학적 논리에 따른 것이다.

무대적 현실에서 상대적 실패를 겪은 관념적 연극, 그것은 깊이에서 그리고 표면에서 그라크의 소설과 시에 부단히 작용한다. 이런 연극이 작품에서 차지하는 위치에 대해 미셸 뮈라는 그라크를 네르발과 비교하며 말한다. "그라크와 네르발의 공통점은 연극이 창조적 상상력에서 본질적 위치를 점하되 작품에서는 지엽적인 것으로 남아 있다는 사실, 그리고 연극의 상대적 실패가 소설, 심지어 글쓰기의 집요한 연극화를 반대급부로 갖는다는 사실이다. 모든 뛰어난 행위는 하나의 역할이고, 모든 전망 속 공간은 무대장치이며, 모든 양식화는 스펙터클이 되는 경향이 있다."[205]

3.2.2. 작품의 연극성

3.2.2.1. 인물

그라크의 인물들은 작품의 지평에 고귀하고 위엄 있고 극적인 실루엣을 드리우고 있다. 이런 양상에 의해 그들은 오페라와 연극의 인물들을 생각하게 만든다. 『아르골 성에서』의 여주인공 하이데와 『어두운 미남』의 인물 이렌은 "극의 여왕"(CA39, BT227)이고, 알랑은 "극의 왕"(BT166)이다. 알랑의 동반자인 돌로레스는 "위대

---

205 Michel Murat, *Julien Gracq*, p.77.

한 비극배우"(BT127)로 나타나고, 알도의 눈에 비친 바네사는 "여배우의 덧없는 아름다움"(RS766)으로 아름답다.

그라크의 인물들은 환경, 의복, 그리고 특히 그들의 육체적, 정신적 행태 덕분에 연극적이다.

그들은 온갖 종류의 가족적, 사회적, 경제적 제약에서 자유로우며 일상 세계로부터 떨어진 장소에서 산다. 이런 상황은 통상적인 기준에 의해 제어되지 않는 다른 곳 또는 다른 시간을 산출한다. 그것은 이야기의 지평에 특별한 공간을 투사하며 예외적인 맥락에 인물들을 위치시키고 그들로 하여금 평범한 인간들이 감수하는 것과는 전혀 다른 삶을 영위하도록 하는데, 연극을 생각하게 만드는 이와 같은 환경이 작품의 연극성에 기여함은 물론이다.

여기에 덧붙여지는 게 바로 의복의 연극성이다. 오텔 데 바그의 가장무도회에서 인물들이 선보인 의상들을 제외할 때, 우리가 생각하게 되는 의복은 하이데가 입고 나타나는 "풍성한 주름이 있는" 흰 옷(CA29)과 "경이로운 위엄"을 띤 "긴 흰색 망토"(CA36), 크리스텔이 "젊은 여왕"이 "위엄에 찬 행차"를 하듯 나타날 때 걸치는 "타월 천 실내복"(BT105), 바네사의 "긴 주름이 있는 검은색 드레스"(RS766)와 "너울대는 긴 회색 실내복"(RS701), 다니엘로의 "긴 보안평의회 의상"(RS822), 그리고 「코프튀아 왕」에서 푸즈레 여인이 입은 "끈으로 허리를 묶은 짙은 색조의 풍성한 실내복"(RC517)이다. 특히 마지막 예를 주목해보자.

허리 아래로 **뻣뻣한** 주름을 이루며 떨어지는 — 까닭 없이 강조되고 감지할 수 없을 정도로 연극적인 사소한 어떤 것과 함께 성직자 같으며 어렴풋이 엄숙한, 실내복이 아닌 차라리 밤의 망토 […](RC517)

"밤의 망토"에 대한 이 묘사는 그라크의 의복적 연극성의 특징을 선명하게 보여준다. 그라크에게서 의복은 종종 엄숙하고 성대하고 연극적이며 그 형태는 자주 길고 풍성한 주름을 핵심적 요소로 포함한다. 이 의복들은 성직자의 의상과 고전 비극의 페플럼, 그리고 또 제2차 세계대전 이후 바이로이트의 의상을 연상시킨다. 그라크에게서 의복의 연극성은 사실 상투적 연극성에 거의 보란 듯이 가깝다. 그것은 전혀 "감지할 수 없을 정도로 연극적"이지 않다. 그것은 현시적으로 연극적이다.

그러나 그라크의 인물들이 연극적이라면, 그것은 특히 육체의 움직임과 자세를 통해서 그러하다. 그들은 몸짓에 의해{"약간 엄숙하게 느린 속도로 […] 램프를 들어 올리는 벗은 팔의 동작에 모든 것이 멈췄다."(RC511)}, 서 있는 방식에 의해{"어둠 속에 서서 무대 기둥인 양 벽에 어렴풋이 기댄 채 미동도 하지 않고 나뭇가지가 스칠 때마다 신경질적으로 몸을 떨면서 […] 이렌은 거기 있었다."(BT243)}, 아니면 거동에 의해{"하이데는 […] 모래 위의 말보다 더 부드럽고 더 신경질적인 걸음으로 바다를 향해 걸어갔다. […] 그녀는 두 팔을 들어 마치 살아 있는 여인상 기둥처럼 하늘을 두 손으로 힘들이지 않고 지탱했다."(CA45)} 무대 위 배우를 닮았다.

몸짓의 연극성과 관련하여 그라크의 인물 가운데 가장 뛰어난

배우는 아마도 바네사이다. 그녀의 거동은 상황에 따라 자유자재로 변한다. 그녀는 "여전사 같은 발걸음으로"(RS770) 또는 "암사자같이 크고 유연한 발걸음으로 이리저리"(RS767) 걷는가 하면 다른 한편으로는 "철새의 불확실한 종종거림과 서툰 파닥임"(RS701)을 보인다. 또한 그녀는 "성난 천사"(RS770)나 "파괴된 도시 위로 불 칼을 휘두르는 잔인하고 음산한 천사들"(RS700)과 흡사해 보이는가 하면 "방심한 입"에 의해 "초등학생"(RS676)을 연상시키거나 "유년의 목소리"로 "아주 어린 소녀"(RS699)를 떠올리기도 한다. 이런 바네사에 대해 알도는 말한다. "그녀는 단 한 순간도 **연기를** 그친 적이 없다는 느낌이 다시 한 번 강하게 들었다"(RS767).

이런 몸짓의 연극성은 일종의 정신적 연극성, 곧 자기 관찰 또는 자아 분열과 불가분의 관계에 있다. 『어두운 미남』의 여주인공 크리스텔을 주목해보도록 하자.

> 그녀가 내 관심을 끄는 것은 연기를 하기 때문이다. 연기를 하면서 즐기기 때문이다. 하지만 이 해변의 방만 가운데 이따금 그녀의 눈이 **자제**로 번득이는 것을 본다. 멋진 단어! 그것은 내게 — 그리고 원하건대 그녀에게 — 좋은 교육의 제동장치보다는 자신의 역할을 그토록 잘 연기하는 스스로를 관조하는 약간 변태적인 즐김을 가리킨다. (BT105)

「두 눈을 똑바로 뜨고」에서 그라크는 연극적 용어를 동원하여 자아 분열을 설명한다. 그것은 "배우인 동시에 관객일 필요, 어떤 것을 하는 동시에 자신이 하는 그것으로부터 지속적으로 물러서며 자신을 떼어놓을 필요"(PR851)에 근거한다. 이 설명은 크리스텔의 태도와 완벽하게 부합하는 것이다. 한데 크리스텔의 태도는 예외적인 것과 거리가 멀다. 알랑{"어떤 자발성(하지만 그것이 얼마나 감시된 것인지)"(BT134)}, 마리노{"지나치게 감시된 동작들"(RS788)}, 그리고 다니엘로{"그는 얼마간의 자기만족을 느끼며 연기하는 것 같았다"(RS822)} 역시 동일한 태도를 보인다. 푸즈레 여인의 경우 "나는 그녀가 그것을 완벽하게 연기하지 못하고 있음을 알았다"(RC521)는 화자의 말에서 확인할 수 있는 것처럼, 그녀의 연기는 결코 완벽하지 않다. 그러나 역설적으로 그녀의 연극성은 한층 더 분명하게 나타난다. 만약 그녀가 의심할 바 없이 그라크의 소설에서 가장 연극적인 인물이라면(그녀는 몸짓의 차원에서 월등하게 연극적인 바네사보다 더 연극적이다), 그것은 그녀가 능숙하게 연기하지 못하기 때문이다. 좀 더 구체적으로 말하자면 시선의 자기 분열에서, 투사된 타자의 시선의 함량이 다른 인물들보다 더 높기 때문이다. 아니면 그녀가 스스로를 지나치게 많이 또는 서투르게 감시하기 때문이다. 연극이 소설에 전치될 때 그것은 최악이 될 수 있다. 하지만 이런 상황은, 결코 포기하고 싶지 않은 이득을 위해 그라크가 치르길 마다하지 않는 비용으로 보인다.

3.2.2.2. 공간

극장은 모델과 문채로서 그라크의 작품 도처에 자리 잡고 있다. 극장, 무대, 무대 커튼, 무대 기둥, 무대 그림과 같은 문채들은 자연적이거나 인공적인 공간에 대한 비교와 은유로 자주 활용된다. 이 문채들은 자주 '죽은' 문채들이다. 그것들은 관용구에 관련되는 까닭이다.

연극의 문채들은 유추의 원리에 의거하여 자연적, 건축적 공간을 수식한다. 산문시 「베네치아」에서 "드높은 창문의 덧문"(LG271)과 "극장의 여왕"인 이렌이 손을 짚는 벽(BT243)은 무대 기둥에 비교되고, 바다를 향해 활짝 열린 '오텔 데 뱅'의 방(PI458)과 『어두운 미남』의 인물 앙리가 꿈에서 보는 성의 "이백 개의 창문"(BT247)은 극장의 복스와 비교된다. 또한 브뤼셀의 그랑플라스(GC958)와 오르세나의 한 광장은 "야외극장"처럼 보이며, 마지막으로 해변에 면한 '오텔 데 바그'는 "특별하게 연극적"인 양상을 띠고 나타난다.

> 오늘 오후 창문에 팔꿈치를 기대고 있던 나는 이 해변의 무대 장치가 특별하게 연극적이라는 점을 처음으로 의식했다. 대지에 등을 돌린 집들의 이 얇은 가두리, 커다란 파도 둘레로 정렬한 이 완벽한 아치. […] 그리고 이 특이한 시점이 있으니, 마치 극장에서처럼 각 지점으로부터 곳곳을 똑같이 볼 수 있도록 모든 것이 이루어져 있다. 어떤 모의 해전 둘레로 정렬한 콜로세움의 계단들.(BT131)

상황에 따라 이 문채들은 장소의 구조를 더욱 두드러지게 만들고('오텔 데 뱅'의 방) 텍스트에 엄숙하고 극적인 어조를 주며(덧문, 벽, 그리고 오르세나의 광장), 알레고리를 발전시키는 데 기여하고

{"야외극장 같은 그랑플라스. 각각의 복스가 주름과 금박으로 맞은편 복스들과 경쟁하는 모자를 벗은 순진한 스칼라."(GC958)} 이야기에 "막 오름의 준비된 가슴 뜀"(LE565) 또는 사건에 대한 예감 (앙리의 꿈에 나타난 성과 '오텔 데 바그')을 제공한다.

어둠의 협조가 있을 때, 그리고 빛, 침묵, 공허 또는 물체들의 움직임의 협조가 있을 때, 텍스트는 환상성 쪽으로 기운다.

> 나뭇잎의 파도들로부터 원시의 느낌이 배어났다. 시시각각 변하는 희미한 빛의 캔버스 위로 윤곽을 던지는 그 파도들은, 각광이 위쪽을 핥아대기 시작하는 무대 커튼의 민활한 생명으로 막 살기 시작하는 듯 여겨졌다.(RC515)

환상성을 가장 잘 산출해내는 것은 빈 극장이다. 그것은 "드넓고 헐벗은" 양상에 의해

> 또 다른 놀라움의 원인은 규모의 의심할 바 없는 **과장**에 있었는데, 드높은 울창한 나뭇잎의 영광스런 장벽들 사이로, 빛나는 잔디의 카펫이 덮이고 극장의 빈 무대처럼 드넓고 헐벗었으며 그 거대한 넓이가 **광장공포증**의 평범하지 않은 공포를 영혼에 오래 드러내기 위해 만들어진 듯 보이는 숲속의 빈터가 보였다.(CA73)

빈자리의 무게로 압박감을 주는 유예된 부재와 상상의 현재에 의해

예기치 않은 벽의 울림이 나를 혼란에 빠뜨리며 침실 램프
와 포근하고 깊숙한 쿠션의 일시적인 내밀함을 깨뜨렸다. 내 뒤
의 빈 공간이 몸을 뻣뻣하게 하며 빈 극장처럼 어깨를 짓눌렀
다.(RS639)

불안, 고뇌, 그리고 공포가 생겨나게 한다. 사람의 활동이 없는
빈 극장은 전혀 다른 영역, 전혀 모르는 미지의 영역으로 이행하
는 듯 보인다.

공연과의 관계에 따라 빈 극장에는 두 종류가 있다. 공연에 앞
서 빈 극장의 무대장치는 긴장된 분위기 속에서, 벌써 그것을 빨
아들이고 있는 사건을 기다린다. 『시르트의 바닷가』의 마지막 구
절은 이런 빈 극장의 이미지를 절묘하게 활용하고 있다.

걷고 있던 나는 가슴이 뛰고 목이 말랐다. 나를 둘러싼 돌의
침묵이 어찌나 완벽했던지, 그 푸른 밤의 무미건조하고 낭랑한
결빙(結氷)이 어찌나 단단했던지, 또 길의 표면에 감지될 듯 말
듯 얹히는 내 발자국이 어찌나 마음에 걸렸던지, 나는 텅 빈 극
장의 이상한 무대장치와 혼란스런 각광들 한가운데를 걷고 있는
것만 같은 생각이 들었다. 그러나 단단한 메아리 하나가 내 길을
길게 밝히며 건물 전면에서 튀어 오르는 가운데, 발자국 하나가
마침내 그 공허한 밤의 기다림에 부응했고, 나는 이제 그 무대장
치가 무엇을 위해 설치되었는지 알 수 있었다.(RS839)

막이 오르기 전에는 모든 것이 입을 다문다. 침묵 속에서, "돌

의 침묵" 속에서 "가슴이 뛰는" 가운데 연극의 시작을 기다린다. 알도의 발자국 소리와 "건물 전면에서 튀어 오르는" 그것의 "단단한 메아리"는 어떤 면에서는 연극의 시작을 알리는 세 차례의 타격음과도 같은 것이다. 소설에서 그것은 파르게스탄과의 전쟁이라는 스펙터클의 시작을 예고하는 까닭이다. 알도는, 무대가 전혀 다른 얼굴로 밝아질 때, 바야흐로 전면무대를 향해 "이상한 무대 장치와 혼란스런 각광들 한가운데를" 걸어가는 배우와도 같다고 하겠다.

공연이 끝난 뒤 관객과 배우들이 물러가고 어둠이 찾아오면 극장은 위협적인 자율성을 되찾는다. 이제 알 수 없는 요청에 의해 제어되는 그것은 "게임에 응하길 거부"(BT100)하며 "자정을 알리는 열두 번의 종소리"와 함께 "황금과 자줏빛 천으로 치장한 극장의 금지된 환상"(LG293)을 지향하는 듯 보인다.

지금까지 우리는 고정된 시선에 의해 포착된 공간에 적용된 극장의 문채들을 검토해보았다. 시선이 움직일 때, 극장의 문채들은 전혀 다른 기능을 감당하는 듯 여겨진다. 그것들은 보기 드문 극적 강도를 공간에 부여하면서{"뱃머리 앞에서는 마치 극장의 커튼처럼 구름이 전속력으로 갈라졌다"(RS743)} 그 공간을 하나의 극장으로 구조화하는데, 이때 구조는 건축적 구조이자 극적 구조이다. 구체적인 예로써 살펴보자.

마지막 순간까지 가려진 해변의 접근은 그의 가슴이 더 빨리 뛰게 만들었다. 그것은 바다보다 더 생생하고 더 깨어 있었다.

마치 무대 뒤쪽으로만 들어가게 되어 있는 극장처럼.(PI451−452)

"극장처럼"이라는 비교와 함께 묘사된 이 해변의 풍경에서는 건축적 구조와 극적 구조가 서로 얽히며 혼동되고 있다. 그것은 "무대 뒤쪽으로만 들어가게 되어 있는 극장"으로 구조화되어 있는 동시에 연극 공연의 어느 한 순간, 곧 막이 오르길 기다리는 순간, 아니면 텍스트에서 "바다"에 의해 형상화된 마지막 대단원의 순간으로 제시되어 있다. 틀과 내용의 근접성에 근거한 환유적 혼동이 일어나고 있는 것이다. 이중의 연극 구조로 해변 풍경을 재현하고 있는 위의 구절은 "바다보다 더 생생하고 더 깨어 있었다"는 표현에서 확인할 수 있듯이 사건 그 자체보다 기다림에 더 큰 가치를 부여한다.

상상의 조작은 풍경을 "시야 전환의 만화경 같은 연극"(GC969)으로, 또는 "절분되고 일관성이 결여된 디오라마"(GC971)로, 아니면 에브르강에서처럼 "변형 무대장치들"로 변모시키기도 한다.

이 몇 킬로미터 동안 강의 구불대는 흐름이 따라가는 풍경의 세밀화 같은 다채로움만큼 내 기억에 놀라운 것은 아무것도 없다. 아주 묽은 커피색을 띤 정체된 물 위로 배가 어찌나 느리게 미끄러지는지 풍경들은 변형 무대장치들의 부드러운 속도로, 혹은 바닥이 고정된 배 안에 앉은 루나파크 관람객 앞에서 감기고 풀리며 펼쳐지는 디오라마 배경포의 부드러운 속도로 서로 이어지고 교체되는 듯 보인다.(EE529)

공간에 대한 이와 같은 연극화는 풍경에 대한 그라크의 접근 방식에 근거를 둔다. 『읽으며 쓰며』에서 그는 "풍경에서 무엇이 우리에게 **말하는가?**"라는 질문을 던진 뒤 다음과 같이 대답한다.

특히 드넓은 파노라마에 대한 취향을 갖고 있을 때, 그것은 우선 잠재적이며 변주가 가능한 "인생의 길"을 — 이미지가 풍부하고 식욕을 돋우는 방식으로 — 공간에 펼치는 것인 듯싶다. 그것을 시간에 따라 늘어뜨리는 것은 대개 추상적 재현만을 허락할 뿐이다. [⋯] 모든 위대한 풍경은 걸어서 그것을 소유하라는 권유이고, 그것이 전하는 종류의 열광은 답파의 도취이다. 저 그늘진 지대, 그리고 저 빛의 면, 그리고 저 내려가야 하는 비탈, 저 걸어서 건널 수 있는 강, 저 구릉 위에 벌써부터 홀로 된 집, 그 집이 등을 기대고 있는 저 지나가야 하는 검은 숲, 그리고 저 안쪽, 저 깊은 안쪽, 풍경의 소실점이고 우리 하루에 제안된 어정이며 어렴풋이 예언된 우리 인생의 전망처럼 나타나는, 하나의 후광과도 같이 햇빛으로 둘러싸인 저 안개.(LE616)

텍스트가 말하는 것처럼, 풍경은 인생의 형상으로서 지형적, 지리적 형태들에 의해 분절된 다양한 부분들로 구성된다. 시간과 인생의 공간적 형상이며 대지 위로 펼쳐진 그 부분들은 다시 이차적이고 재현된 새로운 시간에 귀속되는바, 이 시간은, 공간적인 동시에 시간적이며 텍스트에서 "그리고"에 의해 구분된 답파를 통해 구체화될 수 있다. 이렇듯 재현되고 형상화된 시간에 맞춰진 풍경은 일종의 "거대한 세상의 연극"이다.[206] "감정의 기울기"(LE745), 미래, 운명, 요컨대 인생이 거기 투사되기 때문이다.

그라크에게는 극장의 형태로 풍경을 재현하려는 거의 근본적인 경향이 있다. 이를 잘 보여주는 『여행 수첩』의 두 구절을 인용하고자 하는바, 서로 상보적 관계를 맺는 두 텍스트는 굳이 설명이 필요하지 않아 보인다.

> 내가 들어서길 좋아했고 오늘도 여전히 다시 들어서길 좋아하는 길들 가운데 음악의 서곡 같았고 그렇게 남아 있지 않은, 내 앞의 전망 끝에서 막 올라가려고 하는 커튼의 주름과 빛을 일렁이지 않은 길은 거의 하나도 없다. 몇몇 길의 경우 언제나 즐거운, 아니면 어두운 색채는 내가 그 길들을 처음 나아갈 때 그것들이 향하던 슬픔 또는 행복의 기다림에, 예상에 연결되어 있다.(GC970)

> 여러 여정 가운데 미묘한 점증, 시야의 전환, 매우 풍부한 오르간 연주와도 같은 빛, 그리고 연극의 마지막 사건과 밤의 막의 내림을 향한 극적인 나아감을 기억하는 이와 같은 여정들은 내게 여러 차례에 걸쳐 화려한 오페라의 무대였으니, 이 오페라에서는 대지의 음악이 절로 오르는 가운데 나 혼자서 모든 음역과 역할을 떠올릴 수 있었을뿐더러 그것의 배타적이고 특권적인 관객이었다.(GC980)

---

206 "거대한 세상의 연극"은 스페인 극작가 페드로 칼데론 데 라 바르카(Pedro Calderón de la Barca, 1600~1681)가 쓴 희곡의 제목이기도 하다.

3.2.2.3. 서술

그라크의 소설 가운데 연극화의 정도가 가장 큰 작품이 바로 『아르골 성에서』와 『어두운 미남』이다. 이들 작품에는 메타 서술의 층위에 위치하는 연극 문채가 다수 발견된다. 『아르골 성에서』의 성은 "온갖 종류의 신경질적인 느낌을 유발하기에 적합한 극장"(CA31)으로 나타나며, 하이데가 알베르에게 받아들이게 하는 "긴 입맞춤"은, "침묵의 심연으로부터 와서 성 둘레에 모여든 백성들처럼 침묵 가운데 밀착한 […] 나무들의 둥근 머리들"이 기다리는 "세 차례의 타격음"(CA33)으로 암시되고, "공동생활은 자연스럽게, 어떤 연극의 장면들의 놀라운 연쇄가 보여주는 가까스로 실제적이지만 분명히 구별되는 연속으로 조성되며"(CA37), 에르미니앵은 "환상적인 연출가"(CA41)로 나타난다.

위에서 살펴본 것처럼, 『어두운 미남』에서 '오텔 데 비그'와 그 주변은 극장의 구조를 갖고 있고, 이런 사실은 이야기의 어조가 결정되는 데 기여한다. 가장무도회는 연극적 자기 해석의 자리로서 인물들은 가면과 분장을 통해 그들의 진정한 얼굴 또는 역할을 드러내는데, '어두운 미남' 알랑과 그의 동반자 돌로레스는 '몽모랑시의 연인들'의 핏자국과 함께 등장한다(BT228). 알랑이 자살하는 날 저녁은 "가차 없는 연쇄, 죽음의 무도의 불길한 의식, 비극 마지막 막의 부동의 속도"(BT250)와 함께 흘러가고, 알랑은 자신의 죽음을 그 마지막 막의 "영웅적 출구"(BT261)인 양 이야기한다. 그러나 메타 서술 층위의 가장 중요한 연극적 형상화는 프롤로그에서 발견된다.

> 마찬가지로, 공연이 끝나고 자정에 빈 극장에 미끄러져 들어
> 가 어두운 객석으로부터 게임에 응하길 거부하는 무대장치를 처
> 음으로 발견하는 나를 상상하기도 했다. 어느 밤 텅 빈 길들, 다
> 시 문을 여는 극장, 한 철 바다에 방기된 해변 […](BT100)

이 프롤로그에는 "19…년 10월 8일 오후"(BT101)라는 날짜가 적
혀 있다. 그것은 알랑의 어느 기일 오후에 쓰인 것이다. 이는 다음
과 같은 추론을 허락한다. 인용한 텍스트의 "공연"은 소설 전체에
관련되는 은유로 간주할 수 있고, 알랑은 문제의 연극적 스펙터클
의 주인공이다.

『시르트의 바닷가』는 정반대의 방식으로, 역시 이야기 전체를
포괄하는 메타 서술 층위의 연극 문채를 사용하거니와 "나는 이제
그 무대장치가 무엇을 위해 설치되었는지 알 수 있었다"(RS839)가
바로 그것이다. 이 문채는 텍스트의 마지막 문장을 구성하되 이
야기에서는 사건 바로 앞에 위치하는데, 이런 배치는 이야기 전체
를, 일어나지 않을 연극 공연 위로 막이 오르길 고대하는 하나의
기다림으로 간주하게 한다.

『어두운 미남』에서 정점에 달한 작품의 연극화는 이후 소설들에
서는 감소하는 추세를 보인다. 그러나 마지막 소설 작품인 「코프
튀아 왕」과 함께 결정적인 것처럼 보이던 하강 곡선이 다시 솟구
친다. 그것은 바다를 향해 가면서 낮아지던 지맥이 물 앞에서 다

시 상승하는 모양과도 같다. 「코프튀아 왕」의 이야기는 "말 없는 의식"(RC517)에 따라 집행되는 "이상한 시나리오"(RC521)의 존재를 상정하게 하는데, 빌라를 지키고 있는 젊은 여인이 "처음부터 끝까지 홀로 그것을 인도"한다. 이 기이한 연극에서 화자의 자리는 "별난 요청"에 의해 이미 정해져 있다고 보아야 하는 것이, 처음부터 "자리에 있고 필요하지만 내밀하게, 평온하게 배제되었다고" 느끼는 그는 "그녀가 내게 열어주고, 나를 어디로 이끄는지 여전히 알지 못하는 길 위를 걷는 것"(RC520~521) 외에 다른 선택이 없는 까닭이다. 이 의식에는 휴지(休止)가 있다. 화자는 빌라를 나와서 우체국에 가고, 그런 다음에는 산책을 한다. 서술이 한순간 빌라의 틀을 벗어나는 것이다. 「코프튀아 왕」의 이야기 또는 연극적 스펙터클은 하나의 막간을 포함하고 있는 셈이다.

사실 이야기의 구조에 관계되는 이런 메타 서술 층위의 연극 문채들을 고려하기도 전에 그라크의 소설은 연극적이라는 느낌이 빠르게 자리 잡는다. 여기에는 세 가지 주된 이유가 있다. 첫 번째로 그라크의 인물들은 건축공간을 일종의 극장처럼 사용한다. 소설의 서두에서 그들은 길을 나서서 그때까지 그들에게 알려져 있지 않으며 외부 세계로부터 단절되어 있고 자율성을 갖춘 건축공간으로 간다. 모든 것이 마치 그들이 극장으로 들어가는 것처럼 이루어진다. 행위가 일어나는 것은 바로 그 같은 틀 안에서이다. 이야기가 끝났을 때는, 마치 배우와 관객들이 스펙터클 뒤 극장을 떠나듯, 인물들은 드라마의 장소를 떠난다. 「곶」의 주인공 시몽이 극단적인 경우를 보여주는 것처럼, 그들이 건축공간으로 들어가지 않으면 길과 풍경이 "절분되고 일관성이 결여된 디오라마의 보조"(GC971)를 지닌 하나의 극장이 된다.

두 번째로 그라크의 소설에서 연극성은 "극도로 제한된 배우들의 수"(CA37)에 의지하는 듯 보인다. 『아르골 성에서』와 「코프튀아 왕」은 각각 세 명의 인물을, 「곶」은 단 두 명의 인물, 곧 시몽과 이름가르만을 헤아린다. 심지어 다수의 인물이 등장하는 작품에서도 이야기는 언제나 둘 또는 세 명의 인물 둘레에서 진행된다. 『어두운 미남』은 크리스텔과 제라르, 알랑과 제라르, 알랑과 크리스텔 사이의 대화를, 『시르트의 바닷가』는 알도와 마리노, 알도와 바네사, 알도와 다니엘로 사이의 대화를, 마지막으로 『숲속의 발코니』는 그랑주와 모나, 그랑주와 에르부에(이 인물은 그랑주에게 하인, 그것도 말 없는 하인 같은 존재이다) 사이의 장면을 보여준다. 그라크의 소설에서는 언제나 말을 하는, 아니 그보다 차라리 긴 독백을 하는 인물이 있고, 그의 맞은편에는 귀를 기울이는 인물이 있는 것처럼 여겨진다.[207]

예컨대 『어두운 미남』에서 가장무도회와 더불어, 모든 인물이 한자리에 모인 드문 장면들 가운데 하나인 로스카에르Roscaër 성의 피크닉을 살펴보자. 크리스텔과 알랑이 즉흥적으로 연출한 "기이한 낭만주의 판화"(BT155)와, 모든 인물이 돌아가며 역할을 맡는 저녁 식사 뒤의 한담 이후 알랑은 금방 무대를 장악한다. 그는 성벽 가장자리를 걸으며(BT157) 위험천만한 연기를 하고, 먼저 크

---

207 Michel Murat, «Le dialogue romanesque dans *Le Rivage des Syrtes*», in *Revue d'histoire littéraire de la France*, N° 2, 1983, pp.181-183.

리스텔이, 이어서 이렌이 연기의 파트너로 나선다. 다른 인물들은 그들의 현재–부재로써 세 주인공의 연기를 수행한다. 그들은 관객인 동시에 단역배우들인 셈이다. 매우 특이한 연극 공연이 아닐 수 없다.

세 번째로 그라크에게서 연극성은 서술 방식에 근거를 둔다. 기다림의 테마가 거기서 중요한 역할을 수행한다. 사건이 일어나건 일어나지 않건, 인물들은 부단히 기다리고, 이와 함께 점진적으로, 그리고 억누를 수 없이 긴장이 고조되며 한계점을 향해 치닫는다. 베른힐트 보이으가 말하는 것처럼, 그라크의 작품에서 관찰되는 조바심, 고뇌, 불안, 격분 그리고 환희는 그 같은 점진적 긴장의 변주들이다.[208] 물론 이런 긴장이 소설의 극적 강도를 증대시킴은 말할 필요가 없는 것이다.

3.2.2.4. 글쓰기

그라크에게서 연극화는 한결같은 진지함을 유지한다. 그것이 평가절하의 아이러니에 노출되는 경우는 극히 드물다. 매우 풍부한 연극화의 정도를 보이는 『시르트의 바닷가』의 경우 알도 아버지의 자기 연출이 유일하게 아이러니의 대상이 된다. 단 한 차례 등장하는 그에 대해 아들이자 화자인 알도는 말한다. "그는 언제나 […] **연출**을 좋아했다. 돌아온 탕자를 맞는 아버지의 역할이 지

---

208 Bernhild Boie, «Jeux de rideaux», in *Julien Gracq, Cahier de l'Herne*, dirigé par Jean–Louis Leutrat, 1972(Réédition du Livre de Poche, coll. «biblio essais», 1987), p.186.

닐 수 있는 모든 솔깃한 측면을 나는 진작부터 너무나도 잘 느끼고 있었다."(RS802) 『일곱 언덕 둘레에서』의 이탈리아 사람들이 보여주는 "몸짓의 연극성"은 잔인한 아이러니의 대상이 된다. "이따금 내게 이탈리아의 매력을 비우는 것은 사람들이다. 몸짓의 연극성, 절반쯤 패러디의 어조를 띤 언어의 장식적 다변은 매 순간 아직도 연습의 흔적을 간직한 희가극단을 길에 자유로이 풀어놓은 것 같은 생각이 들게 했다."(SC893) 마르젤리나Margellina 항구에 대한 묘사에서는 "오늘날 콘크리트 원형극장으로 둘러싸인 […] 마르젤리나 항구"(SC892)라는 표현에서 보듯 "원형극장"의 은유가 평소와는 달리 긍정적 가치를 지니지 못하고 있다. 한데 이 세 경우는 가치를 떨어뜨리는 연극화의 예로서 그라크의 작품에서 찾아볼 수 있는 전부이다. 보통의 경우에는, 크리스텔을 두고 말하는 "타월 천 실내복을 입은 젊은 여왕의 위엄에 찬 행차"(BT105) 또는 "보란 듯 엉덩이를 번갈아 일렁이며 이따금 관능적인 목의 움직임으로 얼굴을 젖히면서 아주 느린 걸음으로 바다를 향해 나아가는" 모르는 젊은 여인의 "대단히 연극적인 거동"(LII367)조차 그 연극성의 진지함을 고스란히 유지한다. 그라크의 글쓰기에서 연극성은 거의 언제나 가치를 부여하며 고무적이다.

연극화는 텍스트를 정점으로, 한계점으로 끌어올린다. 연극의 문채는 글쓰기에서 일종의 도약대로 기능하고, 글쓰기는 그것에 힘입어 감정적 절정, 나아가 그 너머를 향해 날아오르는 듯 여겨진다. 우리는 그 같은 양상을 루체른Luzern 호텔들의 묘사에서 잘 관찰할 수 있다.

왼쪽으로는 카지노와, 나뭇잎으로 뒤덮인 대형 호텔들 울타리의 불 밝힌 드높은 반원형 창문들과 문이 […] 대리석 층계, 커다란 청동 촛대, 베네치아산 샹들리에, 무대 커튼처럼 드리운 붉은 벨벳 벽걸이 천을 향해 열린다. 대리석 계단, 촛대, 샹들리에, 벽걸이 천, 이 모든 것이 과도한 육중함과 적막함으로 놀랍다. 보이는 사람이라고는 거의 없다. 과시하듯 펼쳐져 압박감을 주는 공허, 어찌나 헐렁한지 먼지가 끼었다고 할 공허는 영화 『지난해 마리엔바트에서』의[209] 프롤로그에서 카메라가 빈 살롱들 앞으로 미끄러지면서 포착하는 바로 그 공허처럼 보인다. 오만하게 반(反)기능적인 이 고급 호텔들이 표상하는 것은 사치의 휴식처가 아니다. 그것은 사치의 현시적이면서도 유령 같은 무대이고, 심지어 오페라 극장이다. 상상 속에서 울리는 홀과, 붉은색 벨벳의 둥근 가두리 장식이 치장된 벽을 따라 창백함과 함께, 연극적 거동과 함께 앞으로 나아가는 것은 1980년의 세계와 아무런 관계도 지니고 있지 않고 지닐 수도 없을 것이니, 그것은 지금도 여전히 담뱃갑을 장식하고 있는 테너 드 레츠케의[210] 프로필, 익명의 대공과 팔짱을 낀 카루소와[211] 샬랴핀[212] 시대의 디바, 파나마 파산사건 전야 은행가 레나크의[213] 가슴장식 옷차림,

---

209 프랑스 출신의 영화감독 알랭 레네(Alain Resnais, 1922~2014)가 1961년에 발표한 영화.

210 장 드 레츠케(Jean de Reszke, 1850~1925)는 폴란드 출신의 테너이다.

211 엔리코 카루소(Enrico Caruso, 1873~1921)는 이탈리아 출신의 테너이다.

212 표도르 샬랴핀(Feodor Chaliapin, 1873~1938)은 소련 출신의 베이스이다.

213 자크 드 레나크 남작(Jacques de Reinach, 1840~1892)은 프랑스 제3공화국 최대의 금융 스캔들인 파나마운하회사 파산사건에 관련된 인물이다.

처녀왕의[214] 푸른색 긴 외투 또는 — 바레스가 경애하며 여기서
멀지 않은 스위스 호수 선착장에서 암살당한 — 고독의 황후와
[215] 같은 존재들이다.(GC944)

이 텍스트는 그라크의 작품에서 연극성이 가장 강한 텍스트 가운데 하나라고 말할 수 있다. 오페라 무대의 전설적 인물들은 말할 것도 없이, 텍스트는 무려 네 개의 연극 문채를 포함하고 있는바, "무대 커튼", "현시적이면서도 유령 같은 무대", "오페라 극장", "연극적 거동"이 그것이다. 하지만 이게 다가 아니다. "처녀왕"은 오페라, 특히 바그너와 뗄 수 없는 관계에 있는 바이에른 왕루트비히2세라는 사실, 그리고 영화 『지난해 마리엔바트에서』의 인용을 고려해야 하는 까닭이다.

텍스트는 두 단계로 발전한다. 먼저 글쓰기는 화려하지만 "적막한" 대형 호텔들을 담을 수 있는 단어를 찾고, 두 연극 문채, 곧 "현시적이면서도 유령 같은 무대"와 "오페라 극장"을 찾는 데 성공한다. 이 문채들은 "보이는 사람이라고는 거의 없다"와 "유령 같은 무대"에서 확인할 수 있듯이 빈 극장에 관련된다. 한데 "공허가 […] 무엇이건 닥치는 대로 부르듯"(RS642), 빈 오페라 극장은 그것의 "과시하듯 펼쳐져 압박감을 주는 공허"를 채워줄 것을 부르는 듯 보인다. 글쓰기는, 이 사치스러운 고급 호텔에, "1980년

---

214 바이에른 왕 루트비히2세(1845~1886)를 가리킨다.

215 오스트리아의 황후로서 씨시라는 별명을 지녔던 엘리자베트 폰 비텔스바흐(Elisabeth von Wittelsbach, 1854~1898)를 가리킨다.

의 세계와 아무런 관계도 지니고 있지 않고 지닐 수도 없을"뿐더러 "과도한 육중함과 적막함으로 놀라운" 이 "현시적이면서도 유령 같은 무대"에 적합한 빛과 분위기를 되살리고자 한다. 두 번째 단계의 글쓰기가 시작되는 것은 바로 이 지점이다. 텅 빈 오페라 극장이 도약대의 역할을 하는 가운데, 전설적인 인물들이 소나기처럼 쏟아져 나오면서 공허를 채우고 오래된 가문의 문장처럼 텍스트를 "장식"한다. 글쓰기는 일종의 "과장법의 과장된 축적"을[216] 수행한다고 말할 정도의 양상을 띤다. 이런 점에서 "과도한 육중함"은 열광적인 양상으로 절정을 향해 나아가는 텍스트의 자기 해석으로 읽힐 수 있다. 과장법의 문장(紋章)들을 쌓으면서, 시 또는 소설 쪽으로 텍스트가 미끄러지게 하면서, 글쓰기는 결국 스스로가 지향하는 바로 그것과 합류하거나, 차라리 그것을 넘어서려고 시도하는 듯 보인다.[217] 이런 글쓰기가 마지막에 가닿는 것은 "처녀왕"과의 인척관계, 그리고 해당 장소의 지리적 인접성 덕분에 발견한 "고독의 황후"의 "고독"이다. 한데 이 고독은 초월과 대면하는 계기를 마련하는 대신에 처음으로 돌아가 이 모든 과장법적 문채들을 부른 단어, 곧 "공허"와 합류한다. 고독은 글쓰기가 하나의 원으로 닫히는 자리에서 텍스트의 마지막을 대문자로 장식하되 비장하고도 실존적인 대답을 주고 있으니, 고독은 공허를 앞에

---

216 Michel Murat, «Voyage en pays de connaissance ou Réflexions sur le cliché dans *Argol*», in *Julien Gracq*, Actes du Colloque international d'Angers, PU d'Angers, 1982, p.401.

217 미셸 뮈라는 『아르골 성에서』의 과장법적 글쓰기를 "초월과의 대면"과 연결시킨다.(Michel Murat, Ibid, pp.399–400)

둔 인간이 갖는 몫이기 때문이다. 글쓰기는 이렇듯 처음으로 돌아오고, 고독을 느끼는 인간은 공허를 확인한다. 변한 것은 아무것도 없어 보인다. 하지만 극장처럼 닫히는 글쓰기가 산출하여 텍스트로서 담아낸 연극적 스펙터클이 있다는 사실을 생각해야 한다.

거의 동일한 글쓰기의 경향을 그라크가 다른 작가들의 작품에 대해 말하는 자리에서 발견한다. 희곡을 다룬 「마르스의 봄」과 『바자제』에 대하여」는 말할 것도 없이, 「브르타뉴의 베아트릭스」와, 『좁은 강』에서 발자크의 『올빼미 당원들』에 대해 말하는 구절에서 그 같은 글쓰기를 확인할 수 있다. 이 두 경우에 글쓰기는 그야말로 현기증 나는 극적 정점을 향해 날아오른다.

쇳물 같은 뜨거움을 지닌 이 사나운 장면들의 미로를 따라가다 보면 곧 숨이 넘어갈 지경이다. 그 장면들에서 카미유는 거미줄 한가운데의 거미처럼 자신의 높은 방으로 물러나 지켜보고 인내하면서 긴장의 과잉으로 인해 얼이 나간 부동 상태에 빠진 채 덫의 올가미를 풀었다 묶었다 하며 칼리스트를 체스의 말처럼 움직이고 또 죽음의 고양 가운데 베아트릭스의 품으로 떼민다. 가호자이며 헐떡이는 희생물이자 속죄하는 비정한 여인인 그녀는 숭고함에 미쳐서 자신의 자발적인 헐벗음을 반복적으로 훼손하고, 처음부터 끝까지, 그것 없이는 다른 두 사람이 살 수 없을 "그 폭풍우와도 같은 뜨거움을 두 손 가득 공급"한다.(PR955-956)

타오르는 환영 — 그토록 애틋한 회오리 — 놀라운 보카주 오페라의 변장한 여왕이여, 부디 그대의 밤이 오래 지속되길! 흩날

리는 베일, 끌로 무늬를 새긴 단검, 그리고 긴 옷자락과 함께 ─
전설처럼 우아한 ─ 산울타리의 미로 속에서 사다리를 뛰어넘으
며 애인을 찾는 그 미친 밤이 오래 지속되길! 그리고 그대의 경
이로운 과함이 ─ 오랫동안, 영원히! ─ 매혹된 책의 페이지들
각각을 하나하나 차례차례 타오르게 하길!(EE539-540)

다른 작가가 쓴 책의 여백에서 이루어지는 글쓰기는 그라크에
게서 연극화에 대한 욕망의 이상적 배출구로 기능하는 듯 여겨진
다. 일종의 구실 또는 전(前) 텍스트 역할을 하는 타자의 텍스트에
지탱점을 둔 글쓰기는 조금의 주저도 없이 흥분하며 감정적 정점
을 향해 질주하고 또 날아오르는데, 그 정점에서는 연극과 소설과
시가 "경이로운 과함" 속에서 서로 완전히 구별되길 그치는 것처
럼 보인다. 연극화는 어디로 가는 것일까? 아마도 그라크적 글쓰
기의 "숭고한 지점"을 향해?

3.2.3. 그라크적 연극성

리하르트 슈트라우스의 오페라 『살로메』에 대해 그라크는 말
한다.

그렇듯 와일드와 슈트라우스의 『살로메』는 그 어떤 고전주의
비극도 완전히 성공할 수 없었던 것, 곧 시간과 공간의 절대적인
극적 통일성을 실현한다. 단 한 장소에서 위축도 단절도 그 어떤

중단도 빈 순간도 없이 한 시간 사십오 분 동안 계속되는 단 하나의 장면. 그것을 들으면서 내가 겪었던 매혹은, 서투르게 표현되었기에 그토록 부조리해 보이는 삼일치 법칙 뒤에 감춰진 진정한 요청을 이해할 수 있게 해주었으니, 그것은 극적 공간의 절대적 닫힘의 요청, 다시 말해 물러섬의 여지를 제공하는 모든 휴지에 대해서와 마찬가지로 바깥 공기가 들어올 수 있는 모든 균열, 모든 틈에 대한 거부이다.(LE654-655)

슈트라우스의 『살로메』는, 원래 프랑스어로 쓰인 오스카 와일드의 희곡으로부터 텍스트를 발췌하여 독일어로 번역한 대본에 바탕을 두고 있는바, 이에 대한 그라크의 인용에서 우리는 세 가지를 주목할 수 있다. 첫째, 처음부터 끝까지 절대적으로 단일한 장소와 시간 ─ 분봉왕 헤롯이 저녁에 그의 궁전에서 베푸는 향연 ─ 에서 진행되는 이 오페라는 삼일치 법칙의 완벽한 적용이라고 할 수 있다. 둘째, 이 오페라는 살로메와, 요카난으로 불리는 세례 요한 사이의 맞대면 또는 맞대결을 축으로 하여 전개된다. 셋째, 이 오페라에서는 숨이 막힐 듯 요동치는 폭력과 관능의 분위기 속에서 감정이 한계점을 향해 솟구친다.

세 요소를 차례대로 살펴보도록 하자.

3.2.3.1. 극적 공간

극적 공간과 관련하여, 방금 전에 인용한 텍스트는 매우 명확하다. 그것은 "시간과 공간의 절대적인 극적 통일성"으로 요약된다.

극적 공간을 균열도 틈도 없는 닫힘으로 보는 접근은 그라크에게서 꾸준히 확인되는 것이다. 그에 따르면 "이탈리아 오페라의 아리아는 그 둘레로 즉각, 떨림의 환경을 지닌 견고하고 한정된 덩어리를 결정(結晶)시키거니와, 그 규모는 덩어리 전체에 활기를 불어넣을 수 있는 성량에 따라 가늠되고", 바로 이런 이유로 "생기 띤 노래의 마법 작용이 유일하게 집중될 수 있는 밀폐된 기포를 사방에서 찢으며 그 기운이 순간적으로 유실되게 만드는" "『돈조반니』의 드넓은 늪 풍경과 바로크 양식의 안뜰 및 정원"은 한탄할 만한 것이다. 이런 요청은 그라크로 하여금, 보통은 그에게 대단히 소중한 원경, 공기의 흐름, 그리고 모든 형태의 출구를 거부하게 만든다.(GC1104) 그것은 또한 라신의 『바자제』에 대해 말할 때 창문 없는 무대를 구상하도록 한다.(PR936, 939) 이로부터 두 이미지가 떠오르는데, 하나는 "키질하는 이의 키"에서 이는 열정의 폭풍우에 까불린 알곡(PR956)의 이미지이고, 다른 하나는 인간 존재들과 그들의 열정이 "쇳물의 열기"(PR971) 속에서 뒤섞이는 도가니의 이미지이다. 이 이미지들이 시적 언어를 동원하여 표현하고자 하는 것은 무엇일까? 그것은 모든 부수적이고 이차적인 대상들의 포기이고[218] 또 연극 공연 전부를 하나의 결정적 순간에 최대한 집중시키려는 태도이다. 문제는 시간과 공간의 차원에서 시도되는 이중의 집중이다.

　"절대적 닫힘"의 요청, 극적 공간을 일종의 "밀폐된 기포"로 접

---

218 장 빌라르 역시 무대적 공간의 절제에 대해 말한다.(Jean Vilar, *De la tradition théâtrale*, Paris, Gallimard, coll. «Idées», 1955, pp. 35–36)

근하는 태도, 그리고 공간과 시간의 극단적 집중은 하나의 극적 "스냅사진", 곧 "숨 가쁜 맞대면" 또는 "견딜 수 없는 코르 자 코르"(RP332)로 수렴되는 경향이 있다.

3.2.3.2. 맞대결

『어부 왕』의 「서문」에서, 암포르타스를 작품의 중심에 놓는 "시각의 전환"을 제안하면서 그라크는 암포르타스와 성배의 맞대면 또는 맞대결에 대해 말하거니와, 앞서 이미 한 차례 인용한 구절이지만 대단히 중요한 만큼 다시 한번 읽어보도록 하자.

> 중심에, 신화의 심장부에 핵심처럼 남는 것은, 『파르지팔』에서 상처 입은 왕이 열정과 절망의 몸짓 가운데 성배의 붉은 불을 들어 올리는 장면을 통해 불멸화된 인간과 신성의 — 지금 여기, 영원히 — 헐떡이는 맞대면, 견딜 수 없는 코르 자 코르이다. 그 몸짓은 모든 생명 있는 존재들 가운데 유일하게 스스로 호흡할 수 없는 것을 분비하고, 그 자신으로부터 끌어낸 가장 순수한 것과 매혹적이고도 하염없는 맞대면에 처해졌으며, "너하고도 너 없이도 살 수 없다"는 고양과 절망의 문구를 되풀이할 수밖에 없는 인간의 조건에 대해 연극이 제공할 수 있는 가장 응축된 상징 가운데 하나를 — 예술이 보유한 가장 감동적인 — 일종의 **스냅사진**을 형상화한다.(RP332)

하나의 스냅사진, 하나의 "코르 자 코르" 또는 맞대결에 모든 것이 집중되는 경향은 다른 작가의 희곡에 대한 그라크의 주석에서도 확인된다. 『바자제』에 대하여」에서 그는 바자제와 죽음, 또는 죽음을 구현하는 록산의 맞대결을 주목하는데, 이 맞대결에서는 전격적이고 질식시키는 것 같은 "교살"(PR935)의 분위기 속에서 에로스와 타나토스가 뒤섞인다. 클라이스트의 『펜테질레아』에 대한 주석인 「마르스의 봄」에서 그라크는 "남녀의 진정시킬 수 없는 대결, '양성 간의 치명적 증오가 바탕을 이루는' 사랑의 대결"에 대해 말하거니와, "이 가차 없는 죽음의 행운suerte de muerte에서는 모든 부끄러움을 폐하고 모든 제약을 벗어던진 한 남자와 한 여자가 자신들을 관통하는 무섭도록 애매한 충동을 최후의 결과가 나올 때까지 모범적으로 **의미하기**로 작정하고 맹렬한 절대와 포만 속에서 몸과 몸으로 부둥켜안고 힘을 겨루며 몸이 산산조각이 나도록 이빨과 칼, 입술과 손톱으로 서로에게 상처를 입힌다."(PR973-974) 여기에 더해 언제나 변함없이 그라크를 매료하는 『토스카』의 2막에서 아름다운 플로리아 토스카와 끔찍한 스카르피아가 벌이는 맞대결, 그리고 『살로메』에서 살로메와 요카난이 보여주는 맞대결을 어찌 잊겠는가?

특히 주목할 것은 그라크의 소설들에는 "끔찍하고 강박적인 한 쌍"(CA91)의 맞대결로 수렴되는 수많은 관계, 수많은 대면이 있다는 사실이다. 한정된 수의 인물들이 등장하는 『아르골 성에서』와 『어두운 미남』은 그 같은 일대일 관계들로 넘쳐난다. 「코프튀아 왕」은 사실상 화자와 하녀, 단 두 사람의 맞대면으로 소설이 구성된다. 역사 또는 전쟁을 다룬 소설들 역시 집단적 차원에서 맞대결을 그린다. 『시르트의 바닷가』와 『숲속의 발코니』는 집단적 차원

의 맞대면 또는 맞대결, 『석양의 땅』은 역사와의 고뇌에 찬 대면을
주제화한 소설이다.

산문시 「대도박」에 나오는 문장을 읽어야 하는 것은 바로 그 같
은 맥락을 염두에 두고서이다. 그것은 그라크의 극장 합각에 새겨
넣기에 마땅하게 여겨진다.

> 자정을 알리는 열두 번의 종소리에, 조개껍질처럼 자개의 윤
> 이 나며 얇은 칸막이가 있는, 집게와 발톱의 소용돌이 속에서 우
> 두머리 수컷과 암컷의 의식(儀式)적 교살이 지나가고 난 개미집
> 처럼 적막한, 황금과 자줏빛 천으로 치장한 극장의 금지된 환
> 상.(LG293)

그라크의 관념적 연극이 수립되는 것은 이렇듯 잔인하고 매혹
적이고 격렬하고 관능적인 맞대결, 그야말로 서로를 집어삼키는
맞대결 위에서이고, 이 맞대결 장면을 매개로 연극은 그의 소설,
나아가 작품 전반을 부단히 드나든다.

3.2.3.3. 상투어

그라크의 연극은 전통적이다. 『살로메』에 대한 관찰이 보여주는
것처럼, 그라크는 결코 삼일치 법칙에 반대하지 않으며 고전주의
비극의 규칙들에 적대적이지 않은데, 왜냐하면 그것은 "원칙적으
로 글쓰기에 자유를 허락"했고 그 자체로서는 "상투성을 내포하지
않았기" 때문이다. 하지만 그럼에도 불구하고 "다섯 막으로 이루

어진 고전주의 비극보다 더 끔찍한 와플 틀이 문학에 존재했던 적은 결코 없다"고 그가 말한다면, 그것은 고전주의 비극이 "태양왕 궁정의 의식"과 불가분의 관계를 맺고 있기 때문이다.(LE749-750) 사실 고전주의 장르의 규칙이 담고 있는 진정한 요청은 그라크가 오히려 높이 평가하며 나름의 방식으로 전유하는 것이다.

앞에서 빠르게 살핀 오페라 미학과의 관계는 그라크의 연극성이 결정되는 데 중요한 역할을 했다고 말할 수 있다. 그것은 한편으로는 감동적이고 화려하고 영웅적인 것과, 다른 한편으로는 서스펜스와 결부되는 연극적 상투어에 그라크의 연극성이 가까워지도록 한다. 이런 사실은 독자들로 하여금 그라크의 연극성 앞에서 불편함을 느끼게 한다. 예컨대 베른힐트 보이으는 이렇게 말한다. "그라크는 연극성과 극적인 것을 가르는 좁은 능선 위를 위태롭게 나아간다. 옳건 그르건 오페라 미학에 끌린 그는 그의 모든 작품에서 장엄하고 영웅적인 것에 쉽게 끌리는 모습을 드러낸다."[219] 미셸 뮈라는 문제를 다른 각도에서 접근하면서 말한다. "소설의 연극성은 어쩔 수 없이 작위적이며 호가의 상승이 불가피하다. 크리스텔이 선호하는 것은 '최악의' 오페라들이다. 『아르골 성에서』의 문체의 긴장, 『어두운 미남』의 문학적 가면무도회는 마지못해 서일망정 거리를 둔 읽기를 유발한다."[220]

『어두운 미남』에서 크리스텔은 제라르에게 이렇게 말한다.

---

219 Bernhild Boie, «Jeux de rideaux», p.187.

220 Michel Murat, *Julien Gracq*, p.80.

용기를 내어서 고백하자면 제 취향은 오페라들 가운데 가장 방어하기가 힘들어 보이는 것들 중에서도 본능적으로, 그리고 대담하게 최악의 것들, 그러니까 **타협하지 않는 것들**로 저를 이끌어요. 『토스카』를 공연하고 있었어요(이는 당신을 생각하게 하지요. 그렇지요. 하지만 저는 웃는 걸 금지하겠어요).(BT110-111)

자신의 '악취미'에 대한 크리스텔의 부끄러움은 작가의 부끄러움을 반영할까? 젊은 그라크는, 아직 충분한 자신감을 갖지 못한 까닭에, 솔직한 마음을 감추는 듯 여겨진다. 하지만 그라크가 푸치니의 이 오페라, 나아가 오페라 일반에 대한 선호를 부인한 적은 단 한 번도 없다. 1870년에, 그러니까 『토스카』의 초연으로부터 삼십 년 전에 니체가 "우리 현대 음악의 발전 과정에 등장한 고약한 장난꾸러기"라고 불렀던[221] 장르는 계속해서 그라크를 매혹한다. 고려해야 할 것은 그라크가 어렸을 때 특히 프랑스에서 오페라는 오늘날과 같은 아우라를 갖고 있지 못했다는 사실이다. 결정은 사정을 충분히 알고 있는 상태에서 취해졌다고 볼 수 있다.

그라크가 바그너를 좋아한다면, 그것은 바그너가 "완전한 극작가"일[222]뿐더러, 니체가 『비극의 탄생』에서 설명하는 것처럼, 그리고 장 빌라르가 말하는 것처럼, "하나의 완전한 전체"이고 "인간 육체의 절대적 표현이자 정신적 창조"이며 "오페라인 만큼이나 비

---

221 Friedrich Nietzsche, «Le drame musical grec», traduit par Jean-Louis Backès, in *La naissance de la tragédie*, Paris, Gallimard, coll. «folio/essais», 1977, p.262.

222 «Entretien avec Jean Carrière», in *Gracq 2*, p.1235.

극"인 고대 그리스 비극[223] 이후 처음으로 총체적 예술을 보여주기 때문이다. 한데 바그너에게서처럼 그라크에게서 연극과 오페라는 서로 혼동되는 경향이 있으니, 그라크의 연극성이 진정한 자리를 찾는 것은 필경 그런 위대한 혼동 속에서이다. 그라크에게 연극은 육체, 몸짓, 말, 침묵, 노래, 그리고 음악이 시간과 공간의 집중 가운데 만나고 어우러지는 하나의 장으로 나타난다.

그라크에게서 소설, 나아가 글쓰기 전반에서 확인되는 연극성은 작품의 얼굴과 성격을 형성하고 드러낸다. 과거로부터 침적물과 함께 주어진, 가능성과 한계를 아울러 지닌 언어에 대해 그리하듯, 그라크는 연극과 오페라에 대해서도 시대적 흐름과 유행을 좇아 자신의 입장을 정하기보다 스스로의 선호에 귀 기울이며 자기가 구하는 바를 적극적으로 찾는 태도를 보인다. 고집스런 인상을 강조하며 동시대 문학의 주변부에 위치하게 만든 이와 같은 태도는 20세기에 많은 이들이 앞다투어 비판했던 휴머니즘과의 관계에서도 확인되는 것이다.

그라크는 이런 작가이다. 그는 "타협하지 않는" 태도로 글쓰기와 문학에 임했고, 그런 자세는 그의 작품을 20세기에 대한 비판과 반성의 차원에서 읽어보게 만든다.

---

223 Jean Vilar, *Le théâtre, service public*, Paris, Gallimard, 1986, p.103.

3.3. 문학의 목소리

1949년에 집필되어 1950년 1월 알베르 카뮈의 동의 아래 잡지 『앙페도클』에 게재되었다가 다음 달에 조제코르티출판사에서 소책자로 간행된『뱃심의 문학』은 상업적, 영리적 요청이 맹위를 떨치는 문학계의 행태에 대한 고발, 그리고 문학을 소외시키는 것으로 생각했던 사르트르의 실존주의에 대한 비판으로 파란을 일으켰고, 결과적으로 그라크를 은둔의 작가로 만드는 데 결정적으로 작용한 한 편의 공격적 팸플릿이지만, 다른 한편으로는 문학의 당위와 본연을 뚜렷한 어조로 확인하고 부각시키는 문학론이라고 말할 수 있다. 이런『뱃심의 문학』은 그라크가 문학에 어떻게 접근하고 또 그것에 대하여 무슨 생각을 하는지 구체적으로 살필 수 있는 좋은 자리를 제공하거니와, '생플로랑의 은자'가 젊은 시절 프랑스 문단을 향해 던져 파란을 불러일으켰던 이 글을 읽으며 그의 문학으로부터 오르는 목소리, 그의 문학의 목소리를 확인해보고자 한다.

3.3.1. 팸플릿

그라크의 유일한 연극 『어부 왕』이 초연되고, 그로부터 몇 달 뒤 『뱃심의 문학』이 집필된 1949년은 그의 문학적 삶에서 중대 전환이 비롯된 해이다. 『어부 왕』은, 앞서 살펴본 것처럼, 실패로 끝났다. 여기에 당시 첫 번째 희곡에 대해 지급되던 정부지원금 덕분에 무대에 올랐다는 사실은 사태를 더욱 악화시키는 역할을 하기도 했다. 한데 문제는 작가가 그것을 수긍하지 못했다는 사실이다. 그는 비평가들의 반응에 작품에 대한 진지한 평가는 없고 부당한 비난만이 목소리를 높이고 있다고 생각했고, 당시 문단의 행태에는 눈에 보이는 여러 가지 부정적인 풍경들 외에 근본적이고 구조적인 문제가 도사리고 있음을 보았다. 그는 당장의 즉각적인 반응은 자제했지만, 얼마간의 시간이 흐르고 나서 팸플릿 『뱃심의 문학』을 썼는데, 그 과정을 신랄하고도 해학적인 필치를 섞어 이렇게 술회한다.

약 십오 년 전, 내 희곡이 공연될 때, 혹평을 일삼는 비평 귀족들의 오만(나는 공평무사하다고 자부하지 않는다)은 내 신경을 얼마간 자극했다. 하지만 내 심판관들을 공격하는 것도 우스운 일이었으므로, 회초리를 휘두르고 싶은 욕구는 손에 남았다. 몇 주 뒤 어느 날 나는 펜을 잡았고, 그로부터 『뱃심의 문학』이 단숨에 흘러나왔다. 장자크 고티에 씨와 로베르 켐프 씨는 내게 펀치를 먹였고(그것은 매우 본의 아니게 나를 그들에게 신세 진 사람으로 만드는 것이었다), 이는 어쩔 수 없는 문학상들과 생제르맹 시장을 내가 온 힘을 다해 치는 데 꼭 필요한 것이었다. 싸움 옆을 지나다가 가까이 있었던 죄로 약국에 가게 된 어이없는 행인의 전형적인 경우라고나 할까.(LI152)

『뱃심의 문학』이 겨냥하는 바로서, 문단을 가리키는 "생제르맹 시장"에 앞서 문학상이 언급된 데는 그만한 이유가 있다. 사실『뱃심의 문학』에서 문학상을 공격하는 대목은 문단 비판에 할애된 부분과 비교 자체가 무의미할 정도로 작다. 하지만 그것은 1951년『시르트의 바닷가』에 수여된 공쿠르상의 거부로 연결되고,『뱃심의 문학』에서의 발언이 실제의 결과로 반영된 유일한 경우라고 해도 과언이 아니다. 그라크에게 공쿠르상 거부가 중요한 것은 그것을 통해 문단으로부터 멀리 떨어진 자리에 은둔하는 작가의 이미지가 고착된 면이 있기 때문이다. 이 이미지는 다른 한편『뱃심의 문학』의 목소리를 부각시키는 역할을 했다고 말할 수 있을 것이다.

그러나 1949년에서 1951년에 이르는 시기가 갖는 전환점으로서의 의미는 보다 깊은 차원에 자리 잡는다. 그라크 문학의 초기는 은둔하는 작가의 것과는 거리가 먼 것이었다. 먼저 첫 작품『아르골 성에서』의 서문에서 그는 상징주의, 바그너의 영향과 함께 초현실주의의 영향을 천명하고, 이런 입장의 표명은 책을 받은 브르통의 호의적인 편지와 두 사람의 만남으로 이어진다. 여기서 그치지 않고 그는 1948년에 초현실주의의 수장을 공감의 어조로 고찰한 평론『앙드레 브르통』을 집필하기에 이르며, 비록 초현실주의 그룹에 가담하지는 않았지만, 두 사람의 관계는 이후 변함없이 지속된다. 또 『어부 왕』만 해도 성배 신화를 기독교적인 입장이 아니라 초현실주의적인 입장에서 접근하고 있는 작품이다. 따라서 그라크는 초현실주의 운동이 상당히 위축되고 있던 1938년부터 시작해서, 제2차 세계대전 이후 그런 초현실주의가 새로운 지배적 경향으로 등장한 실존주의와 대립하던 시기에 초현실주의에 호의적인 목소리를 냈던 셈이고, 그런 만큼 은둔하는 작가이기는커녕 당대의 지적 논쟁에 상당한 정도로 참여하고 있었다고 말할 수 있을 것이다. 그런데 바로 이런 상황에서 그라크는 그 어떤 글보다 시사적이고 공격적인 『뱃심의 문학』을 썼으며, 이 글이 공쿠르상의 거부와 문단과의 결별로 이어졌고, 그는 이후 "아방가르드의 탈영자"가 되었다는 점에서 이 시기는 하나의 중대 전환점으로 떠오르는 것이다.[224]

많거나 적게 비평적 성격을 띤, 그리고 길거나 짧은 에세이는 그라크 작품의 엄연한 일부를 구성한다. 1948년의 『앙드레 브르통』에서부터 출발하는 그것은 문학작품에 대한 서문들을 모은 『선호』를 거쳐 단편 에세이에서 결정적인 형태를 발견하고, 1954년 3월부터 공책에 여행, 독서, 생각 등을 자유롭게 기록하는 방식으

---

224 "아방가르드의 탈영자"는 미셸 뮈라가 20세기 전반의 지적 맥락과 그라크의 관계를 설명하는 장에 붙인 제목이다. 그는 "자기 시대의 지적 논쟁에 대한 그라크의 활발한 참여는 1951년 가을 공쿠르상과 함께 끝난다"고 말한다.(Michel Murat, Julien Gracq, Paris, Pierre Belfond, 1991, pp.137−157)

로 전개된 이 글쓰기는 모두 여섯 권의 책으로 묶여 나온다.[225] 이런 에세이들과 『뱃심의 문학』은 어떤 관계에 놓이는가? 『뱃심의 문학』은 분명 신랄한 풍자와 아이러니를 빌려 구체적인 대상들을 직접적으로 공격하고 또 조롱하고 있다는 점에서 팸플릿이라는 이름이 어울리는 듯 여겨진다.[226] 그러나 뒤에 가서 좀 더 자세히 살펴보겠지만, 실명이 거론된 경우는 드물고 공격의 강도도 지나치게 심하지 않을뿐더러 전체적인 글의 틀은 언제나 진지함에 바탕을 둔 문학론의 성격을 띠고 있다는 점에서 『뱃심의 문학』은 분명히 팸플릿의 성격을 갖고 있되 여타의 비평적 에세이에 가까워진다고 말하는 것이 가능하다.[227] 이런 사실은 커다란 중요성을 갖는다. 『뱃심의 문학』을 팸플릿으로 본다면 아무래도 옳고 그름이 문제 되는 윤리적 독서가 우세해지겠지만, 그것을 문학론으로 분류하는 순간 문학적 성찰의 측면이 강해지기 때문이다.

제2차 세계대전 직후, 더 정확히 말하면 1949년 당시 프랑스 문학의 상황을 비판적으로 고찰하는 『뱃심의 문학』은 전체를 관통하는 하나의 주제를 갖고 있는데, 그것은 문학작품 또는 작가와 독자가 맺는 관계이다. 글은 크게 두 부분으로 나뉜다. 첫 부분은 위기의 그림자가 짙게 드리운 1949년의 문학을 둘러싼 전체적인 분위기, 정치적 대립, 그리고 한탄을 자아내는 문단의 풍습을 개관하

225 Bernhild Boie, «Chronologie», in *Gracq 1*, p.LXXVI.

226 Bernhild Boie, «Notice», in *Gracq 1*, p.1313.

227 Bernhild Boie, *Ibid*, p.1315.

고 있으며, 일종의 서론 구실을 한다. 이어지는 부분은 분량 면에서 앞부분을 압도하며, 작가와 독자의 관계를 본격적으로 다룬다. 이 부분은 다시 두 부분으로 나뉘는데, 짧은 앞부분은 '취향'에 따른 관계를, 그보다 훨씬 더 길고 『뱃심의 문학』에서 가장 큰 몫을 차지하는 뒷부분은 '의견'에 따른 작가와 독자의 관계를(LA525) 취급한다.

이와 같은 구성에 따라 작가와 독자의 관계에 접근하는 그라크의 관점은 우리가 보기에 크게 두 가지 측면을 갖는바, 그것은 역사적 측면과 문명론적 측면이다. 먼저 역사적 측면에 대해 말해보자면, 그것은 표면적인 체계성을 띠지 않는다.[228] 역사적인 관찰과 비교는, 1949년 현재의 상황에 대한 고찰에 근거를 제공하고 논지를 강화하거나 부각시키기 위해서 동원된다. 이런 역사적 참조는 다분히 기능적이고 임의적인 성격을 띠며 그 범위는 그다지 넓지 않다. 단편적인 지적을 논외로 할 때, 가장 멀리 거슬러 올라가는 역사적 참조는 샤토브리앙, 베랑제, 라마르틴, 위고, 발자크 등의 19세기에(LA544-545) 위치한다. 보다 중요한 참조는 1949년 현재 여전히 현재진행형 상태에 있는 초현실주의와, 제2차 세계대전 이후의 프랑스 문학을 주도하는 실존주의에 대한 것이다. 이 두 흐름은 서로 대립하고, 그라크는 초현실주의의 자장에 속하며 그 핵심적인 가치를 공유하지만, 『뱃심의 문학』은 그 대립을 부

---

228 이 점에서 『뱃심의 문학』은 현대 문학의 전개를 3세대로 구분하여 조감하는 사르트르의 『문학이란 무엇인가?』와 구별된다. (Jean-Paul Sartre, *Qu'est-ce que la littérature?*, Paris, Gallimard, coll. "folio/essais", 1948, p.175)

각시키지 않는다. 그도 그럴 것이 이 비판적인 글이 초점을 맞추고 있는 것은 작가와 독자의 관계로서, 더 넓은 차원, 곧 문명론적 차원의 변화가 문제 되기 때문이다. 그라크가 주목하는 것은 1949년의 현실이고, 따라서 실존주의를 둘러싼 맥락이 중요한 공격의 대상이 되지만, 초현실주의 시기 또한 부정적인 면을 갖기는 마찬가지이다. 예컨대 당시 비평을 주도하며, 문학에서 메시아를 기대하는 전후의 독자들을 향해 "충격의 비평"을 행하는 이들은 "1차 세계대전에 이른 '질풍노도'의 시기에 수업을 받은"(LA523–524) 사람들이다. 한마디로 『뱃심의 문학』은 역사적 시각을 채택하고 있지만 어떤 문학 유파나 경향에 따른 가치 평가는 삼가며 정치, 경제, 문화, 과학, 기술의 영역을 아우르는, 즉 문명론적인 시선으로 세상의 변화를 고려하면서 작가와 독자의 관계를 살피고 있는 것이다.

역사적 시각은 이렇게 문명론적 시각에 연결되어 있거니와, 이 문명론적 시각은 사회와 과학기술의 발전에 따른 작가와 독자의 관계의 변화라는 일반적인 사실 이외에 프랑스적 특수성에도 관련된다. 프랑스적 특수성은, 이를테면 다른 나라들과 달리 프랑스에서는 문학이 매우 중요한 위치를 차지하고 있고(LA537), "프랑스의 독자는 자신의 생래적 운명이 문예공화국 대통령들을 뽑는 것이라는 사실을 알고 있으며", 문학에 대해서만큼은 절대로 의견이 없어서는 안 되고 반드시 자기 입장을 밝힐 줄 알아야 한다는(LA530) 사실, 그리고 그로부터 파생되는 여러 가지 현상들을 가리킨다. 그라크가 말하는 프랑스적 특수성은 에른스트로베르트 쿠르티우스가 영국, 독일의 경우와 비교하며 프랑스 문명에서 문학이 수행하는 역할에 대해 말하는 것,[229] 그리고 사르트르가 프랑스 작가의 사회적 상황을 미국, 영국, 이탈리아 작가의 상황과 비교하며 말하는 것과 일치하는 면이 있다. 쿠르티우스와의 공통점은 프랑스에서 문학이 차지하는 중요성, 그러니까 다른 학문이나 예술 분야가 감히 나누어 갖지 못하는 막대한 중요성이다. 사르트르와의 공통점은 다른 나라 작가와는 다르게 프랑스 작가가 갖는 사회적 지위의 안정성과 항구성,[230] 그리고 "문예공화국 대통령"이라는 표현이 단적으로 요약하는 작가의 사회적 영향력에[231] 관련된다. 그러나 쿠르티우스, 사르트르와 그라크 사이에는 차이가 있으니, 앞의 두 사람은 이런 프랑스적 특수성이 생겨나게 된 연원을 나름대로 제시하고 있는 데 반해, 그라크는 그렇게 나타나고 있는 현실을 비판적으로 고찰하는 것으로 만족하고 있다는 점이다. 쿠르티우스가 17세기에 "리슐리외와 루이14세의 의식적인 노력"의 결과로서 "문학과 국가 사이에 밀접한 결합"이 생겨났으며, "18세기에 문학이 사회 비판과 정치 개혁에 봉사했다"는[232] 사실을 거론한다면, 사르트르는 "우리보다는 한결 훌륭한 먼 옛날의 선배들이 프랑스 대혁명의 선구자였던 덕분으로, 한 세기 반이 지난 오늘날 역시, 지배계급은 영광스럽게도 우리를 다소나마 두려워하고, 우리를 정중히

---

229 Ernst-Robert Curtius, *Essai sur la France*, Éditions de l'Aube, 1990(독일어 초판 1930), pp. 155-157.

230 J.-P. Sartre, *Qu'est-ce que la littérature?*, p. 169.

231 *Ibid*, p. 170.

232 E.-R. Curtius, *Essai sur la France*, p. 156.

다루고 있다."[233]고 말한다. 정리하자면, 그라크는 역사적이고 문명론적인 시각으로 1949년 프랑스에서의 작가와 독자의 관계를 살피되, 역사적 시각은 체계성을 띠지 않을뿐더러 제2차 세계대전 이후의 현대에 집중되어 있고, 문명론적인 시각은 쿠르티우스 또는 사르트르와 달리 프랑스적 특수성의 연원을 탐색하지 않은 채 눈에 펼쳐지는 상황을 일종의 소여로서 받아들이는 데 국한되며, 바로 이런 바탕 위에서 문학을 질문하는 형태로 논의를 진행해 나간다.

"메시아를 보지 못해서는 안 되었다. [⋯] 달이 지나고 해가 지났다. 피로가 오고 미망에서 깨어났다. 눈을 비볐다. 눈앞에는 상스러운 광경이 펼쳐졌다. 그랑프리 기수가 민달팽이를 타고 질주하는 중이었다."(LA523-524) 위대한 작가의 탄생을 고대하는 제2차 세계대전 이후의 프랑스 문학계를 풍자한 이 말은 『뱃심의 문학』의 언어와 어조가 어떠한 것인지를 여실히 보여준다. 미셸 뮈라는 "『뱃심의 문학』은 절제되고도 격렬한 차가운 달변으로 빛나거니와, 혹평에서 그토록 창의적이고 그토록 반듯한(개인적 공격을 생각하게 할 수 있는 것은 아무것도 없다) 작가가 조기에 투기장에서 물러난 것을 아쉬워하게 된다"고[234] 말한다. 베른힐트 보이

---

233 사르트르는 계속한다. "그런데 런던에 사는 우리의 동료들은 그런 영광된 추억을 갖고 있지 못해서, 아무도 그들을 두려워하지 않고, 그들을 무해무익한 존재라고 생각한다."(J.-P. Sartre, *Qu'est-ce que la littérature?*, p.170) 『문학이란 무엇인가?』의 인용문 번역은 정명환 교수의 번역(민음사, 1998)을 활용하되, 그 서지사항 표기는 생략하기로 한다.

234 뮈라가 주목하는 대목은 문학상을 비판하는 대목이다.(Michel Murat, *Julien Gracq*, p.208)

으는 "논쟁의 경쾌함, 가차 없고 필요하면 도발적이기도 한 야유의 쾌감, 정곡을 때리는 문구를 만드는 감각, 그러니까 초현실주의 팸플릿의 힘을 이루는 모든 것이 『뱃심의 문학』에 동원되어 있으며, 텍스트에 차가운 날카로움을 준다. 반면에 사적 논쟁의 성향이나 상대에 대한 직접적인 공격의 취미는 거기서 발견되지 않는다."는[235] 사실을 관찰한다. 그러나 개인적인 공격으로 볼 수 있는 발언이 전무한 것은 아니다. "중국어 지식을 내세우며 문학비평에서 자신의 입지를 공고히 하려고 시도하는 […] 초심자"는 르네 에티엠블을 가리키고, 비판의 중심에 놓인 실존주의 진영에서는 특히 시몬 드 보부아르가 직접 거론되어 아이러니의 대상이 되며(LA542), 글에서 지속적으로 그 존재가 감지되는 사르트르 역시 비판의 기조에서 그 이름이 한 차례 언급된다(LA549). 하지만 에티엠블은 이름이 명시되지 않고, 보부아르는 아이러니에 의해 공격의 칼끝이 가려져 있으며, 사르트르의 언급은 일회적이라는 점에서 두 연구자의 지적은 타당하다고 하겠다.

『뱃심의 문학』의 언어와 관련하여 특별히 주목할 것은 비판과 공격, 풍자와 야유를 위해 풍부한 비유를 동원하고 있다는 점이다. 가장 눈에 띄는 이미지는, 첫 문장에서부터 등장하는 "신용어음"에서 볼 수 있는 것처럼, 금융과 증권거래에 관련된 것들로서, 그라크는 "증권거래소"(LA529), "캉캉푸아가", "선도주"(LA531), "종신연금과 소액 저축"(LA533), "주가 조작, 투기"(LA537), "신용거래, 인

---

235 Bernhild Boie, «Notice», in *Gracq 1*, p. 1313.

플레이션, 평가절하"(LA538) 같은 표현들을 사용하여 투기를 연상시키는 문단의 그릇된 행태를 비판하고 있다. 금융과 투기에 관련된 이미지들과 대립하며, 그와 관련된 행태와 대척점에 위치하는 작가와 독자의 관계를 강조하는 특징적인 이미지들이 사랑에 관련된 이미지들이다. 예컨대 "사랑에 지친 육체"(LA527), "미인의 기준"(LA527-528), "커다란 정열을 불러일으킨 여인"(LA532)과 같은 은유들이 그것인데, 이 은유들은 문학에 접근하는 그라크의 독특한 방식에 관련된다. 이 밖에도 그라크 글쓰기의 강력한 표현력을 보여주는 무수한 비유들이 비판과 야유에 강도와 예리함을 더한다. 그것들은 자주 실잣기처럼 다른 비유들을 파생하고 일종의 이야기를 구축하는 방식으로 발전되면서 어조에 집요함과 풍부함을 부여해준다.

3.3.2. 문학의 행태

『뱃심의 문학』의 서두에서 비판의 칼끝은 프랑스 문명의 특수성을 겨냥한다. 프랑스인은 "그의 나라가 그 기반에서부터 정신적 작업을 통해 위대하다는 것", 그리고 거기에는 "언제나 위대한 작가들이 있었고, 언제나 있을 것"이라는 사실을 안다. 그러나 문제는 이런 사실을 아는 것이 "1940년까지 프랑스 군대가 무적이라고 알고 있었던 것"과 같은 차원에 위치한다는 점이며, 그보다 더욱 심각한 문제는 프랑스인이 "별로 읽지 않는다"는 점이다.(LA519) 해마다 '위대한 작가들'은 꾸준히 수확되고, 그 결과 1949년 현재

생존하는 위대한 작가가 그토록 많았던 적은 전례가 없을 정도이지만, 알지 못할 어딘가에서 결정되는 작가의 평판에 대해 프랑스인들은 의구심을 품기 시작하고, 여전히 문학에 대해 말은 많이 하지만 그것을 믿지는 않는다. 달리 말해, 그들은 립서비스로 그칠 뿐 책을 사지 않는다.(LA519–520) 요컨대 말은 무성하되 "썩은 판자 위를 나아가는" 것 같은 "당혹과 불확실의 느낌"이 문학을 둘러싼 1949년 프랑스의 분위기를 특징짓는데, 이에 대해 그라크는 "문학의 위기가 있는지는 모르겠으나, 문학적 판단의 위기가 존재하는 것은 분명하다"(LA521)고 단언한다. 1949년의 프랑스 문학의 상황에서 그라크가 주목하는 것은 작가와 독자의 관계이고, 얼마든지 다양한 양상을 띨 수 있는 독서와 판단의 문제이다.

이런 문학적 판단의 위기가 생겨난 원인으로서 그라크가 꼽는 것은 두 가지이다. 하나는 1945년에 문학을 개인주의 문학과, 당의 명령에 완전하게, 그리고 자발적으로 순종하는 문학으로 나누며 그 사이에 그 어떤 접점도 설정하기 어렵게 만들던 이데올로기의 대립이다. 하지만 이 대립은 이제 부분적으로나마 문학적 판단에 영향을 미치길 그쳤는데, 그것은 이데올로기적 문학 생산이 더욱 과격해지면서 주변화되었고, 결과적으로 문학적 영향력을 잃었기 때문이다.(LA521–523) 원인의 다른 하나는 목소리가 큰 비평가들의 존재이다. 앞에서 언급한 것처럼, 초현실주의 시대에 비평 수업을 받으며 목소리를 높이는 버릇이 들었고, 전후에 비평계를 주름잡게 되었으며, 위기 속에서 마치 메시아를 기다리듯 위대한 작가의 출현을 고대하는 분위기와 맞아떨어진 이들 "충격의 비

평가들"은 그릇된 진단과 예견으로 독자들의 "당혹과 불확실의 느낌"을 심화시킨다.(LA523-524)

위대한 작가의 요구는 매번 등장하는 신인 작가가 "촉성재배 온실에서 나온"(LA524) 것처럼 보이게 하며, 바로 거기서부터 문학상에 대한 그라크의 유명한 비판과 야유가 비롯된다. 아마도 『뱃심의 문학』에서 가장 널리 회자되는 그 대목을 찬찬히 읽어보는 것은 충분히 의미 있는 일로 여겨진다.

이따금 우리의 '문학적 삶'에 다름 아닌 의례적이고도 화려한 축제의 한중간에 혹시 놓치지나 않을까 두려워 황소의 등장과 피카도르가 탄 말의 등장 모두에 울리는 트럼펫 같다고나 할까. 그리하여 새로운 작가의 '개봉'이, 서커스 채찍의 연극적인 연속음 한가운데에서 비통하게 궁둥이를 들어 올리려고 애쓰는 말라비틀어진 말의 고통스러운 광경을 우리에게 제공하는 것을 보게 된다. 아무것도 할 게 없다. 트랙만 한 바퀴 돌아도 힘에 넘치는지라, 그는 누구보다도 심한 허기를 느끼고, 이제 구유를 향해 달려간다. 그는 라디오에나 출연하고, 문학상 심사위원으로 밀어 넣기에나 적합한데, 이듬해에는 허약한 다리에 긴 이빨을 지닌 새로운 '망아지'를 마치 알을 품듯 품을 것이다.(문학상에 대해 말하고 있으니까 얘기지만, 공공장소에 그 개입을 요청할 때 마땅히 취해야 할 극도의 조심성을 다하여, 나는 강제추행을 처벌하게 되어 있는 경찰에게, 오늘날 가학성 변태성욕자들이 포도주, 카망베르 등, 아무것이나 들고 길모퉁이에 서서 태어날 때부터 뒷다리로 일어서도록 배운 '작가들'을 노리는 오싹한 광경에 종지부를 찍을 때가 되었다는 사실을

알리고자 한다. 그들은 예전에 이십 수짜리 동전을 신문지 끄트머리에
싸서 생나제르 독에 던지면 거기 뛰어들던 짹짹거리는 어린애들과도
같다.)(LA524−525)

잔인할 정도의 풍자와 해학을 보여주는 이 구절은 1949년의 문
학이 처한 당혹과 불확실의 상황을 응축된 형태로 보여준다. 여기
에는 세 주체가 참여하는데, 프랑스 문학에 대한 맹목적인 자부
심(이는 책을 별로 읽지 않는 데서 온다)이 위대한 작가에 대한 막연
한 기다림과 부질없이 뒤섞이는 독자들, 이들의 기대에 부응하기
위해 새로운 작가가 등장할 때마다 환호하고 과장하는, 그러나 결
과적으로 실망만을 초래하는("민달팽이를 타고 질주하는 그랑프리 기
수", "짹짹거리는 어린애들") 비평가들, 그리고 명예와 물질의 유혹
에 넘어가는 작가들은 모두 자기 몫의 책임을 가지고 있다.
    이렇게 앞부분에서 전체적인 조망을 통해 "문학적 판단의 위기"
를 제시한 그라크는 이제 비판을 더욱 구체화하고 심화한다. 엄격
하게 체계적이기보다 자유로운 방식으로 구체적인 사실들을 언급
하며 논의를 전개해나가는 그의 비판은 크게 세 부분으로 나뉜다.

3.3.2.1. 프랑스적 특수성

그라크는 먼저 프랑스의 독자와 비평가들, 아니 그보다 차라리
프랑스인들이 작가와 작품을 어떻게 취급하는가를 고려한다. 한
나라의 문학 풍경은 작품이 어떻게 받아들여지고 소비되고 분류
되는가에 따라 그 커다란 부분이 결정될 것이다. 그라크는 프랑스

문명의 특수성을 이루는 그것을 이런 말로 그려 보인다.

　　하지만 프랑스인은 그와 반대로 문학에 대해 말하는 방법에 의해 분류된다. 그것은 그가 허를 찔리는 것을 참지 못하는 주제이다. 대화 도중에 던져진 몇몇 이름은 자동적으로 그의 반응을 부르는 것으로 간주된다. 마치 그의 건강이나 개인적인 문제에 대해 이야기하기라도 하는 것처럼 ― 그는 맹렬하게 그렇게 느낀다 ― 그것들은, 그가 할 말이 없는 일이 있을 수 없는 그런 주제들에 속한다. 그리하여 프랑스에서 문학은, 프랑스에서만 볼 수 있는, 그리고 아마도 그와 완전히 분리될 수 없는 소리의 바탕 위에서 쓰이고 비평되는데, 그 소리의 바탕이란 과열되고 불안정한 군중의 웅성거림, 그리고 문을 닫을 줄 모르는 증권거래소의 흥분된 불평 소리와도 같은 것이다. 그리고 과연 ― 그것의 정확한 크기와 수는 별로 중요하지 않다 ― 증권거래소의 사람들처럼 지속적인 접촉 가운데 있는 이 독자들(파리에는 언제나 '살롱' 또는 '문학 구역들'이 있었다)은 거의 한결같이 '군중의 상태'에 있다는 이상한 특수성을 갖고 있다. 모래 위의 물처럼 도처에서 동시에 즉각 빨려드는, 풍문으로 즉각 증폭되고, 메아리로, 막후의 소문으로 주조되는 새로운 소식에 대한 똑같은 탐욕스러운 점착 ― 반응에서 관찰되는 똑같은 신경과민, 똑같은 여성적인 불안정성 ― 스스로의 열기를 위한 양식, 곧 새로운 것에 대한 똑같은 가벼운 해석의 광분.(LA528-529)

　　다른 나라에서와 달리, 프랑스에서는 "문학에 대해 말하는 방법에 의해" 그 사람이 "분류될" 정도로 문학이 중요하다. 그것은 피

해갈 수 없는 주제로서, 누구나 거기에 대해 입장과 견해를 갖고 있어야 한다. 이는 문학에 대해서만큼은 모두가 말한다는 것을 의미하고, 여기서부터 생겨나는 것이 "소리의 바탕"인데, 그것은 증권거래소에서 볼 수 있는 "과열되고 불안정한 군중의 웅성거림" 같은 것이다. 어디까지나 문학에 관련되는 그 "소리의 바탕"은 증권거래소의 분위기와 마찬가지로 신경질적이고 불안정하며, 그와 똑같이 "풍문", "메아리", "소문"으로 가득 차 있고, 그와 똑같이 "새로운 것"을 탐한다. 이런 현실은 내밀한 개인적 차원에 위치할 수밖에 없는 책 읽기보다 문학에 대한 말, 심지어 모르는 것에 대해서조차 언술되는 말이(LA530) 그 크기에 의해 더 큰 사회적 영향력을 갖게 되는 결과를 낳는다. 진지한 책 읽기보다 내용 없는 말이 더 중요하게 작용하며 하나의 장을 이루는 어처구니없는 현실은 여러 가지 부정적인 여파를 초래한다.

첫째, "표명되는 의견들의 항구적인 충돌에서 자기 취향의 변조, 심지어 소외가 비롯되는데, 독자는 이에 대해 반쯤만 의식한다." 이때 "취향의 변조" 또는 개인이 갖는 "날것 그대로의 선호"가 내포하기 마련인 "과잉의 기이함"에 대해 개인 스스로 그 정도를 완화하거나 아예 포기하게 되는(LA529-530) 사태를 가리킨다. 이는 내밀한 정신적 활동인 문학작품의 수용이, 정치나 증권거래를 연상시킬 정도로 과도한 사회화에 노출되면서 생겨난 부작용이라고 할 수 있다.

둘째, 이런 상황에서는 자연스럽게 자주 반복되는 이름이 있고, 이 이름은 근거 없는 중요성을 갖는다. 문제는 이 중요성을 떨쳐

버리기가 힘들다는 사실이다. 마치 "우리는 아무런 '특별한 점'도 발견하지 못한다고 생각하는 여인, 하지만 그녀가 대단한 열정을 불어넣었다는 사실을 아는 여인"에 대해 우리가 "비평적 우월성"을 갖지 못하는 것과 마찬가지로, 반복되는 이름은 결국 우리에게 영향을 미친다. "결국 근거 없는 부당함의 감정이 생겨나지 않고서는 영원한 입후보자를 뿌리치지 못하는 법이다." 이를테면 반복에서 "양에서 질로의 헤겔적 변환"이 일어나는 셈이고, 실제로 "문학에는 '그들이 언제나 거기 있다'는 사실 말고 다른 아무것도 없는 후보자들의 손에 떨어지는 장관 자리처럼 탐낼 만한 자리들이 있다."(LA532-533) 상황이 이럴진대, 작가들로서는 자신의 이름이 잊히지 않게 하는 것, 그것을 위해 계속 써서 자신이 있음을 증명하는 것이(LA531)[236] 관건으로 떠오른다.

셋째, 이름 또는 평판의 지나친 중요성은 읽기의 게으름과 결합하면서 또 다른 문제를 야기하는데, 그것은 작가의 상황을 고착시킨다는 점이다. "매 작품마다 제로에서 출발하는 미국 작가"와 달리, "프랑스에서는 한 번 책을 낸 사람이라면, 그리고 그 데뷔가 웬만하기만 했다면, 그는 계속해서 책을 낼 기회를 갖는다." "사회적 차원에서 본능적으로 보수적인" 프랑스인들은 "문학에서도 확보된 지위를 문제 삼기를 좋아하지 않는다." 그리하여 하나의 직업으로 간주되는 작가는 일종의 "종신연금" 계약을 맺는

---

236 프랑수아 모리아크는 "모 유명한 소설가"가 자신이라고 생각했다. 하지만 베른힐트 보이으에 따르면, 그것은 근거 없는 오해였다.(Bernhild Boie, «Notice», in *Gracq 1*, p.1313)

다. 그는, 비록 "금액은 보잘것없지만 주목할 만한 안전성"을 누리며 "확실함과 예측 가능함 속에서 처음부터 장기적인 전망으로 일한다." 그는 심지어 공무원과도 흡사한 면이 있어서 일종의 "승진표"에서 앞으로 나아가면 나아갔지, "오로지 예외적으로만 강등된다."(LA533-534) 이런 상황에서 작가의 진정한 현실은 그에게 주어진 "지위와 기능" 뒤로 사라지는 경향이 있다. 그리고 "정말로 추문이 될 격차가 개입되기 전까지는 하나의 판단정지가 일어나는 경향이 있다." 마치 "일종의 본체"가 있는 것처럼, "적중된 예견의 자기만족적인 어조로 '이게 X지' 또는 '이게 Y지'라고 말한다." 이런 점 때문에 "프랑스에서는 한 작가를 단 한 번만 읽는다"고 말하는 게 가능하다. "두 번째 독서에서부터 그는 이미 축성되고, 여론과 비평계가 유지하기 위해 애쓰는 현대 문학 교과서 안에서 미라가 되어 있다." 이런 연유로 작가가 새로운 장르에 도전을 하게 되면 "불편함의 느낌과, 거의 위장되지 않은 악의"가 생겨나게 되는데, 이는 그라크 자신이 희곡을 시도하면서 아프게 겪은 바이기도 하다. 이와 같은 고착화 현상으로 특징지어지는 프랑스 문학을 그라크는 곧잘 하상을 바꾸는 중국의 강과 대비되는, "야생의 물을 경이롭게 유도하여 다스리는 네덜란드"에 비유한다.(LA535-536) 요컨대 가장 근본적인 문제는 "한 작가의 평판과, 그에게 표해진 실제적이고 식견이 바탕이 된 열렬함의 총합 사이에서" 관찰되는 편차이다. 그것은 문학적 가치의 신용거래가 도를 넘음을, 따라서 인플레이션과 평가절하의 위험이 상존함을 말한다.(LA537-538)

3.3.2.2. 판단의 위임

1949년의 문학의 상황을 관찰하면서 그라크는 일반적 차원의 문명 발전 상태를 중요하게 고려한다. 그는 "반세기 전부터" 인간 지식의 양이 엄청난 속도로 증대되었고, 각각의 개인이 활용하는 시간과 주의력은 제한되어 있다 보니, "한 손 정도가 아니라 두 손 또는 세 손을 거친 통속화를 통해서" 자기의 분야를 벗어나는 모든 것을 희미하게 이해한다는 사실을 주목한다.(LA538-539) 문제는 "오늘날의 교양 있는 독자의 매우 커다란 부분이 현재의 문학의 마지막 발전을 원자과학의 발전 '경향'을 아는 것과 같은 방법으로 안다"는 것, 다시 말해 "신문을 통해 소식을 접한다"는 것이다.(LA541) 이런 현실에서 정말로 심각한 우려를 자아내는 것은 "동의된 정신 예속의 시대"가 열렸다는 사실이다. "독자는 […] 그의 눈이 미치는 범위와 어떤 현상의 전말 사이에 있는 바야흐로 항성 사이의 것인, 넘을 수 없는 거리의 현혹하는 관념 앞에서 대번에 항복했으며, 확인과 통제의 마지막 의지를 대번에 포기한 것이다. 그리하여 문학은 눈을 감은 채 무관심한 순종의, 무저항의 심연 위를 항해하는" 듯 보이기도 한다.(LA540)

문학에 대해서 이해와 설명을 포기한 채 전문가에게 판단을 위임하는 상황의 도래는 실존주의의 유행과 때를 같이하고, 이런 일치는 실존주의 비판의 출발점이 된다.

> 1945년대가 우리 문학사의 커다란 전환점이 될 것으로 보인다면, 그것은 제공된 작품들의 가치에 의해서라기보다, 작품과 독

자의 관계와 관련하여, 독자의 가장 큰 부분이 작품의 향유와 이론의 이해를 전제조건으로 설정하지 않는 가운데, 한 문학 유파가 시민권을 쟁취하고, 또 그들 독자에 의해 인정되고 받아들여졌기 때문이다.(LA541)

이 독자들은 초현실주의 작품 역시 즐기지 못할뿐더러 그 이론을 이해하지 못했다. 하지만 그때는 "적어도 이해하지 못하는 용기는 간직하고" 있었다.(LA541) 즉, 이해하지 못하는 것은 이해하지 못한다고 솔직하게 말하거나, 아예 거부할 수 있었다. 그라크에 따르면, 실존주의자들은 두 가지 점에서 득을 보았는데, 하나는, 다시는 저주받은 작가들을 굶어죽게 내버려두지 않겠다는 때늦은 후회이고, 다른 하나는 오늘날 모든 난해한 학문의 전문가들이 누리는 위신인바, 그들의 경우 난해한 학문은 "형이상학"을 가리킨다. 그라크에게 개탄할 사실은 "문학이 몇 년 전부터 비문학적인 사람들, 가장 공격적으로 비문학적인 사람들의 가공할 위협술책의 희생물이 되었다"는 점이다. 이런 사태의 결과는 문학의 빈곤화이고, 그리하여 문학 독자는 "뷔페 앞의 춤"이라는 우스꽝스러운 처지에 놓이기에 이른다. 곧 읽을 만한 작품이 없는 현실 앞에서 부질없이 현혹되고 부화뇌동하기에 이른다.(LA542-543)[237]

형이상학으로 문학을 점령한 "비문학적인 사람들"을 대표하는 것은 물론 사르트르이다. 텍스트는 그를 단 두 번 언급하는데, 그나마 한 번은 이데올로기적 대립을 설명하면서 작가들의 이름을

---

237 '뷔페 앞의 춤'은 '먹을 것이 없음'을 뜻한다.

열거하는 별로 중요하지 않은 맥락에 위치한다.(LA522) 다른 한 번은 "사르트르-카뮈의 부자연스러운 조합"을(LA549) 말하면서이다. 이 표현은 의미심장하다. "부자연스러운"이라는 수식어는 두 사람을 대립 관계에 놓는다. 사르트르가 형이상학의 무기를 휘두르는 "비문학적인 사람"이라면, 카뮈는 그와는 다른 사람, 곧 『결혼』의 시인이자 『페스트』의 소설가이다. 사르트르에 대한 반감이 분명한 만큼이나 카뮈를 향해서는 어떤 공감의 가능성이 표명되고 있는 것이다.[238] 이런 사정은 앞서 언급했지만 『뱃심의 문학』이 1950년 2월 조제 코르티에서 단행본으로 간행되기에 앞서 1월에 카뮈가 주도하는 잡지 『앙페도클』에 먼저 게재되었다는 사실을 일부 설명해준다. 여기에 『반항인』(1951)이 나오고 나서 사르트르와 카뮈가 결별했다는 사실은 맥락의 이해를 더욱 용이하게 한다.

프락시스의 참여문학을 주창하는 『문학이란 무엇인가?』의 저자 사르트르에 대해 그라크가 부정적인 입장을 밝히고 있다고 해서 그의 문학이 어떤 경박하고 소비적인 "휴식의 문학"을 지향하는 게 아님은 굳이 말할 필요가 없는 것이다. 사실 『뱃심의 문학』이 발표된 직후 "휴식의 문학" 편에서 그런 오해가 있었고, 그라크는 불필요한 오해를 불식시키고자 『앙페도클』 다음 호에 짤막한 노트를 게재했다. 하지만 이 노트에서도 사르트르의 형이상학적 문학에 대한 부정적인 입장은 그대로 견지된다.(LA551)

---

238 한 단편 에세이에서 그라크는 자신의 작품을 읽고 평가해줄, 그 의견이 중요하게 느껴질 "레퍼리들", 예컨대 브르통, 발레리, 말로, 모리아크, 지드 등이 더 이상 생존해 있지 않음을 아쉬워하면서, 자신보다 젊은 카뮈의 의견에도 "무심하지 않았을 것"이라고 말한다.(GC1108-1109)

문학 독자가 작품에 대한 판단을 타인에게 위임하는 어처구니 없는 현실은 그라크로서는 받아들일 수 없는 것이다. 그러나 현대 문학을 둘러싼 문제는 거기서 그치지 않는다. 읽지 않는 독자의 출현이라고 하는 한층 더 난감한 상황이 도래하기 때문이다.

3.3.2.3. 읽지 않는 독자

프랑스 문명에 대한 그라크의 비판적 성찰은 계속된다. 이제 문제가 되는 것은 인간 지식의 숨 가쁜 증대가 아니라 대중매체의 발달이다. 대중매체가 중요하게 떠오르는 것은 그것이 문학의 전파에 관련되기 때문이다. 1949년의 시점에서 그라크는 이렇게 관찰한다.

그것은 인쇄라고 하는, 오늘날 거의 수공업적인 것이 되어버린 전파 수단이 마치 너무나도 미약한 송신기처럼, 좋든 싫든 간에 단순화하는 동시에 확대하는 다량의 기계적 수단들에 의해 교대되기에 이르렀고, 그것들의 한계 내에서는 작가의 목소리의 어떤 것이 군중에게까지 도달하긴 하지만 거의 장터 흥행의 소란 위로 찢어지는 소리를 내는 확성기의 불분명한 트림 소리처럼 — 배경음처럼 도달한다. 우리는 […] 문학외선 스펙트럼의 범위를 정해볼 수 있을 것이다. 경매, 염가 판매, 학회, 베르니사주, 전시회, '만남', 사인회 그리고 다른 문학 행사들 청중의 붉은색 — 발췌본과 개요의 노란색 — 잡지와 일요 신문들, 곧 오락으로, 만화로 각색된, 사람들의 마음을 끄는 문학의 초록색 — 영화의 파란색 — 마지막으로(이상한 날카로운 소리들과, 세상

과 천사들이 가로지르는 침묵들로 가득한 최후의 음역에 해당되는데)
문학의 외침이 무한의 가두리에 와서 사그라지는 라디오의 보라
색.(LA545-546)

전통적인 문학의 전파 수단이며, 지금도 여전히 가장 진지한 매
개체 역할을 하는 책이 점차 영향력을 잃어가면서 주변화된다면,
기술을 앞세운 책 이외의 매개체들은 더욱 증가하고 다양해지는
추세에 있다. 위의 인용문은 텔레비전과 인터넷, 그리고 소셜 네
트워크 등은 언급하고 있지 않지만, 논지는 오늘날에도 조금의 부
족함도 없이 유효하다. 이들 대중매체의 문제점은 대략 두 가지
로 정리할 수 있을 것이다. 그것은 첫째, 문학을 "단순화하는 동
시에 확대하는" 것이고, 둘째, 그런 통속화, 나아가 왜곡의 가능
성에도 불구하고, 책보다 더 큰 사회적 영향력을 행사한다는 점이
다.(LA548) 그런데 이런 현실은 "읽지 않는 독자"의 도래와 맞물리
며 문학의 소외를 더욱 가중시킨다. "몇 십 년 전까지만 해도 읽지
않는 사람들은 작가들의 평판에 전혀 영향을 미치지 못했지만",
"다수로써 설득력을 갖는"(LA544) 그들은 심지어 "정통한 독자들"
에게까지 "증대되는 압력"을 행사한다.(LA547)

대중매체 현상에 대해 그라크는 이렇듯 부정적인 견해를 표명
한다. 그런데 이런 입장은 다시 한 번 그를 사르트르의 반대편에
놓는다. 주지하는 바와 같이, 사르트르는『문학이란 무엇인가?』에
서 통속화를 경계한다는 전제 아래 "책장을 펼칠" 처지에 있지 않
은 사람들을 위해 대중매체에 의지할 것을 제안하고 있기 때문이

다.[239] 읽지 않는 독자의 영향력과 대중매체의 지배로 특징지어지는 새로운 상황은 바야흐로 작가를 "스타"나 "시사적 인물"로 만드는 데까지 나아가거니와 "사르트르-카뮈의 부자연스러운 조합"이 언급되는 것도 바로 이 대목이다. 그러나 "도덕적이고 감상적인 처방의 잔돈푼을 이런저런 잡지들을 통해 베푸는", 그리고 "광고판의 친숙한 실루엣, 세계적인 인물"의 성격을 띠는 스타가 된 현대 작가를 말하면서 그가 인용하는 "경박한 여성 신문의 짧은 기사 제목"이 다른 것도 아닌 "이것이 양심적 병역 거부에 대한 실존주의의 공식적 견해이다"인(LA549) 대목에서 실존주의에 대한 그라크의 비판은 가장 큰 신랄함에 이른다고 하겠다.

1949년의 상황이 보여주는 여러 측면들을 그라크가 부정적인 시선으로 바라보며 비판한다면, 그것은 그것들이 작가 또는 작품과 독자의 관계를 왜곡시키기 때문이다. 다시 말해 문학의 본연을 위태롭게 만든다고 생각하기 때문이다. 그렇다면 그라크가 생각하는 작가 또는 작품과 독자의 관계는 어떠한 것인가?

3.3.3. 문학의 본연

팸플릿이 원래 그렇지만, 『뱃심의 문학』은 문학의 상황을 비판하는 다른 한편으로 문학의 본연을 강조하길 잊지 않는다. 말하자면 부정적인 현실과 긍정적인 지향점을 대립시키며, 이 대립 위에

---

239 J.-P. Sartre, *Qu'est-ce que la littérature?*, pp.265-266.

서 논의와 성찰을 진행해나가고 있다. 다만 부정적인 측면에 할애된 지면에 비해 긍정적인 측면에 할애된 지면은 훨씬 적고, 이는 오히려 자연스러운 모습이라고 하겠다. 작가 또는 작품과 독자 사이의 관계의 긍정적인 측면에 대한 지적은 서론에 해당하는 부분 바로 뒤에 집중되어 있고, 이후로는 간헐적인 방식으로 이따금 얼굴을 내밀거니와, 앞의 것은 독자가 반응하는 두 가지 방법으로 '취향'과 '의견'을 구별한 뒤 먼저 취향에 따른 반응을 이야기하는 대목에 위치한다.

　　한 텍스트와 대면했을 때, 한 존재를 만나는 순간 우리 안에서 아무런 규칙도 이유도 없이 작용하는 것과 똑같은 내면적인 시동장치가 그의 내부에서 작동한다. 그는 '사랑하거나' '사랑하지 않는다'. 그는 자기가 좋아하는 일을 하고 있거나 하고 있지 않다. 그는 페이지들을 따라 가벼움의 감정, 자기 코치 뒤로 빨려드는 중거리 사이클 선수의[240] 느낌과 비교할 수 있는, 짐을 내려놓았으되 점차 빨려드는 것 같은 자유의 감정을 겪거나 겪지 않는다. 그리하여 과연 행복한 결합의 경우, 독자는 작품과 합치하고, 그것의 삼키는 것 같은 속도가 파놓은 공기 거푸집을 순간순간 정확한 용량으로 채우며, 넘어가는 페이지들의 한결같은 바람 속에서 작품과 더불어 매끄럽고 어김없는 속력의 덩어리를 형성하는데, 마지막 페이지가 와서 갑자기 '가스를 끊을' 때, 그

240　사이클의 한 종목으로 오토바이를 탄 코치 뒤를 선수가 따라가는 방식으로 진행된다. 줄어드는 인기 때문에 1994년을 마지막으로 세계선수권대회는 이제 더 이상 개최되지 않는다. 독일에서는 예외적으로 경기가 열리고 있다.

기억은 우리를 얼떨떨한, 질주 위에서 약간 비틀거리는, 그리고
구토가 시작되는 듯한, 그리고 또 '다리가 풀린' 듯한 그토록 특
별한 느낌에 사로잡힌 것 같은 상태에 놓는다. 누구든지 한 권의
책을 이런 방식으로 읽은 사람이라면 강한 끈에 의해, 일종의 점
착에 의해, 그리고 기적적으로 구원을 받았다는 막연한 감정 같
은 어떤 것에 의해 그것에 연결된다.(LA525)

그라크가 생각하는 이상적인 작품과 독자의 관계는 사회적인
시선에서 멀리 떨어진 "고독한 희열"의(LA537) 차원에 위치한다.
그것은 다른 존재와의 "대면"과 흡사한 것으로서 찰칵하는 "시동
장치"가 작동하게 되면 "행복한 결합"이나 "합치"의 양상을 띠고,
열정적인 독서를 통해 "속력의 덩어리를 형성"한다. 이때 결합은
완전하거나 진무한 것이다. 즉 "사랑하거나 사랑하지 않거나" 가
운데 하나이지, 중간에 위치하는 애매한 태도는 있을 수 없다. 이
런 작품과 독자의 관계는 존재론적 차원에 위치한다. 그라크가 다
량으로 동원하는 이미지들, 곧 "얼떨떨한", "비틀거리는", "구토",
"다리가 풀린" 같은 육체에 관련된 어휘들은 작품과 독자 사이에
형성되는 사랑의 관계가 죽음을 동전의 이면처럼 내포하고 있음
을 말해준다. 발레리가 말라르메에게 한 말로서 그라크가 인용하
는 "그를 위해 죽을 오십 명의 독자들"은 바로 그 같은 측면을 가
리킨다고 말할 수 있다. 하지만 독자가 일방적으로 희생만 하는
게 아닌 것이, 그는 작품에 의해 "기적적으로 구원을 받았다는 막
연한 감정 같은 어떤 것"을 품기 때문이다. 작품과 독자는 따라서

"강한 끈"에 의해 "연결"되고, "가슴의 비밀 속에서 표한 신봉"은 일종의 "비밀결사"를 수립하는 것으로 이어지는데, 이 비밀결사는 작가가 생겨나게 한 것이지만 그것에 대해 그는 "매우 희미한 단서들밖에는 갖고 있지 않다." 하지만 그라크가 생각하는 가장 진정한 독서가 자리 잡는 그것은 대단히 중요하다. 바로 그것에 의해서만 작가는 존재하기 때문이다. 그리고 "글을 쓴다는, 자기에게 찾아온 기이한 생각의 많고 적은 근거에 대해 자문할 때, 그의 의구심이 되돌아와서 자극되는 것도 언제나 거기이다." 결국 작가의 존재 의미는 그야말로 존재론적인 차원에 위치하는 진정한 독서에 있다고 하겠다. 그라크가 꿈꾸는 책은 "우리 손을 뜨겁게 하는, 그리고 마치 마법에 의해서인 양 씨를 뿌리는 책", "불이 난 집에서 뛰어내린 불안한 몽유병자의 주머니에 든 깨진 메달과 두세 장의 사진" 같은 책이다.(LA526-527)

그렇다면 작가 또는 작품과 독자 사이의 이런 관계를 수립하는 것, 위의 인용문이 말하듯 "우리 안에서 아무런 규칙도 없이 작용하는" 그것은 정확히 무엇일까? 우리는 여기서 다시 한 번 그라크에게 귀를 기울일 필요를 느낀다. 이때의 그라크는 『뱃심의 문학』이 발표된 지 한 달 뒤 카뮈의 요청에 따라 짤막한 노트를 적는,[241] 그러나 앞에서 말했듯 본인의 문학적 신념에 대해 한 치의 양보도 하지 않은 채 다시 한 번, 그러나 좀 더 명확하게 규정된 방식으로 문학의 권리를 천명하는 그라크이다.

---

241 Bernhild Boie, «Note sur le texte», in *Gracq 1*, p.551 – No 2.

"문학이 몇 년 전부터 비문학적인 사람들, 가장 공격적으로 비문학적인 사람들의 가공할 위협 술책의 희생물이 되었다"고 내가 말할 때, 나는 오로지, 생각의 형태를 향한 돌이킬 수 없는 투입이 하루하루 문학에 숨결을 불어넣어 준다는 사실을 상기시키길 욕망할 따름이다. 감각의 영역에서 이 투입은 시의 조건 자체이고, 관념의 영역에서 그것은 어조라고 불린다. 니체가 문학에 속하는 것만큼이나 확실하게 칸트는 그것에 속하지 않는다.(LA551)

작품과 독자의 관계를 하나의 "만남"으로 만드는 것은 어떤 비논리나 무질서의 법칙이 아니라 시의 법칙이다. 작품과의 대면이 하나의 만남으로 변환된다면, 그것은 "생각의, 형태를 향한 돌이킬 수 없는 투입"이 하나의 시가 되고, 마치 "[우리에게] 무엇인가를 말하는" 미인처럼(LA527-528) 그 시가 우리에게 말하기 때문일 것이다. 그런데 시는 또 무엇인가? 『앙드레 브르통』에서 그라크가 말하는바, 그것은 인간조건으로부터의 해방을 지시하는, "'전복'하는 모든 것, '매료'하는 모든 것이다."(AB465-466) 이렇듯 『뱃심의 문학』은, "인간과 그를 품은 세계 사이의 계쟁"이(EE543) 중심에 놓이는 시로 다시 한 번 귀결되는 그라크의 문학적 입장을 확인하게 해준다. 한마디로 시는 그라크 문학의 알파요 오메가라고 하겠다.

1949년에 집필된 『뱃심의 문학』의 논지는 이데올로기 대립과

'형이상학'의 문학 점령 부분을 제외한다면 오늘날에도 여전히 유효하다고 말할 수 있다. 문학상에 관련된 행태는 정도의 차이는 있겠지만 예전이나 지금이나 큰 변화 없이 여전하게 횡행하고 있다고 볼 수 있다. 하지만 그보다 심각한 문제는 각종 정보기술의 발달에 힘입은 문학 전파 수단의 다양화와 상업주의의 만연에 따른 문학의 통속화와 작가의 사회적 상황의 변화, 그리고 진지한 독서의 실종에 기인한 문학의 쇠퇴일 것이다. 그런데 문학이, 이 세계의 쉼 없는 변전 가운데 질문되고 탐색되는 시를 포기하는 순간, 그리고 그 같은 시와 대면한 "고독한 희열" 가운데 인간조건으로부터의 해방 가능성을 찾는 진정한 독서가 사라지는 순간, 그것은 더 이상 문학의 이름에 값할 수 없을 것이고, 인간은 그만큼 본질적인 부분을 상실하게 될 것이다. 문학이 마땅히 타개해야 할 바를 역사적, 문명론적 시각에서 비판하고 야유하는 동시에 그 문학이 한시도 시야에서 놓쳐서는 안 되는 근본적인 시를 가리켜 보이는 『뱃심의 문학』의 예리하고도 진지한 목소리는, 한국이 되었건 아니면 프랑스가 되었건 자본과 기술이 그 어느 때보다 막대한 힘을 행사하는 오늘의 현실에서 더욱 요긴하게 다가온다.

맺음말

쥘리앙 그라크의 문학에는 일관성과 다채로움이 아울러 존재한다. 베른힐트 보이으가 관찰하듯이, 우리가 그에게서 발견하는 것은 언제나 동일한 "세상의 시학", 언제나 동일한 "목소리"이다. 일관된 음색, 풍토, 그리고 상상의 형상들이 그의 작품을 쉽게 구별할 수 있게 해준다. 하지만 이렇듯 고유한 모습을 유지하는 문학적 풍경을 담아내는 그릇, 구체적으로 말해 그 리듬, 표현, 형태들은 지속적으로 변하며 다채로운 양상을 보여준다. "그라크의 글쓰기는 번덕스럽고 실험을 좋아하고 수립된 규준에 대해 유희하되, 체계에 따라 생각을 구축하길 좋아하지 않는다."[242]

그라크는 다양한 장르와 방식의 글쓰기를 통해 깊고 예리한 감수성을 보여주며 무엇보다도 시를 추구하는 문학을 실천했다. 어떤 특정 사조와 방법에 의해 규정되지 않는 그의 접근은 인간과 세계를 "두 눈을 똑바로 뜨고" 바라보며 정면에서 직접적으로 질문하고 성찰하는 태도를 선택했다. 그를 두고 세상은 은둔의 작가라 말했지만, 그에게 작가는 어떤 경우라도 외부와 단절될 수 없는 존재였다. 작가는 "오히려 외부의 것을 스펀지처럼 빨아들이는"[243] 존재라는 것이다. 빼어난 글쓰기로 펼쳐진 그의 문학은 인

---

242 Bernhild Boie, «Tout ce qui fait le timbre d'une voix», pp.3–4, 7.

243 «Autour du *Roi pêcheur*», in *Entretiens*, p.102.

간의 근본적이고 본질적인 문제를 질문하기 위해 진지하고도 열정적인 어조를 목소리의 기조로 채택했다.

그라크는 연극성을 주된 양상 가운데 하나로 갖는 작품과 글쓰기를 보여주었지만 문학의 실천을 극화하여 신화로 만드는 것은 거부했다. 랭보에 대한 글 「위협적인 백 주년」에서 확인할 수 있는 것처럼, 그라크는 다른 많은 이들처럼 랭보의 삶을 하나의 신화로 구축하지 않고 그것을 오로지 있는 그대로 보고자 한다. 동일한 논리에 따라 그는 문학에서 창조를 보길 거부한다. 문학은 창조가 아니라 "재구성" 또는 "재조립"에 더 가깝다는 것이다.[244] 그는 또한 문학의 메시지에 대해 혐오를 표하길 주저하지 않는데,[245] 이는 그의 문학의 성격을 생각할 때 지극히 자연스러운 반응이라고 할 수 있다. 그는 다만 문학이 우리가 사는 세계에 "보충"을, 그리고 "풍요"를 가져다준다고 말한다.[246] "삶을 춤추게 할 음악을 자기 안에 충분히 갖고 있지 않을 때……"[247] 문학에 대해 말하는 자리에서 그라크가 인용하는 셀린의 이 "무서운 한마디"는 그라크가 문학을 통해 기대하는 것이 무엇인지 짐작하게 한다. 그에게, "꿈이 아닐 때, 그리고 꿈으로서 스스로의 진실 가운데 완전하게 수립되어 있지 않을 때, 소설은 거짓말이다."(LJ176) 문학은 메시지를 제시하고 가르치는 게 아니라 진정한 꿈으로서 삶을 춤추게 하

---

244 «Entretien avec Jean Carrière», in *Gracq 2*, p.1260.

245 *Ibid*, p.1256.

246 «Entretien avec Jean Roudaut», in *Gracq 2*, p.1227.

247 루이페르디낭 셀린의 소설 『밤의 끝으로의 여행』에 나오는 문장이다.

는 시라는 것이다.

　인간에 대해, 휴머니즘 또는 인간중심주의에 대해 다양한 문제 제기가 시도된 20세기에 시대의 흐름을 거슬러 산출된 그라크의 문학을 특징짓는 가장 중요한 요소를 꼽으라면 우리는 주저하지 않고 인간과 세상에 대한 긍정을 말하겠다. 그라크에 따르면, 초현실주의를 이끈 앙드레 브르통에게 초현실은 초월이 아니라 우리가 깃들어 살아가는 현실에 내재하는 어떤 것이었다.[248] 중요한 것은 그라크가 브르통의 그 같은 입장을 공유한다는 사실이다. 그라크가 보기에, 긍정하는 인간에게, 다시 말해 "필요한 만큼, 아니 그 이상의 애정에 의한 결혼"을 통해 다가가는 인간에게, 또는 "매일 매 순간 인간과 그를 품은 세상 사이에 맺어지는, 어쨌거나 신뢰에 바탕을 둔 끊을 수 없는 결혼"(PR879)을 통해 다가가는 인간에게, "세상은 말하지 않지만, 가끔 어떤 한 물결이 그 안으로부터 밀려 올려와 어쩔 줄 모르는 모습으로, 사랑에 빠진 모습으로, 아주 가까이에서 자신의 투명함 위로 부서진다. 마치 영혼이 이따금 입술 언저리를 향해 오르듯."(PI467)

　그라크에게 세상은 확정되고 명시적인 어떤 의미를 갖고 있지 않다. 그러나 그런 세상이 인간에게 말을 하는 경이로운 순간이 있으니, 이 순간은 시의 순간이다. 시는 그라크에게 인간과, 인간이 스스로를 표현하는 장으로서의 문학이 제안할 수 있는 유일한 의미로서 나타난다.

248　«Entretien avec Jean Roudaut», in *Gracq 2*, p.1225.

"인간과 세계의 덜 거칠고 덜 가난케 하는 관계"를[249] 바탕에
둘 때 가능성의 장은 인간을 향해 열릴 수 있다. 특히 위기와 파
국 앞에서조차 마지막까지 꿋꿋이 견지하는 가능성의 모색은 역
사 또는 전쟁의 경험을 토대로 한 그라크의 소설들에서 가장 강
렬하게 부각되는 테마 가운데 하나이다. "우리가 우리 자신을 충
일하게 표현하는 모든 결정을 통해 세상은 불현듯 풍요로워진
다"(TC32)는 『석양의 땅』의 화자의 말이 지시하는 것처럼, 문제는
결국 인간이라는 사실을, 인간과 그의 표현이 아닌 그 어떤 다른
것일 수 없다는 사실을, 냉철하게 숙고된 휴머니즘과 영원한 낭
만주의의 바탕 위에 구축된 쥘리앙 그라크의 문학은 힘차게 강조
하는 듯 여겨진다.

---

249 «Entretien avec Jean Carrière», in *Gracq 2*, p.1255.

작품들

『아르골 성에서』(*Au Château d'Argol*, 1938)

첫 작품으로 외딴 곳에 위치한 고성, 인근 숲, 가까운 바닷가를 배경으로 절친한 친구인 알베르와 에르미니앵, 그리고 아름다운 하이데 사이에서 펼쳐지는 극적인 위기의 드라마를 담았다. 1937년 여름 스물여섯이라는 "늦은 나이에" 별다른 사전 준비 없이 시작하여 가을에 탈고했다. 초현실주의 그룹의 수장 앙드레 브르통의 격찬을 받은 그라크가 작기의 길을 굳히는 계기를 마련했다. 작가 스스로 「서문」에서 초현실주의, 바그너, 영국 고딕소설의 영향을 천명하고 있거니와, 뜨거운 열망이 짙게 밴 장엄한 문체는 오히려 신비로운 매력으로 다가오는 측면이 있다.

『어두운 미남』(*Un Beau ténébreux*, 1945)

1940년 독일 동부 슐레지엔 지방의 호이에르스베르다 근처에 위치한 포로수용소에서 내용이 구상되고 짧은 「프롤로그」까지 쓰인 두 번째 소설이다. 프랑스 서쪽 브르타뉴 해변의 한 호텔을 배경으로 아름다운 플로레스와의 동반 자살을 앞두고 주변 인물들에게 묘한 매력과 지배력을 행사하는 주인공 알랑을 중심으로 이야기가 전개된다. 소설의 처음 3/4은 제라르의 일기로, 나머지 부분은 새롭게 등장한 얼굴 없는 화자의 서술로 이루어져 있다. 문학적 참조는 첫 소설보다 더 잦고, 다수의 인물이 등장하여 다각적 관계를 형성한다. 알랑을 축으로 조성되는 강력한 분위기는 소설 전체를 끝끝내 긴장 가운데 유지하며 삶과 죽음의 테마와 그것이 행사하는 매혹에 극적인 색채를 더한다.

『커다란 자유』(*Liberté grande*, 1946)

산문시들을 모은 그라크의 유일한 시집이다. 전쟁에서 돌아온 1941년부터 1943년 사이에 쓰인 시들에, 1947년부터 1963년까지 쓰인 몇 편의 시가 추가되었다. 시집의 큰 부분을 구성하는 초기의 시들에서는 초현실주의의 영향이 강하게 나타나고 있고, 1947년 이후의 시들은 자유로운 연상으로 이어지는 꿈보다 사실에 가까운 언어로 쓰여 있다. 전쟁 당시 행군과 불면으로 인한 극도의 고단함 가운데 비몽사몽 발견했던 네덜란드 플랑드르의 풍경이 계기가 되어 쓴 「네덜란드 플랑드르의 낮잠」은 그라크가 그려낸 문학적 표현의 최고봉 가운데 하나로 간주된다. 자유분방한 이미지들이 다소 난해하게 다가오기도 하지만 그만큼 '커다란 자유'를 정신의 차원에서 만끽하게 해준다.

『어부 왕』(*Le Roi pêcheur*, 1948)

그라크의 유일한 희곡으로 1942년에서 1943년 사이에 쓰이고

1948년에 간행되어 1949년 봄 파리의 몽파르나스 극장에서 초연되었다. "상대적 실패"로 끝난 이 공연 이후 그라크는 더 이상 희곡을 쓰지 않았다. 그는 이 작품에서 중세 켈트 신화의 하나인 성배 이야기를 재해석하고 있는데, 바그너를 비롯한 종전의 해석들과 달리 이야기의 중심을 순수의 기사 페르스발이 아니라, 성배가 빛을 잃고 치유 불가능한 상처를 입은 뒤 호수에서 물고기를 잡는 어부 왕 암포르타스에게 위치시키며 인간과 신성의 관계를 조명한다. 연극, 중세 신화, 그리고 신성의 문제에 대한 그라크의 관심을 확인할 수 있는 작품이다.

『앙드레 브르통, 작가의 몇 가지 양상』(André Breton, quelques aspects de l'écrivain, 1948)

앙드레 브르통에 대한 비평서로 1946년 말 불과 두 달 만에 완성했다. 공감의 시각에서 접근하며 초현실주의 그룹의 수장에게서 "우리 시대의 영웅"을 본다. 그라크 스스로 "열망" 가운데 이 책을 썼음을 밝히면서 "감동의 비평"을 말하기도 했다. 브르통에 대한 매우 뛰어난 비평서라는 평가와 함께 결국은 그라크 자신에 대해 말하는 책이라는 지적이 제기되었는데, 비평의 시각이 공감인 만큼, 그리고 브르통과 그라크의 관계를 생각할 때, 그것은 오히려 자연스러운 양상이라고 말할 수 있다.

『뱃심의 문학』(*La littérature à l'estomac*, 1950)

이 공격적 팸플릿은 1949년에 집필되어 1950년 1월 카뮈가 책임을 맡고 있던 잡지 『앙페도클』에 게재된 뒤 2월에 조제코르티출판사에서 소책자로 간행되었다. 『어부 왕』을 공연하며 받았던 공격이 중요한 계기로 작용했다. 팸플릿은 당시 프랑스 문단의 부정적 행태를 고발하고 실존주의 유파의 지배에서 오는 문학의 위기를 문제 삼는다. 그러나 다른 한편 문학의 본연을 가리켜 보이며 날카롭고 진지한 문학론의 면모를 드러낸다. 초현실주의에 대한 깊은 지지를 표명했던 『앙드레 브르통』에 이어 동시대적 논쟁에 깊숙이 참여하는 계기가 되었던 이 팸플릿은 이듬해 『시르트의 바닷가』에 수여된 공쿠르상의 거부로 이어지며 오히려 동시대적 논쟁에 활발하게 참여하는 그라크와 은둔하는 그라크를 가르는 분수령으로 작용했다.

『시르트의 바닷가』(*Le Rivage des Syrtes*, 1951)

그라크의 대표작이다. 1947년 여름 시작되어 1949년 여름 마지막 장을 제외한 부분의 집필이 끝났다. 소설이 완성되는 것은 1951년 봄에 이르러서이다. 소설은 가상의 국가들인 오르세나와 파르게스탄을 시르트해를 사이에 두고 대립시키는데, 두 국가는 삼백 년 전의 마지막 대규모 충돌 이래 이렇다 할 접촉 없이 긴 잠을 자고 있다. 시르트 해군기지에 감찰장교로 부임한 오르세나의 귀족 청년 알도는 군함을 타고 파르게스탄 해역까지 갔다 오고,

이로써 바야흐로 잠을 깬 두 나라는 고조되는 긴장 가운데 전쟁을 향해 나아가지만, 서술은 전쟁 이전에 끝난다. 오르세나와 파르게스탄의 대립은 일종의 열린 상징으로서 다양한 층위에서 읽히며 동양과 서양, 문명과 야만, 자아와 타자, 지속과 변화, 나아가 삶과 죽음에 대한 성찰의 자리를 제공한다. 공쿠르상이 수여되었지만 그라크는 수상을 거부했다.

『숲속의 발코니』(*Un Balcon en forêt*, 1958)

1956년 봄 작업 중인 『석양의 땅』을 중단하고 쓰기 시작하여 이듬해 끝낸 이 소설은 제2차 세계대전 초기 프랑스 동부 아르덴 숲의 토치카를 배경으로 삼고 있다. 전쟁은 시작되었지만 전투는 없는 '기묘한' 상황 속에서 독일군 전차의 전진을 막는 임무를 지니고 토치카의 작은 병력을 지휘하는 그랑주 소위는 숲에서 이루어지는 산책에 가까운 정찰 이외에 이렇다 할 군사적 활동이라고는 없이 몽상으로 시간을 보내다가 인근 마을의 젊은 여인 모나를 만나기도 한다. 그러나 마침내 독일군이 공격을 시작하고, 그때까지 그랑주의 몽상이 구축하던 세계는 순식간에 산산조각이 난다. 그라크에게 역사 또는 전쟁의 경험은 근원적 의미를 갖는다. 그는 몇 차례에 걸쳐 그것을 주제로 소설을 시도했고 여러 편의 단편 에세이를 썼다. 전쟁에 대한 이 모든 문학적 성찰은 마침내 이 소설에서 완료된다고 말할 수 있는 것이, 이후 전쟁의 경험은 일정한 거리 너머로 물러나며 희미해졌다고 작가 스스로 고백하고 있기 때문이다. 이 소설과 함께 작품의 기조는 이제 간결하고 사실주의적인 양상을 띠기 시작한다.

『선호』(Préférences, 1961)

1946년에서 1967년에 이르는 시기에 쓰인 서문들과, 잡지 및 편저에 실린 글들을 모아 엮은 책이다. 「어째서 문학은 제대로 숨 쉬지 못하는가」의 경우 1960년 5월 파리고등사범학교에서 행한 강연의 원고로서 그라크의 문학론을 담은 중요한 글이다. 「두 눈을 똑바로 뜨고」는 그라크 스스로 질문하고 답하는 대담 형식의 글인데, 그의 문학을 접근할 때 요긴하게 읽힐 수 있는 또 다른 중요한 글로서 많은 인용의 대상이 되고 있다. 두 편의 글 이외의 다른 글들은 각각 로트레아몽, 앙드레 브르통, 샤토브리앙, 랭보, 에드거 포, 라신, 발자크, 바르베 도레비이, 하인리히 폰 클라이스트, 에른스트 윙어, 노발리스를 다룬 공감의 비평들이다.

『장식문자』(Lettrines, 1967), 『장식문자 2』(Lettrines 2, 1974), 『여행 수첩』(Carnets du grand chemin, 1992)

1954년 3월부터 그라크는 공책에 독서, 성찰, 여행, 풍경, 시사 등을 주제로 한 단편 에세이들을 기분 내킬 때마다 쓰기 시작하고 이후 거기서 뽑아 모은 글들로 몇 권의 책을 냈다. 텍스트의 순서는 집필 시기와 상관없이 그라크에 의해 자유롭게 조정되었다. 예리하고 깊이 있는 생각들을 도처에서 발견할 수 있는 즐거운 책들이다. 『장식문자』에는 1954년부터 1966년까지, 『장식문자 2』에는 1966년부터 1973년까지, 『여행 수첩』에는 1974년부터 1990년까지 쓰인 글들이 수록되어 있다.

『곶』(*La Presqu'île*, 1970)

1953년에 시작했으나 1956년에 중단한 소설 『석양의 땅』에서 발췌한 「길」, 1966년 봄에 쓰기 시작한 「곶」, 그리고 1968년 여름에 쓰기 시작한 「코프튀아 왕」을 모은 소설집이다. 「곶」은 추억의 장소이기도 한 만남의 장소에 애인 이름가르보다 먼저 도착하여 약속 시간을 기다리는 동안 일대를 둘러보며 점심을 먹고 기억하고 몽상에 잠기는 시몽의 편력을 담고 있다. 「코프튀아 왕」은 파리 북쪽의 소도시 브라이라포레에 있는 자크 뉘에이익 빌라에 초청받은 주인공의 이야기이다. 시대적 배경은 제1차 세계대전으로 집주인 뉘에이는 '스포츠맨'으로서 비행기를 몰고 전투에 나가서 집에 없고, 주인공은 대단히 의아한 태도와 분위기를 지닌, 가정부인 듯한 젊은 여인의 안내를 받아 집주인의 귀환을 기다리며 식사를 하고 여인과 밤을 보낸 뒤 이튿날 아침 도망치듯 빌라를 빠져나온다. 「길」은 그것이 불러일으킨 매혹을 이제 뒤늦게 간행된 『석양의 땅』쪽에 옮겨놓아야만 하는 상황이 되었다. 「곶」과 「코프튀아 왕」은 서로 상반된 어조를 지니고 있으니, 「곶」이 『숲속의 발코니』에서부터 두드러지게 나타나기 시작한 간결하고 사실주의적인 글쓰기를 이어나간다면, 「코프튀아 왕」은 『시르트의 바닷가』 이전의 연극적 요소들을 되찾고 있어 많은 평자들이 당혹스러워하기도 했지만, 초기의 소설들과는 엄연히 구별되면서 그라크의 글쓰기의 힘과 매력을 한껏 드러내고 있는 점이 인상적이다.

『좁은 강』(*Les Eaux étroites*, 1976)

그라크는 이 작은 책을 1973년 모두 여덟 개의 단편으로 써서 1976년 단행본으로 간행했다. 고향 생플로랑르비에이 인근에 위치한 좁은 강 에브르에서 어릴 적부터 되풀이해 온, 작은 배를 타고 상류 쪽으로 올라갔다가 물레방아 앞에서 되돌아오는 소박한 물 위 산책과 그것을 따라 펼쳐지는 몽상을 책은 담고 있다. 그라크 연구자인 미셸 뮈라는 이 작지만 아름답고 운치 있는 책에서 그라크의 만년의 걸작을 본다. 바슐라르가 그것을 읽었더라면 과연 어떤 반응을 보였을지 심히 궁금하다.

『읽으며 쓰며』(*En lisant en écrivant*, 1980)

1980년에 간행된 단편 에세이 모음집이다. 다른 단편 에세이 모음집들과 달리 이 책은 문학에 대한 생각들만을 모아놓고 있다. 그라크는 "완전히 변덕스럽고 단편적인" 성찰들이라고 하지만, 대단히 깊고 진지하고 날카로운 생각들로 가득 찬 책이다. 소설 등 문학 장르들과 글쓰기에 대한 글들은 그의 작품들에 접근하는 데 길잡이가 되어준다. 그라크가 강조하듯이, 제목에서 "읽으며"와 "쓰며" 사이에는 쉼표가 없다. 읽기와 쓰기는 불가분의 관계에 있는 까닭이다.

『도시의 형태』(*La Forme d'une ville*, 1985)

1985년에 간행된 그라크의 자전 에세이이다. 특기할 점은 그가 중등교육을 받은 클레망소고등학교가 있는 도시 낭트로 서술의 대상을 한정하고 있다는 사실이다. 도시 공간과의 만남, 그것이 드러내고 감추는 부분들에 대한 관찰, 거기서 자극물을 찾아 펼쳐지는 몽상과 상상 등, 한 인간의 감수성이 깨어나고 형태를 얻고 구조화되는 과정을 도시 곳곳으로 초점을 이동하며 구체적으로, 그리고 흥미롭게 그리고 있다. 철저히 문학에 집중한 자전 에세이라는 점에서 다시 한번 그라크의 작가적 태도를 확인한다.

『일곱 언덕 둘레에서』(*Autour des sept collines*, 1988)

그라크는 예순여섯 살이 되던 1976년 마침내 로마를 방문했다. 그는 1984년 먼저 『누벨 르뷔 프랑세즈』(NRF)에 텍스트를 게재한 뒤 1988년 그것을 보완하고 배열을 조정하여 이 책을 간행했다. "도시들은 거주하기 위해 만들어졌으므로" '영원한 도시'를 대하는 데서조차 그라크는 "먹기, 산책하기, 보기, 걷기, 그리고 잠자기"에 중요성을 부여하는 "불경스러운" 태도를 채택했고, 책의 도처에서 맞닥뜨리는 솔직하고 비판적이며 우상파괴적인 지적들은 적잖은 반발을 부르기도 했다. 로마의 역사를 잘 알고 그것을 소설에서 참조하는 그라크가 모든 부담을 떨쳐내고 현재의 시각에서 무람없이 행하는 문명 성찰은 로마에 대한 그토록 많은 책들에서 읽는 것과는 크게 다른 것이다.

『대담들』(*Entretiens*, 2002)

그라크의 대표적 대담들을 가려 뽑아 모은 책이다. 그는 대담에서도 여전히 철저하게 문학적이다. 그리고 변함없이 진지하다. 하지만 문학과 관련한 그의 다양한 답변들은 『읽으며 쓰며』에서 읽는 문학적 성찰들에 비해 한결 가뿐하면서도 글쓰기의 내밀한 측면들에 대해 들려주고, 이는 책을 부담 없이 재미있게 읽게 하는 요소로 작용한다. 그라크의 문학에 대한 생각과 성찰들을 훨씬 인간적인 음역에서 접할 수 있는 책이다.

『전쟁 수기』(*Manuscrits de guerre*, 2011)

포로수용소에서 돌아온 1941년 3월 초부터 같은 해 7월 사이에 쓴 「전쟁의 기억」과 「이야기」를 수록한 책으로 2011년 베른힐트 보이으에 의해 유작으로 간행되었다. 「전쟁의 기억」은 일인칭 시점의 사실주의적 기록으로 일기의 형식을 취하고 있으며 간결한 문체를 사용하고 있다. 삼인칭으로 서술된 「이야기」는 주인공 G 중위에게 초점이 맞춰진 허구로서, 「전쟁의 기억」에 담긴 사건 중 가장 주목할 만한 두 에피소드, 곧 소대원들과 함께 적진에 고립되었다가 야음을 틈타 프랑스군이 있는 도시에 합류하는 에피소드와, 바로 다음 날 이른 아침 그 도시에 사이드카를 타고 잘못 들어온 두 명의 독일군 병사를 포로로 잡는 에피소드를 그리고 있다. 그라크의 문학에서 중추적 위치를 점하고 있는 역사의 경험의 주제를 피부로 느낄 수 있는 중요한 책이다.

『석양의 땅』(*Les Terres du couchant*, 2014)

그라크는 1953년에서 1956년에 이르는 시기에 역사를 주제로 한 소설에 전념하지만, 작업은 마음처럼 진행되지 않는다. 그는 진행하던 소설을 잠정적으로 중단하고 『숲속의 발코니』를 쓰는데, 앞선 소설의 중단은 결정적인 것이 되고 만다. 유럽의 중세 말 또는 르네상스 시대쯤에 시간적 배경이 위치하는 소설은 화자 일행이 오랜 수도 브레가비에이를 떠나 노쇠한 왕국과 문명의 존폐가 걸린 공간, 곧 야만족의 침입으로 위기에 처한, 왕국의 머나먼 변방 도시 로샤르타를 향해 나아가는 여행과 그곳에서의 공방을 뜨겁게 그려내고 있다. 그라크는 "정확한 어조"를 찾지 못했다고 생각하여 미완의 상태로 남겨둔 채 그 일부를 발췌하여 「길」이라는 제목으로 『곶』의 맨 앞자리에 수록했지만, 아쉬움과 미련이 못내 깊었던지 이후로도 종종 이 '실패한' 소설을 언급하곤 했다. 베른힐트 보이으의 판단에 따라 유작으로 간행된 이 책은 바야흐로 원숙한 경지에 이른 그라크의 문학을 심오하고 장대하게 펼쳐놓고 있다. 늦게 도착한 선물 같은 책이다.

참고문헌[250]

1. 쥘리앙 그라크의 작품

Œuvres complètes, Tome 1, édition établie par Bernhild Boie, Paris, Gallimard, coll. «La Bibliothèque de la Pléiade», 1989.

Œuvres complètes, Tome 2, édition établie par Bernhild Boie et Claude Dourguin, Paris, Gallimard, coll. «La Bibliothèque de la Pléiade», 1995.

Au Château d'Argol, Paris, José Corti, 1938.

Un Beau ténébreux, Paris, José Corti, 1945.

Liberté grande, Paris, José Corti, 1946.

Le Roi pêcheur, Paris, José Corti, 1948.

André Breton, quelques aspects de l'écrivain, Paris, José Corti, 1948.

Le Rivage des Syrtes, Paris, José Corti, 1951.

Un Balcon en forêt, Paris, José Corti, 1958.

Préférences, Paris, José Corti, 1961, précédées par *La littérature à l'estomac*, Paris, José Corti, 1950.

Lettrines, Paris, José Corti, 1967.

La Presqu'île, Paris, José Corti, 1970.

Lettrines 2, Paris, José Corti, 1974.

Les Eaux étroites, Paris, José Corti, 1976.

En lisant en écrivant, Paris, José Corti, 1980.

La Forme d'une ville, Paris, José Corti, 1985.

Autour des sept collines, Paris, José Corti, 1988.

Carnets du grand chemin, Paris, José Corti, 1992.

Entretiens, Paris, José Corti, 2002.

---

250 실제로 참고하고 인용한 문헌 위주로 수록했다.

Manuscrits de guerre, Paris, José Corti, 2011.

Les Terres du couchant, Paris, José Corti, 2014.

«Réponses aux questions posées par B. Boie», in B. Boie, *Hauptmotive im Werke Julien Gracqs*, Munich, W. Fink, 1966.

«Sur *Un Balcon en forêt*», Entretien avec Gilbert Ernst, in *Cahier de l'Herne*, N° 20, 1972.

«Revenir à Breton», in 〈Le Monde〉, le 16 février 1996.

«En littérature, je n'ai plus de confrères», in 〈Le Monde〉, le 5 février 2000.

『시르트의 바닷가』, 송진석 옮김, 민음사, 2006.

『숲속의 발코니』, 김영희 옮김, 책세상, 2001.

「코프튀아 왕」, 이규현 옮김, 『이것은 소설이 아니다』, 창비, 2010.

2. 쥘리앙 그라크에 대한 책

2.1. 저서

Jean Bellemin-Noël, *Une balade en galère avec Julien Gracq*, Toulouse, PU du Mirail, 1995.

Philippe Berthier, *Julien Gracq critique: d'un certain usage de la littérature*, PU de Lyon, 1990.

Yves Bridel, *Julien Gracq et la dynamique de l'imaginaire*, Lausanne, L'Âge d'homme, 1981.

Jean Carrière, *Julien Gracq, Qui êtes-vous?*, Lyon, La Manufacture, 1986.

Annie-Claude Dobbs, *Dramaturgie et liturgie dans l'oeuvre de Julien Gracq*, Paris, José Corti, 1972.

Marie Francis, *Forme et signification de l'attente dans l'œuvre romanesque de Julien Gracq*, A.G. Nizet, 1979.

Simone Grossman, *Julien Gracq et le Surréalisme*, José Corti, 1980.

Michel Guiomar, *Trois paysages du Rivage des Syrtes*, Paris, José Corti, 1982.

Hubert Haddad, *Julien Gracq, La forme d'une vie*, Le Castor Astral, 1986.

Pierre Jourde, *Géographies imaginaires de quelques inventeurs de mondes au XXe siècle: Gracq, Borges, Michaux, Tolkien*, Paris, José Corti, 1991.

Jean-Louis Leutrat, *Julien Gracq*, Seuil, coll. «Les Contemporains», 1991.

Philippe Le Guillou, *Le déjeuner des bords de Loire*, Paris, Gallimard, coll. «folio», 2007.

Jean de Malestroit, *Julien Gracq. Quarante ans d'amitié. 1967~2007*, Saint-Malo, Pascal Galodé, 2008.

Jacqueline Michel, *Une mise en récit du silence, Le Clézio–Bosco–Gracq*, José Corti, 1986.

Michèle Monballin, *Gracq: Création et recréation de l'espace*, Bruxelles, De Boeck-Université, 1987.

Michel Murat, *Le Rivage des Syrtes de Julien Gracq: Etude de style, I. Le Roman des noms propres, II. Poétique de l'analogie*, José Corti, 1983.

Michel Murat, *Julien Gracq*, Paris, Pierre Belfond, 1991.

Dominique Perrin, *De Louis Poirier à Julien Gracq*, Classiques Garnier, 2009.

Bernard Vouilloux, *De la peinture au texte: l'image dans l'oeuvre de Julien Gracq*, Genève, Droz, 1989.

Bernard Vouilloux, *En lisant Julien Gracq. La Littérature habitable*, Hermann, 2007.

2.2. 논문모음집

Julien Gracq, Cahier de l'Herne, dirigé par Jean-Louis Leutrat, 1972(Réédition du Livre de Poche, «biblio essais», 1987).

Magazine littéraire, N° 179, décembre 1981.

Julien Gracq, Actes du Colloque international d'Angers, PU d'Angers, 1982.

Qui vive ? autour de Julien Gracq, José Corti, 1989.

Julien Gracq 1: Une écriture en abyme, textes réunis par Patrick Marot, Minard, 1991.

Un Balcon en forêt et La Presqu'île de Julien Gracq, Roman 20-50, N° 16, études réunies et présentées par Dominique Viart, PU de Lille III, 1993.

Julien Gracq 2: Un écrivain moderne, Actes du colloque de Cerisy-la-Salle, textes réunis par Michel Murat, Minard, 1994.

Julien Gracq 3: Temps, histoire, souvenir, textes réunis par Patrick Marot, Minard, 2000.

Julien Gracq 4: Références et présences littéraires, textes réunis par Patrick Marot, Minard, 2004.

Julien Gracq 5: Les dernières fictions Un Balcon en forêt, La Presqu'île, textes réunis par Patrick Marot, Minard, 2007.

Julien Gracq 6: Les tensions de l'écriture, Adieu au romanesque, Persistance de la fiction, textes réunis par Patrick Marot, Minard, 2008.

Julien Gracq 7: La mémoire et le présent — Actualité de Julien Gracq, textes réunis par Patrick Marot et Sylvie Vignes, Minard, 2010.

Gracq dans son siècle, études réunies par Michel Murat, Paris, Classiques Garnier, 2012.

Julien Gracq, Europe, N° 1007, 2013.

Julien Gracq 8: Julien Gracq et le sacré, textes réunis par Patrick Marot, Minard, 2018.

2.3. 논문, 아티클

Robert Baudry, «Julien Gracq et la légende du Graal», in *Julien Gracq*, Actes du Colloque international d'Angers.

Bernhild Boie, «Jeux de rideaux», in *Julien Gracq, Cahier de l'Herne*, dirigé par Jean-Louis Leutrat, 1972(Réédition du Livre de Poche, coll. «biblio essais», 1987).

Ross Chambers, «La perspective du balcon: Julien Gracq et l'expérience du théâtre», in *Australian Journal of French Studies*, Vol. 5, N° 1, Clayton, 1968.

Claude Dourguin, «Partir de Saint-Florent. Julien Gracq», in *Nouvelle revue française*, N° 512, 1995.

Anne Fabre-Luce, «Julien Gracq et le Surréalisme: une dynamique du deuil», in *Revue des Sciences humaines*, Tome 56, N° 184, Lille, 1981.

Yves-Alain Favre, «L'image dans les poèmes en prose de Gracq», in *Julien Gracq*, Actes du Colloque international d'Angers.

Jean-Pierre Jossua, «Charme du souvenir et pouvoir de l'enfance chez Julien

Gracq», in *Études*, 1986.

Michel Murat, «Voyage en pays de connaissance ou Réflexions sur le cliché dans *Argol*», in *Julien Gracq*, Actes du Colloque international d'Angers.

Michel Murat, «Le dialogue romanesque dans *Le Rivage des Syrtes*», in *Revue d'histoire littéraire de la France*, N° 2, 1983

Michel Murat, «L'herbier et la prairie. Réflexions à propos d'Ernst Jünger et de Julien Gracq», in *Etudes germaniques*, 1996.

Michel Murat, «Avant—propos. Un centenaire déconcertant», in *Gracq dans son siècle*, Paris, Classiques Garnier, 2012.

Carol Murphy, «Au bord de l'Èvre. Reflets d'Arnheim dans *Les Eaux étroites*», in *Julien Gracq 2*, Paris, Lettres modernes, 1994.

Dominique Perrin, «Les engagements intellectuels de Julien Gracq», in *Gracq dans son siècle*, Paris, Classiques Garnier, 2012.

Joseph Raguin, «Julien Gracq, un homme à distance», in ⟨Le Monde⟩, le 5 février 2000.

Jin—Seok Song, «Forme et signification du lieu architectural chez Julien Gracq», Thèse de doctorat, Université de Tours, 2000.

Bruno Vercier, «Les cheminements autobiographiques dans l'œuvre de Julien Gracq», in *Julien Gracq*, Actes du Colloque international d'Angers.

Claire—Liliane Warin, Alain Henry, «La Réversibilité du temps dans Les Eaux étroites», in *Julien Gracq*, Actes du Colloque international d'Angers.

김지영, 「불문학: 쥴리앙 그락의 기억의 글쓰기」, 『불어불문학연구』, 31, 1995.

노영란, 「Julien Gracq의 공간표현에 나타나는 움직임」, 『불어불문학연구』, 46, 2001.

노영란, 「Julien Gracq의 소설에 나타난 죽음의 이미지와 에로티즘」, 『불어불문학연구』, 50, 2002.

노영란, 「Julien Gracq과 여성 – 소설과 에세이를 중심으로」, 『한국프랑스학논집』, 49, 2005.

박인철, 「쥘리앙 그라크의 *Le Rivage des Syrtes*에 나타난 비유적 담화」, 『불어불문학연구』, 34, 1997.

박인철, 「Analyse sémiotique du sermon de Saint-Damase dans le *Rivage des Syrtes* de Julien Gracq」, 『프랑스학연구』, 24, 2002.

송진석, 「쥘리앙 그라크 소설 연구 – 죽음 혹은 형이상학적 모험의 주제를 중심으로」, 서울대학교 석사학위 논문, 1991.

송진석, 「쥘리앙 그락 – 성(城)과 문학적 긴장」, 『불어불문학연구』, 44, 2000.

송진석, 「시 혹은 초현실주의의 체험 – 쥘리앙 그락의 『커다란 자유』」, 『불어불문학연구』, 46, 2001.

송진석, 「역사와 신화 – 쥘리앙 그락의 『숲 속의 발코니』 연구」, 『한국프랑스학논집』, 39, 2002.

송진석, 「연극과 소설 – 네르발과 그락의 경우」, 『불어불문학연구』, 50, 2002.

송진석, 「쥘리앙 그락 – 현대적 낭만주의, 그리고 휴머니즘」, 『현대비평과이론』, 21, 2004.

송진석, 「쥘리앙 그락 작품에 나타난 동양과 타자의 문제」, 『프랑스문화예술연구』, 12, 2004.

송진석, 「가능성의 연극 – 쥘리앙 그락의 『어부 왕』 연구」, 『불어불문학연구』, 59, 2004.

송진석, 「쥘리앙 그라크와 타자성 – 도시에 대한 한 연구」, 『인문학연구』, 33-2, 2006.

송진석, 「그라크와 바타이유 – 『시르트의 바닷가』에 나타난 에로티즘」, 『불어불문학연구』, 76, 2008.

송진석, 「로마로부터의 문명 성찰 – 쥘리앙 그라크의 『일곱 언덕 둘레에서』 연구」, 『불어불문학연구』, 80, 2009.

송진석, 「쥘리앙 그라크의 『좁은 강』과 문학적 장치로서의 유년의 공간」, 『불어불문학연구』, 95, 2013.

송진석, 「쥘리앙 그라크의 『좁은 강』에 나타난 문학적 몽상」, 『프랑스학연구』, 66, 2013.

송진석, 「쥘리앙 그라크의 『뱃심의 문학』, 팸플릿인가 문학론인가?」, 『불어문화권연구』, 23, 2013.

오생근, 「줄리앙 그라크의 『아르골의 성에서』와 새로운 초현실주의 소설」, 『초현실주의 시와 문학의 혁명』, 문학과지성사, 2010.

유재명, 「쥘리앙 그라끄 작품에서의 기다림」, 『불어불문학연구』, 38, 1999.

이경해, 「Julien Gracq의 『씨르뜨 해안』에서의 물의 이마쥬의 전개과정」, 『불어불문학연구』, 25, 1990.

이경해, 「Julien Gracq의 작품 *Un Balcon en forêt*의 시학」, 『프랑스어문교육』, 5, 1997.

이경해, 「Julien Gracq의 『숲 속의 발코니』에 나타난 공허와 기다림의 테마 — 시간과 공간을 중심으로」, 『불어불문학연구』, 37, 1998.

이경해, 「줄리앙 그락의 『씨르뜨의 해변』에 나타난 초현실주의적 요소와 색의 은유」, 『인문과학연구』, 6, 1999.

이경해, 「줄리앙 그락의 『씨르뜨의 해변』에 나타난 거울의 은유 읽기」, 『프랑스어문교육』, 8, 1999.

이경해, 도수환, 「Julien Gracq의 *Un Balcon en forêt*에 나타난 은유 연구」, 『한국프랑스학논집』, 28, 1999.

이경해, 「Julien Gracq의 작품에 나타난 여성상」, 『한국프랑스학논집』, 30, 2000.

이경해, 「Julien Gracq의 초기 작품에 나타난 성서 참조의 의미 — *Au Château d'Argol, Un Bean Ténébreux, Le Rivage des Syrtes, Un Balcon en forêt*를 중심으로」, 『불어불문학연구』, 44, 2000.

이경해, 「Julien Gracq의 소설에 나타난 초현실주의적 사랑 — *Au Château d'Argol, Un Bean Ténébreux, Un Balcon en forêt*를 중심으로」, 『불어불문학연구』, 48, 2001.

이경해, 「Julien Gracq의 *La Presqu'île*에 나타난 은유의 형태와 욕망」, 『불어불문학연구』, 52, 2002.

이경해, 「Julien Gracq의 산문시집 *Liberté grande*에 나타난 몽상 — 도시에 대한 몽상을 중심으로」, 『한국프랑스학논집』, 43, 2003.

이경해, 「Julien Gracq의 산문시 *Prose pour L'étrangère*에 나타난 이방여인의 이미지 연구」, 『한국프랑스학논집』, 52, 2005.

3. 일반 문헌

Gaston Bachelard, *La terre et les rêveries du repos*, Paris, José Corti, 1948.

Gaston Bachelard, *La poétique de l'espace*, Paris, Quadrige/PUF, 1957.

Jean—Louis Backès, «Le Graal», in *Dictionnaire des Mythes littéraires*, Paris, Éditions du Rocher, 1988.

André Breton, «Situation du Surréalisme entre les deux guerres», in *La Clé des champs*, Paris, Jean—Jacques Pauvert, 1967.

André Breton, *Nadja*, in *Œuvres complètes*, Tome 1, Paris, Gallimard, coll. «La Bibliothèque de la Pléiade», 1988.

André Breton, *L'Amour fou*, in *Œuvres complètes*, Tome 2, Paris, Gallimard, coll. «La Bibliothèque de la Pléiade», 1992.

Roger Caillois, *L'Homme et le sacré*, Paris, Gallimard, coll. «folio/essais», 1950.

Ernst Cassirer, *La philosophie des formes symboliques*, Tome 1: Le langage, Paris, Minuit, 1972.

Collectif, *Histoire des religions*, Tome 3, Paris, Gallimard, coll. «L'Encyclopédie de la Pléiade», 1976.

Ernst—Robert Curtius, *Essai sur la France*, Éditions de l'Aube, 1990.

Mircea Eliade, *Traité d'histoire des religions*, Paris, Payot, 1949.

Mircea Eliade, *Le Mythe de l'éternel retour. Archétypes et répétition*, Paris, Gallimard, coll. «folio/essais», 1969.

Paul Guillaume, *Introduction à la psychologie*, Paris, Vrin, 1968.

Philippe Hamon, *Expositions: Littérature et Architecture au XIXe siècle*, Paris, José Corti, 1989.

Alfred de Musset, *Lorenzaccio*, Paris, Gallimard, coll. «folio», 1978.

Friedrich Nietzsche, «Le drame musical grec», traduit par Jean—Louis Backès, in *La naissance de la tragédie*, Paris, Gallimard, coll. «folio/essais», 1977.

René Passeron, *Histoire de la peinture surréaliste*, Paris, Le Livre de poche, coll. «biblio/essais», 1968.

Marcel Proust, *A la recherche du temps perdu*, Tome 1, Paris, Gallimard, coll. «La Bibliothèque de la Pléiade», 1954.

Alain Robbe—Grillet, «Nature, humanisme, tragédie», in *Pour un Nouveau Roman*, Paris, Minuit, 1961.

Stanislas Rodanski, *La Victoire à l'ombre des ailes*, Éditions du Soleil noir, 1975(Christian Bourgeois Éditeur, 1989).

Jean-Paul Sartre, *Qu'est-ce que la littérature?*, Paris, Gallimard, coll. «folio/essais», 1948.

Oswald Spengler, *Le déclin de l'Occident*, Tome 1 & 2, Paris, Gallimard, coll. «La Bibliothèque des idées», 1976.

Jean Vilar, *De la tradition théâtrale*, Paris, Gallimard, coll. «Idées», 1955.

Jean Vilar, *Le théâtre, service public*, Paris, Gallimard, 1986.

김정희, 「아서왕 신화의 형성과 해체(1): 『브르타뉴 왕실사』에서 크레티엥 드 트르와에 이르기까지」, 『중세영문학』, 4, 1996.

장폴 사르트르, 정명환 옮김, 『문학이란 무엇인가』, 민음사, 1998.

연보[251]

1910년 7월 27일, 프랑스 중서부에 위치한 소도시 생플로랑르비에
이Saint-Florent-le-Vieil의 그르니에아셀Grenier-à-Sel가에서 루
이 푸아리에Louis Poirier가 태어난다. 그는 나중에 『적과 흑』
의 주인공 쥘리앙 소렐에게서 쥘리앙을, 로마의 호민관 그
라쿠스 형제에게서 그라크를 취하여 쥘리앙 그라크란 필
명을 지을 것이다. 아버지 에마뉘엘 푸아리에와 어머니 알
리스 벨리아르 사이에는 1901년에 태어난 딸 쉬잔이 있다.
부부는 이들 남매 이후로 더 이상 아이를 낳지 않는다. 가
족은 제빵업에 종사하여 넉넉한 살림을 일군 할아버지 집
에서 고모네 가족과 산다. 그라크와 달리 그림과 바이올린
에 능하고 명랑한 성격인 아버지는 고모부와 함께 잡화도
매상을 경영하는 부르주아이다. 그라크는 열한 살이 될 때
까지 단란한 가정에서 행복한 유년 시절을 보낸다.

1912년 그르니에아셀가에 소재한 어린이집에 들어가 읽기와 쓰기
를 쉽게 배운다.

1916년 10월, 생플로랑초등학교에 들어간다.

1920년 가족이 길을 건너 더 크고 좋은 집으로 이사한다. 이후 변

---

251 이 연보는 베른힐트 보이으가 프랑스 갈리마르출판사의 쥘리앙 그라크
플레야드 총서 1권에 붙인 연보를 토대로 작성한 것이다.

함없이 유지될 이 집에, 그라크는 말년에 다시 돌아와 살다가 여생을 마칠 것이다.

1921년 10월, 낭트의 클레망소고등학교에 6학년으로 들어간다. 행복한 유년에 이은 기숙사 생활은 고통스런 현실이다. 하지만 모범생으로 뛰어난 학업 성적을 거둔다. 이때 시작된 기숙사 생활은 파리고등사범학교를 졸업하는 1935년까지 계속될 것이다.

1924년 낭트의 그라슬랭 극장에서 푸치니의 오페라『토스카』를 보고 커다란 감동을 느낀다.

1928년 10월, 파리의 앙리IV고등학교에 설치된 파리고등사범학교 시험 준비반에 들어간다.

1929년 여름, 파리고등사범학교 입학시험에서 그리스어 대신 영어를 선택하고 영어 공부를 위해 두 달 동안 런던에 체류한다.

1930년 7월, 파리고등사범학교 입학시험에 6등으로 합격한다. 전공으로 당시 태동 단계에 있던 지리학을 선택한다. 이 무렵 브르통의『나자』와『초현실주의 선언문』등을 읽으면서 초현실주의를 발견한다.

1931년 여름, 파리고등사범학교의 학생교환 프로그램의 일환으로 두 명의 학우와 함께 두 달 동안 부다페스트에 머무른다. 돌아오는 길에 베네치아를 들르고, 이때 받은 도시의 인상이『시르트의 바닷가』에 남는다. 부다페스트에서는 체스 챔피언을 만나기도 하는데, 이후 체스는 그의 취미가 된다.

1933년 지리학 고등교육학위(지금의 석사학위에 해당)를 취득한다. 지도교수인 에마뉘엘 드 마르톤이 그의 논문에서 두 개의 소논문을 발췌하여 지리학 학술지에 싣는다. 논문은 우수 논문상을 수상하고, 그라크는 상금으로 영국의 콘월 지방을 여행한다. 그는 또한 1930년에 입학하여 수학하던 파리 정치학교(시앙스포)에서 외교 부문 최종시험을 4등으로 통과한다. 합격자 가운데에는 파리고등사범학교에서 만난 조르주 퐁피두도 있다.

1934년 역사지리학 교수 자격시험에 5등으로 합격한다. 1935년 9월까지 모든 파리고등사범학교 졸업생이 그리하듯 생멕스 학교에서 소위로 군복무를 한다.

1935년 10월, 낭트고등학교 역사 교사로 임명되어 1936년 7월까지 가르친다.

1936년 인민전선을 위한 선거 운동에 참여한다. 이해 말에 공산당에 입당한다. 크리미아에 대한 형태지리학적 고찰을 주제로 한 박사논문을 기획하고, 에마뉘엘 드 마르톤은 논문 지도를 수락한다. 논문 준비를 위해 1936~37학년도에 휴직을 신청한 뒤 러시아어를 배우기 위해 파리의 동양어학교에 등록한다.

1937년 기다리던 소련 입국 비자가 나오지 않자 여름을 보내기 위해 생플로랑으로 돌아간다. 방학 동안 그는 "별다른 생각 없이" 『아르골 성에서』를 쓰기 시작하고 가을에 탈고한다. 브르타뉴 지방에 흥미를 느낀 그는 깽페르고등학교 교사

자리를 요청하고 거기서 1939년까지 가르친다. 이 시기에 그는 캥페르의 체스 서클을 이끄는 한편 정치 활동에 적극 참여한다. 학교에서 홀로 파업에 참여하며 급여 정지 처분을 받기도 하지만 자신의 문학적 성향과 사회주의 리얼리즘 미학 사이의 괴리에 대해 불편함을 느끼기 시작한다.

1938년 연초에 『아르골 성에서』를 NRF출판사에 보내지만 거절당한다. 10월에 조제 코르티가 비용을 일부 부담하는 조건으로 출판을 제안하고, 연말에 책이 나온다. 이후 조제코르티출판사는 그라크의 모든 책을 간행할 것이다.

1939년 8월, 『아르골 성에서』를 읽고 찬사 가득한 편지를 보내준 앙드레 브르통을 낭트에서 만난다. 그라크는 비록 초현실주의 그룹에 가입하지는 않았지만 브르통이 죽을 때까지 내내 돈독한 관계를 유지한다. 8월 말 독소불가침조약 체결 소식이 전해지고 그라크는 공산당을 탈당한다. 같은 시기에 보병 중위로 소집된다.

1940년 6월, 독일군의 포로가 되어 독일 동부 슐레지엔 지방에 위치한 수용소로 간다. 이해 가을 두 번째 소설 『어두운 미남』을 구상하고 프롤로그를 쓴다. 가을이 끝날 무렵 심한 호흡기 질환을 앓는데, 폐병으로 의심되어 석방자 명단에 오른다.

1941년 2월 말, 병은 나았지만 마르세유를 통해 프랑스로 송환되어 전역한다. 4월부터 파리의 앙리IV고등학교에서 가르친다. 9월에 아버지가 사망한다. 같은 달에 아미앵고등학교에 배치된다. 10월 말 앙제고등학교로 자리를 옮겨 이듬 해 7월까지 가르친다. 이 시기에 왕성한 창작 활동이 이루어져 『커다란 자유』의 시들과 『어두운 미남』의 주요 부분을 쓴다.

1942년 가을, 파리 근교의 고등학교를 잠시 거쳐 지도교수 드 마르톤의 제안으로 새로 창설된 캉대학 지리학과의 임시 조교가 된다. 노르망디 지방에 대한 형태지리학적 고찰로 박사논문을 쓸 계획을 세운다.

1943년 연말에 『어두운 미남』이 인쇄되지만 출판사의 사정으로 1945년 초에야 간행된다.

1944년 5월 말, 폭격 등으로 단축된 학기가 끝나자 자전거를 타고 생플로랑으로 돌아간다.

1945년 연초에 『어두운 미남』이 간행된다.

1946년 6월, 캉대학 파견근무 기간이 끝난다. 그런데 교사직 복귀 신청을 잊는 바람에 이듬해 초까지 자리 없는 상태가 된다. 이 기간 동안 에세이 『앙드레 브르통』을 쓰고, 『시르트의 바닷가』를 구상한다. 연말에 시집 『커다란 자유』가 간행된다.

1947년 1월, 파리의 클로드베르나르고등학교에 부임하여 마침내 안정된 삶의 리듬을 찾는다. 정치 활동과 대학교수의 길을 접고 1970년 7월 퇴직할 때까지 이 학교에서 가르친다. 여름에 『시르트의 바닷가』의 집필을 시작한다.

1948년 1월, 『앙드레 브르통』, 5월에는 『어부 왕』이 간행된다.

1949년 4월 25일부터 5월 22일까지 파리의 몽파르나스극장에서 『어부 왕』이 공연된다. 마르셀 에랑이 연출하고 마리아 카자레스가 쿤드리 역을 맡은 이 작품은 비평가들로부터 혹평을 받는다. 여름에 『시르트의 바닷가』를 거의 끝낸다. 가을에 팸플릿 『뱃심의 문학』을 쓴다.

1950년 1월, 『뱃심의 문학』이 잡지 『앙페도클』에 게재되었다가 다음 달에 조제코르티출판사에서 간행된다.

1951년 봄, 『시르트의 바닷가』의 마지막 장을 쓰고, 9월에 책이 나온다. 공쿠르상을 거부한다. 여섯 점의 동판화와 함께 『살 만한 대지』가 간행된다. 이 작은 시집은 나중에 『커다란 자유』에 통합될 것이다.

1952년 7월, 1950년과 1951년에 쓴 『외국인 소녀를 위한 산문』이 비매품으로 간행된다. 이해에 장루이 바로를 위해 하인리히 폰 클라이스트의 희곡 『펜테질레아』를 번역한다.

1953년 새로운 소설 『석양의 땅』을 시작하여 여러 해 동안 작업하지만 미완성으로 남는다. 그 일부가 1963년 「길」이란 제목으로 먼저 발표되고, 전체는 2014년 유작으로 간행될 것이다.

1954년 3월부터 공책에 여행, 풍경, 독서, 비평, 시사 등을 주제로 한 단편 에세이들을 쓰기 시작한다. 여러 해 동안 쌓인 공책들로부터 『장식문자』, 『장식문자 2』, 『읽으며 쓰며』, 『여행 수첩』이 생겨난다.

1956년 봄, 『숲속의 발코니』를 시작하여 이듬해 탈고한다. 가을에 자동차를 구입하면서 여행 방식이 바뀐다.

1958년 9월, 『숲속의 발코니』가 간행된다.

1959년 3월, 몬테카를로에서 루치아노 샤이이의 오페라 『시르트의
바닷가』(La Riva delle Sirti)의 초연에 참석한다.

1961년 9월, 1946년에서 1960년에 이르는 시기에 쓴 비평 텍스트
들을 모은 『선호』의 초판이 간행된다.

1967년 3월, 1954년에서 1965년에 이르는 시기에 쓴 단편 에세이
들을 모은 『장식문자』가 간행된다. 여름에 「곶」을 쓰기 시
작한다.

1968년 여름, 「코프튀아 왕」을 쓰기 시작한다.

1970년 여름, 퇴직과 함께 클로드베르나르고등학교를 떠난다.

1971년 2월, 어머니가 사망한다. 8월에 장크리스토프 아베르티가
연출한 텔레비전 영화 『어두운 미남』이 방영된다. 12월에
는 앙드레 델보가 「코프튀아 왕」을 바탕으로 만든 영화 『브
라이의 만남』(Rendez-vous à Bray)이 개봉된다.

1974년 5월, 1965년에서 1973년에 이르는 시기에 쓴 단편 에세이
들을 모은 『장식문자 2』가 나온다.

1976년 10월, 『좁은 강』이 간행된다.

1978년 2월, 미셸 미트라니의 영화 『숲속의 발코니』가 개봉된다.

1980년 12월, 1974년에서 1979년에 이르는 시기에 쓴 단편 에세이
들을 모은 『읽으며 쓰며』가 나온다. 5월 21일부터 24일까지
앙제대학에서 쥘리앙 그라크에 대한 대규모 국제학술회의
가 열린다.

1982년 자서전 『도시의 형태』를 쓰기 시작한다.

1984년 10월, 『일곱 언덕 둘레에서』가 『누벨르뷔프랑세즈』에 게재된다.

1985년 2월, 『도시의 형태』가 간행된다.

1986년 봄, 조르주 뤼노의 영화 『곶』의 시사회에 참석한다.

1988년 11월, 『일곱 언덕 둘레에서』가 간행된다.

1989년 그라크의 작품이 베른힐트 보이으의 편집에 의해 갈리마르출판사의 플레야드 총서로 간행된다. 모두 두 권으로 이루어진 전집의 두 번째 권은 클로드 두르갱의 도움으로 1995년에 나올 것이다.

1992년 『여행 수첩』이 간행된다.

2002년 『대담들』이 간행된다.

2007년 12월 22일, 앙제에서 별세한다.

2011년 제2차 세계대전의 경험을 일기와 허구로 쓴 『전쟁 수기』가 유작으로 간행된다.

2014년 『석양의 땅』이 유작으로 간행된다.

찾아보기

|지은이 소개|

송진석

서울대학교 불어불문학과와 같은 학교 대학원을 졸업하고 프랑스 투르대학에서
「쥘리앙 그라크 작품에 나타난 건축 공간의 형태와 의미」로 박사학위를 받았다.
현재 충남대학교 불어불문학과 교수로 재직하고 있으며, 쥘리앙 그라크, 조르
주 바타유, 레몽 루셀, 그리고 프랑스어권 카리브해 문학에 대한 논문들을 썼고,
『프랑스 하나 그리고 여럿』을 공동으로 집필했으며, 『시르트의 바닷가』『아프리카
의 인상』『로쿠스 솔루스』『마네』『카르멘』『검은 튤립』『햄릿의 망설임과 셰익스피
어의 결단』 등을 번역했다.

현대문학과 인간의 자리 – 쥘리앙 그라크와 휴머니즘

2021년 8월 15일 1판 1쇄 인쇄
2021년 8월 20일 1판 1쇄 발행

지은이: 송진석
펴낸이: 한정주
펴낸곳: 지성공간

경기도 파주시 광인사길 71
전화: (031) 955-6952   팩스: (031) 955-6037
Home-page: www.jsbook.co.kr / E-mail: kyoyook@chol.com
등록: 2008년 8월 26일 제406-2008-000067호

정가 19,000원

ISBN 979-11-86317-71-6

Printed in Korea.

저자와의 협의하에 인지를 생략합니다.